JN079808

SUNDAY
BACK

鈴木矢紘
SUZUKI Yahiro

サンデー
バックナイン

文芸社

目次

プロローグ

海からの吹き上げる風は弱まった。山から吹き下ろす風によって打ち消されたようだ。だが、どちらも全く無風というわけではなく、調和が取れたと言ったほうが当てはまる。

海とは東アジアの国々に取り囲まれた太平洋の西端に位置する東シナ海であり、山とは薩摩半島最南端にある山麓の半分が陸地、もう半分が海に突き出す円錐形の名山、開聞岳。形状から通称「薩摩富士」と呼ばれる鹿児島県指宿市のシンボルである。

開聞岳国際カントリークラブは、その麓にある。日本有数の名門ゴルフクラブとして数々のメジャー大会が開催された風光明媚なゴルフ場だ。そしていま日本プロゴルフツアー上半期最大のメジャー大会、全日本プロゴルフ選手権が大詰めを迎えている。織姫と彦星が願いを叶える7月7日、七夕の日曜日。長い、長い戦いが決しようとしている。

クラブハウス前のひな壇特設席は満席で、グリーン周りのラフに拵えた観客席も立錐の余地もないほど詰めかけた多くのファンで埋め尽くされている。その視線は、天国と地獄を味わいその地獄から復活を遂げようとしているグリーン上の里見光に注がれている。

光は丹念にグリーンの芝を読み終えると辺りを見回した。その一人一人の思いに報いるためにもここを決めなくてはならない。何より自分の意地とプライドに懸けて。遥かに抜ける天を仰ぎ見ると、夕暮れの近づきを知らせる鴉（からす）が鳴きながらクラブハウスの向こうのさわやかな空に消えて行く。目を閉じて強く念じた。

——頼む！　力をくれ！

落ち着いて息を呑（の）み、光は意を決しアドレスに入る。

「プレー入ります」

関係者の発声とともに〝お静かに〟の黄色いプレートが一斉に掲げられ、サンデーサイレンスが訪れた。風の音、木立の中から聞こえる鳥のさえずりが静寂さをより演出する。

皆が固唾を呑んで見守る。ある者は信じ、ある者は祈り、ある者は光に自分を投影し、ある者は人生を賭した。傾きかけた陽光が、静かにテークバックしたパターのシャフトに反射し、キラリと光った。小気味よい音とともに弾かれた球が良質な芝の上を、意思を持った生き物のように転がっていく。これを決めれば優勝。難しい下り7メートルのイーグルパット。勝負に出たパッティング。カップまでの刹那を永遠に感じた。

スローモーションのように転がる球を見つめながら、光の脳裏に、これまでの長い道のりがよぎった。

第１章

２番アイアンの少年

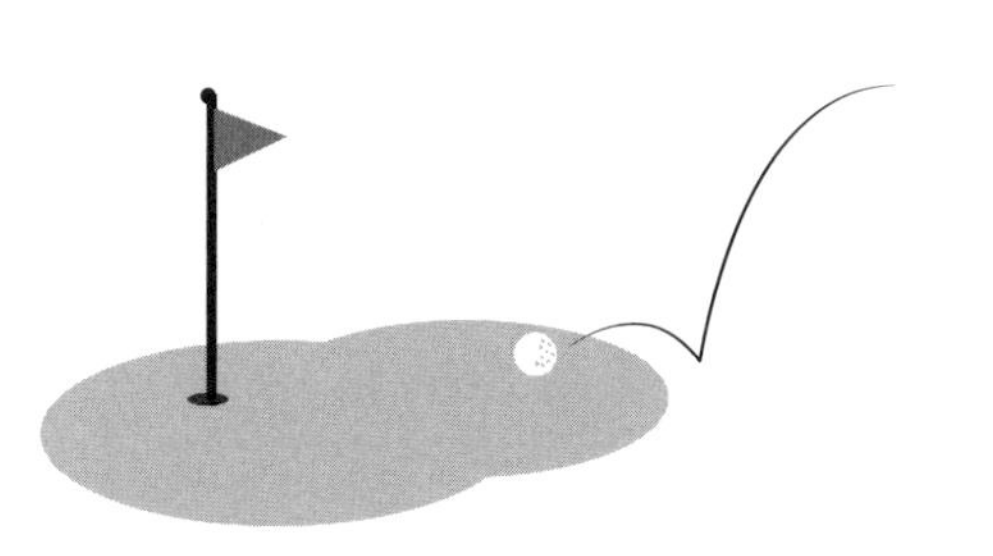

一

里見光は静岡県浜松市の中心街から車で60分ほどの田園と山に囲まれた田舎町に生まれた。

父親の里見誠は自動車メーカーに勤め、会社の実業団野球部の強打者として活躍し引退後は工場の管理部門の副主任を任されている生真面目な仕事人。母親の公子は専業主婦であった。だが公子の父の死後、一人暮らしとなった母が心配で同居することになると、家計を助けるために近くにできたゴルフ場のキャディの仕事に就いた。それが光の運命を決定づけることになる。

光がゴルフに出会ったのは5歳の、ある日曜日のことだった。母親がいないのを寂しく思った光は、母会いたさにゴルフ場へ向かった。クラブハウスへ続く道路ではなく木々が生い茂った山道を行った。なぜそうしたのかはわからないが、最短コースであったからかもしれないし、正面玄関からでは守衛に怒られてつまみ出されるのかもしれないと思ったのだろうか。とにかく光は草の生い茂った山肌を登る。

一つの頂を上りきり、下りの斜面を下り始めると、草の根元に白いボールが落ちていたのを見つけた。その鮮やかな白いボールに魅せられた。「綺麗だな」と思った。ボールを手に取ると、自分が持っている野球のボールともビニールのボールとも違う。手のひらのサイズに、ぴったりとなじむ心地よい感触で、魔力を持った重さだった。

ポケットにしまい込むと再び歩き出し、小高い丘の上に出ると木々の隙間から広大で鮮やかな緑の芝が見えた。そこで４人の男たちがカラフルな服を着て金属の棒を振り回している様子を、光は木に登って見ていた。男の一人が先ほどの白いボールを打つ。心地いい音とともに綺麗な弧を描いて予想以上に遠くに飛んでいくボールの行方（ゆくえ）を追う。魅了された。

「これが、母ちゃんが言っていたゴルフか」

翌日もその翌日も忍び込んではゴルフを観（み）に行った。光は拾ってきた木の棒を使っては庭で２つ下の３歳になる妹の真理子に見せようと、拾い集めたボールを打ってみせたが全く飛ばず、安定した方向にも行かない。何度試しても戦闘機の離陸のように鮮やかな弧を描いて飛ぶことはなく、地べたをあっちこっちに力なく転がるだけだった。

「くそぉ。真理子、本当はもっともっと飛ぶんだ。あそこの山があるだろ？　あそこまで飛んでいくんだ」

「光すごい、光すごい」

病弱で外出ができない体のため、庭に面した窓ガラスの中から真理子は無邪気に手を叩（たた）いた。そんな真理子の声に小学校から帰宅した２つ上の長兄の満（みつる）が庭の様子を見に来た。

「光、何してる」

「兄ちゃん。ゴルフだよ」

「ゴルフ？・」

大人びた小学校2年になる満は、ゴルフが何であるかは多少なりとも知っている。光の手にした木の棒を指さして笑った。

「光。それじゃ、球は飛ばないんだよ」

「そうなの？」

「そうさ。そのボールを打つための鉄の棒があるんだ。だから遠くまで飛んでいくんだ」

「そうか。だから、これじゃだめなのか」

満は何日か前の新聞の折り込み広告の中に、ゴルフショップのチラシがあったのを思い出した。朝食時に広告を見た母親が、「うわー、この前のお客さんのクラブは中古でもこんなにするんだ」とチラシを見ながら言っていたからだ。新聞の回収袋の中を掘り返し、満はそれを手に取り庭にいる光に渡した。

「これか」

光は自室に戻って、そのチラシに写真入りで紹介されているゴルフクラブを食い入るように眺め、無性に欲しくなった。しかし高価すぎて光の小遣いで手に入るような代物ではない。それでも諦めきれない光は、チラシを何度も何度も見つめた。そのうち値段や細かな注意書きまで暗記するほどになっていた。

光は幼稚園から戻ると、最近では日課になったゴルフ場見学に出かけた。今日は、いつもの場所ではなく別の場所から見ようと山登りのコースを変えた。木陰から覗（のぞ）くと、広々とした芝生が広がっているのではなく、真ん中辺りの穴に旗が立った、いびつな円状の舞台か、椰子（やし）の木でも植えてあればイラストで描かれる無人島を思わせる綺麗にカットされた芝生が広がっていた。

　大人たちはボールを旗の立った穴に入れて一喜一憂している。全員が入れ終わると立ち去ってどこかへ消えていくのだ。気になって山沿いの木々に隠れながら行く先を追うと、別のコースがあることに気が付いた。険しい山伝いにプレーヤーたちを尾（つ）けたが、途中どうやら迷ったらしく、ゴルフを見学するよりも山道から抜け出すことを先決しなくてはならなくなってしまった。

　森の中は薄暗く足元も滑りやすい。時たま獣だろうか草を踏み鳴らす音も聞こえてくる。左下は急な崖になっており、慎重に足場を固めて進んだ。もしこんなところで怪我（けが）でもしたら母親にこっぴどく叱られるうえに、大好きなゴルフ見学ができなくなってしまう。

　ようやく崖の上まで近づき、陽光を強く感じられるようになって上を向いたときに、木々の間から差し込む光をまともに見てしまい、平衡感覚を失って体勢が崩れた。必死に伸ばした指先は木の枝を掴（つか）みそこね、朽木に足を滑らせた。滑落しながらも崖下まで落ちまいと生まれつきの身体能力と反射神経で手を伸ばし木々を掴むが、勢いがついたせいで落下する体重を支えることができずに枝が折れてしまう。それでも光は必死で手を伸ばして枝を掴み、つま先をブレーキにすることで減速し、谷底まで落ちはしたが擦り傷程度で済んだ。

　すぐに光は立ち上がり、体についた汚れを払い落とし傷口に唾を塗った。薄暗い谷底を見回すと光はうれしさから思わず声を上げた。無数のゴルフボールが敷き詰められたように地面に落ちていたのだ。それは幻想的な光景に思えた。光は上着を風呂敷のように広げ、拾い集めたボールを包んだ。それを肩に担ぎ上げて谷を上り始めた。中腹辺りで谷底を見ると草陰に銀色に光る筋が見えた。

「まさか。あの形は」

用心深く斜面を下りて胸を弾ませながら近づき、草むらから飛び出した先端を引っ張り上げた。それは夢にまで見たゴルフクラブだった。折り込み広告で見た高価なものが、なぜここにあるのか不思議ではあったが、名前が書いてあるわけでもなく誰のものかはわからない。つまり所有者不明の捨てられたものである。持ち手のゴムは劣化して、触るとポロポロと剥がれ落ち、シャフトはサビだらけ。象の耳かきを思わせるような先端の平らな鉄部分に付着した泥を拭った。「2」と刻印がされていた。それが初めて手にした2番アイアンだった。

必然的にグリップを握ると、全身を駆け巡るように電気が走った。細胞の一つ一つが覚醒し増大して力が漲るような不思議な感覚が襲った。導かれるように拾ったボールを地面に置いて、奥の林に向かって構え、振り抜いた。カチンと小気味いい音を響かせてロケットのようにボールは森の中に消えて、木にヒットしたのか乾いた音がした。その感触と飛球線に魅了されて夢中になって打ち続けた。暗い森の中に消えていくだけで球の行方はわからないが、何度も何度も打った。球を弾いた瞬間に手に伝わる感触は、時間を忘れさせるほどの快感だった。全身は汗まみれとなった。

「どこまで飛んだのかわからないな。もっと見晴らしのいいところを探そう」

光は2番アイアンを、大事に携え谷を越えた。ゴルフ場の芝に立ち入ることはいけないことだとの認識はある。開けた場所を探し求めながら山中をさまようと、絶好の場所を見つけた。木立の遮りがそこだけなく、太陽が西の空に落ちようとしているのが見える高台だった。

「よし、ここならいい。届く。太陽に届かせてやる」

足場を固め西日の方向を確認し、球を見つめ振り抜いた。勢い鋭く太陽方向に飛んでいった。芯を食ったナイスショットだった。

「いけーーー！」

だが途中で失速し、力なく山底にゆっくりと墜落していった。もう一球。もう一球……。いくらやっても太陽までは届かない。日暮れが辺りを暗くし始めた。球筋も見えなくなり、いっぱいに詰めてあったボールも残り少なくなった。2番アイアンを抱きかかえるように山を下り、仕方なしに帰ることにした。

が、ともかく空気を切り裂いて行く飛球と、インパクトをした際に発生するシャフトを通じてグリップから体の隅々まで伝導した小気味よい衝撃に、光は心から痺(しび)れた。生まれて初めての快感だった。兄と妹にボールが飛ぶのを早く見せてあげたいと、小さな胸が興奮で張り裂けそうな高揚感だった。

だが、家に近づくと急に心細くなった。「人のものを取ってはいけません」と母親にいつも言われていたからだ。拾ったとはいえ人のものに変わりはない。ましてどこで拾ったと言われたら答えに窮してしまう。ゴルフ場に無断で入っていたことまでばれてしまうのではないかという不安。2番アイアンを取り上げられたうえに監視が厳しくなり、せっかくの楽しみが奪われてしまう。それだけは避けたい。

通りの向こうの自宅の台所の窓から明かりが漏れている。母親が夕食を支度しているのだろう。光は玄関から回らずに忍び込むように裏木戸から庭の片隅の物置に入り、一番奥に2番アイアンを押し込んで何事もなかったように玄関から「ただいま」と入っていった。

子供が夕方に泥だらけで帰ってきても怒られるということがない、田舎の牧歌的な日常にも助けられた。どの家の子も日が暮れるまで泥だらけで飛び回って遊んでいるので、この程度で怪しまれることはない。ただ「早く風呂に入りなさい」と母に怒られるだけで済む。

翌日から、例の高台で日が暮れるまでクラブを振った。谷底で球を拾ってきて、それが無くなれば地面に落ちている落ち葉や木の実、松ぼっくりを打った。兄と真理子に向こうの山に届かせるのを見せたい一心からの練習だった。だが目標とした太陽まではいつになっても届かなかった。

「大人になったなら届くんだろうか」

小学生になってからも光のルーティンは変わらなかった。雨だろうと台風だろうと出かけて行き、来る日も来る日も「高台練習場」と名付けた場所で打ち続け、飽きたら足場の悪い森の中で〝木立の間をすり抜けるゲーム〟と称して打ち続けた。ゴルフに関する知識も比例して増えた。テレビや母がゴルフ場からもらってくる雑誌を読み漁(あさ)った。そして、どうしたらもっといい飛球が出るのかを工夫して考えられるようになっていった。

いつか真理子を家から連れ出して「高台練習場」に連れていってあげたい。太陽に届くことは今では難しいのはわかるが、狙った場所に球を当てることはそう難しいことではない。「すごい」と真理子から褒められてみたい。真理子は幼稚園にもほとんど行けず家にずっといる。真理子の部屋のベッドの周りには電子機器が設置され、空気清浄機が４個も置かれて常にモーター音がしていた。

（かわいそうな、真理子）

光は常々、病気のため外で遊べない真理子を不憫（ふびん）に思っていた。

「真理ちゃん、ばい菌が嫌いなの。ばい菌があるとお咳（せき）が止まらなくなってしまうの。お胸もよくなくて人よりもちょっと違う形をしているの」

左の胸を手のひらで押さえる仕草をして、母は兄と光にそう話をした。

「母さん。真理子は治るんだよね」

兄の満が泣きそうな顔をして聞き返した。優しい兄だ。

「うん。いつか。きっと。お医者さんが必ず真理ちゃんを助けてくれるわ」

「じゃ、母さん。僕が医者になって真理子を治してあげる。任せて」

兄は先ほどとは違う頼もしい顔をして胸を叩いた。

「じゃ、母ちゃん。兄ちゃんが真理子を治したら、僕は大金持ちになって真理子を世界旅行に連れていく。どこへも行けないからかわいそうなんだもん」

光も兄に負けじと言った。

「あなたたちは優しいわね」

そう言って母の公子は兄と光の頭を撫で、両腕で胸に抱きかかえた。

その様子を見ていた父の誠は、夕飯を食べ終えると少し休んでまた仕事に出かけて行く。スーツ姿で帰ってきて、今度は作業着に着替える。無口で働き者だった。

二

光のゴルフテクニックは日を追うごとに向上していった。小学校の友人らが少年団のサッカーチームや野球チームに入る中、光はどこにも属さず森の中でゴルフ練習に明け暮れた。練習が楽しくて仕方ないのだ。自分の技術が上がっていくのが実感できたことがまたうれしかった。

身体能力の高い光は体育の授業や運動会では常に活躍していたので、友人らから「チームに入らないか」という誘いは多かった。断りきれずに一度、野球チームの練習に参加したことがあった。インパクトよく球を捉えるバッティングセンスは、類稀な反射神経と父親から譲り受けた野球遺伝子によるものであった。

「野球チームにだけ参加してずるいぞ」

今度はサッカーチームの友人らが光を練習に誘った。スピード豊かなすばしっこさとリズム感の良いドリブルのテクニックは、他の少年を圧倒して図抜けていたことでコーチから熱烈な誘いを受けた。

野球もサッカーも面白かったが、光にとってはゴルフのほうが断然魅力があり、とにかく気持ちが良かった。そのため誘いを断って、入団することはなかった。

光が小学校5年生の9月の日曜日。ゴルフ場にいる母から電話がかかってきた。どうやら財布を持っていくのを忘れたようで届けてほしいとのことだった。電話に出た祖母が持っていくと言ったが、母は「大人が一人いなくちゃ真理ちゃんが心配だから満か光に頼んで」と言ったらしい。祖母からその話を聞くと、光は兄に向かって言った。

「僕が行って来るよ」

「いいのか、光」

「兄ちゃん、勉強あるだろ」

「じゃ、任せた」

兄は真理子のために医者になると決めてから勉強に励んでおり、学校でも秀才と言われテストの成績はいつも学年トップであった。もともと賢く物知りだったから当然といえば当然だが光は有言実行な兄を尊敬していた。

光は心が弾んだ。なにせ生まれて初めてゴルフ場に正々堂々と足を踏み入れることができるのだ。そこまで計算して兄からこの言伝を奪った。譲るわけはない。光は脱兎（だっと）のごとくゴルフ場に向かった。不法侵入の慣れた山道を行くのではない。『サンシャインビレッジカントリー倶楽部』と書かれた石碑を右手に見ながら専用道路に足を踏み入れた。母の財布を手に、クラブハウスへと続く鬱蒼（うっそう）とした木立を切り拓いて整備されたアスファルトの坂道を駆け上がる。小学生にはかなりの距離と山道だが疲れは感じない。あるのは溢れるほどの、まだ見知らぬ世界をこの目で見たいという冒険心だった。

頂に着くと、駐車場の向こうに低い三角屋根のクラブハウスが目に入った。気持ちが昂る。車止めで客を出迎える職員に「里見公子の息子です。忘れ物を届けに来ました」と告げると、「中にカウンターがあるから」と正面玄関を指さされた。光は自動ドアを抜けた。

豪華なシャンデリアが天井に施されたロビーには、フカフカの絨毯が敷き詰められていた。絵本で見た王様の城のような造りに、こんな家に住んでみたいと光は思った。昼時でカレーやバーベキューソースの匂いが漂っている。プロショップには色とりどりのゴルフウェアやボール、シューズ、ゴルフクラブが販売されていた。そして、ガラス窓の向こうにはコースが広がっている。光は受付カウンターに行くことも忘れ、窓に張り付いて壮大な景色に見入る。自分の目が落ちるのではないかというほど見開いていていた。

「ぼく？」

その時、指先で肩を突かれた。振り返ると制服を着た綺麗な女性が、両膝に手を置いて腰をかがめて光を覗き込んだ。

「どうしたのかなぁ？」

「あの、僕、里見公子の息子で、届け物を頼まれて」

「キャディの里見さんね。お子さんなんだ。ママの届け物なんて偉い子だね。いま呼んであげるからここで待っててね」

優しい笑みの女性はフロントに入り電話をかけている。光は再びガラス窓に張り付いて外を見ていた。4人の男たちがティーイングエリアにいて、各々クラブを持ちコースを見つめながら談笑でもしているようだ。光も彼らと同じようにコースを見た。ずっと遠くのグリーンの赤いピンフラグが右から左に揺らめいている。右側は林が大きくせり出ている。コースの真ん中辺りの左サイドにバンカーが口をあけている。

(右を気にして左に打ったらバンカーか。僕ならあの右の林は狙わずに左に打ち出して右に行く球を打つかな。風も計算に入れればフェアウェイの真ん中に落ちるはず。次でグリーンを狙える)

男の一人がドライバーを素振りしてアドレスに入った。

(おじさん、その構えじゃ左に行ってバンカーに入っちゃうよ)

男の飛球は光の読みどおり左のバンカーに捕まった。頭を掻きながら戻ってくる男。

(ほら、言ったとおりだろ)

次の男のときも予測は当たった。

(この人は飛ばないな。ほらね、体が左右に大きく動いて。力入れすぎだからチョロっちゃうんだよ)

3人目の男のときも同様だった。

(そんな振り方だと手前に転がるな。ほら。下手だなぁ)

「光、ねぇ光」

声がして振り返ると、先ほどの女性と一緒に母が、つば広の帽子をかぶったキャディの格好で立っていた。

「母ちゃん」

光は手にした財布を母に渡した。

「ありがとう、光。助かったわ。気を付けて帰るのよ」

「うん」

「里見さん。お子さん、ゴルフお好きなんですか」

綺麗な女性が母に尋ねた。

「それはないと思いますよ。興味はあるみたいですけど、好きだなんて聞いたことないですから。第一子供がするようなものじゃないですから」

「でも、さっきから窓に張り付いてコースをすごく真剣な目で見ていたんですよ」

「ただ物珍しいだけだと思います。初めて来たゴルフ場ですし、好奇心旺盛な子ですから」

「光君って言ったね。ゴルフ好きなの?」

女性が尋ねてきた。もし好きと答えたら、母親にゴルフに夢中だということがわかってしまい、最悪、隠してあるクラブが見つかり人のものを盗む子だと悲しませることになってしまう。でも好きと言ったなら、もしかしたら、お姉さんはショップのグッズを特別にくれるかもしれない。このまま答えないでいたら、「早く帰りなさい」と母に言われてしまうかもしれない。ゴルフをもっと見ていたい。できたら自分で打ってみたい。いろんな葛藤が混じりながらもはっきりと答えた。

「はい。好きです」

光は生まれて初めて人前でゴルフを好きだと宣言した。

「そうだったの？　光。母さん、知らなかったわ」

「母ちゃんが働いているところだからゴルフが好きなんだよ」

「もう、光、なに言ってるのよ。由香さんの前で恥ずかしいわ」

「いいお子さんじゃないですか」

由香（ゆか）と呼ばれた女性はしゃがみこんで話しかけてきた。

「光くん、おねえさんがゴルフ場案内してあげようか」

光は間髪いれずうれしくて何度も何度も頷いた。

「そんな、いけませんよ、邪魔になるだけです」

「私、午前でシフト交替だから、里見さんをお呼びたてして本日の仕事完了なんです。それにデートの約束が無くなっちゃったし、時間出来ちゃったから」

「それは残念でしたね」

「そうです。泣きそうです」

「でも、ご迷惑よ」

「気にしないでください。それにちゃんとおうちまでお送りしますから」

母は渋ったが、由香に押し切られ甘えることになった。

「いい？　お姉さんに迷惑かけちゃだめよ。ちゃんと言うことを聞いてね」

「うん。わかったよ、母ちゃん」

「では由香さん、よろしくお願いいたします」

母はキャディの仕事があるため、光を由香に任せ関係者用通用路に向かった。弾む心の光は由香に連れられ、クラブハウスの案内に続いてロビーを抜け外に出た。澄んだ空気を胸に吸い込んだ。子供ながらにここが自分の居場所じゃないかと思えた。光は1番ホールのティーイングエリアに立たせてもらった。壮大で鮮やかな緑。体が痺れた。

「ここがスタートホール。アウトの1番。パー5。498ヤードのロングホールよ」

光はティーショットの真似（まね）をしてみた。

「スイングが綺麗ね。光君、もう一回見せて」

光は、もう一度スイングをした。さっきよりもよりリアルに力強い振りをしてみた。鮮やかなスイングに、由香はただ者ではない予感がした。イタズラ心に打たせてみたくなった。

「ねえ、光君。ここはプレーの邪魔になるから練習場で実際に打ってみない？」

「ほんとですか？　打たせてくれるんですか」

光は天にも昇る気分だった。

「あっ、でも僕、道具持って来てないんだった」

２番アイアンを持参しなかったことを残念そうに悔しがる光。

「クラブ持っているの?」

由香の言葉に、口を滑らせたことを後悔した。何とかごまかさなくてはと思案し、

「道具って、拾ったゴルフボールのこと。それを持ってきていないってこと。それにあんな高いクラブなんか持ってないよ」

「大丈夫。練習場にボールはあるし、クラブは私のを貸してあげるから」

何とかごまかせたようだった。由香自身もゴルフをやるようでキャディバッグはクラブハウスに常に保管しているということだった。

練習場は森の小道を5分ほど歩いた場所にあった。左右にネットが張られ、奥の森に向かって打ち上げる。距離を示す看板が地面に設置され、番号が振られた練習用ブースは全部で20打席あった。

「あそこに見える50って書かれた看板は、50メートルじゃなくてヤードで表示されてるのね。１ヤードは約90センチだから、メートルにしたら45メートルくらい」

「じゃ、２００だと……掛ける０・９で……１８０か」

「そうね、だいたい１８０メートル。計算速いね。掛け算は習ってるかぁ、小5じゃ。光君、やってみよっか。どこで打ってもいいわよ」

20打席あるうちのど真ん中の11番ブースを光は迷わず選んだ。由香は派手なピンクのキャディバッグのチャックを開けた。

「まずはウェッジだよなぁ……どれにしよう」

由香はクラブをまさぐりながら言った。

「2って、書いてあるのがいい」

光はあえて何も知らないふりをしつつ言ってみた。

「2？ 2番アイアン？ 2番アイアンかぁ。持ってないな。でもなんで2番アイアンなの？ 打つのめっちゃ難しいよ」

「えっ、えっと、2って数字が好きだから。次男だし」

光は笑ってごまかした。しかしそんなに打つの難しいのだろうか。狙いどおり打てるクラブだと光は心で思った。

由香はキャディバッグの中のクラブを物色している。

「珍しいね。普通は好きな数字は1とか3なのに」

「最初は7番辺りで打ってみようか」

由香から手渡された7番アイアンは、2番アイアン以外で初めて打つクラブである。どれくらい飛ぶものなのかは全く想像がつかない。打席に立って素振りをしてみた。空気を切る音が心地いい。

「すごい、いい振りしてるね」

由香は本当に初めて打つのかといぶかしんだが、とりあえず打ってごらんと促した。

光は練習用ボールを人工芝のマットの上に置いた。前方を見つめアドレスに入った。振り上げたヘッドの重さを感じながら下半身を綺麗に回転させ、鋭く空気を裂く音がして、カチンという小気味いい音を残して真芯で捉えた球は、滑走路から飛び立つ戦闘機のようにまっすぐ低い弾道からホップするように伸び上がっていった。やがて失速し１６０ヤードの看板を過ぎた辺りに落ちて、坂道をさらに力強く登りながら転がっていった。

「おかしいな。全く飛ばないや。２００の看板くらい軽く越えるかと思ったんだけど」

森の中で2番アイアンを打つ時は、地面の悪条件があっても、もっとずっと先まで飛んでいたのだが、この7番は新品っぽいのに飛ばないと内心がっかりした。光は自身のスイングや飛距離、狙いに関しては磨いてきたのだが、番手による飛距離の把握まではできていなかった。テレながらバツが悪そうに由香のほうを見て頭を掻いた。

「光君。ゴルフ、やったことないんだよね」

由香は驚いた顔をして光に言った。

「下手くそですみません。飛ばなくて。がっかりです」

「いやいや、そうじゃなくて」

小学校5年生の球筋と飛距離ではなかった。由香自身でさえ7番は１２０ヤードがせいぜいだった。それを未経験の小柄な小学5年生が１６０ヤードを超えることに驚愕した。でもまぐれだってこともある。

「お姉さん、ごめんなさい」

「違うの、光君。変に取らないで。もう一回打ってみて」

「自信がないよ。僕、全然飛ばないから」

「いいから。もう一回打って見せて」

「うーん。わかりました」

　打つからにはもっと飛ばしてみたい。由香の前で格好悪いところは見せたくない。強めの風が光の髪を後方になびかせた。向かい風のときの対応も森の中で練習済みだ。今度は打った瞬間から鋭い飛球が右方向に低く飛び出し、頂点を過ぎる辺りで急速に左に方向を変えて鋭さと強さを保ったまま下降して、150ヤードと160ヤードの看板の中間地点に落下した。

「がっくし。今のは、もっと行ったと思ったのになぁ」

　由香は言葉がなかった。ドローボールの打ち方を自然と体得している。強めの向かい風も計算に入れたのだろうか、低めの打ち出し。だとしたら恐ろしい。子供の遊びだと思って誘ってみたが、この少年はただ者ではない。しかもスイングは美しく、飛球はそれ以上に魅力的だった。

「お姉さん、お姉さん」

「えっ。はい、なぁに」

「僕、自分ではもっといけると思ったんだけど」

「えっ?」

「飛ばない自分にがっかり」

「でも、100ヤードの看板にぶち当てるくらいはできるよ」

光はクラブヘッドでボールを器用に掬い上げ、フェイス面でリフティングさせて宙に浮いたボールを打った。ライナーのまま宣言どおりヤード表示板に当たり、「バンッ」という音とともに凹みを作ると光はイタズラっぽい笑顔を由香に見せた。由香は言葉を失った。現実感のないものを目の当たりにした人間は、どう対処していいのかわからなくなるものだと思った。

ゴルフ場を後にした帰りの車で、由香が褒めても光はうつむいて悔しがるだけだった。光としたらもっとうまくできるという自信があったからなおさらだった。由香に慰められているようで半分ふてくされていた。車が光の家の前に停車した。

「着いたよ、光君」

光はうつむいたまま拳を握り、震えている。

「どうしたの、光君」

「ぼ、ぼ、僕の持っている2番なら、もっといい感じでできるんですよ。あんなものじゃない」

由香に訴えかける光は悔し涙を浮かべていた。

「どういうこと？　2番アイアンを持っているの？」

悔しさ紛れに本当のことをとっさに言ってしまい黙った。由香は光が2番アイアンをどのようにして手に入れたのか不思議がった。公子はゴルフをやったこともないと言っていたから、親に買ってもらうことはない。高価なアイアンを小遣いで買えるとも思えない。かといって、この素直そうな少年が盗むとは考えられない。一体どういう購入経路か気になった。

光はうつむいたまま静かに頷いて、持っていることを認めた。これで母親に2番アイアンのことがばれて、こっ酷く叱られ、場合によってはゴルフ場に忍び込んでいることまでばれて、二度とゴルフができなくなるのかとも思ったが、練習場での不出来を見ると、やめてもいいと思えた。しかし優しい由香なら、もしかしたら黙っていてくれるかもという勘も働いた。

「お姉さん。ちょっと待っていてくれる?」

由香を車で待たせたまま、光は庭の物置に隠してある2番アイアンを取りに行った。戻ると由香は車から降りてタバコをふかして待っていた。

「お姉さん、これ」

駆け寄った光が2番アイアンを見せた。由香はタバコを灰皿に捨て、光から2番アイアンを受け取った。シャフトの部分はザラついて、サビが酷かったのかヤスリで磨いた跡があり、金属が鈍い光を放っている。グリップはゴムが剥がれたのか、自転車のチューブを巻いて布製のガムテープで補修されていた。傷だらけのヘッドの底を見ると、うっすらと2と刻印されている。

「これ、どうしたの?」

「実は、拾ったんだ」

それは本当のこと。

「どこで？」

「学校からの帰り道のゴミ捨て場にあったんだ」

それは嘘をついた。ゴルフ場の林に忍び込んでいるときにたまたま拾ったなどと言えなかった。

「そう、捨ててあったんだ」

「うん」

「要らなくなって捨てられたのね」

状態を見ると、下取りなどしてくれないだろうと由香は納得した。このまま、騙されてくれたら幸いだと光は思った。由香は右手をジャケットのポケットに入れてタバコとライターを取り出して、慣れた手つきでタバコを咥え穂先に火をともした。吐き出した煙が風に紛れ薄れていく。

「どうしてお母さんには言わなかったの？」

「ゴルフはお金がかかるって母ちゃんが言ったから。うちは貧乏だから、僕がゴルフなんかしていたら悲しむかと思って内緒にしていたんだ」

由香は純真な子供らしい答えに微笑ましく思えたが、お金がないということで、この子からゴルフを取り上げるのはもったいなく思えた。途轍もない怪物になりそうな予感がしたからだ。才能は無限に湧いてきそうな少年である。由香にある計画が浮かんだ。

三

（すごい少年だったなぁ）

由香は自室のベッドに寝転びながら天井を見ていた。そこに光の見惚（みと）れるような飛球や、真芯を捉えたインパクト時の快音がリフレインする。今日の出来事を話したところで、父も兄もきっと信じてはくれないだろう。だからこその百聞は一見にしかずである。あの子なら必ず2人を驚愕させる。そんな自信がある。あんな逸材にもう二度と会えない気がする。砂漠でダイヤを見つけたというありふれた譬（たと）えだが、まさにぴったりの表現だった。光のショットをいつまでも見ていたいと、由香は魔法でもかけられたかのように渇望してしまう。興奮が収まらない。やがて階下から父と兄が会社から帰ってきた気配がした。

（さぁて、計画実行だ）

予想どおりの反応だった。

「由香、そんなことがあると思うか？　いくら大好きな娘の言うことでも、その話は信じ難いな。ドローボールを打つ小学生？　7番で160ヤード？　ヤード看板をライナーで狙い当てる？　そんな話は考えられないな。夢でも見たんじゃないのか」

父の高夫はワインを薫（くゆ）らせ言った。

「パパ。ホントなんだって。夢じゃなくて現実。びっくりしたんだから。非現実的な話だけど現実なんだってば。美味しそう、パパ、私も、もらっていい？」

高夫が由香の差し出したグラスにオーパスを注ぐ。

「あなた、由香にあまり飲ませないで。うるさくなるから。お酒の味なんかわからないで酔っ払いたいだけなんだし」

「ママ、言わないで、いいでしょ。ねえーパパ」

「華子、いいじゃないか。おいしいワインなんだから」

「あなたは由香にホント甘いんだから」

いつも着物姿の母の華子は割烹着をまとい、煮物の大皿をテーブルに置くと台所に消えていった。

「しかし、小学5年生でそれだけ飛ぶなんて、俺も信用できないな。偶然なんじゃないか」

兄の浩道が、紙ナプキンで口の端を拭いながら言った。

「兄貴まで！　あたしだって信じられなかったんだから」

「たしか、浩道がゴルフを始めたのは中学生になった時だが、７番で１１０ヤードぐらいだったかな」

「もうチョイ、飛びましたよ」

「そうか、９番で80くらいだったのは覚えているが」

「遠い昔だから忘れました」

浩道の肩書きはプロゴルファーだが、チャレンジツアーや予選トーナメント（ＱＴ）と言われる日本ツアー参戦への資格を得る大会でも好成績を収めたことがない。そのため普段は練習場でのレッスンやラウンドをしながら、一般ゴルファーをティーチングすることを生業（なりわい）としていた。トップアマチュアと最下位プロの境界線にいるような状態だった。もう28歳ということで、浩道にもどこかゴルフに対する諦めが見て取れる。最近は大学院に通い経営学を学び始めていた。高夫から会社の跡をいずれ継ぐためにと勧められてのことだった。

「兄貴も会って。すごい子だから。嫉妬しちゃうかもよ」

「由香。俺が小学生に嫉妬するわけないだろ、ばか」

鳴かず飛ばずの苦しい状態の浩道ではあるが、卑屈にならない兄を由香は好きだった。

「由香がそこまで言うんだったら、日曜日にその少年を誘ってラウンドしてみないか」

高夫が由香の計画していたことを先に言ってくれたおかげで手間が省けた。

「ホント?」

「ああ。浩道もどうだ?　由香も入れて４人でどうだ」

「わかりました、お父さん。予約状況を調べます」

浩道はタブレットを取り出し、画面をスライドし始めた。

「ここなら、無理やりねじ込めますが、どうでしょうか」

そう言って２人にタブレットの画面を提示した。

突然の電話の内容に、話を聞いた公子は驚いた。吉田由香から光とラウンドしたいと申し出てきたからだ。躊躇っていると、オーナーである吉田高夫が電話口に出て、プレイフィーの心配は要らない、キャディは公子をと指名を受け、キャディフィーはしっかり払うからよろしく頼みますとまで言われた。事情が呑み込めない公子に、高夫から電話を替わった由香が経緯を説明してくれた。

ゴルフ場オーナー直々の願いと、その娘さんからの頼みを断るのは不可能であった。光が迷惑をかけることだけが公子は気がかりだったが、由香は心配要らないと言って話がまとまり、受話器を置いた。

公子は、光とゴルフの接点がわからずにいた。生活はぎりぎりでゴルフクラブなど買える余裕もなく、まして小学生が練習場や打ちっぱなしの施設に入り浸れるわけがない。第一そんな小遣いは与えていない。鉛筆1本だってぎりぎりまで使わせているのだから。どうしてあの子がゴルフを齧れようか。それがオーナー家から直々にラウンド招待とは。昼間の練習場で、かなりの腕前を披露したと由香は言っていたが、それをどこで磨いたのだろうか。生まれながらの才能があるとは思えない。あるとしてもゴルフはそれほど生易しいものではない。キャディをしていてゴルフ暦30年、40年のプレーヤーを何人も見てきているが、シングルプレーヤーなどそうはいない。それほど困難なスポーツがゴルフである。それを光のような子にできるはずがない。

夫の誠に話そうにも夜勤でいない。思案しても始まらないので光を呼んだ。日曜日のことを話すと光は目を丸くして喜んだ。

「光はゴルフが好きって言ったわよね。私が勤めているからゴルフが好きだって」

「うん。話したよ」

「由香さんに聞いたわよ。光、ものすごく上手だって。どこで習っているの?」

「誰にも習っていないよ」

光はラウンドできる喜びをかみ締めながら、2番アイアンのことがばれてないかとひやひやしつつも、涼しい顔で母の話を聞いた。

「由香さんが、光がゴルフクラブを持ったこともないのにあれほどうまいなんてって、びっくりしていたわよ。才能を放っておくのはもったいないとまで言ってくれたのよ。ゴルフなんてそんな甘いもんじゃないのに」

由香は2番アイアンのことを内緒にしてくれたのだと光は安堵した。

「偶然だって」

「それとね、オーナーさんがプレゼントしてくれるって」

「何を?」

「ゴルフクラブのセットを」

「えっ? 母ちゃん。今、何て言った?」

「ゴルフクラブのセットを頂けるみたい。申し訳なくて気が引けちゃうわ」

翌日、ゴルフセットが里見家に届いた。シューズやウェアもである。光は天にでも昇るような夢心地だった。ウエアを身にまといシューズに履き替えて、キャディバッグを担いで庭に向かうと素振りを始めた。空気を切り裂く音に気付いたのか、真理子が2階の窓から覗いた。光に気付いてもらうよう窓を叩いた真理子。光はガッツポーズをして素振り姿を見せた。日が暮れ始めても光は素振りを続けた。

帰宅した満に事情を話すと、「よかったなぁ光」と一緒に喜んでくれた。しかし、公子は困惑した。無償で受け取るにはあまりにも高額だったからだ。有名ブランド「ディレクソンスミス」の最新モデルのフルセットだった。さらにキャップ、ポロシャツ、パンツ、シューズと総額80万円以上はするような代物だった。夫の誠に相談したところ、

「好意でしてくれたことであるからお返しするわけにもいかず、かといって、はい、そうですかと頂くわけにもいかないから、少しずつでもお支払いしていくことを伝えたらどうだろうか」と律儀な夫らしく言ったが、今の家計では、とてもではないが支払う余裕のないことは2人ともわかっている。

家の明かりが漏れる庭で、届いたクラブで懸命に素振りをする光を夫婦で見つめた。

「満のように勉強にも励んでくれないとな」

「そうよね。でもまだ小学生だし、そのうちすぐに飽きるんじゃないかな」

「だといいが。あいつのことだから、プロになるなんて言い出しかねないぞ」

「それはないでしょ。いくら光でも思わないわよ」

「あいつは思い立ったらとことんまでやる性格だからな」

「あなたに似たのかしらね」

「俺の野球は、趣味の延長線上だったよ」

悔し紛れに誠は言った。本当はプロ選手になりたかった。少年時代から野球以外には目もくれず、ただプロになることだけを夢見てきた。その代償が手取り20万円の現実だった。甘い世界ではない。ほんの一握りのさらに何粒かが到達できるのがプロの世界。夢破れたときの敗北感と虚無感を身に沁みてわかっており、後悔したところで時は戻らず厳しい現実の生活に甘んじる。光には堅実に生きてもらいたい。光の一途さが現実に向いてくれたならと願うばかりだった。

「満。どうしたの」

「のど渇いたから」

自室で勉強に励んでいた満が、冷蔵庫を開けながら中を覗いている。

「緑茶くらいしかないけど、淹れる？」

「うん」

公子は湯飲みにお茶を注いでテーブルに置いた。

「まだやってるの？　光は」

「そうなのよ」

「光も思い立ったら一途だからな。里見家の血だね」

満も同じことを思っているんだなと誠はにやりと笑い、「仕事に行く」と夜間道路工事のバイトに出かけた。

長兄の満は学校の成績は申し分なく、時間があれば机に向かって勉強をする。「少しは休憩したら」と公子が心配になるほどだった。光は運動神経抜群で、運動会の徒競走やリレーでは他の子を圧倒するほどのスピードであり、体育の成績は常に良かったが、勉強のほうはというと中の下くらい。真理子は小学3年生になるのだが、病弱でほとんど学校に行くことができず、自宅2階の部屋が彼女の生活世界だった。かつては満が勉強を教えていたが、今は彼自身の勉強が忙しくままならない状況になっていた。

いよいよ日曜日を迎えた。快晴無風のゴルフ日和だった。光は昨晩9時まで素振りをし、10時には就寝した。そして5時過ぎに起きて庭で素振りをした。相当な気合の入りようだった。

「母ちゃんがキャディやってくれるから安心だし、恥かかせないようにするけど、自信があるから期待していて」

公子の運転でゴルフ場に向かう車内で、光は興奮から饒舌(じょうぜつ)だった。

「実際のコースで打つのと練習は全く違うのよ」

「だから、楽しみなんだよね」

「まったく」

公子はあきれながらも頼もしく思った。

日曜日のラウンドが決まって「ルールくらいは知っておかないと」と母から渡されたルールブック

や教本には、今まで知りえなかった情報が満載であった。ルールをはじめ、クラブの性能の違い、ゲームの進め方、用語など一気に吸収した。わからなければ母に聞けばすべて答えてくれた。

太陽まで飛ぶと思っていたボールも、ドライバーでかっ飛ばしてもアマチュアの大人で200〜250ヤード程度だと知った。番手ごとに飛距離に違いがあることも知った。あとはパターである。ショットは散々劣悪な環境の中、2番アイアンで腕を磨いて自信はある。

バンカーは公園の砂場に出かけて練習できた。だがパターは砂利や小石で方向は乱れ、力加減も予測できず、自宅庭の乱雑で不揃い（ふぞろ）いな芝では球の転がりも計算できないでいた。アスファルトでやってみたが転がりすぎてこれもまたうまくできなかった。廊下でやろうにも兄妹の迷惑になってしまう。

母に相談すると、ゴルフ場に練習グリーンがあると教えてもらった。300ヤード飛ばしても1打、パットでほんの数センチ残してカップに入れても1打。なんとも意地悪なゲームだと光は思ったが魅力にも思えた。さらに母からもらったコースガイドを眺めながら何度もシミュレーションを行った。スタートの約束時間より2時間早く家を出るわがままを母に聞いてもらったのも、パター練習をするためだ。

クラブハウスに到着しロッカーに荷物を押し込むと、すぐにパター練習場に向かった。芝の転がりを確認するためボールを手で転がしてみた。微妙な起伏（アンジュレーション）のある広いグリーンの上を転がるボール。加速度が衰えると緩やかに方向を変えて停止する。それらを拾い上げ再び手で転がしてみた。今度は10メートルほど先のカップに向けて再び手で転がしてみた。10球中6個がカップインし、あとの4球はカップを掠めた。練習グリーンに奇怪な少年がいるという一般客らの好奇の眼差しなど気にしている暇などなかった。

それらを5回ほど繰り返して、グリーンエッジに置いてあるパターを手にした。グリーンの右端から左端まで感覚を掴むために打ってみた。左端にたまった球を今度は右端に。整備された芝は公園でのパター練習と大違いで、今までにないボールの転がりの大きな差に感動していた。グリーン上を転がるボールの速さにも驚いた。パターの虜になった。カップ周りのどの辺りで左右へ流れるのかも掴めた。

「よし、あのカップを狙ってみよう」

5メートル先のカップを目がけてパットした。ゆるやかな弧を描きながら見事に芝を捉えてカップインし、小気味いい音が響く。10球打って8球がカップインし、残り2球はボール1個分左に逸れた。再度5メートルから10球打つと、今度はすべてを沈めた。

次に倍の10メートルになると、4球がカップインし6球は左に微妙に流れた。さらに同じことを繰り返し、10メートルでも10球が入るまでやり続けた。全速力で走ったわけでもないのに体は汗ばんでいた。そうして光はパターの感触とカップインする楽しさを掴んでいった。

「おはよう、光君。パター練習してたんだ。いい心掛け」

「お姉さん！　おはようございます」

光のもとに由香がやって来た。その後ろには背が高い育ちのよさそうな男と、恰幅のいい威厳ある顔をした年配の男がいた。母が言っていた由香の兄とオーナーだろう。

「ウェアもぴったりで良かった。似合うじゃん、光君」

由香の格好はノースリーブシャツと紺のミニスカート。白く細い腕と長くて細い足がまぶしい。

「お姉さんもすごく似合うよ」

「ありがとう。ゴルフだけじゃなくて、口までうまいのねぇ。紹介するね。これがウチの兄、浩道」

「はじめまして、浩道です。噂の光君に会えて光栄だよ。由香から天才少年と聞いているんで、お手柔らかにね。今日はよろしく」

浩道はさわやかな笑顔を見せて握手をしてきた。背が高く程よく日焼けし、白く綺麗な歯をしていた。細身だが握手をしたときの握力から想像すると筋力がありそうだった。

「これがうちのパパ、吉田高夫。怖い顔でしょ？　でも優しいから安心して」

「やめないか、年寄りをからかうのは。どうも、はじめまして。私の教育が悪かったもんだからとんだ不良娘になりまして。由香が無理言って誘ってしまい申し訳ないね。爺ですのでご迷惑をかけないようにいたします」

光は自分がすごく大人になった気がしてうれしかった。

「おはようございます。私のような者に豪華なゴルフセットを賜り誠にありがとうございました。また、本日はお招きいただき光栄です。よろしくお願いいたします」

母から暗記させられたお礼の言葉を述べた。３人は子供らしくない畏まったその口上に笑った。

「ご準備できました」

キャディ姿の母が4人のもとにやって来て一礼した。母の顔も息子が迷惑をかけやしないかと心なしか緊張しているようだ。いつもの客についてキャディをするのとは訳が違うのだろう。それもそのはずだ、ゴルフ場オーナーファミリーのキャディをするのだから。

カートに乗り込み母の運転で移動する。カートに乗るのも初めてだけに光は大変興奮した。カートが林の中を抜けると視界が開け、見事なコースが目に飛び込んできた。

「兄貴はバックティーから、パパはレギュラーティーから。光くんは私と一緒にレディースティーからにする？　前で打てて有利なんだけど」

横に座った由香が尋ねてきた。有利というフレーズに、バカにされているような気がした。できたらバックティーから打ってみたい。一番端から打って最小スコアでカップインしたい。

黙っていると、母に「レディースティーからにしなさい」と言われ、仕方なく従った。いの一番に誰よりも遠くに飛ばしたかったが叶わなかった。カートが止まり、浩道が準備に入った。

ＯＵＴ　ＰＡＲ５　３８０〜５２４ヤード（レディースティー〜バックティー）

光は浩道の所作を観察した。ティーを芝に差し込んで2回、空気を強烈に裂く素振りをしてアドレスに入った。鶯（うぐいす）が森の中からさえずる。大きな弧を描いたスイングに弾かれた弾丸のような白いボールが青空に向かって飛んでいった。

「さすが兄貴」

由香が感心して球の行方を追う。

「ランで300は行ったかな」

浩道は納得の一打だったようだ。入れ替わるようにして高夫がレギュラーティーに向かい、入念に素振りをしている。浩道とは違い、ゆっくりとしたテークバックから球を払うように柔らかくショットした。まっすぐ飛んだ球はスライスしながらもフェアウェイに止まった。光は闘志が湧いた。カートはレディースティーまで移動した。

「じゃんけんね。負けたほうが先ね」

由香が負け、光が最後になった。由香は見た目とは違う力強いスイングで、高夫と変わらない距離までキャリーした。

「ナイスショット」

浩道の言葉に、由香はサンバイザーのつばを指で挟んで礼をした。

光の番になった。人生初のティーショットである。風は左方向からのゆるやかなフォロー。急激にコースが絞れた辺りにはバンカーがある。ドライバーでここから打てばその罠(わな)にはまる可能性もある。2番なら狭いフェアウェイに落とすことができそうだ。光はカートに戻り、ドライバーから使い慣れた拾った2番アイアンを手にした。母にはゴミ捨て場で拾ったとすでに打ち明けてあり、特に追及されることはなかったが、新品クラブの中にみすぼらしい2番アイアンが入ることには難色を示した。だが、お守りだと言い聞かせて納得させておいた。

驚いたのは残りの3人だ。2番アイアンを使いこなせる者はそうはいないうえに、初コースで小学生が2番を選択する。光はティーアップせずボールを地面にじかに置いた。方向を定めると素振りをせずアドレスをとり、テークバックに入った。左からのフォローの風に乗るように計算し、フェードを打つと決めた。鋭く振り抜いた。手のひらに確かな手ごたえを感じた。低く飛び出したボールは徐々に上昇してスピードを保ったままスライスがかかり、降下しながら風にも運ばれフェアウェイのど真ん中にランディングして長いランを生んだ。

その球筋に見とれた3人は声を失った。もう1人、母の公子も驚きを隠せず光と球の位置を交互に見ている。由香が横に来てレーザー計測器で光のボールの辺りの距離を測って、驚いて顔を向けた。

「光君、すごい！　ランが出たとはいえ250ヤードは飛んでるよ。スーパーショット!!」

由香が興奮しながらはしゃいでいる。

「ねっ！　言ったでしょ！」

兄と父に向かって由香が勝ち誇ったように言った。

「どこであんなショット覚えたの？　あれ、プロでもなかなかできないよ」

浩道が感心していた。しかし光にとっては何てことないショットである。びっくりされるようなことではない。むしろもう少しインパクトの瞬間を遅めにしたら、もっと飛んだかもと思った。光のボールはレディースティーからのショットとはいえ、浩道よりも１００ヤード以上の差をもった飛距離が出た。

光の第2打はグリーン奥に落下し、傾斜を利用しながらピンそば1メートルに近づけた。練習グリーンで感触を掴んだパットも苦もなく決めた。人生初ラウンドのスタートホールでのイーグルに、一同は舌を巻いた。

その後はレギュラーティーからティーショットすることになって、オーソドックスから変幻自在なゴルフを魅せ、終わってみれば（38　32）の70でホールアウトした。浩道は72。由香は96。高夫は95であった。母の公子は仰天した。偶然が重なってアンダーで回るなどということはない。

「光君。本格的にゴルフをやってみないか」

高夫が言った。疑いようのない才能である。高夫は公子に光を託してほしいと願い出た。公子としてもこれほどの才能があるのなら埋もれさせるのはもったいないと思った。が、ゴルフにはお金がかかる。残念ながら諦めるほかないと申し出たが、「それは、こちらがすべて持ちます」と高夫が言った。

「光、すごいわね」

帰りの車で母が褒めてくれた。

「いや、まだまだだよ。早く帰って練習だよ。直したいところもあるし、他のクラブも不安なところがあるからね」

「2アンダーだなんてプロの世界だよ。しかもあなた、まだ小学生でしょ」

「まだ、もっとできたんじゃないかと思うと悔しいよ」

公子はさらなる向上を目指す光に末恐ろしさを感じた。まさか自分の子供にこんな才能があるとは思わなかった。満にしても光にしても、真理子のことで随分と我慢を強いてきた。家計は真理子の治療代に消えていく。それでも2人は何も文句は言わない。与えられた環境の中でどう生きていくのかの術を、自分たちで見つけていこうとしている。満は医者になる道を選び勉学に励んでいる。光はゴルフを見つけ出したのだ。より茨の道かもしれないが、光なら乗り越えてくれる気がする。

公子は光のゴルフを極める道を応援したいと思った。あとは夫の理解が得られるかに懸かっている。堅実な道を歩ませたい誠は、プロゴルファーになりたい光を応援してくれるのだろうか。

吉田家では、夕食中も夕食後も光の話題で持ちきりだった。由香は特に興奮していた。ダイヤの原石を発見したどころではなく、ブリリアントカットされた500カラットのダイヤモンドをジャングルで偶然拾ったぐらいの気持ちだった。逆に浩道はどこか浮かない顔だった。

「確かにすごい少年だ。ちゃんと育てたら化け物になるな」

高夫はウイスキーの入ったグラスの氷を揺すりながら、遠い過去の同じような才能を持った男のことを思い出していた。

浩道は食後、自室に戻ると衝撃的な現場に居合わせたラウンドを思い出していた。子供の頃からゴルフに打ち込み、父の多大な支援もありプロゴルファーになれた。だが鳴かず飛ばず。もがけばもがくほどうまく行かなくなり、離れてみても再びゴルフの魅力に引き戻される。そしてゴルフの壁に打ちのめされる。この繰り返しがゴルフの魔力なのかもしれない。

自分はプロには、なれたのだが、思い描いた未来図にはならなかった。実績と実力は伴わず、苦しい思いと恥辱の思い、自己否定の日々がプロゴルファー人生である。もちろん楽しい思い出もあるが、それは圧倒的に少ない。父に言われて始めたゴルフ。今思うとなぜ始めたのだろうとゴルフを忌み嫌うようにもなっている。もしゴルフに出会わなければどんな人生を送っていたのだろうか。考えてみれば教師を目指したこともあったが、自身の気弱な性格に流されて特に苦労もなく、心底求めたわけでもないままになったプロの道だった。

今日ラウンドした少年、里見光。彼を見て衝撃を受けた。半日を使うゴルフはその人となりまで露見する。あの少年の一途さ、執念と情熱は自分にはないものであった。道を極める者特有の迫力を持っていた。小学生に負けた。予選ツアーで負ければ怒りと情けなさの感情に襲われる。だが生まれて初めて負けて清々(すがすが)しさに支配された。少年のゴルフは70打すべてが魅力的であった。はずれの場面が一つもない映画を見ているようだった。そしてラウンドが終わると、もっと続きを見ていたいという気持ちにさせてくれた。彼のゴルフを渇望してしまう。

そしてふと、これまで頭におぼろげながら内包していた甕(かめ)の蓋の重い錘(おもり)が、今は軽く持ち上げることができるのに気付いた。そしてそれをどけた瞬間、プロゴルファーとしての人生に終止符を打つ踏ん切りがついた。

第2章

忘れ難き言葉

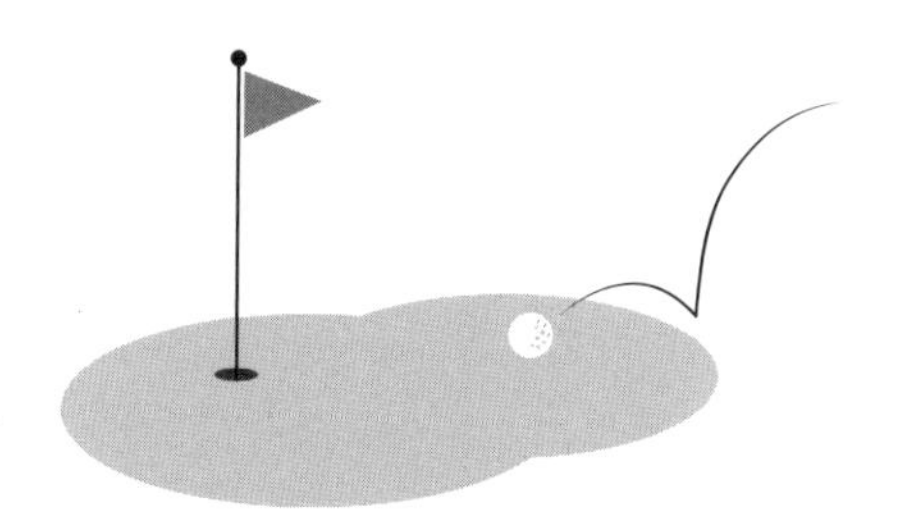

一

光は吉田家の支援もあり、才能を開花していった。練習も無料、ラウンドも無料と至れり尽くせりの条件が何よりうれしかった。劣悪な森の中でのショットをしなくていいと思うだけで、天にも昇る気分だった。6年生になり、県のジュニアゴルフトーナメント小学生の部に出場し圧倒的な強さで優勝した。光にしてみたらなんとも味気ない大会であった。全くもって脅威になるような選手がいなかったからだ。早くプロになってお金を稼ぎ、真理子を兄が治して自分は豪華な世界旅行に連れて行くという思いだけが強くなっていった。

平日は練習に明け暮れ、休日には2ラウンドをルーティンとし、納得いかないときには3ラウンド以上のときもあった。学校が長期休みの平日には朝5時にスタートし、午前中2ラウンド、午後2ラウンドし、夜遅くまで練習場で打ち込む。コーチの浩道も、由香も高夫も、そして、家族も皆が舌を巻くほどであった。

中学生になった光に、高夫が「全国中学生ゴルフトーナメントに出てみないか」と打診した。光は即座に「出ます」と答えた。高夫は、

「浩道には、これからもコーチを続けてもらい、由香にコーディネーターをさせる。登録料その他の遠征費用は俺が出すからな」と言ってくれた。

浩道はプロゴルファーをすでに引退し、大学院を出た後、光のコーチをしながら高夫の後継者になるべく修業を積んでいた。光が全国大会に出場するにあたりそのコーチにも今まで以上に、熱が入った。

迎えた大会には全国から選抜された80名の選手が参戦した。「千葉稲沼ゴルフ倶楽部」は雨模様だった。参加者は皆ゴルフエリートで、幼い頃からゴルフの薫陶を受けて育っていたが、光は負ける気はしなかった。出場者の中で自分がもっとも恵まれた環境でトレーニングをさせてもらっているという確信があったからだ。それゆえ負けることが許されないと思っていた。

クラブハウスのミーティングルームに集合がかかり、選手及び随行者に主催側から急遽(きゅうきょ)レギュレーションの変更が言い渡された。予報によると天候がこれから午後にかけて悪化する可能性が高く、明日の予報も大雨強風警報が出されており本選の開催も危うい。予選なしでハーフのみのストロークプレイで優勝者を決定すると発表された。さらに通常3名ひと組だが、4名ひと組でアウト・インに分かれてスタートすることも決まった。

出場者からざわめきが湧き上がった。不満を漏らす声が出たが天候には逆らえず、仕方ないと諦めざるを得なかった。

「短期決戦だな」

浩道が腕を組んで言った。イレギュラーでもゴルフはゴルフ、勝つしかないと光は気を引き締めた。

「行こう」光の肩に手を置いて浩道は退室を促した。ミーティングルームを後にすると、そこかしこで選手に随行者がアドバイスをし始めていた。

「光。9ホールしかないから、安全策は取らないぞ」

「うん」

「強気勝負でガンガン行こう」

「じゃ、おはようバーディ狙いだね」

「そうだ。全部バーディ狙いの気持ちで行こう」

「よし。頑張る」

本選が始まり、第1組から順次クラブハウスを出て行く。由香が事前にコースの写真と動画を撮影してくれていて、光は浩道と各コースの戦略の問答をしていた。ここ2週間はこのシミュレーションが日課の一つであった。そしてコースの特性は完全に頭に入っていた。1組目がスタートする頃には霧のような小雨だったが、光の第9組のスタート直前には雨の線がはっきりとわかる降り方に変わっていた。

この大会の注目度ナンバーワンは双葉真彦だった。浩道からは「連覇がかかっている選手だ」と聞かされた。あまりの才能ゆえ、飛び級の特別参戦で小学校6年生にして昨年、この大会を制した全国のゴルフ少年たちのトップに君臨する選手である。将来の日本ゴルフ界を背負う選手と呼ばれ、ゴルフ雑誌の記者とカメラマンが取材について回るスターであり、彼らに対しても落ち着いた所作と丁寧で大人びた対応をしていた。

その双葉と光は同じ9組に入り戦うことになった。全くスポットが当たらないノーマークの光は、同学年の双葉に対して闘争本能をむき出しにして喰らいつこうと決めた。抽選で光が3番目に、双葉は2番目にショットする順番が決まった。双葉の番が来た。光は動きすべてをチェックした。ティーイングエリアに向かうまでの動作も規則正しく、行儀良い挨拶をすると、よほど体に染みついているのだろう、リズミカルで流れるようなルーティンを終えてアドレスに入った。

(どれだけのショットを打つのか見ものだ)

双葉の振り下ろされたドライバーは、鋭く空気を切り裂く音と球を真芯で捉えた金属音を残して綺麗な飛球線を描いてドローがかかり、狭いフェアウェイを捉えた。一目でわかる素晴らしいショットであった。距離は約240ヤード。関係者から拍手が起こった。双葉は帽子のつばを押さえギャラリーに一礼する。切れ長の目元に薄い唇と細長い鼻梁は、冷静沈着で子供らしからぬルックスである。身長が高く、線は細いが手足も長く、綺麗でしなやかな教科書どおりのショットをする選手だった。

「里見光選手」

主催者から光の出番を告げる声がかかった。

「いいか、光。相手が双葉だろうと光にチャンスがある。このコースはトリッキーでフェアウェイも狭い。器用さと戦略が求められる。その点、光は初コースだがこういうコースでは生きる」

浩道は光の肩を叩き、低くどす黒い雨雲を見上げながら、

「それに雨での悪コンディションもお前には有利だ」と送り出してくれた。

双葉と入れ違いでティーイングエリアに向かう光は、すれ違いざまに「ナイスショット」と声をかけた。だが双葉は一瞥(いちべつ)もくれず顔色一つ変えることもなく素通りした。「俺に口を利くな」と言っているようで、この先も一切触れてくれるなという宣言のように思えた。

（カッコつけやがって。見てろよ、びっくりさせてやる）

ティーを差し込んでボールをセットし、光はゴルフクラブを剣のように突き出して狙いを定めた。後方に下がり、片目を瞑(つむ)り、ドライバーのヘッドで再度目標を指して捉えると、アドレスに入った――と思ったら、間髪いれずにショットした。光にしてみればいつもどおりの打ち方である。素振りもワッグルもアドレス時のチェッキングポイントの確認もしない。すぐに打つ。

「おお、早っ」という声が関係者から上がった。そして飛球を確認すると拍手が起こった。第1打はフェアウェイの右側の緩やかな坂に向かって低いドローを打ち、着地点の傾斜を利用しながら長いランを出して、双葉よりも20ヤードほど先まで転がっていった。雨が降っていなければ、もっと差が出たはずだった。

ティーを抜きながら双葉をちらりと見た。しかし双葉は我関せずと音楽プレーヤーをいじっている。ポーカーフェイスで隙を見せるところがない。ティーイングエリアを下りながら第2打地点に向かう。

「双葉を意識せず、集中して落ち着いてやっていこう」

浩道は光と双葉のショットが抜きん出ており、残りの2人は完全に萎縮したことを悟り、マッチレースになると踏んで、光に対して熱くならず慎重に行くことを指示した。光の性格は同レベルかそれ以上の選手と対峙するると、闘争心と功名心が先んじることを警戒してのアドバイスだった。

双葉の第2打はグリーンを捉えたが、ピン奥8メートルにオーバーした。続けて光が放ったショットは高々とフライし、緩やかにグリーンに落下すると、雨に濡れた芝の重さを利用してピンそば1メートルにぴたりと止めた。光の技術力の高さを知らしめた。

(このホール、もらった)

光が得意げな表情を向けても双葉は目も合わさない。全くプレッシャーを感じていないようだった。

グリーンは雨を吸い、やや重の状態である。

(ピン奥の下りの8メートルでこの雨じゃ、あいつは良くてパー、最悪ボギーだな)

光はマーカーを置いて浩道の差す傘の下に戻り、双葉を見つめて心でつぶやいた。

双葉はピンまでの距離をじっくり確かめながら反対側にしゃがみ、芝を入念に読んでボールの位置まで戻ると、カップを見つめながら小刻みにパターを振って感覚を確かめている。

(つたく、早く打ってくれよ。どうせ入らないんだから)

時間いっぱいを使ってようやくアドレスに入った。放たれた双葉の強く鋭いパットでボールが回転するたびに水しぶきを立て、カップにまっすぐに向かいながら転がり、勢いが落ち始めたところで吸い込まれるようにカップインして乾いた音を響かせた。グリーンにいた誰もが唖然とした。双葉はガッツポーズをすることもなく悠然とカップに近づき、ボールを拾い上げた。バーディ。憎たらしいパットであった。

(何!?　あれが入るのか)

逆に光にプレッシャーをかけてきた。１メートルとはいえ、双葉が決めてしまうと余裕が重圧に変わる。短期決戦だけに何が何でもバーディを取って喰いついていかなければならない。いつもならノンプレッシャーでパットするのだが、慎重に素振りを繰り返した。上目遣いに双葉のほうを一瞬見た。すでに次のホールへの準備を始めている。アドレスに入り再度カップまでの距離を片目で確認しテークバックした。グリップを握る手のひらが力んだのを感じたときには、すでにボールは放たれた。

(しまった)

カップに近づくにつれ雨と芝に絡め取られ、ボールは勢いを一気に失い減速していく。

(止まるな!!)

カップ手前数センチのところで、ボールは完全に勢いを無くしつつある。

(もう半回転!!)

だが無情にも、縁にまで達しながらボールは停止した。

(くそ!!　あっ、えっ！)

カランコロン。グリーン上を吹いた風と横殴りの雨がボールを後押しして、光も辛うじてラッキーなバーディとなった。

「よし!!」

思わずガッツポーズをして浩道とハイタッチをした。

「ツイてる、ツイてる。言ったとおりコンディションの悪さが光に味方したな」

浩道は光からパターを受け取り肩を叩いた。光はほっとしながら笑みがこぼれた。

「危なかったよ、びびった」

双葉を見ると、すでに準備を終えたのか目を閉じて音楽を聴いている。

(次は頂くよ)

光は浩道から渡されたタオルで濡れた手を拭きながら、双葉を睨(にら)んだ。

IN　1ホール　380Y　PAR4
里見　−1
双葉　−1

2番ホールは165ヤード打ち下ろしのパー3。すり鉢の底にあるようなグリーン手前の左右に深いバンカーが口を開け、その間のフェアウェイは狭く一本の木が邪魔をしてラフは深い。バンカーには水がたまり始めている。距離はないが罠にはまると大怪我をしてスコアを大きく崩す。

1ホール目に続いてオナーの双葉は、8番アイアンを携えて相変わらずの規則正しいルーティンをこなしアドレスに入った。打ち出した飛球は低い弾道になり、ラフを弾いてバンカーに転がり落ちた。

辛うじて水たまりを避けたのが幸いだったが明らかなミスショットであり、水を含んだ重い砂と顎の高い深いバンカーでは出すだけで精いっぱいなところである。

（これでバーディはないいな）

「光。慎重にな。まだ勝負は始まったばかりだぞ」

浩道は光の余裕を感じ取り、心配になって自制を促し、双葉より1つ番手を上げて7番アイアンを渡した。ティーイングエリアで目も合わせず顔色一つ変えない双葉とすれ違った光。

（よかったね。バンカーの水たまりは避けれて！）

光はすれ違いざまに双葉を心の中で茶化した。

ティーアップをしないでボールを直接地面に置いて、フェースを寝かし気味にショットした。高く上がったボールはピンの左1メートルにつけた。小さくガッツポーズをして、クラブを器用にクルクル回しながらティーイングエリアを下りた。2ホール目にして光は、連覇が懸かったこの同級生よりも自分のほうが確実にうまいという自負が確立された。注目をされる双葉への嫉妬と、不理解なギャラリーに自分のほうが上とアピールしたい気持ちが強くなっていた。

双葉の2打目はバンカーからである。水たまりに、はまってはいないものの顎の高いバンカーで、この悪コンディションでは出すのはおろか、寄せるのさえ容易ではないはずである。双葉はグリーンに上がりカップと芝の状態、距離を入念に確認すると、コーチも兼任するキャディの父親にサンドウェッジを手渡し、ピッチングウェッジを選択してもう一度ボールとグリーン奥の木々とを結ぶ直線に立って、深いバンカーに足を踏み入れた。

光はお手並み拝見とばかりに手前側グリーンのエプロン辺りから腕を組んで見下ろしている。それを気にもせず双葉は素振りを4回繰り返し、ピン方向を視認して足場を固めてアドレスに入った。カップまで20ヤード。テークバックから振り下ろされたピッチングウェッジの底のバンスが重い砂の塊を掬い上げ、ボールはほぼ直角に飛び出して、ピン手前30センチの水を含んだ重いグリーンにぴたりと止まった。乾いたグリーンであればピンに当たって入っていた可能性もあるほどの完璧なバンカーショットだった。拍手が起こると軽く頭を下げ、レーキで砂を整備しグリーンに上がってきた。

（あんな芸当ができるのかよ。ミスショットの後に、どこまでも冷静な奴だな。だが、パー止まりだ。こっちはバーディチャンス）

「お先にどうぞ」

光のその声を無視して、双葉はマーカーを置いて濡れたボールをキャディの父親に渡した。

光は無視されたことに唇を尖らせた。

（気に入らない奴！）

「光。とにかく落ち着いて」

光も浩道もここは差をつけるチャンスと考えている。パターを浩道から受け取り、小刻みにパターを素振りして感覚を研ぎ澄ませていく。アドレスに入り芝の重さを計算して強めに打ち出した。直接ピンに当たったボールはカップに落ちるかと思いきや弾かれて、カップの縁から5センチの辺りで停止した。

（くそ。ツイてないな）

片手でグリップしたままボールをカップに入れた。

「光。気持ちを切り替えよう」

パットのツキに見放されて唇を尖らせ舌打ちする光に、浩道は言った。

双方ともにこのホールはパーであった。３ホール以降も他の選手が天候悪化でスコアを大きく崩す中、光と双葉は３アンダーで３位以下の選手が７オーバーのため、優勝争いは第９組の光と双葉に絞られた。

迎えた右ドッグレッグの第８ホール、４８２ヤード、パー４。

「雨は止んだが風が出てきたな」

浩道が見上げる空を光も見た。鉛色の雲が上空低く流れる。風は乱れて木々を揺さぶる。フォローかと思えばアゲインストに、右からと思えば左から吹く。

ティーイングエリアに立つ双葉は、コース全体を俯瞰しながらキャディである父親と話をし終えるとティーを挿し、ボールをセットする。ルーティンに入ろうとした際、一瞬、風の音が耳を劈くほど吹き始め、ボールがティーからこぼれ落ちた。双葉は拾い上げてセットし直すとグリーン方向に強く流れるフォローの風が吹き始めた。双葉はそれを敏感に感じ取り、今までのルーティンを捨てすばやくアドレスに入りティーショットを放った。ボールは高く上がりフォローの風にも乗り、ショートカットになる山林の向こうに消えていった。その球筋を打った後も見つめている。

光にとってもこの風は大きなチャンスである。ティーイングエリアに向かおうとしたが、双葉がどこうとしない。キャディの父親と話し込んで飛球方向を見ている。競技委員に浩道が「退去するよう忠告してくれ」と話すと、「OBかどうか確認している」と言われた。「確認は後にして、先に打たせてほしい」と浩道が詰め寄ったが、競技委員は手のひらで待てと制した。競技委員はレシーバーから延びたイヤホンを指で押さえて頷くと双葉のところに駆け寄って「セーフです」と告げた。時間にして1分ほどだが、この中断で風は強いアゲインストに変わっていた。

「時間内に打てばいいんだ。風を味方につけよう」

悠然と退く双葉の横を、怒気を発しながらティーイングエリアに入った光。風向きが変わるのを素振りをしながら待つ。ゴルフにはスロープレーを防止する策としてショットまでの制限時間がある。競技委員の事前説明では60秒以内と通告されていた。空を見上げたが雲は光の頭上を後方に流れて行くだけだった。

「里見選手。時間です」

ショットを促す競技委員の言葉が無情に聞こえた。強いアゲインストの風は右に吹いている。右に曲がっていくフェードショットでは強い風に押され距離も出ず山林に吸い込まれてOBとなり、その時点でジ・エンド。左に曲がっていくドローショットで風と相殺して置きに行くのがベストと読んだ。

光の低く打ち出したショットだったが、左から来る急な強い向かい風に押され、コースに突き出る山林手前の最悪の場所に着地した。いくらトリッキーなショットが得意な光でも、これを越そうとする無謀なギャンブルは打てない。

「ここは、一旦双葉に譲ろう。もうひとホールある」

浩道は劣勢に立たされたツキのない光を鼓舞するように励ましたが、むしろ自分自身を奮い立たせるように思えてならなかった。

浩道自身も現役時代はツキのなさに泣かされた。また、ツキに見放されたときに勝利が転がり込むことがなかった。勝つ者は必然のようにツキに愛される。しかし、コーチとして共に戦う光にそれを見透かされてはならない。また、それで落ち込むことは禁忌と決めていた。

光は2打目をグリーンが見えるフェアウェイに出した。それは双葉の第1打よりも30ヤードほど後方だった。続けて第3打をピンまで5メートルにつけた。今日のグリーンを考えると微妙な距離だった。光の第3打を見届けた双葉は空を見つめた。雲の流れが緩慢になり風は止んだ。グリーンに狙いを定めアドレスに入る。残り140ヤード。まっすぐ打ち出された飛球は放物線を鉛色の空に描きながらグリーンに落下して、導かれるように転がりピンに当たって視界から消えた。チップ・イン・イーグルだった。

光は天を仰いでから双葉を見た。これほどの見事なショットにもかかわらずガッツポーズ一つするわけでもなく、冷静にフェアウェイを歩いてグリーンに向かい始める双葉。

「諦めるな、光!」

浩道も愕然としていたが、力を振り絞って光を奮い立たせようとした。だが光は唇をかみ締めて小さく頷くことしかできなかった。

「光。まだ最終ホールがある。勝負の行方はまだわからない。何とかここはパーで収めて、最終ホールに勝負をかけよう」

しかし、光は、このホールをボギーで終えた。うな垂れる光。

「光。3打差だが、まだ終わったわけじゃない。諦めるわけには行かない。パーが取れなかったのは痛いが、9番ホールはロングのパー5だ。何が起きるかはわからない」

浩道は必死に光を励ました。

「わかったよ。やられっぱなしにはならない！」

再び雨雲が立ち込め雨が強く降り出した。双葉は悠然とリズムを変えることなくショットをした。230ヤードのフェアウェイをしっかりと捉える。光のティーショットは強い雨にもかかわらずホップしながら300ヤード地点を越えた。双葉の2打目はグリーンに届かず手前のフェアウェイに留まる。無理をせず確実にパー狙いである。光は迷わず得意の2番アイアンを手にアドレスに入る。このショットでカップに沈めなければほぼチャンスは無くなる。

（決める！）

風が出てきて強い雨が止み、アゲインストの風が光のシャツを揺らす。不利な条件が襲ったが、勝利しか見ていない光は低い弾道のショットを放つ。風を切り裂いたライナー性の飛球はグリーン手前の上り坂のフェアウェイで読みどおりバウンドした。

(雨でブレーキがかかるはずだ)

水しぶきを上げてグリーンに降下し、球威を殺がれながら転がりカップに向かう。

(入る!)

しかし、ボールはカップに消えず手前30センチで止まった。

最終ホールを双葉はバーディ。光は意地のイーグルで締めた。9ホールを戦い終えた双葉と握手を交わす。

「それほど強いとは思わない。今日は負けたが次は勝つ」

光はそう言い放つと早々とグリーンを下りた。同級生に負けたことが何よりも光は悔しかった。

全国中学生ゴルフトーナメント　最終結果
優勝　双葉　−6
2位　里見　−4

最終組の競技終了を待って表彰式が行われた。本来ならグリーン上で行われる予定であったが、天候悪化のためクラブハウス内のミーティングルームで行われた。

2位の光が名前を呼ばれ、大会委員長より表彰状を授与された。続いて連覇を果たした双葉の名が呼ばれ、大きな拍手の中、優勝トロフィーを受け取った。

　表彰式が終わると、カメラのフラッシュとインタビューを受ける双葉を横目に、光はバスルームに向かった。これほどのサポートを受けながら勝てなかった自分を責め、湯船に顔を沈めた。

　双葉は終始試合をコントロールし、常に彼の支配下でのゴルフをさせられていた。勝利へ近づく確率を上げる緻密な計算と執念。打倒双葉という目標が出来た。運不運はあったが技術的には遜色はなかった。もうハーフあればどうなったかはわからない。反り立つ高い城壁ではなく、飛び越えられるほどの小川に思えた。だが同時に双葉の冷静沈着なゴルフに畏怖も抱いた。認めたくはなかったが、スコア以上の差があったのではなかろうかとラウンドを振り返ってみた。考えれば考えるほど双葉の手の平の上でころがされていたように思える。暗い気持ちを抱えたまま由香の運転する車でゴルフ場を後にした。

「初めての全国大会だったけど、いい経験ができたんじゃない？　光」

　由香がハンドルを握りバックミラーを覗き込んで、後部座席の光に言った。

「勝てなくて申し訳ないよ」

「上には上がいるってことがわかっただけでも収穫よ」

「あそこまでやられているとは思ってなかったよ」

「やられている？　そんなに差はあったかな」

「気が付いたのか、光」

助手席の浩道が、組んでいた腕を解いて言った。

「うん。そっちのほうがむしろ悔しい」

「どういうこと？　私にはわからないんだけど」

浩道が由香に双葉の仕掛けた罠についての説明をし始めた。

「最初から双葉は、あえて自身が不利になるような難しい場所を狙いファーストショットを打った。今思えばそれは絶対的な不利な場所ではなく、確実にリカバリーを決めてくることのできる位置であった。『勝てる』、『大したことはない』という心の余裕を光に抱かせて、隙を作らせる演出をしたわけなんだ」

「オナーも譲らない」

光が合いの手を入れた。浩道は続ける。

「突き放したと思っても双葉はきっちり決めてきて、喰いついて来ると思わせることでこっちを焦らせ、それが徐々にプレッシャーになって、ミスが出たら一気に勝負を決めて完全に敗北を認めさせ、勝負を放棄させる作戦だった」

「怖っ」

由香が肩をすくめた。

「もちろんすべてプランどおりに進んだわけじゃない。向こうだって焦っていた。光のポテンシャルが予想以上だったから」

「私には、そんな老獪なことする子には見えなかったけどね。礼儀正しい王子様って感じだったし」

「双葉があんな仕掛けをするということは、それだけお前の実力を危険視したからだろう。まともにぶつかればどっちに転ぶかわからないと踏んだから、双葉はどんな手でも使って勝とうとした。お前も焦れたが向こうも相当焦れていたはずだ」

「でも、負けたら意味がないよ」

「そこだよ。いい試合だったでは意味がないんだ。ゴルフってのは技術もそうだが、メンタルも必要だ。それに戦略も戦術も。それらが6でも7でも勝てない。場合によっては10でも勝てないときがある。ぎりぎりの戦いを制する者は、運という流れを引き込んで神懸かることが必要になる。すべてを得た者が勝者になる」

「運を引き込むって言ったって。練習でどうすることもできないよ。どうすればいいんだよ」

「大丈夫。すべての経験が必ず光を勝者に導いてくれる。前を向いて、一瞬一瞬、一打一打を懸命に積み上げて行くことで運は味方する」

「兄貴、なかなかいいこと言うじゃん」

浩道の言葉に、由香はプロ時代の不遇だった兄とは確実に変わったと感じていた。

家に着いて早速、光は真理子のもとを訪れた。

「入るよ」

「うん」

中からか細い声がした。８畳の真理子の部屋は空気清浄機が四隅に置かれエアコンで管理された快適な室温であったが、大きな医療電子機器のＬＥＤライトの点滅が無味乾燥で、ＳＦ映画の宇宙船を思わせた。壁や棚には旅の写真集を見て模写した真理子の絵が飾られているが、「トロフィーを置きたい」と言って棚に隙間を作っていた。約束が守れなかったことを謝って、代わりに額に入った表彰状を手渡した。

「光、すごい。だって全国の中学生の中で2位だよ」

表彰状を、体を起こしてベッドの上で何度も読み返す。

「何度読み返しても優勝にはならないよ」

「いいの。すごい。ほんとに光、すごい。うれしい」

小5になり昔のような駄々をこねることは無くなって物分かりはよくなったが、その分、自分の境遇が同級生や家族とも全く違うということに気付いている。だが我慢強い真理子は、それを決して口にすることなく受け入れている。それを口に出してしまえば家族が一番悲しむことを知っているからだ。だからこそ光は真理子の喜ぶ顔が見たい。

「次はトロフィーを、絶対もらってくるよ」

「ありがとう！　うれしい」

自分のことのように喜ぶ真理子だった。

「負けて悔しいんだから、そんなに喜ぶなよ」

「いいの。いいの。ねぇ、光」

「なんだい」

「表彰状をあそこの棚に飾って」

真理子が指をさしたほうをみた。

「トロフィーじゃないんだぞ」

「関係ないの。あの壁の棚を、光の勲章でいっぱいに埋めて行きたいんだもん」

「わかった。だけどせっかくの真理子の絵を飾るスペースが無くなっちまうよ。これからいっぱい優勝したら」

「それでいいんだもん。光の活躍はうれしいもん」

光はトロフィー用に空けていたスペースに表彰状を立てかけた。

「じゃ、ゆっくり休めよ」

光は部屋を出るとドアを閉めた。

（よし、来年は双葉に絶対勝つ。そのためには練習だ）

階下に下りると父親が仕事から帰ってきていた。いつもどおり寡黙に食卓について母親の差し出した夕飯を食べている。今夜もこれから別の仕事に出かけるのだろう。

「おかえりなさい」

居間に入った光が言った。父親は光のほうを向いて頷いた。光は自分がゴルフに打ち込むことを父が快く思っていないのは感じていたので、微妙な空気が流れる。兄のように堅実な道に進むために、心のどこかではゴルフをやめてほしいと思っているのだろう。だからといって面と向かって言ってくるわけではない。光が乾燥させていたクラブを床から拾い上げて居間から出て行こうとした時、

「上には上がいるんだ。いくら中学生で2番だろうが上に行けば行くほど狭き門になる。そのことをよく考えるんだ」

脇にクラブを抱えたまま黙って聞いて、何も答えずに居間から庭に出た。

兄のように勉学に励むほど優秀ではない。父のように仕事をしてからまた、別のバイトで深夜まで働くことも自分にはできっこない。だが、ゴルフであれば自信がある。準優勝とはいえ、双葉のような将来を期待される同学年の王者とも互角以上に戦えた。父は何も知らないで結果だけを見てそう言っているに違いない。ゴルフをやめる気にはなれない。父の期待どおり、望みどおりでなく、自分の生き方がある。ゴルフしかないんだと光は心に思った。

居間の灯が漏れる庭で素振りを始めた。頭の中では双葉とのラウンドの一コマ一コマが思い出される。悔しさで素振りに力が入ってしまう。いや違う、才能を認めたがらない父のあの言葉に動揺している。原付のエンジン音が聞こえた。父はバイトに向かった。

「まだまだだな、俺は」

こんなことで動揺する自分の弱さを嘲りながら星空を見つめた。同学年にあんな奴がいたとはな。だが浩道は双葉が俺を恐れているとも言っていた。それは鍔迫り合いの中でも感じていた。双葉の作

戦に気付かずにまんまと引っ掛かってしまったことに、気恥ずかしさと体裁の悪さを引きずる。双葉にすべてコントロールされていたことが何よりも悔しかった。経験の差と言ってしまえばそれまでだが、それは言い訳にならない。頭を振って一心不乱に素振りをした。

部屋に戻ると、塾から帰ってきた兄は早速机に向かって参考書とにらめっこしている。邪魔にならないようにゴルフバッグに静かにクラブを入れていく。

「光。準優勝だって？　おめでとう」

「兄ちゃん。ありがとう」

満が足を組んで片肘を机に突いてこちらを向いている。

「真理子が喜んでたぞ。光は全国で2位だって。母さんだってびっくりしてたよ。最近じゃ、あの子はプロになれるかもなんて上機嫌でさ。お前にプレッシャーになるから面と向かっては言わないけどな」

「でも、父さんは反対しているだろ」

「父さんは心配なんだよ。アスリートの世界なんてほんの一握りの人間しか脚光を浴びないからさ。父さんは身をもって知っているから」

「でも、俺はプロになりたいし、兄ちゃんと違って頭の出来も悪いからゴルフしかないんだ」

「光。将来そこそこの暮らしが約束されるのは堅実さなんだ。それを得るために一番手っ取り早いのが勉強なんだ。継続する意志があれば誰にでもできる。才能に左右される要素は少ない。父さんは、お前がプロとして大成しなかったらということを心配しているだけで、決して光の才能を認めてないわけじゃないんだ」

「でも、僕にはプロゴルファーしかないよ」

「ああ。俺もそう思う。だが確約されたものではないということだ。父さんは、そのことを言っているんだ。一点集中では潰しが効かないからな。それにだ。勉強をして知識が増えることはプロゴルファーとして邪魔になるのかい？　世界に行くなら英語だってできなくちゃならない」

「確かにそれはそうだけど」

光は、やはり勉強というものに対しては及び腰になってしまう。だが父親を安心させるためにも勉強に力を入れることも必要かと思った。

二

それから程なくして、同居していた祖母が亡くなった。兄は受験が控えているということで、今まで2人で使っていた子供部屋が満1人のものになり、1階の祖母が使っていた和室が光の部屋になった。初めて自分の部屋が持てたことにうれしくなった光。天井が高めに出来ているので、雨の日は室内で素振りやフォームのチェックなどができる。

晩秋を迎えて、今年最後の大会である「大日本ゴルフ連盟主催　オータムカップ中学生大会」がやって来た。光は実績が買われシード選手になり、地方ブロック予選は免除された。

「この大会は絶対に獲りに行くぞ」

浩道が息まいて練習にも熱が入った。マラソン選手のようにコースを走りスタミナと下半身の強化に努め、怪我をしにくいしなやかな筋肉をつけるためのトレーニングもこなした夏だった。

大会エントリーが済んで、光をがっかりさせるニュースが飛び込んできた。エントリーシートに双葉の名前がなかったからだ。双葉は肘痛のため出場を見送ったのだった。

双葉不在のまま迎えたオータムカップは光の独壇場だった。予選から本選までリーダー・トゥ・ウィンをやってのけた。最終結果はトータル22アンダーで、2位とは14打差をつけた完璧な勝利だった。双葉以外の中学生では勝負にならないという勝ちっぷりだった。


大会が終わって2週間がたった。光はこの2週間、今後について考えていた。このままゴルフのうまい少年で終わりたくはなかった。本気でプロになるためのルートを開拓すべきだと考えた。練習後のクラブハウス内の浩道のオフィスで、ゴルフ雑誌の記事を見せた。

「ヒロさん。これどう思う?」

カップを掲げる光の白黒写真に〝中学生最強〟という見出しと簡単な記事が小さく載っていた。

「ようやく名が知られて来たな」

光はしらけた気分で雑誌を閉じた。

「ヒロさん。僕はちっともうれしくなんかないよ」

「それは双葉がいなかったからだろ」

「それもある。だけど中学生最強では意味がないんだ。仮に双葉に勝てたところで所詮狭い世界の話。勝ったからってどうなんだいって」

「何が言いたいんだ?」

「来年のフューチャーカップに出る」

全国アマチュアゴルフ選手権フューチャーカップは、25歳以下のアマチュアに出場資格があり毎年7月に開催されるアマチュア界では年間最高の栄誉とされる、文字どおり未来ある若い世代が鎬(しのぎ)を削る大会で、ここを登竜門にプロの一流選手になった者も多い。その分、出場には幾つかのハードルがあるうえに、遠征費用、エントリー代などの経済的な余裕がなければならなかった。

「今のプロでさえ中学時代に出場しなかった大会だぞ」

「わかってるよ」

「勝つのはとてつもなく困難な大会だぞ」

「それも、わかってる」

「どうしてもか」

「うん。どうしても」

浩道が腕を組んで目を瞑り思案した。浩道とすればじっくりと実績を積んで一歩一歩進むのが妥当だと考えていた。部屋の扉が開いた。

「浩道、光。練習は終わったのか」

オーナーである高夫が入ってきた。

「どうした、2人とも難しい顔をして」

高夫はソファーに腰を掛けた。浩道は事の経緯を話した。頷きながら話を聞いた高夫は、光と浩道を交互に見据えた。

「挑戦しなさい」

「オーナー、ありがとうございます」

光は頭を下げた。高夫は浩道に同意を求める目配せをする。それは覆ることない決定事項である。

「かしこまりました」

「光は挑戦してこそ輝く。協力は惜しまん。いいな、浩道」

「はい。できます」

「よし、光、思い切りやりなさい」

「ありがとうございます」

光は直立不動で高夫に頭を下げた。

浩道は早速、練習メニューの作成に取りかかった。本大会は来年8月10日、軽井沢の名門ヒルウェルゴルフ倶楽部で行われる。1次予選が4月25日（森ノ上ゴルフクラブ～千葉～）、5月21日（ゴルフ

8大北カントリー～奈良～）。2次予選が6月12日（ベアバレーカントリークラブ～埼玉～）、6月29日（ミツクラカントリー倶楽部～岐阜～）。予選がそれぞれ違うゴルフコースで行われ、試合間隔も広い。集中力を持続させることが重要である。

由香がコースの下見と情報収集に走る。毎年不規則なレギュレーションで番狂わせも多く、それだけに本選に勝ち残るのはつわものぞろいである。浩道と由香は膝を突き合わせ今後の計画を練った。本選・予選コースでの事前ラウンドは必須であると考え、すぐにコースの予約を済ませた。各コース2回ラウンドする予定だ。メンタルトレーナーである浩道の大学時代の友人、プロ時代に世話になったフィジカルトレーナーにも光を鍛え上げるよう依頼をした。綺麗事を言うつもりはない。ゴルフには金がかかるのだ。アマチュアだろうと資金力がものをいう。だから、やれることは全部やって光を優勝させたい。そういう思いにさせる夢を持たせてくれるのが光であった。

「夢かぁ」

浩道は目を閉じて自身の昔を思い出した。プロ同期の西潟伊勢雄は、先日ツアー7勝目をあげ賞金ランキングもトップを走る。今年も賞金王は確実である。差がないと思っていた西潟はすでに手の届かない存在になっている。

プロテストの日は西潟と同組であった。さほど注目の選手ではなかった。むしろ大学ゴルフ部出身で花形なのは自分のほうだった。ドライバーは飛んでも250程度の西潟。片や300ヤードは飛ばせる自分。「こいつは落ちるだろう」、そう考えていた。脅威にすら感じなかった男だった。だが終わってみればノーボギーのアンダー。受験者の中でパット数が16と断トツの成績であった。派手なゴルフではなかった。面白みがないといえばそれまでだが、愚直であり確実であった。

そして、共にプロゴルファーとなった。「センスの吉田、努力の西潟」と、新人の頃のゴルフ雑誌で取り上げられた時はそう言われた。そのセンスが余裕と油断を生み出し、足元を掬われることにもなった。今では西潟は日本ゴルフ界の帝王として君臨し、小学生の光に負けた自分は引退を決めた。

だが下級プロ、名ばかりのプロだった自分に光はついてきてくれる。だからこそマネージメント、コーチング、そして何よりも自分がプロとして大成できなかった理由を伝えることができる。つまり反面教師にすることで、光には一流のプロゴルファーに育ってほしい。ただ純粋に、その一念だけだ。光が大成すれば、吉田家にもたらされる見返りも大きいだろう。しかし、そんなものは一切期待していない。光に懸けた夢に不埒（ふらち）な思いはない。ナイーブかもしれないが、そういう人間だから仕方ない。光にオールインする覚悟はできている。

三

年が明け中2になった光は、ハードトレーニングを乗り切り、肉体的にも精神的にも一回り大きくなった。フューチャーカップの4月から5月にかけての1次予選、6月の2次予選と圧倒的な力の差を見せつけて本大会出場を決めた。光のショットは他の選手と飛球が違い、見る者を魅了した。絶妙なショットはボールに神が宿っているようである。強気もある。9ホール連続バーディという離れ業もやってのけたのは、メンタル強化の賜物だ。効率的で年齢体格に合った科学的なトレーニングのおかげで、怪我もせずスタミナも落ちず予選の長丁場を乗り切れた。また、それに応える光に浩道は脱帽し、逆に学ぶことも多かった。光のポテンシャルの高さはより磨かれつつあった。

フューチャーカップの参加要綱とエントリー選手名簿の書類が浩道のもとに届き、早速開封した。8月10日が予選。8月11日が決勝。場所は軽井沢の名門ヒルウェルゴルフ倶楽部。広大な山岳コースでフェアウェイが広く飛ばし屋には有利と思いきや、グリーンに近づくとフェアウェイは狭くなり夏で育成したラフはくるぶしが埋まるほどの深さで、グリーンは深いバンカーに守られているので器用なワザも必要となる。

選手エントリーシートにはアルファベット順で各選手の名前、所属、コメントが添えられていた。その中に双葉真彦の名前があった。所属欄には東京中央学院大学付属中2年となっていた。双葉は多くのプロゴルファーを輩出し続けるゴルフの名門中学に入学している。正統派のゴルフをする双葉には、お似合いのゴルフ部である。

さらに、高校チャンピオンだった現在大学1年の山ノ内俊英の名前もある。山ノ内家は、全国はおろか海外にもリゾートホテルを有するコンツェルンで、その御曹司である。所有するホテル併設のゴルフ場では毎年メジャートーナメントが行われる。彼もまたゴルフエリートである。すでにアマとしてプロツアーにも参加しており優勝が待たれている選手の一人で、プロ転向が期待されている。

双葉に雪辱を果たすための決戦が3週間後に迫った土曜日の午後。夏休みに入り気合の乗った午前の練習を終えて帰宅した光は、母と交替して留守番となった。母は時間的拘束の長いキャディの仕事を減らし、代わりにショッピングモールの洋服屋のパートを掛け持ちしていた。祖母が亡くなってからは家族交替で真理子の面倒を見ていた。兄の満は第一志望の高校に昨年合格し、国立大医学部を目指し猛勉強中で夏期講習へ朝から出かけている。

光が真理子の部屋に行くと、彼女はベッドの上で本を読んでいた。

「何か冷たいものは欲しいか?」

「ううん、いらないよ。この部屋は夏だけど快適だし」

真理子が見ていたのは世界のリゾート地を紹介している写真集だった。結局6年生になっても学校へはほとんど通えなかった。光の焼けた黒い肌に比べ真理子は透き通るように白く、むしろ透明にさえ思える。外の世界を知らないので、こうして写真集を見ることで世界を旅した気分になっているのだろうか。それらを模写した絵が増えた。その絵には家族が必ず描かれている。そして光は常に真っ黒であった。

「光は真っ黒だね。この写真の子みたい。目がクリッとして歯が白くて。ほら」

透き通るような青い海をバックに白い砂浜ではにかむ、南の島の少年の写真だった。

「似てないよ。俺こんな猿みたいじゃないぞ」

「猿だよ。光は」

「まったく、生意気な妹だ」

無邪気に笑う真理子に光は、おどけて少年と同じようなポーズをとる。真理子が笑うと光もうれしい気持ちになる。真理子は写真集を小脇に置くと光に向かって言った。

「今度も大会に出るんでしょ」

「うん。アマチュアゴルファーの日本一決定戦なんだ」

「光なら優勝できるね」

「もちろん。ぜったい優勝するよ。そしたらあそこにドデかいトロフィー置くよ」

棚には表彰状や大会での優勝トロフィーも増えた。その真ん中にフューチャーカップを置くと真理子に約束した。

「練習しなきゃ。うまい人たちばっかり出るんだから」

「今日は、もう練習してきた。ここからは真理子の面倒を見るから」

「私は大丈夫。いつもみたいに素振りしなよ。何かあったら携帯を鳴らすから」

「でも」

部屋に閉じこもる真理子を置いて、自分の好きなゴルフの練習をすることに気がひけた。

「いいから行って、心配ないし。大事な大会があるんだから。私は絵を描くから。描いているのをそばで見られたら恥ずかしいし」

「そうか、わかった。電話を遠慮しないで鳴らすんだよ。水が飲みたい、お菓子が欲しい、どんなことでもね。いいね、必ずだよ」

「うん」

「よーし、バリバリ練習しよう!!」

「頑張れ！」

ごめんね、というのはやめた。真理子にしてみれば、自分のせいで何もできないと思われてしまうという気持ちがあるからだ。庭で素振りをするのはうるさがられるので、最近は家の前の道路を挟んだ向かいの原っぱでしていた。

青い空には入道雲。蝉（せみ）の声がうるさいほどに合唱する。10回も素振りをすると、照りつける太陽がじりじりと肌を焦がし大粒の汗が流れる。その時、目じりの端に麦藁（むぎわら）帽子と白いタンクトップのワンピースを着た女の子を捉えた。彼女は光の自宅玄関に向かい、背を伸ばして中を窺（うかが）っている。光は通りを渡って女の子に近づいた。

「うちに用かな」

女の子は振り向いた。回転に遅れる長い髪が、まるでスローモーションのように巻き返る。白い花がパッと咲いたような目を見張るばかりの美少女がそこにはいた。真理子より大人びていて、こんなド田舎でこれほどの綺麗な女の子を見たことがない。テレビで見る芸能人が目の前にいきなり現れたようだった。

「こんにちは」

彼女は、ちょこんと頭を下げた。

「あぁ」

光はあっけに取られて返事をした。

「マリちゃんにお渡しするものがあって来たんです」

「学校の子かい？」

真理子を訪ねて来る学校の友人など今までいたことがないから、面食らうのと同時に真理子にも友人がいることに安心とうれしさがあった。

「お兄さんですか？　マリちゃんの」

「そう」

そっけなく話しながらも、どうしたものだろう、心臓が激しく鼓動する。白い肌は向こうまで透き通って見える。手持ち無沙汰で手にしたアイアンを強く握る。対して彼女は落ち着き払っている。ゴルフでもこんなに動揺することはないのに一体何なんだ？　どうしたんだろう。光は激しく揺れ動いた。

「真理子なら部屋にいるから。どうぞ」

彼女の前をズカズカとぶっきらぼうに通り過ぎ、玄関のドアを開けた。彼女は頭を下げて玄関に入り、光は2階の真理子の部屋を案内した。

「真理子、友達が来たぞ」

「ともだち？」

中から真理子の声がした。「入るぞ」と言ってドアを開けた状態で彼女を中に招き入れた。真理子はベッドの上でスケッチブックを抱えてこちらを見た。

「マリちゃん」

「ああ、エリちゃんだ」

「久しぶりだね。体はどう？」

「うん。なんとか」

「今日は夏休みの宿題資料を持ってきたの」

「えー、わざわざ、ありがとう。暑かったでしょ」

「うん。でも、ここは涼しくて気持ちいい」

「なんか冷たいものでも飲む？」

「うれしい」

光はエリの可愛さに見とれてしまっていた。真理子が2人のやり取りを見ている光に気付いた。

「光」

「は？　あっ、何、何？」

「何か冷たい飲み物あるかな」

「飲み物ね。了解」

光はドアを閉め階段を下りた。冷蔵庫を開けて飲み物をコップに注いでいる間もエリのことが気になってしまう。なんとかしゃべってみたい。光は飲み物を部屋に運んでテーブルに置いた。麦茶の入ったコップが3つ。

「なんで光のがあるの?」

「いや、その、俺も練習して喉が渇いて、ちょっと休憩」

「大会でしょ。それ飲んだらすぐに練習!」

「うるさいな。わかってるよ」

「大会?」

エリが真理子の顔を覗き込んで聞いた。真理子は頷いた。

「そのぉ、プロじゃない全国の一番を決めるゴルフ大会……」

横から会話に入ろうと必死の光。

「もう、いいから。早く飲んで練習行きなよ」

光は自慢げに言ったが、真理子に邪険にされた。

「まったく、生意気でうるさい妹だ。こんなの友達やめときな」

光の冗談にエリは笑った。笑顔も可愛かった。

「お兄さん、すごいのね。マリちゃん」

顔が熱くなるのがわかったが、真っ黒に日焼けしているだけに、赤面しているのはばれずに済みそうだった。だが気恥ずかしさで慌てて部屋を出て、空き地に行って素振りをした。

何度振ってもエリの顔が浮かんでくる。忘れようと何度も振っても浮かんでくる。気が狂いそうで、1時間くらい必死でがむしゃらに素振りをしたが、ゴルフのことが飛んでエリのことを考えてしまう。

一心不乱に素振りをしていると、「お邪魔しました」と、通りの向こうからエリが頭を下げている。光もちょこんと気のないふりして頭を下げた。エリは手のひらを合わせ、口元を囲って言った。

「大会、頑張って優勝してくださいね」

可愛い。

「うん！」

直立不動になって、なぜか敬礼していた光。それを見てエリは口角を上げた大人びた笑顔を見せて、胸の辺りで小さく手を振った。仕草、所作のすべてが圧倒的な可愛さで、生まれて初めて胸が切なく苦しくなった。

エリが帰った後に、真理子にそれとなく聞いてみた。

「友達が来るなんて初めてじゃないか。よかったな」

「宮瀬エリちゃんはねぇ、東京から来た転校生なの。可愛いし、綺麗だし、頭いいし、運動もできて、性格もいいのよ」

真理子はうれしそうに言った。1学期の初めの頃に医者の許可が出て学校に通ったときに、クラスになじめない真理子と転校したばかりのエリと気が合ってすぐに打ち解けたのだが、真理子は再び自宅療養になってなかなか会えなくなったと言った。

「そうなんだ。でも優しい子だな」

「とても優しいんだよ」

光はあくまでそっけなく装うことで、この気持ちが真理子にばれないように振る舞った。妹とはいえ、そんな感情を知られるのは恥ずかしい。だが、エリのことをもっと知りたい気持ちが勝ってしまう。

「でも、こんな田舎に転校してくるんだね」

「お父さんが設計士で、お母さんが英語の先生だって」

「じゃ、英語はペラペラか」

「アメリカで暮らしていたみたいだよ」

「へぇ、アメリカ」

「光のトロフィーや表彰状を見て、エリちゃんがすごいって言ってたよ」

「えっ、ホント?」

「うん。光はゴルフの天才だよ、将来はプロになるよってエリちゃんに言っておいたよ」

「そしたら何て?」

「応援するって」

真理子に感謝した。本当はもっともっとどんなことを言っていたか聞きたかったが、それはやめた。

女を好きになるなんて恥ずかしすぎるからだった。でも頭の中には常にエリのことが駆け巡り、胸は締めつけられる。その日から光の頭の中はゴルフよりもエリが大半を占めるようになった。一日中エリのことを考えてしまう。恋愛している学校の友人もチラホラいる。それをしたくて、お洒落にも気を遣い始める同級生もいる。光はそんなことには全く頓着してこなかったのだが、朝、鏡の前に立つと身なりを気にしたりするようになっていた。

（こんなことしていていいのだろうか）

一年間目標にしてきたフューチャーカップが直前に迫っている。その狭間で光は揺れていた。

「光、練習お疲れ。暑いから冷たい飲み物を奢るわよ」

練習を終え着替えを済ませ、事務所にキャディバッグを置いて帰ろうとする光に、由香が声をかけてきた。

「それは、うれしいな」

由香とクラブハウスの喫茶コーナーの、18番ホールが見渡せる窓際の席に座った。由香はアイスコーヒー、光はレモンスカッシュを注文した。

「もうすぐだね、大会。調子はどうかな」

「心配ないよ」

「そう。兄貴から悩みがありそうだって聞いたんだけど」

「えっ？　悩み？」

「うん。練習に身が入ってないってさ」

「そういうわけでは……」

あの日以来、ずっとずっとエリのことを考えてしまう。練習に身が入らず浩道に指摘されてもいた。

うつむく光を見つめる由香は、兄との会話を思い出していた。

「心ここにあらずで、ショットも乱れている。緊張でもしているのかな。双葉への畏怖って言うか。何が原因なのかさっぱりわかんないんだよな」

「簡単だよ兄貴。それ、恋煩いだね」

「恋煩い？　中2の光が？　早すぎるだろ。大会も近づいているっていうのに女に現を抜かすなんて」

「今どきは、そうだって。もう中2だよ」

「あのバカ。気合入れてやるよ」

「そんなことしても逆効果だよ。ここは私に任せてみて」

浩道は大きくため息をついて、

「恋愛は専門外だから、お前に任すわ。なんとか練習に集中できるようにしてやってくれ」

「了解」

そんなやり取りがあったことを当然、光は知らない。注文した飲み物がテーブルに置かれた。

「じゃ、別に悩みがあるわけじゃないんだ」

「うん、ない。ないよ、ない」

「そうなんだ。私はてっきり好きな子でも出来て悩んでるのかと思ったんだけどなぁ」

光が口にしたレモンスカッシュをのどに詰まらせ、むせた。

「何言ってるんだよ！　由香さん！　ゴホッゴホッ」

「えっ？　そうだったんだ。恋しちゃってるんだ、光」

「ちょっと待ってよ。そんなわけないじゃん、好きな女なんかいるわけないじゃん。大体、女なんか！　ゴルフさえあればいいんだし、女でおかしくならないし」

光は見透かされて動揺していた。恋をしていることが恥ずかしくて情けなくなった。

由香は手にしたアイスコーヒーのグラスをテーブルに置いた。

「光。それって大事だよ」

「え？」

「恋してること。恥ずかしいことでもなんでもないよ。好きな人がいるって、すごい、いいことだよ」

「そうなの？　僕には悪いことにしか思えないよ」

「それはないわよ。好きな人が出来るっていうのはすごい力を生み出すのよ。その人のために頑張る、その人にいいところを見せたい、その人の喜ぶ顔が見たいって」

光はその言葉を聞いて目が覚めた。確かに真理子の喜ぶ顔が見たいって頑張ることができた。兄や母、そして父に褒められたくて頑張ることができた。

「車に例えるなら、光は高性能のエンジン。それを生かす燃料になるのが光を応援してくれる人。ご家族や私たちかな。だから何も恥じることじゃないよ。誰かのために頑張るって、素晴らしいことじゃない」

「そうだよね、由香さん、ありがとう」

「どんな子？　光の好きな子？　話してくれてもいいよね」

それから光は、エリについて思いの丈を話した。話したらすっきりした。由香はすべて受け入れて話を聞いてくれた。

「エリちゃんが優勝してねって言ってくれたんなら頑張らなきゃ」

「うん」

「じゃ、もう大丈夫だね」

「うん。やばい、もっと練習したくなった」

由香の恋愛相談は効果絶大だった。光は気持ちがすっきりして、浩道がびっくりするほどに練習に集中した。浩道は由香に感謝した。一体どんな魔法をかけたのか、由香は2人の秘密だと詳しくは話さなかったが、とにかく光は格段に良くなった。人間の内面を視覚化する摩訶（まか）不思議な競技。それがゴルフだと浩道は思った。

「どうだ。光の調子は？」

浩道が振り返ると、高夫が練習場にやって来た。

「この分なら大丈夫です」

「前よりも飛ぶようになったな」

ドライバー練習をする光を2人で見つめた。

「はい。ドライバーは前より20ヤード飛ぶようになりました」

「ホップして伸びがあって、相変わらず魔力のある妖しい飛球だな」

「そうなんです。生き物が乗り移ってるみたいですよ」

「これなら期待できるな」

「ええ」

光が高夫に気付いた。

「オーナー、来てくださったんですか。ありがとうございます」

光は直立不動の姿勢でお辞儀をした。オーナーの前だと常に畏まってしまう。

「なかなか調子いいみたいだな」

「はい。皆さんが本当によくしてくれるので頑張れます」

「そうか。だがな、思わぬところに落とし穴があるし、気付かないうちに罠にはまってしまうのがゴルフだから油断はするなよ」

「はい」

「そのためには自分を見失わないようにな」

「わかりました」

光のその眼は眩いばかりの希望に満ちて輝いている。

「今のお前なら大仕事をやってのけるだろう。これ」

そう言って高夫はデパートのロゴが入った紙袋を渡した。

「餞別だ」

紙袋の中を覗くと、ゴルフウェアとパンツが4セット入っていた。

「オーナー！」

「これ着て頑張ってくれな」

「ありがとうございます」

「浩道。万全を期して大会に臨ませるんだぞ」

「わかりました」

光は深々と頭を下げ、すぐさまオーナーが見つめるなかティーショットを打った。

「おお。素晴らしいな」

オーナーの声がうれしかった。快心の当たりの飛球は、滑走路から夏空にテイクオフする戦闘機のようにまっすぐ飛んで行った。

四

大会の3日前に、光は浩道と由香と共に軽井沢入りし、ヒルウェルゴルフ倶楽部内にあるホテルにチェックインした。フロアには大会に出場するであろうゴルフエリートたちの姿がチラホラ見受けられた。その中に双葉の姿があった。当然、双葉もこちらに気付いているはずだが、前回の対戦と同じような冷静さで、こちらの存在がないように目も合わそうとしない。

（もう、闘いは始まっているんだな）

その時、正面玄関の自動ドアが開いて、長身でサングラスをかけ派手な身なりの男が颯爽と入ってきた。カバン持ちの随行者2人と共に。

「あれが山ノ内だよ。前回の優勝者。今回も優勝候補だ」

浩道が言った。見るからに質感のよさそうなブランド服を身にまとい、ジャケットの袖先から覗く腕時計は光でも知っている有名なスイス製。運命に導かれるように3人がクラブハウス内で交差した。

部屋に入ると、高夫からプレゼントされたウェアを取り出しハンガーに掛けた。窓からはコースを見渡すことができる。一人になると気持ちが落ち着かない。そこで練習場に行こうと準備をし始めたとき、部屋のチャイムが鳴った。ドアを開けると山ノ内が立っていた。

「君が里見君か。はじめまして山ノ内です。中に入るよ」

山ノ内は、こちらの許可もなしに室内に入り込んだ。窓際まで進むと、眼前に広がるコースを背にソファーに腰掛けて長い足を組んだ。

「何の用でしょうか」

「中学生最強って聞いたら会いたくてさ」

光は立ち尽くしながら山ノ内を見ている。

「最強って言っても僕はそうは思ってないですよ」

「またまた。意外と謙虚だね。いいことだ」

そういって顔と佇(たたず)まいには似つかわない、特徴のある豪快な笑い声を上げた。

「あの、僕これから用事あるんですが」

「それは悪かったね。練習かい?」

光は適当に相槌(あいづち)を打った。

「おお、真面目なんだな。素晴らしいね」

ほんのりと赤い顔は飲酒しているのだろうか。

「あの、お酒でも飲んでるんですか」

「あのなぁ、18だよ。お酒は二十歳(はたち)になってからだよ。飲むわけないでしょ。ウィスキー入りのチョコレートを食べただけだよ」

「ベタな嘘言わなくていいです」

「嘘？　コンプラうるさいから変なこと言わないでよ」

「僕には関係ないですから、好きにしたらどうですか」

「里見君は、いいね。双葉の堅物とは違うな。あいつは冗談通じないし、無口だし。カメラの前だと饒舌なんだけど。とっつきにくいんだよ双葉は。まぁ、実力はつけてきたがまだまだかな。一緒になった大会では俺に勝ったことがないしな」

「双葉に勝ってるんですか」

「そうだよ。いうなれば双葉にとっちゃ俺は天敵かな」

双葉が勝てない男が山ノ内。その双葉に勝てない自分は現時点で3番手。気持ちが焦る。抑えるには練習しかない。与太話に付き合ってられない。

「あの。そろそろいいですか？」

「そうだった。練習に行くんだよな。お互い、いい勝負しようぜ、楽しみにしてる。これやるよ、近づきの印に。ほれ」

胸ポケットから山ノ内は、父親の所有するホテルの宿泊券とゴルフ無料券を差し出した。

「暇があったならどうぞ。じゃあな」

そう言って気障（きざ）に片手を挙げて颯爽と部屋を出て行った。

翌日、リフレッシュをかねての休養日だったが、光は落ち着かずに朝から練習場に出かけようと部屋を出た。夏とはいえ高原の朝は肌寒い。時計の針は午前5時半。新鮮な土の匂いがする空気は心と体を癒やす。練習場に近づくと球を弾く音が聞こえてきた。２人の男。双葉と山ノ内が練習をしていた。この時間から練習しているのだった。考えることは同じかと光は思った。練習用ボールをかごに入れてブースに向かう。

「里見君、おはよう」

山ノ内が手を挙げて言った。光は頭だけを下げた。一番奥では黙々と双葉が練習をしている。光は2人の中間である真ん中に陣取り、いつものように2番アイアンを取り出してボールを打ち出した。

「へぇ、2番アイアン」山ノ内が物珍しそうに問いかけてきた。芯を食った小気味いい音を残して、鋭い弾道が打ち下ろしの練習場の一番奥の林に消えていく。調子はいい。

「ほぉ。噂にたがわずだね」

山ノ内が飛球方向を見ながら言った。邪魔くさいとは思ったが、ここで気持ちが乱れるようでは仕方ない。平静を装いながら礼をした。昨夜のミーティングで浩道からはペースを乱されないようにしなさいと釘(くぎ)を刺されていた。双葉は相変わらずこちらのやり取りなどどこ吹く風で黙々と打ち込んでいる。光も2人のことは眼中にないと自分なりの練習に取り組んで、２００球を打ち終わったところでグローブを外してクラブをバッグにしまいこんだ。

「おわりかい」

山ノ内が素振りをしながら言ってきた。

「ええ。お先です」

2人はまだ練習をしているが、ここで熱が入って自分のペースを乱せば本番に悪影響が出そうな気がした。今日は200球と決めてそれなりの課題に取り組めた。自分のペースを守ればよい。練習場を後にした。一旦部屋に戻り、シャワーで汗を流して浩道たちと朝食をした。朝、軽く体を動かしたのは正解だった。すこぶる心身の状態がいい。気持ちも落ち着いている。

朝食後、光はホテルを出て軽井沢の町並みを散策した。レンガ石の舗道の両サイドには土産物屋やフードショップなどお洒落な店舗が立ち並び、多くの観光客で賑(にぎ)わっている。光は、家族への土産を買う目的で一軒の雑貨屋に足を運んだ。そこで家の形をした木製の飾り棚に目が留まった。数日前、エリの父親が建築しているモデルハウスの集落を見に行った。そのときの家のような飾り棚だった。

(これ、エリに買っていこう)

家族のものとは別に店員にプレゼント用で包んでもらい、大事にホテルに持ち帰った。

大会初日。午前6時に起床した光は、ベッドから下りて重厚な遮光カーテンを開いた。抜けるような青空だった。木々は朝日を受けて鮮やかで、みずみずしい緑が映える。身支度を整え高夫からもらったゴルフウエアに着替えた頃、浩道が迎えに来て部屋を出た。

昨夜は食事を午後7時には終えて浩道の部屋に移動し、VTRと写真を見ながらフォームのチェックとコースシミュレーションをした。大きなあくびが出たのは午後9時過ぎだった。

「ヒロさん、俺、眠いよ」

「まだ終わってないぞ」

「でももう、完全に頭に入ってるし」

「念には念をだ」

浩道は説明を続けるのだが、しばらくすると再びあくびが出て、うとうとしだした。

「まったく、緊張しないのが不思議だわ」

由香があきれて笑った。

「眠いんだもん」

「仕方ない、終わろう。寝ていいぞ」

浩道も光の肝の据わりに就寝の許可を出した。フラフラとしながら部屋を出て行く光の背中を見ながら、過酷なトレーニングをこなした光を心の中で褒めた。

30名の精鋭から半分が明日の決勝には進めない、サバイバルの予選1日目が始まった。光は第1組に決まっていた。スタートは午前9時。光は浩道とスタートホールのティーイングエリアに向かった。

「光。この予選は生き残りのプレッシャーがかかる。そのために自滅した者から脱落するだろう。とにかく落ち着いていこう」

「うん」

快晴無風。気温も湿度も絶好のコンディション。中学生チャンピオンが参加するとあって、ティーイングエリア周りには後続の選手たちやギャラリーが詰めかけていた。光に注目が集まっていた。

抽選で光がフューチャーカップのスターティングショットに決まった。浩道からドライバーを受け取ると、ティーイングエリアで大きく左右に振る。空を切る音が静寂の中で轟く。選手紹介がなされ帽子のつばをつまんで頭を下げた光は、ティーアップしてボールをセットするとその後方に立ち、狙いを280ヤード地点バンカー左のフェアウェイに定めた。アドレスに入り、いつもどおりすぐにテークバックに入りショットした。青空を切り裂くような飛球は放物線の頂点近くで勢いに乗り、再び伸びドローがかかりながら狙いを大きく越えた310ヤード近くのフェアウェイに止まった。ギャラリーからはため息と歓声が漏れ、大きな拍手が起こった。

光のショットに皆、畏怖の念を抱いた。光のショットに気圧され躓いた同組の選手をよそに、スタートホールをバーディで終えた光はその後も順調にスコアを伸ばし、34、33の67、5アンダーの成績で予選を終わった。山ノ内は7アンダーで首位、双葉が6アンダーで第2位。それに次ぐ3位で光は翌日の決勝に駒を進めた。決勝の最終組は成績順でこの3人に決まった。

大会はストロークプレイであり、この日の成績が持ち越されリセットはされない。トップの山ノ内との差は2打。十分に優勝圏内につけた。4位の選手とは8打差もあり、優勝争いは3人に絞られた。

夕食は由香から「めちゃおいしい」と聞いてどうしても食べたかった有名ラーメン店「武田麺房」に出かけ、食後、パワースポットとして名高い勝負事にご利益のある神社を訪れ、3人は明日の勝利祈願をした。

「明日は、今日と違ってガンガン攻めればいいというものではない。勝負どころを見誤らないようにしなくてはならない。攻めれば地獄もありうるし、守りに入れば奈落に落ちることもある。相手との駆け引きもある難しいゲームだ。こういう時は、とにかく自分のペースを守って我慢をする。勝負どころは残り3ホールだろう。そこに懸けることになる」

ホテルの部屋に戻り、ミーティングで浩道が言った。

「この最終3ホールを、今日はすべてパーで仕上げたが、山ノ内は16番ボギー、17番ボギー、18番パー。双葉は16番ダボ、17番パー、18番はボギーだった。2人はここで乱れた。修正はしてくるだろうが2人にはプレッシャーになるはずだ。波乱が起こるのは、ここしかないだろう。もちろん、こちらにも起こる可能性はあるのだが、この3ホールに優勝の行方が懸かるだろう」

「負けるつもりはないよ。優勝するよ、ヒロさん」

光は笑顔を向けた。

「そうだな」

「ヒロさん。焦らずにチャンスを待つってことだね」

「そうだ。我慢だ」

浩道は光を心強く思った。自分がプロだった時、これほど堂々としたところはなかった。不安に苛(さいな)まれ、常に頭の中は最悪を想定したシミュレーションを繰り返し、自滅していった。だからこそ光にはそのときの経験から反面教師のアドバイスができる。光には西潟のようなトッププロになっていく素養は十分にある。いや、それ以上の。

その時、部屋のチャイムが鳴った。ドアを開けると由香と、その後ろに首から取材ＩＤタグをぶら下げた２人の男が立っていた。１人はノートパソコンを小脇に抱えた、ジーンズに紺ジャケットを羽織ったさわやかなスポーツマン風の男。もう１人は首からカメラをぶら下げた小柄で垂れ目の男で、２人とも30代前半ぐらいに見える。

「光を取材したいって。光を売り出すためにはいいかなって思ってお連れしたの」

由香が片目を瞑って手のひらを顔前で合わせて掲げた。取材は邪魔になるから断るように言っていた浩道なのだが、由香から渡された名刺には大手全国スポーツ紙「ニホンスポーツ」（通称「ニチスポ」）の社名が入っていた。大手スポーツ紙に光を売れば注目度が上がると由香は考えたのだろう。メジャー志向の強い由香らしい。

「まったく。光のマネージャー様は派手なことが好きだなぁ。わかったよ、だが手短にな」

浩道は言った。

「ありがとう、兄貴。こちらが山添さん。こちらがカメラマンの滝本さん」

由香が紹介を終えると２人から改めて名刺が渡された。取材前に記者の山添は、

「これから日本のゴルフ界を背負って立つことを期待される里見選手に対して、友好的な記事を載せて行きたい」と説明し、

「今後も末永いお付き合いと、優先的で専属的な取材をお願いできないか」と要請された。その間も

カメラマンの滝本は光の姿をファインダーに収めていく。

「そうですか。そこらへんのことはマネージャーの妹に任せてありますので、彼女と折衝していただければと思いますが、不快に思うような取材や記事は困ります」

浩道はマスコミが手のひらを返すことを知っている。部数が上がれば面白おかしく書きたてることも知っている。ニチスポはメジャーとはいえ5大スポーツ紙の中では売り上げ部数は一番低い。山ノ内や双葉はトップ紙が押さえており、なかなかねじ込めないのだろう。そこで光というところだと勘ぐった。しかし、センセーショナルな記事とスキャンダラスなネタを得意とした低俗さが売りなところもあるニチスポを、浩道は嫌っていた。

「実は、里見選手にかなり前から注目していまして。彼が出場した大会には会社の反対を押し切って私と滝本で出かけまして、密(ひそ)かに観察させていただいておりました」

テーブルの上に広げたパソコンのフォルダをクリックし、過去の大会の写真を開いた。

「会社の取材許可がなかなか下りない中、また監督様、マネージャー様、それに里見選手の許可なく私的に追いかけていたことを謝罪いたします。申し訳ございませんでした。私は、滝本もそうですが、ニチスポの今の体制を好きになれないのです。純粋にスポーツを愛する者であれば、もっとまともな記事が書けるはずです。追求するのはダイナミズムや醍醐(だいご)味(み)のはずです。会社批判になりますが、選手の好きな食べ物だとかスキャンダルなど、どうでもいい記事なんか取材したくはないんですよ。ですから、僕たちは社内では変わり種で疎まれています」

「なるほど」

浩道は由香のほうを見た。

「いいんじゃないの」

由香は頷いた。

「わかりました。あなた方を信じましょう」

「ありがとうございます」

山添と滝本は輝いた目をして頭を下げた。

「光の昔の写真なんか私たちだってこんなたくさん持ってないし。山添さん、これ全部ＵＳＢに落としてもらえるかな」

由香が頼んだ。

「わかりました。すぐにご用意いたします」

「念を押すようですが」

浩道は山添と滝本の顔を改めて見た。

「光はまだ中学生です。度を越すような取材や誹謗中傷のような記事は許すわけには行きませんので、そこは絶対に守ってください」

「もちろんです」

「それと紙面に掲載する前には、必ずマネージャーを通してからにしていただきたい」

取材と記事の内容が全く違うことは多々ある。こちらの意図と新聞社の意図に乖離(かいり)があるためだ。

「おっしゃることは理解いたしました。ご期待に沿えるよう会社にも掛け合ってみます」

浩道は「会社の理解が得られるまでは優先的専属的な取材条件を受け入れることはいたしかねる」と出かかったが、それよりもこちら側がある程度条件を飲んだという恩をニチスポに売っておいたほうが得策だと考え、心にとどめた。それに、こういった対外的なことは由香のほうが得意であり、任せたほうがよいと考えたからだ。

光は初めての取材に舞い上がり、おどけて滝本の被写体になっていた。彼らの質問内容からは理知的な意図が読み取れ、終始好感触だった。ゴルフを、スポーツを心から純粋に愛しているのを感じ取れた。あっという間に1時間がたち、取材が終わった。

「では、明日の決勝も取材させていただきます。里見選手、頑張ってください」

山添と滝本は部屋を後にした。

「兄貴はマスコミ嫌いだからどうしようかと思ったけど、ありがと。これからは彼らともうまくやっていかなくちゃならないし、光のブランドイメージを上げていかなくちゃならないしね?」

「外交は任せたよ」

「かっこよく撮れたかな。優勝したらデカデカと新聞に写真が載っちゃうでしょ」

光が聞いてきた。まったく大した奴だと浩道と由香は思った。

「心配無用だ。アマの大会で1面トップはないから」

浩道は光の肩を叩いて言った。

「そんな。がっかり」

「映えを心配するより、明日の心配しなさいよ」

由香の一言で一同は笑った。


決勝も快晴無風。気温・湿度とも最高のコンディション。選手が実力を申し分なく発揮できる条件が整った。

準備を整えフロントに下りると山添と滝本が待ち構えていて、クラブハウスへの通用路を歩きながら取材を受けた。光は「ワイドショーの芸能人みたい」と全く緊張のかけらもなく笑顔で答えた。浩道のほうがむしろ緊張していた。取材を制止しようとしたが由香が首を横に振った。由香にすれば、これから有名になっていく光に免疫をつけさせたいということらしい。派手な赤のポロシャツと白のパンツは高夫からプレゼントされたウエア。クラブハウスに着くと、他の選手は白や紺や薄いブルーなど地味目なウエアのなか、光のいでたちは目立ったが、ハーフパンツに格子柄の高級ブランドウエアにアイドロップのサングラス、そしてテンガロンハットの山ノ内のほうが凌駕(りょうが)していた。

「ヒロさん、負けたね。派手さでは」

「ゴルフは勝つよ」

「もちろん。独走はさせないよ」

競技委員会からのブリーフィングが終わると第1組から順次スタートし、最終第5組の3人がティーイングエリアに立った。

OUT　1番ホール　パー5　523ヤード

ティーイングエリアの両側から林が迫る狭い打ち上げの先は急激な下り坂で先を視認することができない。厄介なことにラフは深く、200ヤード地点にはクリーク、左にドッグレックしていく250ヤード地点両側には深いバンカーが口を開けて控える、名物難ホールの一つ。スコアを上げるには300ヤード近くを飛ばす、針穴に糸を通すような正確なショットが求められる。クリーク手前においても2打目は左の林を超えるショットをしなくてはならない。どの選択をするのかでその先が変わる。

予選に続き決勝でも多くの選手が選択の過ちで罠にはまって、スコアをいきなり大きく崩す。最終組の3人は昨日このホールをバーディであがっていた。このホールをうまくまとめることで、その後のラウンドをも左右する。

山ノ内のティーショット。7番アイアンを手にしている。安全策で2打目を確実に左の林越えを狙うために、クリーク手前に置いていく作戦をとった。続いて双葉がいつもどおりのルーティンをこなし、スプーンでショットした。低めに強く打ち出したことで山ノ内よりも距離は出て、クリークの手前で止まった。

　2人は安全策であるが、光は違った。

「ヒロさん、ドライバーで行くよ」

「お前、まさか」

「そう、そのまさか。イーグル狙い」

「勝負をするのは作戦どおりまだ先でいい。ここで失敗すると後に響く。クリーク手前が無難だ。昨日と同じでいい」

　浩道は難色を示した。ドッグレックの起始エリア狙いはフェアウェイも狭く、左右にバンカーがある。

「先制パンチってやつ」

「へましたら、ここで終わるぞ」

「大丈夫だって」

「賛成できんぞ」

「いいから、ヒロさん、ドライバー」

　浩道は気が進まないまま渋々ドライバーを渡したが、光なりのゲームプランがあるのだろうと、ここはその判断に懸けることにした。

　ドライバーを手にしたことで、どよめきが起こる。リスキーで難易度が高い選択だが、イーグルを狙いスコアの差を縮めるためにも成功させなくてはいけないと光は考えた。いきなりの勝負に出る。右左に大きくクラブを振りながら風を読んで、いつもどおりの素早いアドレスからショットを放った。飛球は林すれすれを抜け、ティーイングエリアからは確認できない方向へ高い弧を描きながら消えていった。

（快心！）

光は心でガッツポーズをした。競技委員がインカムでやり取りをした。

「里見選手、320ヤード地点フェアウェイです」

歓声とどよめきの拍手が起こった。光は浩道に親指を立てた。浩道は胸を撫で下ろして光からドライバーを受け取った。

山ノ内の第2打はグリーン手前40ヤード。双葉のショットもグリーン手前30ヤードにつける中、光は2オン、ピンそば2メートルにつけた。それも難なく決め、難易度の高いホールを光はイーグル。山ノ内がパー、双葉がバーディで終えたことで、スタートホールから3人がトータル7アンダーで並ぶことになった。

OUT 1
山ノ内 パー 0（－7）
双葉 バーディ －1（－7）

里見　イーグル　－2（－7）

山ノ内は特に衝撃を受けていた。まさか中学生の光があんなショットを放ちイーグルを狙い、果敢に1番ホールから攻めてくるとは夢にも思わなかったからだ。プランはリードを保ちつつ前半を終え、INに入ってから昨日と同じようにバーディを量産し、リードしたままフィニッシュを狙っていた。リードをもらうと圧倒的な強さを発揮するのが山ノ内である。だが、逆に追う立場や並ばれると弱さが露呈する。プランが崩れた。動揺が3打目とパターに出てパー上がりで、双葉にさえ追いつかれた。

（双葉さえ警戒すればと思っていたが、まさかあの中学生が伏兵になるとは）

表面上は落ち着き払っている山ノ内だが、双葉と光の射るような眼光の鋭さに怯んだ。

「ミスができない」「パーでは苦しくなる」

この呪縛が山ノ内を支配し始め、いつもの軽口が鳴りを潜めた。それほど動揺していた。

一方、双葉は光への警戒を怠ることはなかった。予想外のことをしてくるのが里見。だがまさかイーグルを狙ってくるとはさすがに驚いた。

（自分にはあれほどのリスクを冒すことはできない。ティーショットではいつもならワンテンポ早くショットするが、先ほどは風を読んでいたところが見受けられた。かなり成長してきていると思わざるを得ない。警戒をより強めるしかない。ただ、そのおかげで山ノ内さんが乱れたことは漁夫の利と言えるが、山ノ内さんもこのままでは終わらないだろう。修正はしてくるはず。実力は最上位だ）

その後は行ったり来たりの展開が続き、光がトップ、双葉と山ノ内が1打差で追随していた。

波乱が起きたのは、OUT8の163ヤードのショートであった。グリーンは池が手前左右を取り囲み、奥は深いバンカーでガードされている。しかもグリーンは狭く、中央設定のカップを頂点の山なり。グリーン右の狭いフラットゾーンを狙うしかない。距離が短いとはいえ難易度は高い。この大会、ボギーの最も多いホールである。

それまで快晴だった空は6ホール辺りから曇りだし風が出始めていた。策が難しい状況になってきた。珍しく光は浩道とティーイングエリアで相談に入った。

「若干フォローの風だ。安全に2オンで我慢しよう」

「ヒロさん、前半でリードとっておきたいんだ」

「ボギーでもいい。焦れる気持ちはわかる。だが勝負は後半残り3ホールだ。ここは正攻法で行くべきだ。ここで崩れては後半勝負の舞台に上がることもなく終わってしまう。2人は2オン狙いで来る。光もそうするんだ。いいな」

浩道から7番アイアンを受け取った光は、ティーアップし終えた後も思案をしていた。

(彼らのゴルフは大したことない。ここでバーディが欲しい。前半で2打差、良くて3打差をつければ優勝に近づける)

浩道は光を見て忠告を守らないと悟った。明らかに考えすぎている。いつもより入念なアドレス。完全に光のリズムではない。しかしプレーに入り、口を出すことは許されず歯がみした。

高く上がった光の飛球が灰色の空に溶けていく。フラットゾーンにピンポイントで落とすショットだった。だが上空の風は地上よりも強い追い風で、バンカーの奈落に消えていった。球筋を見つめながら光は固まった。明らかに気落ちしている光だった。指示を無視した光を浩道は叱りたかった。だが光の選択を責めても仕方ない。ミスをしようとしてしたわけではない。

「不運だっただけだ。気持ちを切り替えていこう」

光は浩道が目くじらを立てアドバイスを無視したことを叱られると思っていたが、咎(とが)められることなく励ましてくれた。そこに救われたと同時に申し訳ない気分になった。

光のショットを参考に風を読んだ双葉は、手堅い2オン狙いをやめ、グリーンのフラットゾーンへ見事に置いた。光を翻弄した風が止んだことも双葉に幸運だった。

続く山ノ内の飛球は上空高く上がり緩やかにグリーンに落下し、ピン方向にまっすぐ転がって徐々に速度を落としながらエネルギーがゼロに近づく瞬間に視界から消えた。ホールインワン。両手を挙げて喜ぶ山ノ内はキャディとハイタッチをした。

バンカーの縁に立った光は愕然とした。球はバンカー斜面の抉(えぐ)られた凹み部分に埋まっていた。絶望的な場所である。

「救済措置しかなさそうだな」

浩道が悔し紛れに言った。救済措置は脱出が厳しい場合にバンカーから球を拾い上げ、ピンから離れたエリアに出すことができる。ただし2打罰になる。勝利を手繰り寄せたい逸(はや)る気持ちが起こしたミス。ここで無理をしてショットしても傷口はもっと広がる。情けないが救済しか道はない。

「うん。そうするよ」

「そうだな。まだこれからだ。悔しいが、ここは一旦耐えよう。お前ならまだ勝てる」

アンプレアブル宣言をし、このホールは痛恨のダブルボギーで締めた。双葉はパーで終えた。

「落ち込むことはない。まだまだ勝負は続く。いいこともあるさ」

浩道は光の肩に手を置いた。

「お前なら大丈夫だ。実力も彼らよりある。ここまで努力と練習を積み重ねてきたんだ。諦めないで一打一打に魂を込めていこう」

「うん」

光はこれまでの練習の日々を思い出した。支援してくれた高夫や応援してくれる家族のためにも、勝負を諦め投げ出すわけには行かない。気持ちを切り替えた。OUT最終9ホールは山ノ内がバーディ、双葉と里見はパーで終えた。

OUT　終了時

山ノ内　－12

双葉　－9

里見　－8

後半のＩＮが始まった。ＯＵＴとＩＮの違いを知らないゴルファーは意外に多い。ＯＵＴとはクラブハウスから出て行く「ＧＯ　ＯＵＴ」の略であり、ＩＮとはコースの端まで行ってクラブハウスに戻ってくる「ＣＯＭＥ　ＩＮ」を意味している。ではなぜ18番ホールなのかということについては諸説ある。なかでも面白いのがひとホール終えるごとに寒さをしのぐためにスコッチウィスキーを飲み、一瓶空になったのが18番目のホールだったからというものだ。どの説にしろ「18」に根拠があるわけではない。

光は2位双葉とは1打差だが、トップの山ノ内とは4打差がついてしまった。リードを奪ったときの山ノ内は強いが、後を追う双葉が冷静さと堅実さを保ちながら徐々に差を縮め、光が5ホール連続バーディと派手に追い上げることでショットやパットが乱れ、余裕が無くなっていった。光も双葉もそれには当然感づいている。追い落としにかかる時が来ていた。後半になると強い光。獲物をとことんまで弱らせて襲う双葉。勝負は残り3ホールで決まる。このままでは終わらせるつもりのない光の闘志に火がついた。

15ホール終了時
山ノ内　－14
双葉　　－13

里見　―13

「誰に女神が微笑むかわからない。ここからの3ホールが勝負だ」

浩道が作戦会議で言っていたことが現実味を帯びてきた。

迎えた16番ホール。パー4。419ヤード。300ヤード地点のフェアウェイには樹齢300年の松の大木が鎮座している。そこから左ドッグレッグした先にグリーンがある。松の右サイドを狙いたいが、狭いフェアウェイの右には池が控える。しかし、そこを狙えばこのホールで唯一グリーンが目視できる。左サイドは林がグリーンまで続きグリーンが目視できない。OBこそないが林に入れば厄介である。刻めばそれほど難易度は高くないが、勝負するとなると難易度が急激に高くなる。

オナーの双葉はクリーク（5番ウッド）で確実に第1打を右サイド250ヤードに置く常套（じょうとう）手段で来た。つまりここでの勝負はプランにないと光は思った。

光の番である。浩道から渡されたのはドライバー。ここからが勝負と、プランどおり右の松を越えた300ヤード地点を狙う。浩道と目と目で合図し、頷いた光はティーイングエリアに向かった。ドライバーを手にしたことでギャラリーからどよめきが起こる。皆が光の選択に勝負をかけにきたと認識した。ティーアップを終えると狙いを見定めながら右に左にドライバーを振ってアドレスに入った。皆が固唾を呑んだ。蝉が鳴いている。

ボールを弾く金属音が心地よく響いた。スクランブルでテイクオフしていく戦闘機のような飛球が青い空に向かって、やがてハンググライダーの降下のように松の木を越えた辺りにタッチダウンして勢いよく転がり、狭いフェアウェイの真ん中に止まった。３３０ヤードのスーパーショットだった。グリーンが目の前に見える絶好の位置からセカンドを打つことができる。光が小刻みに拳を振った。狙い以上の場所に置けた。勝負に出たのは大成功だった。

光のスーパーショットを目の当たりにした山ノ内は、置きに行くか勝負に出るかの選択に迫られた。

（このホール、里見がバーディを取る可能性が高くなったか。パーでは追いつかれる。次の17番ホールは狭い浮き島グリーンで、ショートホールとはいえ１９０ヤードと距離はある。できたら勝負をかけるのを避けたい。最終18番ホールはパー5のロングだが、ストレートで差が出るようなホールではない。となるとこのホールで勝負をかけて里見と同じような位置を取る必要があり、バーディを取らなくてはならないだろう。クソ。やっかいなことしてくれたもんだ）

山ノ内は大きなため息をついてキャディに「ドライバーを」と頼んだ。決断したが迷いは残る。わずかに風が右から左に吹いている。眉間に皺（しわ）を寄せ松の木を見ている。

（ドローかフェードか。やはりウッドに替えて無難にストレートショットか）

体が一瞬キャディのところに向かおうとしたが、迷いを悟られたくないと踏みとどまった。ティーアップ、アドレス、テークバック、インパクトの瞬間まで迷いが脳内に渦巻いた。わずかコンマ何秒のスイング中に幾多の考えが浮かび、一つを選択し、その指令が神経を通じて筋肉繊維に伝達されショットが決まる。考えすぎてもいけない、考えなしでもいけない、中途半端になるのもいけない。山ノ内はフォロースルーで体勢が乱れた。放ったショットは風に流され、フックしながら松の木の手前に落下した。

（クソッ）

山ノ内は歯がみした。飛球は松の木の根元に止まった。迷いが山ノ内を失敗させた。唇をかみ締めながら目線を読まれないようにサングラスをかけた山ノ内だった。

双葉の2打目はドローをかけ松の木を巻くようにショットし、グリーンまでの距離30ヤードに近づけた。スタンダードなホール攻略である。山ノ内の第2打はレイアップしフェアウェイに置いた。3打目をグリーンオンすればパーの望みが十分ある。3人の中で唯一、光のみがグリーンを目視できる絶好の位置。残り距離90ヤード。光の第2打はピンそば1メートルにつけた。

山ノ内の第3打は残り120ヤードをグリーンオンしたが、奥からの難しい下り12メートルを残した。双葉は第3打をあわやチップインかと思わせるアプローチショットでピンそば30センチに寄せ、狙いどおりパーで締めた。山ノ内のパットはわずかにショートし痛恨のボギーとなった。

光は1メートルのパットを難なく沈め、バーディで終えた。勝負に出たのが山ノ内の動揺を誘い功を奏し、残り2ホールを残し1打差の単独首位に立った。

IN　16番ホール

L　　里見　－14
2位T　双葉　－13
2位T　山ノ内　－13

17番ホールは190ヤード、パー3。ショートホール。池中央の2段グリーン上段にピンはある。1打差の双葉も山ノ内も、ここで必ず勝負をかけてくると光は読んだ。

「勝負時だな」

浩道は力強く頷く光に5番アイアンを手渡した。

「しっかり乗せるよ」

「ああ。お前なら可能だ」

「任せて。こういうのは得意だから」

光は狙いを定めアドレスに入る。無風。高く上がった打球に逆スピンを加えたショット。ボールはグリーン方向にまっすぐ飛び緩やかに落下し始める。池を越えピンそばに落下し急ブレーキをかけるように止まった。カップまで約50センチ。あまりにも完璧なショットに関係者やギャラリーから拍手が起こる。

「もらった」

2人にプレッシャーをかけるには十分なショットだった。ティーイングエリアを下りガッツポーズする浩道とハイタッチをした。

双葉は、冷静な所作でアドレスに入った。まっすぐな飛球はピンの奥に止まり、バックスピンがかかりカップ方向に緩やかに向かってきた。まるでスローモーションのように。誰かが「入れ」と叫んだのが聞こえた。

光は目を凝らして行方を追った。だがボールはカップの縁で止まった。あわやホールインワン。光と浩道は胸を撫で下ろした。

「嘘だろ」

続く山ノ内にはこの日最大のプレッシャーがかかった。リードトゥウインが持ち味だけに追う立場となることには慣れていない。そのうえ中学生2人に負けているという屈辱感と羞恥心から、アドレスに入ると体が硬くなっていた。それは誰の目にも明らかだった。

力が入りすぎたショットは、無情にも手前の池に墜落し水しぶきを上げ波紋が広がった。がっくりと肩を落とす山ノ内はすっかり諦め顔。ゴルフセンスの塊で裕福な家に育ったゆえに、一旦悪い流れに変わると修正はきかず諦めは早い。この時点で事実上、山ノ内の優勝は無くなった。

光、双葉ともバーディ。山ノ内はダブルボギー。優勝は光と双葉に絞られた。どちらが勝ってもフューチャーカップ史上初の中学生チャンピオンである。ギャラリー、関係者は色めき立った。ニチスポの山添は克明に光の一打一打を記録し、滝本はファインダーにその活躍を収めていった。茶目っ気のある光は、彼らに気付くとラウンド中も浩道に隠れてポーズをとっておどけていた。2人はその度胸に感動すら覚えていた。

ＩＮ　17番ホール
Ｌ　　里見　　－15
２位　双葉　　－14
３位　山ノ内　－11

ついに最終ホールを迎える。フラットな５１０ヤード、パー5。広いフェアウェイとストレートなロングコース。飛ばし屋の光、正確なショットの双葉ともにイーグルも狙えるサービスホールである。

「いいか、光。絶対に油断するな。こういう何の変哲もないコースこそ、それ自体が落とし穴で罠だからな。人の油断を誘う罠だ。いいな」

浩道にとっては幾度も経験したことだ。油断と過信と目前の勝利への欲が、ゴルファーにとって一番危険な罠だということを知っている。まして経験の浅い光にはそれが実感として湧かないところがある。どこか余裕が感じられた。それが浩道にとっては危険な匂いだった。

「わかってるよ。大丈夫、大丈夫」

「いいな。とにかく勝負はまだ終わっていない。気を引き締めるんだぞ」

「わかったってば。大丈夫！」

浩道の心配はわかる。わかるけれども、ほぼ優勝が目の前にある。双葉へのリベンジが叶う。もう敵わないと双葉の脳裏に焼き付けたい。玉座から引きずり下ろしたい。光はファインダーを向けるカメラマンの滝本に親指を立ててみせた。

ティーイングエリアでドライバーをいつも以上に力強く振る姿に、浩道は嫌な予感がした。一方の双葉を見ると冷静そのものだった。どちらがリーダーを走るのか知らない人が見れば、間違いなく双葉だろう。それほど光は上気していた。アドレスに入り、テークバックをしたドライバーヘッドが、上空から獲物を狙う鷹のようにボールに向かう。

（絶対に勝つ。ケリをつけて今までの借りを返す）

勢いよく弾かれた球は、ホップしながら放物線の頂点まで達するとドローがかかりながら降下し、フェアウエイのど真ん中に落ちて芝の上を転がっていく。３００ヤードを超えた快心のショットだった。

「よしっ!!」

思わず声が出てガッツポーズを派手にした。歓声と拍手が起こる。その声に手を挙げて応えながら光はティーイングエリアを下りる。すれ違いざまの双葉の前で再び派手なガッツポーズを見せた。だが双葉はあくまで冷静にいつもと変わらぬルーティンをこなし、左右の木々の枝葉と上空を見た。若干のフォローの風。双葉は一旦下がってキャディである父親と空を見上げている。光もつられて空を見る。上空の雲が強く流れ出している。

（さっきまでは無風だったのにツイてる奴だ）

光は心でつぶやいたが優勝は不動だと言い聞かせた。フォローの風は徐々に強くなっていく。風を読み終えると双葉はアドレスに入った。綺麗な弧を描くスイングで飛球は風にも乗り、３４０ヤード近くまでランが出てフェアウェイの真ん中にとまった。今大会のロングディスタンス記録となった。

（まじか）

光は恨めしそうに空を見上げた。さらにフォローの風が強くなったことで山ノ内のティーショットは5ヤードほど双葉を超え、最長距離の記録を塗り替えた。

（チッ、くそ）

風の影響とはいえ距離には自信を持っていた光は、2人に大きく超されたことに対抗心が燃え上がる。浩道は光を落ち着かせようと「気にすることはない」と声をかけた。

第2打地点に来ると、双葉や山ノ内のボールは遥か遠くに感じる。自信があるドライバーでこれほどの差が出たのは悔しい。だが2打目を乗せてイーグルを取ればチャラだと、光はスプーンをビュンビュンと振りアドレスに入った。浩道の頬を今度はアゲインストの風が撫でる。光もそれに気付いて思い切り振り抜いた。

（よし、これなら乗る）

渾身（こんしん）のショットは低い弾道から高度を上げグリーンに向かっていく。刹那、風は一転フォローに変わり、飛球は不幸にもグリーンをオーバーし奥の深いラフに吸い込まれていった。光は思わず目をむいた。

（そんな。ありえない。なんで、なぜ、どうしてなんだ!!）

自然相手とはいえ光にとっては不運であった。光に暗雲が立ち込める。

双葉の2打目は正確なショットからカップ手前1・5メートルにつけた。この距離であれば双葉は確実に決めてイーグルとなる。光がパーであれば優勝を逃し、バーディであればプレーオフ。珍しくオーバーなガッツポーズを光の目の前でして、キャディの父親とハイタッチをした。それを見た光は屈辱感と羞恥心に苛まれる。

優勝の無くなった山ノ内だったが、カップまでの距離5メートルを残しつつもグリーンに乗せた。呆然（ぼうぜん）とする光はただそれを見つめるだけだった。光の2打目の落下地点は夏草が生い茂る深いラフに沈み込んでいたが、こういうショットに光は自信があった。上から叩くようなショットで脱出できたが、思いのほか夏草が絡まりカップまで10メートルを残す第3打となった。敗戦が決定した山ノ内が先にイーグルで上がった。光がここを決めてバーディにすればプレーオフの可能性が残る。その距離は下りの10メートル。入念に芝を読む光と浩道。

「下りのスライス。お前なら決めることができる」

浩道に言われパッティングに向かう。今までに感じたことのない緊張感が光を襲った。異常に体が硬くなり、カップまでの距離が実寸よりも途方もなく遠く感じ、カップの直径が針の穴のように小さく見える。芝がゆらゆらと揺れてラインが読めない。頭が熱くなりすべての音が消え孤独に心細くなる。意思なく手が勝手にテークバックしパッティングをしてしまった。打ち出された球はカップの左を無情にも素通りした。返しのパットは決めたもののパーでホールアウト。

グリーンエッジで双葉のイーグルパットを力なく見つめる。1・5メートルとはいえ外せばプレーオフである。ラインをきっちり読んだ双葉の力強いパッティングはそのままカップに吸い込まれ、甲高い音が響き渡った。万事休す。最後の最後で双葉に逆転負け。

表彰式で光は、中学生初のチャンピオンの栄冠と称賛を浴びながら優勝カップを掲げる双葉を呆然と見つめた。表彰式途中で、浩道に「帰りたい」と言ったが、「何を言っている！　それでは、だめだ。しっかり見届けろ」と叱られた。

優勝　双葉　－16
準優勝　里見　－15
3位　山ノ内　－13

再び光は同学年の双葉に勝つことができなかった。運の要素も含め、すべてを支配しなくてはぎりぎりの世界では勝利を掴むことはできないと光は思った。名勝負と大会委員長が総括したが、記録には永遠に冷酷な優勝と2位という歴然とした差が残る。圧倒的な力の差の前に負けるのなら諦めもつくが、紙一重の差で敗れることのほうが悔しさはでかい。足取り重く光たちは軽井沢を後にした。

五

光が惜敗した2日後、ゴルフ場オーナーである吉田高夫は一枚の古びた写真を見た。ゴルフ場をバックに、そこには若かりし頃の高夫ともう一人の男の姿が写っていた。

「坂東」

世界を代表するプロゴルファーになっていたであろう男、坂東辰巳。デスクの上の鏡で高夫は自身の白髪頭を指先でなぞり、昔を思い出した。高夫は手帳を開いてスケジュールを確認し由香を呼んだ。

「どうしたの、パパ」

「来週の火曜日から鹿児島に行くが、お前もついて来い」

「鹿児島？」

驚く由香に高夫は頷いて答えた。

「光も連れて行くから伝えといてくれ」

「光も？　ってことはゴルフ？」

由香は目を輝かせた。

「ゴルフといえばゴルフだが、光に会わせたい男がいる」

「兄貴は?」

「今回は外れてもらう」

「外れる? コーチを解任するの?」

「違う」

「じゃ、どうして外すの?」

「浩道は光の敗戦に自分なりに答えを見出そうと悩んでいる。あいつにとってもコーチとしての正念場で、今は静観しているほうがいいからだ」

「そういうことね。了解。公子さんに、まずは話してみるね」

「そうしてくれ」

キャディーマスター室に向かうと、午前のラウンドを終え頬を真っ赤にして汗だくの公子に、由香は高夫から言われた話を伝えた。仕事を終えた公子はスーパーに立ち寄り、夕食の買い物を済ませると家に戻った。光は家の前の原っぱで素振りをしている。よほど悔しかったのか、試合に負けて戻ってきたときも、すぐに素振りをしていた。嵐だろうが欠かさず、真っ暗になっても納得いくまで素振りをする。強くなるだろうと公子は思った。

光には、ずば抜けた才能がある。真理子のことで何かと辛抱させてきた。好きなことは、やらせてあげたい。だが夫はゴルフにのめり込む光を、よく思っていない。今の光は、プロゴルファーの頂しか見ていない。夢ばかりを追いかけていると。頂点が高ければ高いほど裾野は広く、脱落した者には目も当てられない悲惨な生活が待つ。それくらいのことは公子だって身をもってわかっている。公子は吉田家の多大なる支援や、どんな日も練習に打ち込む光の姿を見て、諭すわけにもいかなかった。車を停めると光のもとに歩み寄った。真っ黒に日焼けして汗まみれの光は、公子に気付き素振りの手を休めた。

「母ちゃん、お帰り。暑かったでしょ?」

「うん。光は、ずっと練習?」

「そうだよ」

「はい。これ」

冷えたスポーツドリンクを光に手渡した。

「ありがと」

「頑張るわね」

「うん。次は双葉に勝ちたいからね」

「そうだね」

光の頭の中には、もうゴルフしかない。ここで水を差せば、光はすべてにおいて生気を失うような気がしてならない。何もかもなげうってゴルフに取り組む健気な光を見ていると応援したくなってしまう。由香からは「ゴルフ合宿」と聞いていたので、夫の誠からは反対されることも考えられる。でも好意でしてくれることを無下にもできない。仕事中、帰り道、スーパーでの買い物の時もあれこれ考えていた。夫の帰りまでは時間がある。それまでに考えをまとめておこう。

「頑張って」

「はいよ」

公子が原っぱを去ると、背中越しに空を切るスイングの音がした。長兄の満は塾もあり帰宅はまだ先である。念願かなって第一志望の進学校にこの春入学したが、すでに頭は3年後の大学受験に向いている。「国立大の医学部を目指す」。そして医者になり真理子を治すという夢を、着実に現実のものにしようと励んでいる。夫の誠は大層喜んでいた。「堅実に」が、彼の人生で学んだ最大の教訓である。プロ野球選手への夢が破れ、辛酸をなめる生活を強いられることになったことを、誰よりも苦々しく思っている夫であるからこそ、光に対しては改心してほしいと願っている。

料理を作り終えると皿に盛りテーブルに置いた。小分けにした分を真理子の部屋に届けた。真理子の部屋には光のフューチャーカップの表彰状が飾られている。軽井沢から帰った光は真理子に表彰状と土産を渡し、再び2位だったことを詫(わ)びていた。

階下から玄関の開く音がした。夫が帰って来たのだろう。真理子の食事の間は公子が、そばにいてあげるのだが、

「パパが帰って来たから行ってあげて。きっと、おなか空かしているから」と真理子は言ってくれた。

階下に下りると誠は、ソファーでテレビを見ていた。

「おかえりなさい」

「うん」

「もう用意できてるけど、食べる?」

「そうする」

「今、ご飯よそうね」

「光は、まだやっているな」

茶碗にご飯を盛る手が止まる。「うん」そう言って再び盛り始める。

「あいつ、もう中2だろ。そろそろ進路のことも考えないとだぞ。ゴルフもいいけど、どこかで区切りをつけないと」

そう言うとソファーから立ち上がってテーブルの椅子に腰掛けた。

「そうなんだけど。なかなかね」

茶碗を置いた。

「僅差の2位とはいえ、それがこの先を保証するものではない。ゴルフは趣味程度にすればいいんだ」

もう何回も夫の口から聞かされた言葉である。公子は光の努力を少しは見てほしいとは思ったが口をつぐんだ。今、言い争えば光を合宿へ行かせる話が頓挫する。

「準優勝のことなんだけど、オーナーが光にご褒美で旅行に連れて行きたいとおっしゃってくれたの」

「旅行?」

「うん。それがオーナー曰く、ここらで光も踏ん切りをつけるか続けるかの判断を、一回ゴルフから離れてみて考えたらって」

　とっさについた嘘だったが、これが精いっぱいの方便でもあった。

「そうか」

「そこまで言ってくださるのに断るわけにもいかなくて。でもまだ返事はしていないのよ。あなたに最初に相談しなくちゃって」

「真理子の世話はどうするんだ」

「パートのシフトは何とかやりくりします。あの子、旅行なんかしたことないでしょ。私は行かせてあげたいんだ」

「そうだな。いいだろ」

「ほんとに？」

「ああ。ただし光にはどの道に転んだとしても、俺はあいつに課題を出すつもりだ」

「課題？」

「今は言えんが、近いうちにあいつには話してみる」


　ハワイでも沖縄でもなかったが、生まれて初めての飛行機に光の気持ちは高揚していた。中学生の身でありながら最高クラスの座席を用意され、さらに名門の開聞岳国際カントリークラブでラウンドできる褒美もある。恵まれていると心から思った。家族旅行など経験がない。外出できない病弱な真理子を家族で協力しながら看病しなくてはならないからだ。自分だけ西へ、東へゴルフのためとはいえ飛び回ることに、申し訳ないという気持ちが立つ。だが、知らない土地に、まだ見たことのない世界に身を置いてみたいという冒険心があった。

鹿児島空港に到着し由香の運転するレンタカーで、鹿児島市内の桜島を一望できる山の上に立つ高級ホテルに到着した。夕刻が近づきつつあったが日は、まだ長かった。早速、露天風呂に向かった。目の前には桜島の絶景。若干噴火しているのか頂上から灰煙が立ち上っている。

翌朝、有名だというビュッフェを済ませ、由香の運転で錦江湾沿いの国道226号線を南下し指宿に向かう。昇る朝日が水面に反射している。九州最大の池田湖畔を進むと、目指す開聞岳が遠くに見えた。程なくして開聞岳国際カントリークラブに到着した。光がロッカーで着替えを済ませると高夫はソファーに腰を下ろしエントランス方向を見つめている。その横に佇む由香。

「どうしたの?」

光は恐る恐る小声で尋ねた。

「ある人を待っているの」

「ある人?」

「パパの古い友人でゴルフの天才」

2人が見つめる方向を光も見つめた。やがて一台のタクシーが到着して、小さいながらもがっしりとした体躯(たいく)の老人が後部座席から出てきた。

「坂東」

高夫が小声で発し、立ち上がった。半透明ブラウンの自動ドアが左右に開いて、坂東と呼ばれた老人がこちらにゆっくり歩を進め高夫の前まで来た。

「よく来てくれた」

「この日本で俺にゴルフ場で会いたいなどと言うのは、お前しかいないからな」

高夫と坂東は戦災孤児同士で、意気投合し生き残るため米軍基地に入り浸り、残飯や缶詰などを日本人に高額で売りさばいていた。だが、それらを融通してくれた将校が本国に戻ることとなり、餞別としてゴルフバッグを譲り受けた。米兵の休日のゴルフのキャディなどもこなしていたお礼とのことだった。

日本にプロゴルフが浸透していない黎明期。荒くれたちが集まる賞金争奪戦が各地で行われていた。市場でヤクザと揉めたこともあり商売替えをした。2人が持っているのは最新のゴルフクラブであり、ほかの出場者が敵うわけもなく2人は賞金を稼ぎまくり、その世界では有名になる。坂東のゴルフセンスはずば抜けていた。だがプロゴルフ制度が整い始めると、高夫は貯めた資金で不動産会社を興し、坂東はプロゴルファーに転身する。資金は高夫が提供した。ところが元来酒好きの坂東は、それを諌める高夫の忠告を聞かず、飲酒運転による大事故を起こし、プロゴルファーの道を諦めざるを得なくなった。ねじ曲がった右脚と右腕を見た高夫。

「そんな悲しい目で見るな。これも俺の運命だったんだ」

「うん」

「お前の娘と孫かい」

「娘はそうだが、孫ってほうは違うんだ。坂東。お前に是非ともその少年を見てもらいたい」

「筋がいいのかい?」

「百聞は一見にしかずさ」

「おぅ、小僧。今、俺がゴルフできるのか考えてたな」

「えっ」

心を読まれてとっさに「違います」と否定してみたが、坂東はにやりと笑った。

「ええよ。正直でええ」

ティーイングエリアに4人は立った。

「今日はな、支配人に無理を言って存分に光のラウンドレッスンができるようにしてもらったからな。由香も坂東からコーチしてもらうといい」

「私はいいから、光を鍛えてあげてください」

由香が坂東にお願いをした。由香は光に向かって親指を立てた。

「おい小僧。打ってみ」

早速、坂東に促された光は「お願いします」と頭を下げた。

坂東は光の真後ろに回り込んで見つめた。風はない。500ヤードのロング。

（俺がどれほどできるか見せてやろう）

思い切り振り切った飛球は高く舞い上がり、ドローがかかりながら290ヤード地点に止まった。

「あと30はいけたな」

「改善は？」

高夫が坂東に尋ねた。光は振り返って坂東を見た。

「できる。簡単だ。おい、もう一度打ってみな。小指の力をもう少し抜いて、手首のほどきをもう0・3秒遅くしてみな」

光は意味が解らず打ってみた。

「おい、0・3だぞ。今のは0・5じゃねーか」

時間を計っているわけではない。適当に言いやがってと光は意味不明な坂東の指示にイラついた。

「もう一回」

半ばやけになって放った。その感覚は幼少の頃に林の中から太陽に向かって打っていた感覚に似ていた。弾道こそ低いがライナー性のドローはランも出て、最初に打った位置よりも30ヤードほど前方に止まった。

「ほれ、できたじゃねぇか。それだよ。考えるが考えすぎるな。もう一回」

もう一度、打ってみた。先ほどとは球筋が全然違った。意志が乗り移ったように空に解き放たれた。

「その調子で行けば、あと1、2年したらもっと行くわな」

第2打地点はピンまでおよそ180ヤード。

「今度は、ここからピンそば1メートル以内に寄せてみな。さっきの要領だが手首の解きを0・2遅くだ」

再び奇天烈なアドバイスだった。5番アイアンで放たれた球はグリーンオンして転がりながら、ピンそばへ寄って行くのが見える。

「なかなか勘がいいな。この距離は得意か？」

「まぁ、自信はあります」

「偉そうに言うな。あれじゃ、2メートルは残してるぞ。俺が言ったのは1メートル以内だ。よし、次だ」

グリーンに向かわず「ここで停めてくれ」と坂東が言った。坂東はカートからボールをフェアウェイに投げた。

「ピンまで100ヤード。さっきより0・1遅らせて打ってみな」

「わかりました」

「この距離ならチップインできるからな」

だが光のボールはカップの横を通り過ぎていく。何度やってもチップインしない。

「おい、何イラついてんだ、おめぇはよぉ。だめな奴だな」

光は「ならやってみろ」と心で毒づいた。すると、

「おい。貸してみな」

坂東は光からクラブを奪うとアドレスに入った。不格好さは過去に負った怪我の影響だろう。

「おい！　ちゃんと見てろ」

「はい」

振り抜かれたクラブは生卵でも打つような繊細さで緩やかに舞い上がり、グリーンに落下して3回弾んだあと、転がりながら吸い込まれるようにカップに沈んでいった。光は、あっけにとられた。

「おい、今みたいな感じでやってみな。シンプルにやれ」

しかし、光はチップインをすることはできなかった。納得いかずに口をとがらせる光に、

「下手くそ！　カートに乗れ！　グリーン行くぞ」と怒鳴られた。

坂東のテクニックの高さに光は驚愕と尊敬を持った。口は悪いが馬が合う。8ホールまで進むと見違えるような球が打てるようになった。

「次の最終ホールは対戦してみたらどうだい？」

高夫が坂東に言った。2人の天才の対決を見たいがためだった。

「いいだろ」

最終ホールは380ヤードの上りストレートホール。

光が先に打った。教えの成果もあり、310ヤードほどまで飛んだ。

「やるな小僧。感謝しろ」

続いて坂東の番になった。素振りの空を切る音が老人のそれではない。フォローの風が吹いてきた。坂東はそれを逃さずアドレスに入り、素早く打ち出した。芯を捉えた球は250ヤードのフェアウェイを捉える。

「わるくない」

すると坂東はカートには乗らず、足取りも軽くフェアウェイを歩き出した。

「行こう、光」

高夫に促され、それに続いた。

ティーイングエリアからフェアウェイに向かって歩く3人の姿を見つめながら、あまりのかっこよさに由香は、その後ろ姿をカメラに収めた。そして、高夫がこれほどまでに光に対して厚遇するのは、坂東を重ねていることを理解した。

坂東では成しえなかったことを、光に成し遂げてもらいたいのだ。兄はプロの門を開いたが、それまでであった。だが光は違う。坂東の再来、いやそれ以上の逸材だと惚れているのだ。

坂東は残り130ヤードの2打目を見事グリーンに乗せると、球は弾みながらカップに寄りピンそばで止まった。光は感服するしかなかった。光の第2打は残り70ヤード。

「俺より寄せてみな。そしたら免許皆伝だな」

「わかりました」

光の2打目はグリーンの緩やかな坂を下りカップに向かう。

「入れ！」

光は念じた。

「あれは、決まるな」

坂東がつぶやいた。そして、グリーン上からボールが消えた。チップイン・イーグル。

「やるな」

坂東が口角を上げた。光は小さくガッツポーズをした。

9ホールの練習ラウンドを終えた。車寄せで由香の運転する車に光は乗り込んだ。高夫と坂東は何やら立ち話をしている。

「この短時間ですぐに修正して、習得するとは恐れ入った。勘もいい。高夫は俺の再来と言ったがケタが違う。あれはな……間違いなく本物だぞ」

坂東は信じられないといった表情で言い続けた。

「高夫よ。俺の目に狂いはない。小僧は間違いなく、でかいことをやってのける。しっかり育ててやるんだ」

「責任を感じる。だが自信はある。任せてくれ」

「無駄にするなよ。あの才能を」

「わかったよ。ところで坂東はどうする」

「お前のところに行く話か」

高夫が頷いた。

「俺はここが気に入ってる。ここから離れて知らない土地に行くことはない。安心しな、すぐにはくたばらない」

「そうか。では、これ以上は言わない。達者でな、坂東」

「お前もな」

2人は固い握手を交わした。それぞれの目には往年を懐かしむ青春のきらめきが宿っていた。

六

夏をまだ終わらせないと言わんばかりに蝉の鳴き声が響き渡り、トンボが飛び交うには遠慮してしまう夏休みも終わりに近づいた暑い日の午後だった。留守番の光は、いつものように家の前の原っぱで素振りをしていた。

「お兄さん、こんにちは」

声の主は宮瀬エリだった。向日葵(ひまわり)の飾りがついた麦藁帽子と薄いブルーのワンピース。初めて会ったときと同じように、田舎には似つかわしくない非日常の美少女がそこにいた。前回会ったときよりも大人びているように見える。真理子があまりにも幼いから余計にそう思うのか。

「ああ、どうも。真理子だよね？　いま開けるよ」

そっけない返答とは裏腹に心が弾んでいた。あがりがまちに腰を下ろして白のサンダルを脱ぐ華奢（きゃしゃ）な背中を見ていた。そのしぐさ、すべてが可愛く思える。エリは光に続いて階段を上がる。天に上っているような気分だった。部屋をノックした。

「真理子。エリちゃん」

そのとき、初めてなれなれしく「エリちゃん」と言ったことに気まずさを感じ、胸がどきどきと鼓動を打ち顔が熱くなった。エリと目が合った。エリの白い頬が薄いピンク色に変わっていた。

ドアを開けてエリを中へ通すと、光は階段を下りて冷たいジュースを入れて真理子の部屋に運んだ。自室にとって返し、軽井沢で買ったお土産袋を誰にも見つからないように、しまっておいた押し入れの奥から丁寧に出した。あとはエリが帰るときを見計らって渡す。その時になって、もし受け取ってくれなかったらどうしようという考えが頭によぎった。コースマネージメントは自信があるが、恋愛マネージメントはゴルフのように行かないかもしれない。

するとよからぬ考えが次々浮かんだ。もし、兄が帰ってきたら。もし母が早めに帰ってきたら。そんなときに土産のことを指摘されたら、どう答えればいいのだろう。考えるのが嫌になった。由香も言っていたとおり、人を好きになることはいいことなんだと言い聞かせた。エリに対する恋愛感情は恥ずべきことではない。

光が原っぱに向かい練習を続けて1時間ほどすると、真理子からの携帯が鳴り、エリの見送りをお願いされた。

「お邪魔しました」

と、サンダルを履いたエリが振り返り、小首をかしげる仕草でお辞儀をした。光は今にも胸が張り裂けそうだったが、勇気を振り絞った。

「あの」

唇を結んで疑問を投げかけるような顔をエリは向けた。

「こ、これ、軽井沢のお土産」

うつむいたまま紙袋をエリに差し出した。エリが紙袋を受け取ると光は顔を上げた。エリはにっこりと笑って礼を言った。するとエリはポシェットから小さな包みを取り出した。

「これ。お兄さんに」

「えっ、僕に?」

「この前、家族で旅行に行った先の神社で買ったの。勝負事の神様のお守りだって。でも大会、終わっちゃったね」

エリはバツが悪そうにはにかんで、頬は桃色に紅潮した。

「うれしい。ありがとう!　次の大会に持ってく。絶対勝つ」

「うん。じゃ、私……行くね」

気恥ずかしさからなのか玄関から走って飛び出していくエリ。しばらくして光は後を追った。

「エリちゃん。エリちゃん待って」

立ち止まったエリに追いついた。

「エリちゃん。明日、御影山にピクニックに行かないかい」

自分でもとっさに出た言葉だった。後押ししたのはエリと2人きりで時間を共有したいという気持ちだった。エリはうつむいたままだが、すぐに頷いてくれた。

「いいの?」

再び頷くエリ。光はうれしさから声を張り上げたい気持ちになったが我慢した。真理子や近所から何事かと思われるうえ、エリに恥ずかしい思いをさせたくはなかったからだった。

「サンドウィッチ作っていくね」

「うん。楽しみだよ」

「じゃ、行くね」

気恥ずかしそうに後ずさりするエリの可愛らしさ。

「うん。明日」

少し離れると、こちらを見て胸元で小さく手を振ってくれた。帰っていくエリの後ろ姿を、視界から消えてもいつまでも追っていた。手のひらを見ると、お守りを包んでいる紙袋が手汗で萎(しな)びていた。

翌日も朝から日差しは強く、日中にかけて気温は上昇していった。空が白む頃からサンシャインビレッジカントリー倶楽部でハーフラウンド練習を行った。その後はドライビングレンジに移って練習をする。坂東のレッスンが光のショットやゴルフに対する考えを変えたのは確かだが、今日はエリとのデートが控える。気持ちが盛り上がり、それがショットにも乗り移る。

「鹿児島行って変わったな、光」

浩道は感心する。浩道は勝ちきれない光に自身のコーチング力のなさを痛感していた。最近は本やセミナー、あらゆる指導者を訪問しては勉強した。

「坂東先生みたいにには、まだできないや」

「でも、今まで以上に生きた球になってるぞ」

光はあらゆる場面を想定してショットを放った。どれもこれも抜群の手ごたえだった。思い描いた飛球線が青空に描かれる。ショットが楽しくて仕方がない。

「今日は暑い中頑張ったな。終了時間だ」

浩道が練習の終了を告げる。時計は午前11時を指している。終わりの時間を見計らって由香がやって来た。

「光、いいことでもあるんじゃないの? そわそわしてるわよ」

由香は最近では高夫の秘書のような役割を担い、浩道のサポートをしているため受付にいることはなくなっていた。

「うーん、どうかな」

思わせぶりな光。しかし、由香の勘は当たっている。

「当たりだね」

由香は光の心臓の辺りを人差し指で突いた。由香の持ってきてくれた冷えたスポーツドリンクの蓋を開けて、のどに流し込んだ。その水分が一瞬で噴出したかのように汗が流れ出し、タオルで拭いた。

「いっぱい汗かいた。流したいからお風呂行ってくるね」

普段着でお洒落な服を持っていないので、ブルーのポロシャツに白いハーフパンツというゴルフウェアをコーディネートした。2番アイアンを手に自転車に跨(また)がり、カントリークラブの坂道を下った。体に受ける風が心地よい。待ち合わせ場所の御影山のハイキングコース登り口の駐車場には10分ほどで着いた。平日ということもあり駐車場には車が3台しかなかった。アスファルトから熱放射が照り返す。蝉の鳴く声が今日も激しい。駐車場の木陰にあるベンチに腰を下ろして、由香からもらった半分ほど残っていたスポーツドリンクを全部飲み干した。

(腹減ったなぁ。早くサンドウィッチが食いたい)

光は朝からこのためだけに何も腹には入れていない。急いで自転車を飛ばしたこともあるだろうが、それにしても暑いと光はポケットに手を入れて小銭入れを取り出し、ハイキングコースへ続く山道入り口にある店舗に向かい、凍った水のペットボトルを2本と、ついでにスナック菓子を買った。

店舗から出ると、一台の白いスポーツカーが入ってきた。右側助手席にエリ、運転席には髪の長いサングラスをかけた女性。たぶん母親だ。店舗に近い駐車スペースに止まると助手席からエリが降りてきた。白Tシャツにジーンズ姿は初めて見たボーイッシュな格好だった。今日は麦藁帽子ではなくピンクのキャップだ。手には持ち手部分に格子のスカーフが巻かれた、素材が籐のバスケットを持っている。あの中にサンドウィッチが入っているのだろう。車に目をやると母親と目が合い、小さく会釈した。そして車が去るのを見送った。

「暑いね」

エリが頬を膨らませて一つ息を吐いた。

「うん」

「ゴルフクラブだ」

「うん。唯一の自慢だから見せたくて。僕が持つよ」

エリのバスケットを引き受けると、2人は山道の入り口からハイキングコースに入り、頂上にある広場を目指した。エリと2人きりでいることに、光はうれしくて舞い上がっていた。木漏れ日と森を抜ける風は、優しく2人を包んでいた。

10分ほど歩いて頂上広場に着くと、真昼の陽光を遮る場所は先客が占拠していた。

「木陰がないわね」

「本当だ。でも大丈夫、僕についてきて。秘密の場所があるから」

「秘密の場所?」

光は何度かここを訪れた折に、ハイキングコースを外れた場所や進入禁止区域などを探検し、いい場所を知っていた。エリは頷いて光について行く。ハイキングコースから逸れて森を抜けると、そこには若い房をつけた葡萄畑（ぶどうばたけ）が広がっていた。その先の小高い丘の上に、日傘をさしたような楡（にれ）の木があった。

「あそこだよ」

光は指をさした。甘い香りがする葡萄畑を抜けて楡の木の根元に行った。そこからは遠くの街まで見え、さらに先には海も見える。風が葡萄の香りを運んでくる。

「すごく綺麗。それにいい匂い」

「ここが秘密の場所だよ」

「誰も知らないの？」

「そう。僕とエリちゃんだけ」

「うれしいな」

「ここからみる花火も綺麗なんだよ。ほら、あそこら辺に花火が打ち上がるんだよ」

「へぇ。みてみたい」

「だけど、今年の花火大会は終わっちゃったから、またたね」

「うん」

光のおなかが鳴った。気恥ずかしさでおなかを押さえた。

「ご飯にしようよ。私も、おなか減っちゃった」

2人は協力してシートを広げて腰を下ろした。バスケットから取り出したランチボックスには、綺麗に整列されたサンドウィッチ。もう一つのランチボックスには、ソーセージや唐揚げや卵焼きのおかず類が同じように綺麗に並べられていた。

「おいしいそう」

またしても光のおなかが鳴った。光が手を伸ばそうとすると、「はい」と水気を含ませた花柄の手拭い用ハンドタオルを渡された。光は自分の、がさつさに反省し気恥ずかしい笑みを見せた。そしてようやくサンドウィッチを頬張った。口内にバターとマヨネーズの塩気が広がって唾液が一気に溢れ出し、耳の下が針を刺したようにうずいた。

「とてもおいしい。おいしすぎる」

「光くん、頬張りすぎだよ」

のどに詰まりそうなほど頬張った光は胸を叩いた。水筒のコップに飲み物を注いで手渡すエリ。のどに詰まりそうだったのは、初めてエリから「お兄さん」ではなく「光くん」と呼ばれたことのほうが原因だった。

「ふー。うますぎて、のど詰まらせて死ぬところだった」

「うれしいな。朝からママに聞いて私が作ったんだよ」

「へー、エリちゃんが作ったんだ。すごいね。僕なんか料理一度も作ったことないよ」

「でも光くんは、ゴルフの大会でいい成績をとってるじゃない。そのほうがすごい」

「すごくないよ。どうしても勝てない人がいるし。その人に、いつも負けちゃうんだよ。まだまだよ。もっと練習しなきゃって」

「えらいね。見習わなきゃ」

光はエリの横顔を見つめていた。鬢（びん）の辺りに汗の玉が出来ている。リュックから入り口の店舗で買った凍らせたペットボトルを出してエリに渡した。

「はい、これ。首筋に当てると涼しくなるよ」

「ありがとう」

食事を終えると2人は楡の木の幹に背中を預け、お互いのことや学校のこと、家族の話と、話題が尽きなかった。光の素振りも披露した。

「そうだ。光くんの写真を撮っていいかな？　私、これ持ってきたんだ。この木をバックにして」

「僕だけ？」

「うん」

エリはバスケットの中からファンシーなピンク色のインスタントカメラを取り出した。カメラを構えるエリのレンズに向かい、緊張気味に光は顔を作った。

「光くん、笑って。照れないでスマイルだよ」

「うん、うん」

光は笑顔を作った。シャッターが切られる電子音がして、カメラ本体の下部からフィルムが出てきた。つまみ上げたエリがヒラヒラとフィルムを中空で振る。

「じゃ、今度は光くんが私を撮って?」

「僕が?」

「うん」

エリは体を少し傾けながらニコッと笑った。レンズから覗いたエリの顔の可憐さに光は惹きつけられた。最初のフィルムに光の顔がうっすらと現れ始める。しばらくすると2枚とも写真が現れた。エリは2枚の写真を手のひらに並べた。まるで2人で1枚に納まっているような構図になった。

「別々の写真なんだけど、こうして横に並べると1枚になるでしょ」

光は頷いた。

「でね、お互いの写真を持って大事にしておくの。2人が会うときには1枚になるの。だから大事にしよ」

「うん。絶対大事にする」

14歳にして初めてのデートをした光は、夜になってもエリとのデートに気持ちが昂っていた。写真を見ては顔がにやけてしまう。気持ちはすぐにでも逢いたいほどに。

七

季節が変わってもエリとのデートを重ねた。親密さが深まるように秋も深まっていった。

ゴルフに適した季節といえば春と秋である。次の大会への出場が浩道から提示された。年末に開催される全日本中学生ゴルフ連盟選手権大会（全中連杯）出場だった。光は推薦枠で本大会からの出場である。

だが光はあまり乗り気ではなかった。それというのも山ノ内がプロテストに合格し順調にステップアップしてツアー参戦し、双葉がプロアマのオープンツアー大会に初出場していたからだ。そしてゴルフ雑誌などでも紹介されるようになっていた。光と鎬を削り実力も遜色ない2人がネクストステージに進んでいたのに対し、中学生相手にゴルフをすることにモチベーションが上がらなかった。

「ヒロさん、僕は置いてかれているような気がする」

「わかるよ、その気持ち。だが焦っても仕方がない。光には光の方向性がある。だから今は目の前のことだけに集中するんだ」

「わかったよ。ヒロさんの言うとおりにするよ」

明らかに投げやりな返事だった。光の気持ちは痛いほどわかる浩道であったが、方針転換をするわけにはいかなかった。数日前のことだ。父の高夫に会長室へ呼ばれた。

「光には大きなことをさせる。無名の光が世界を驚愕させるプラン。誰もが成し遂げたことがないことを」

「光であれば、それは可能だと思います」

光の実力がこのまま伸びれば、間違いなく怪物になる。

「光には世界を目指すことがすべてだ。プロテストだとか国内のツアーで実績を積むなんてことはどうでもよい。あいつには、いきなりド派手な花火を上げてもらう。前々から俺は大英のような難易度の高いコースでこそ、あいつは生きると考えていた。大英で無名のアマチュアである光が優勝する。これがミッションだ。光の気持ちもわかるが、そこはコーチとして、お前が導いてやるんだ。頼んだぞ」

「ちょっと待ってください。大英？　ですか？」

高夫は頷いた。

「大英なんて、日本人は、いまだかつて制したことないんですよ。並み居る日本のプロが弾き飛ばされてきた大英ですよ」

「だから、やるんだ」

高夫の口から飛び出た大英オープンの話に、浩道は心底驚いた。光の海外メジャー制覇なども頭の片隅にはあったが、それはプロとして実績を積んでからだと考えていた。荒唐無稽すぎる話に思えたが、高夫は真剣で確信に満ちていた。

会長室を出たあと、浩道は無謀とも思える挑戦に悩んだ。プロ時代の浩道は海外メジャーなど考えたこともなく、日本人には制覇は不可能だと考えていた。世界を目指すと言ったところで光の頭の中は打倒双葉、山ノ内である。派手な打ち上げ花火という光のプロデュースには賛同できる。だが、堅実な階段を上がらせて王道を歩んでもらいたい。しかし会長である高夫の命令は絶対であり、本気だった。双葉はアマチュアとしてツアーに参戦し始め、下部のプロアマでは優勝を勝ち取った。近いうちツアー史上最年少優勝もありえるだろう。プロ宣言となれば、中学3年生か高校生プロゴルファーとして華々しくデビューを飾ることになる。そうなれば光は腐ってしまい、光のせっかくの才能を開花させることなくゴルフを捨ててしまうことも考えられる。考えあぐねた浩道は由香に相談を持ちかけた。

本社ビルに程近いコーヒーショップは満席で、テラス席にようやく通された。半分ほどコーヒーを飲んだ頃、由香がやって来た。浩道は父から言われた命題を由香に話した。

「へぇ。パパはそんなこと考えていたんだ。でもさ兄貴。もし光が大英を勝ったりなんかしたら」

「馬鹿。そんな簡単なことじゃないんだぞ」

「わかってるけど。光には、できる気がするんだ」

「ありえないだろ」

「兄貴が信じなくてどうするの」

「それと大英制覇とは話が違う」

「でもだよ。もしね、光が大英を優勝したら?」

「全裸でラウンドしてやるよ」

「馬鹿言わないでよ。兄貴の全裸なんか見たくないし、誰も興味ないわよ」

「それくらいないってことだ」

「つったく、ネガティブだなぁ。聞いて」

由香はタバコを灰皿に押し付けて真剣に浩道を見た。

「なんだ」

「もし海外のメジャーを光が優勝したら、ライバルの2人よりも、もっとインパクトが強いよね。2人が、かすんでしまうよね。でも、このまま彼ら2人の後追いをしても、いずれは追い抜くかもしれないよ。だけどパパが言った派手な花火には、ならないわよね」

「2人が霞(かす)むドでかい花火か」

「そうだよ。夢はでかくなくちゃ」

「ミッションインポッシブルでアンタッチャブルな特命だな」

「兄貴。ポッシブルでタッチャブルだって。光なら」

「そうだな。光を信じてあげなきゃな」

由香は頷いて、新しいタバコの先に火をつけた。大きく煙を吐いて、

「そうだ。一回、光を呼んでうちでディナーでもしない?」

「ほう」

「で、光にパパの思いや私たちの思いを話すのよ。光なら絶対受け止めてくれるはずだよ」

心強い妹である。浩道は礼を言った。


光を吉田家に招いての食事会の日。料理が苦手な由香に代わって浩道が母の華子の手伝いをしている。その由香は光を車で迎えに行っている。高夫はソファーに腰を下ろし、ケーブルテレビで海外のゴルフ中継を観戦している。由香と計画した光の目を海外に向けさせる作戦だが、浩道は不安が大きかった。それに引き換え由香は案外気楽なもので、「心配しなさんな。私に任せて」と浩道に言って出かけて行った。

「光が、うちに来るのは初めてだね」

「そうだよ。でもいきなり食事会なんてびっくりしたよ」

光を迎えに行って車に乗せた。公子に「お呼ばれなど、すみません」と何度も頭を下げられた。

「光の気持ちが落ちてるって兄貴から聞いて、あたしが提案したの」

光は唇を尖らせてうつむいた。

「やっぱ、そうなんだ。それはやっぱり、双葉君とかのことでかな」

「……うん。ヒロさんはどうして僕をツアーに参加させないのか知ってる？　由香さん」

「光が大事だからじゃない？　じっくり育てたいって」

「ツアーに出たら僕のほうが絶対に先に優勝できるのに」

「それはそうかもしれないけど、よーいドンで向こうが先に行ってしまって後を追うのはどうなんだろう」

「後を追う？」

「そう。光みたいな天才があんな連中を後から追い越してインパクトあるかな」

「でも、悔しいんだよ」

「じゃさ、彼らが悔しがるのは何だと思う？」

「それは、僕が勝つことじゃないかな」

「プロになってシーズン中ずっと勝ち続けることできる？　勝った翌週は負けて、その次勝っての繰り返しじゃない。悔しいなんて一時的な感情で気持ちは次に向かうじゃん」

「それはそうだけど。じゃ、彼らはどうやったら悔しがるんだい」

「それは内緒」

「今、聞きたいよ。由香さん」

「じゃ、ヒントね。それでいい？」

「うん」

「誰も見たことのない世界の扉を開けた者になることかな」

光は眉間に皺を寄せて考え込んでいる。車は徐々に吉田家に近づいた。立派な門をくぐりガレージに車を停めた。吉田家は2階建ての和風旅館を思わせる大きな屋敷だった。

「すごい、おっきいい。世の中にこんな家があるんだ」

光は感動していた。石畳を歩くと綺麗に手入れされた庭木の向こうにネットが張られ、庭でも練習ができるようになっている。

「どうぞ」

由香に促され玄関に入ると、着物姿の婦人が立っていた。

「ようこそお越しくださいました。はじめまして」

「うちのママ」

「はじめまして。里見光です。いつも大変お世話になっております。本日はお招きいただき恐縮いたしております。あの、これ母から口に合うかどうかわかりませんがと」

光の口上に口元を押さえ微笑む華子に紙袋を手渡した。

「光、硬いぞ。いつもどおり」

由香に茶化される。「だって緊張するもん」と小声で言った。華子は、そのやり取りに上品に笑った。

華子が袋の中を見た。

「まぁ、栗（くり）ようかん。おいしそう。食後にみんなで頂きましょう。さぁ、お上がりください」

そう言ってくれたことで、光は「口に合うもの」だったと胸を撫で下ろした。玄関の豪華さ、長い廊下、高い天井。何もかもが自分の住んでいる世界と違って驚いた。

「来たよ」

由香がそう言って光をリビングに招き入れた。

「来たか、光」

キッチンから顔を出して浩道が言った。

「今日はお招きいただき、ありがとうございます」

光は深く頭を下げた。

「おいおい、よせよ光。らしくないじゃないか」

浩道も茶化した。

「おう、光、来たか。おい、こっち来なさい」

高夫がソファーから手招きした。

「こんばんはオーナー。今日はありがとうございます」

「いいから、ここ座りなさい」

光は高夫の横に腰を下ろした。

「見てみろ」

高夫がテレビのリモコンの再生ボタンを押すと画面が動き始めた。古いカラー映像である。

「このスペインの選手は大英オープンを3度も優勝していてな。このティーショットをひっかけてしまって隣のホール側に作られた臨時駐車場に入れちまうんだ。ほらな。ボールがなんと車の下に入り込んでしまったんだ。仕方なく救済措置で車を動かしてもらうんだが、地面は車の過重に耐えられるように固められた土だ」

食い入るように画面を見る光。ボールを見つめながら思案している選手だが顔に諦めはない。なんとかできると考えているようだった。光も自分だったらと考えてみる。そして、この場所であっても自分なら山の中で特訓してきたからグリーンを狙うことが可能だと考えついた。

「お前ならどうする？　光」

高夫が一時停止ボタンを押して尋ねてきた。

「地面はコンクリートのように固いでしょうけど、僕ならソールが薄いアイアンで薄くヒットさせて、思い切り振り抜いてグリーンを狙います。アンプレなんかしません」

「なるほどな。まぁ、みてな」

映像が再生された。固い土を薄皮一枚はがすように放たれたショットは、全く視認することができないグリーンに乗ったのである。歓声と拍手。そして不可能と思われた場所からバーディであがったのだった。

「光。お前の見立てどおりだ。これが世界の勝負師だ。これが世界なんだ。この伝説のスーパーショットを打てる男があと2人いる。1人は若かりし頃の坂東辰巳。そして、もう1人が光、お前だ」

「オーナー……」

「俺は、先は、そう長くないだろう。俺が坂東に懸けられなかった世界制覇の夢を、お前に託させてくれ。俺はお前を心の底から買っている。お前に俺の残りの人生をすべて懸ける。だから、お前を小さい世界に閉じ込めたくはない。また、お前にも狭い世界にこだわってもらいたくはない。大英オープンで歴代王者たちに連なって、お前の名をカップに刻んでもらいたいんだ」

「オーナー。そんなに僕を……」

光の心に熱い闘志が湧いた。

「お前を初めて見たときから、俺は、お前の虜だ。お前は必ず世界王者になれる。地域一番ではない。日本で一番でもない。世界一だ」

「オーナー。僕はオーナーをはじめ、ヒロさんや由香さんから受けているご恩を一度たりとも忘れたことはありません。オーナーの夢、俺、絶対叶えてみせますから」

2人の会話を聞いていた浩道と由香、そして華子は目頭を押さえている。

「俺たちが言わなくてもオヤジが言ってくれたな」

「うん、良かったね、兄貴」

「さぁさ、料理を運ぶわよ」

華子の掛け声に料理がキッチンから運ばれていく。

全中連杯の前哨戦（ぜんしょうせん）である「ヤングライオンズ杯中学選抜」を、光は圧倒的な力の差を見せて優勝した。そして全中連杯の優勝者が来春、つまり光が中学3年になる春休みに、ハワイで行われる全世界ジュニアゴルフ選手権への招待出場権を獲得できるという発表があった。この発表の裏には出場者のモチベーションアップはもちろん、多数の出場選手応募による登録料収入の狙いがあった。主催者の思惑どおり出場者が例年よりも7割増しということになった。浩道はハワイでの大会を光には黙っていたが、今日話してやろうと決めていた。

「ヒロさん。次、パター練習に行くよ」

光は少しでも足腰を鍛えるために鉄アレイを仕込んだキャディバッグを背負い、ドライビンググレンジを後に練習グリーンへと向かう。一緒に歩きながら浩道は話した。

「光。全中連に優勝したいな」

「それは、するよ。ヒロさん」

「そうか。なら安心した。俺もハワイ行きたいしな」

「……うん……うん？　どういうこと？」

「黙っていたが、全中連杯に優勝すれば、ハワイで行われる世界大会に招待されるんだ」

「マジ！　それ、ヒロさん、嘘じゃないよね」

浩道は全中連から送られてきたチラシをジャケットのポケットから出し、光に渡した。光は、それを手に取り読み進めた。

「世界大会か。世界の連中と戦えるんだね」

「そうだ」

「ヒロさん!! 特打、もう一回付き合って」

「オーケー。特打したら、パタードリルも忘れるなよ」

「わかってるよ！ 戻ろう！」

光の目標に対してのモチベーションの持って行き方は、プロの世界では非常に大事な要素である。欲しいものに対して努力をいとわない根性。天才が努力を積み重ねることほどライバルにとって厄介なことはなく、怖さにつながる。光はゴルフの天性と努力の天性を持ち合わせている。これなら戦う前から勝負はついたようなものだ。光のハードワークはこちらが心配するほどだが、「好きでやってる」とけろりと言い放つ。光から教えられることは多い。

そして迎えた全日本中学生ゴルフ連盟選手権大会（全中連杯）は、予選スコア65の7アンダーで首位。本選スコア64の8アンダー、トータル15アンダー。圧倒的な強さで他を寄せつけることなく優勝を飾った。文句ない出来だった。表彰式の壇上で浩道に光は声をかけた。

「ヒロさん、今日の出来じゃ納得できない。表彰式終わったら練習に付き合ってよ」

「了解」

表彰式を終えるとすぐにゴルフ場内の練習場に出向いて課題の修正に入った。光にとって目線はハワイの世界大会であり、さらにその先の大目標に向けられているのだった。暗くなっても集中を切らすことなく練習を続け、ゴルフ場の営業時間を大幅に過ぎてもかまわずに打ち込んだ。

「いいな、ハワイ。私も行きたいな」

2人の秘密の場所である葡萄畑が見える楡の木の幹に背中を預けて、エリは言った。2人で会うのはここが定番になっている。光は来週の終業式を終えたら、全世界ジュニアゴルフ選手権に出場するためにハワイへ飛ぶ。同行者は浩道だけのはずだったが、由香が「ハワイなら通訳も要るだろうし、ハワイ通の私が、いたほうが絶対重宝するから」と、ハワイ旅行歴多数で、しかも英語が堪能であるとアピールをして、結局一緒に行くことになった。

「初めて行く外国だからわくわくだよ。由香さんってコーチの妹さんがいるんだけど、すごく楽しいところだよって盛り上がってるんだよ。でも、それよりも試合のほうが僕は楽しみなんだ。世界中の同世代の選手とゴルフするなんて滅多にあることじゃないから。どれだけ自分が通用するのか試したいんだよね」

「光くんは通用するよ。日本で一番うまいんだから」

「エリちゃんに言われるとそういう気になる。エリちゃんはハワイに行ったことあるの？」

「昔行ったけど、すごく空が綺麗って覚えてるくらい」

「エリちゃんは行ったことあるんだ。すごいな」

「光くんと、いつか大人になったらハワイに一緒に行きたいな」

「ほんと？　それ、うれしいな」

「私の代わりにお守りと写真は持って行ってね」

「もちろんだよ。いつも持っているから。ほら」

光は財布に入れたお守りと写真を見せた。

「いつも一緒だって思っているんだ」

「ありがとう」

エリは満面の笑みを見せた。

「あのさぁ、エリちゃん。2人で一枚に納まった写真を撮りたいよ」

「うん、私もそう思っていたの。撮ろう」

光がインスタントカメラを手を伸ばして構えた。納まるように2人は体を寄せ合った。体が触れ合い、顔と顔が近づく。胸が高鳴る。光はシャッターを押した。ゆっくりとフィルムが出てくる。その時、頬にやわらかく生暖かい心地よさを感じた。頬からエリの顔が離れる。目を合わせた。

「光くんが好き」

そういうとエリは唇に軽く触れたキスをした。恥ずかしくなって2人は、はにかみながら下を向いた。体の力が抜けて、夢の中にでもいるように自由が利かないほど身動きが取れなかった。里見光、15歳。中2の春休み。ファーストキス。

「僕も、エリちゃんのこと好きだ」

光は顔の赤さを悟られたくなくて下を向いた。

「光くん、こっち向いて。照れないでよ」
2人は肩を寄せ合ってしばらくの間、楡の木から葡萄畑を見ていた。

空港のゲートを出ると、日本とは違う日差しと乾燥した空気が体を包んだ。心地よい暑さで汗がまとわりつくこともない。体験したことのない気候。ハワイに来た。

ニチスポの山添と滝本も、光番として自腹取材で同行してきた。カメラを構え、光をファインダーに収める。由香はまるで芸能人のような派手な格好で、顔の半分はあろうかというサングラスをかけてはしゃいでいる。浩道とあきれながらも自称ハワイ通の由香に連れられ送迎レーンに向かうと、由香の友人であるサムというハワイ在住の浅黒い肌をした精悍(せいかん)で筋肉質の男が待っていた。サムの車に乗り込みハイウェイを進むと、窓から遠くにガイドブックで見たワイキキのホテル群とその向こうのダイヤモンドヘッドが眼に入った。

光には、出発前から真理子がハワイなど行ったこともないくせにハワイのレクチャーをしてくれた。

「これがダイヤモンドヘッド、これがロイヤルハワイアンってピンク色したホテル、これがサンセットビーチ、光がゴルフするカハラビーチサイドゴルフコース」と。よほどハワイに行きたいのだろう、びっくりするほどハワイのことに詳しかった。光は自分だけが行くことに申し訳ない気持ちになったが、優勝と真理子が欲しいものは買ってきてやろうと考えていた。今できる最善のことはそれしかない。

大会は2日間。36ホールのストロークプレイで世界中から集まった80人の精鋭の中から優勝者を決定する形式。出場者のプロフィール表には地元ハワイをはじめ、アメリカ、カナダ、イギリス、スペイン、イタリア、オーストラリア、南アフリカ。アジアからは日本、中国、韓国、台湾、タイ。この中からジュニア世界一を目指す。

光は胸が高鳴った。心の片隅には双葉との雌雄を決することを念頭に置きつつも、日本を発つ時に高夫が「双葉とは違う山の頂を目指し、より高く唯一無二を目指せ」と言ってくれた言葉が胸に響いていた。是が非でも世界一を獲得したい。

大会前日にはレセプションパーティーが行われた。光は英語も話せないうえ、ゴルフ以外のことはわからず他の選手たちが歓談する中、会場の隅で時間をつぶすしかなかった。その様子を見かねた由香が光の手を引っ張り、無理やり各国の選手たちの輪の中に入らせた。由香が通訳してくれるのは心強いが、直接のやり取りがないと反応が遅れて話がリズムよく行われない。英語でのコミュニケーションをする他国の選手たちを見て「世界に出るには英語が必要だ」と光に強く印象づけた。

大会が始まった。カハラビーチサイドゴルフコースは海岸線を利用したリンクスで、硬軟合わせたバラエティー豊かなコースである。初日は海風が強く出場者らが本領を発揮できない中、光は良くも悪くも目立った。スタートホールでチップインバーディ。4ホール目の海越えショートではホールインワン。9ホールでは再びチップインバーディ。INに入っても13、14、15と連続バーディで首位となったが、16番ホールでティーショットをOB、17番ホールではショートカットを狙った海越えを失敗したものの、最終18番ホールでは汚名返上とばかりにイーグルで締めた。大会関係者も「一番目立った活躍と驚きは日本のヒカル・サトミだ」と口にした。1日目は5位タイ。トップと5打差での初日となった。

2日目を迎えた。今日で優勝が決まる最終日。昨日と打って変わり無風快晴で、各選手が本領発揮しスコアを伸ばしつつあった。光も調子よくOUTを終えてトップと3打差まで詰め、3位タイで折り返した。

「バックナインは体力勝負になってくる。そうなれば光にとって有利だ。走り込んだだけにスタミナがある」

浩道の言葉どおり疲れる気配が全くなく、むしろ体がうまく回り、しなやかなショットを決めていった。INの14番ホールをチップインバーディで終えると、首位とは1打差の単独2位となった。猛チャージをかけ始めたときの光は強い。発せられる圧力が伝播（でんぱ）するように、首位を走っていた南アフリカの選手が3パットのダブルボギーで後退し、光がついに首位に立った。15、16とパーで終えて、猛追してきた2位のイタリア人選手との差は薄氷の1打差。光が先にホールアウトするため、何とかして差をつけておきたいところだった。

「普段どおりの攻めの光でいい」

「そうだね。いつもどおりで行くよ」

18番ホールはパー5のロング。攻めの姿勢を崩さず3オンし、5メートルのバーディパットを決め

2打差でホールアウトした。あとは結果を待つのみだ。

「ヒロさん、プレーオフもあるから練習付き合ってよ」

「わかった」

光はクラブハウスへ続く小道を歩いて練習グリーンに向かい、プレーオフを見越しての調整に入った。光がパターの修正を試みていた時、バーディを決めればプレーオフだった最終組のイタリア人選手のパッティングがボール一個ずれてパーとなり、この瞬間、光の優勝が決まった。由香とサム、それにニチスポの2人が練習グリーンに駆けてきた。

「光!! 勝ったよ!!」

由香がガッツポーズを見せた。それを聞いて光もガッツポーズを見せ、浩道と握手をし抱き合った。

ニチスポの山添は滝本の撮影した写真を貼付し『15歳の日本人少年が世界大会を制覇』と日本にメール記事を送信した。ジュニアとはいえ世界の強豪を抑えて、この大会の史上最年少優勝に、光は気分を良くした。世界で勝つという快感が光の体を貫いた。

大英オープンへ実質3か月。浩道とのプランでは、大英のアマチュア予選にエントリーし勝ち抜いて本選出場するという、まさにウルトラCレベルの離れ業を成し遂げる作戦であった。人に鼻で笑われようが構わない。狙った標的に近づくことだけしか頭にない。この世界大会での優勝が自信を深めた。

その夜はサムの叔父さんが経営するホノルルのステーキハウスに繰り出した。ご褒美に最高級のステーキが振る舞われた。浩道は願かけで禁酒していたが、この日は大いに飲んでいた。そのせいかすぐに酔っ払って終始上機嫌だった。由香とサムは「次世代のタイガー」「日本のヤングタイガー」と他の客たちに光の自慢をして盛り上がっていた。光は勝利が皆を幸せにすることがうれしかった。

ハワイでの祝勝会を満ち足りた気分で過ごし、大英オープンに向けての壮大で過酷なミッションへの決意を抱いて帰国の途に就いた。成田空港に到着すると予想に反し誰の出迎えもなかった。光の中ではカメラのフラッシュや大勢のファンの歓声が鳴り響くものだと確信していたのだが、注目されることもなく普通の旅行者と同じように入国ゲートを出た。

「誰も出迎えないなんて酷すぎる、まったく。ニチスポの2人はちゃんと記事にしてくれたのかな」

由香が恨めしそうに言った。しかし、光はまだまだ世間一般には無名の少年である。3人が空港内の売店に立ち寄ると、スポーツ紙の一面に赤いジャケットを身にまとい、笑顔で優勝カップを掲げる双葉の写真が目に入った。

浩道はすぐに手に取り3人は食い入るように記事を読んだ。アマチュアとして参加していた「中日本カップ」でプレーオフを制し、ツアー参加4戦目で史上最年少優勝とあった。片や光の記事などどこにも見当たらなかった。

光は世界ジュニアで優勝をしたことなど吹っ飛んで、激しく嫉妬した。笑顔が消え無言で奥歯をかみ締めた。スポットライトの当たる双葉と、全く影の薄い光。光の心を鋭いナイフが切り刻んで行った。今すぐにでも日本ツアーに参加して、今の自分のほうが上だと知らしめたかった。

光の異変に気付いた浩道と由香は、「目指す山が違うから焦る必要はない」と言ったが、すぐに気持ちを切り替えるのは未成熟な部分の残る光には難しかった。

「光、気にするな。これからなんだ」

浩道の言葉は空虚な慰めにしか聞こえなかった。光は自分がやっていることに疑念を感じてしまう。どうやっても双葉には追いつけないのかもしれない。世界大会を勝ったところで双葉に勝ったわけではないと。

「わかってる」

言葉とは裏腹に、心の底には暗く荒れ果てた瓦礫（がれき）と枯れ木しかない荒涼たる風景が広がっていた。


苦悩は誰にでもある。浩道はプロとして通用しない自分にどうしようもない空虚感があった。とはいえプライドだけは捨てきれずにいた。自暴自棄になり自己否定と卑下を繰り返しながらも体面は保ちつつ生活していた。誰もがうらやむ裕福な家に生まれ、ゴルフも努力などしなくともうまく、大学時代はゴルフ部の主将まで務めた。今思えば、うまいだけの鼻持ちならない人間だった。下手な部員には励ましているふりをしては心の底では見下していた。そして自分自身がうまく行かないときには自分に腹が立ち、怒気を発しふてくされ、周りの空気を澱（よど）ませた。自分の弱さをごまかし認められずにいた最低の人間だった。大学を出てプロの道も考えたが、勝負の世界への恐れから「プロになったところで食えないよ」と悟りきったように言いふらし、失敗を恐れる自分を正当化していた。

　コネで大手不動産会社に就職をしたが、いずれ父の会社に好待遇で就職するのは解っていたので、仕事に真面目に取り組むようなこともなかった。そして嫌気が差していた。「記念で」と受けたプロテストであったが、ほとんど練習もせず、一発で合格した。「俺は神様に愛されている男」と完全に勘違いしていた。同期には当時19歳で大学生だった西潟伊勢雄がいた。プロテストでは、その西潟とラウンドした。はっきり言えば目立つことのない平凡で変哲のない、歯牙にもかけないような選手だった。センスもなければドライバーディスタンスも平凡。「あいつがいるからドベはないわ」という安心指標に思えた。だが同期での図抜けた出世頭となった。今では賞金王も連続で獲得し、日本を代表するプロゴルファーとなった。人間的にも発言にしても受けがよく「ジェントルマン」、「プロゴルファーの鑑（かがみ）」、「日本プロゴルフの良心」とまでもてはやされ、ゴルフを知らない一般人にまで「西潟伊勢雄」は知れ渡るまでに上り詰めていった。

　初めは自分との大差があったとは思えない。むしろ浩道のほうが断然うまかった。だが西潟は手の届かない頂にいる。「あいつは運がいいだけ」と当時の仲間と貶（けな）し合った。今思えば落ちぶれ組が吸い寄せられるように集まって西潟の粗（あら）を探しては愚痴を言って、自分たちの位置はまだ大丈夫と確認しあうだけの情けない集団だった。実際は血のにじむような努力の継続と目標が西潟にはあった。道を極めるために周囲との軋轢（あつれき）も彼は、はねのけた。浩道にはそこまでの覚悟はなかった。そうしなければ、そうはならないと知りながら、それを避けていた。プロゴルファー生活がうまくいかないのを誰かのせいにして自分を慰めたかっただけだった。

しかし慣れと惰性でなんとか食いつなぐことはできた。プロゴルファー崩れと自虐的になりながらも、他人と接するとプロとしての矜持が顔をもたげてくる。その二面性に苦しみながらも時は過ぎていった。トーナメントから同じような仲間が一人また一人と脱落していき、音信不通となる者、職換えする者、ゴルフ界の受け皿の縁にしがみついている者と様々であった。

浩道自身は実家所有のゴルフ場があるだけ恵まれていた。専属のプロとしてゴルフ愛好家や初心者などからのレッスン料で食えていた。地元ではプロとして一応の名は通って持ち上げられることは多かったが、「所詮トーナメントでは通用しない」と揶揄嘲弄を受けていることは感じていた。その意識がますます自信を失わせ、自虐と自暴自棄に拍車をかけていった。思い描いたプロゴルファーとしての未来を、今では遠くに離れてしまった西潟に重ねていた。「俺だって」という気持ちは1時間後には「俺は駄目だ」に変わり、酷い鬱に陥った。西潟の活躍を見るにつけ陰な情念に苛まれた。

そして光に出会い、負けるはずがないと思った少年のゴルフに完敗した。その時に清々しい気持ちになれ、心に巣食っていた低く暗い分厚い雲が急激に引いていった。最悪な状態を救ってくれた希望の光が目の前に現れた。

（この少年にすべてを懸けよう）

光は天性の技術とセンス、何よりもゴルフを愛し努力することで数々の大会を制して来た。今まではそれでも良かった。だが、これからの道はそうは行かない。成熟した精神と鋼の肉体、鉄の心臓と意志、卓越した頭脳、それに最強の運を持った高性能なスーパーカーに、努力というエネルギーを注ぎ続けなくてはいけない。それをサポートするのが自分の使命である。浩道は自分のなしえなかった夢の実現を里見光に託し、苦楽を共にしたい。悩み続ける今の光を何とかしてやりたい。苦しい気持ちは理解できると自負している。

だが光自身が、そこから抜けるのが一番の近道であり、そのヒントを与えるくらいしか自分にはできない。大目標である7月の大英オープン。過酷な予選を勝ち抜き本選へ出場する。そして優勝を狙う。分刻みのタイムスケジュールを組んで備え、スポーツ心理学の講師、肉体改造のスペシャリスト、食事管理など、あらゆるサポートスタッフと短期契約を済ませた。万全などありえないが、できることはする。現地での情報収集と宿泊先の手配、現地サポートスタッフの確保は由香に任せた。光に悩む暇を与えずプランを実行していく。しかし、光の心に火はなかなかともらなかった。いまだ沈んだ気持ちを抱えていたが、光を信じて待ってあげることしかできない。

そこへさらなる問題が浮上した。それは中学3年生が抱える進路の問題であった。ゴルフ部のある全国の強豪高校から中学へ問い合わせが多数あった。もちろんマネージメントを行う浩道のもとにも同様の問い合わせが殺到していた。なかでも附属の中学から双葉がエスカレーター式に進学してくる東京中央学院は受験免除、3年間の学費免除と生活費全額補助を謳(うた)い、光を誘ってきた。中学の進路指導の教師は破格の条件だと光に進学を勧めた。

だが、光は決めかねていた。家族のもとを離れる不安、ここまで援助してきてくれた高夫や浩道、由香を裏切るようなことになると思っていたからだ。そして附属の中学から双葉がエスカレーター式に進学してくると、光は入学当初から外様であり、その時点で双葉の軍門に下るようなものである。同門では闘争心に火がつくことも無くなる。そして何よりエリと離れ離れになるからだった。

東京中央学院側は自宅に顧問の教師と教頭が訪問してくることになり、父の誠に母公子、それに光の3人で話し合いが行われた。同席するはずだった浩道は、イギリスへ大英の下見に行っていて不参加となった。学院側は、いかに光が優れているかを説き、才能を生かす優れた指導者と環境が充実しているかを訴えてきた。話し合いの最中、父の誠は一言も漏らさず聞いていた。最後に学院側の2人はテーブルに額を押し付けるほどに頭を下げ、入学許可をもらおうとした。

「面を上げてください」

誠が口を開いた。

「話はわかりました。光を評価いただいたことは親としてはうれしい限りですが、受験免除でゴルフをするためだけに入学させて、もし、モノにならなかった場合はどう考えているのか、お聞かせ願いたい」

誠が続けた。

顧問の教師と教頭は顔を見合わせた。まさかそんな質問が来るとは思わなかったといったふうだ。

「恥ずかしながら、うちのような貧乏家庭において、そちらが提示された条件はありがたいです。息子は、ゴルフ以外は全くもって出来が悪く、ゴルフを引けば箸にも棒にも引っ掛からん大人になってしまいます」

「ですから、お父様」

教頭の言葉を遮って誠は続けた。

「まぁ、聞いてください。ゴルフは優れているかもしれませんが、一番身近にいる私から見てそのような条件で甘やかしたところで光はモノにはなりません。非常にありがたい話ではありますが、お断りいたします」

光は心のどこかで安堵した。学院側は翻意を迫ったが誠は受け付けず、学院側は断念し退散した。

地元の高校に通いつつ吉田家の下でゴルフができて、家族とも、エリとも近くにいることができるのだ。しかし、困ったことを父親は言った。

「光。ゴルフを続けたいのなら、お前に条件を出そう」

「条件？」

「その条件を満たせば俺はお前に、もう何も言わない」

「父ちゃん。条件って？」

「満と同じ高校に合格することだ」

光も母の公子も絶句した。

「兄ちゃんと同じ高校なんて無理だよ」

「やる前から、お前は無理だと言うのか」

「だって」

「超進学校だからか？」

光は頷いた。

「相手が強大になればケツを捲るんだな。その心があるうちはゴルフではモノにはならんな。大英に挑戦しても、今のお前では迷惑をかける邪魔者でしかないだろう」

「ゴルフは別だよ」

光は怒気を含んで言った。

「同じだ。進学校受験にビビる程度の奴が勝負になるわけがない。笑わせるな」

「父ちゃんは俺のゴルフのことを何もわかってない！　俺は国内で何度も優勝しているし、世界ジュニアで優勝もした」

「それがどうした。その程度が自慢か？　頂点に君臨する連中と戦えば、お前など弾き飛ばされるだろう。意気地なしなんだから。お前はゴルフが上手いだけの子供。頂点の連中は何をやらしても頂点に昇り詰める。お前と違って彼らはどんな困難にも恐れず挑戦する勇気があるからな」

「わかったよ！　父ちゃん！　やってやるよ！　受験くらいなんでもないわ！」

売り言葉に買い言葉だった。だが父親にこれでもかと言われて逃げる気にはなれなかった。

後日、浩道に相談した。

「そうか。そういうことになったのか」

浩道は腕を組んで目を閉じ、天井を向いた。

「残念だが大英は諦めるしかない」

「うん」

光はうつむいた。

「どうした」

「大英のために動いてくれてたのに、こんなことになって」

「光。それは気にする必要はない」

「でも、申し訳なくて」

「いいかい。俺はお前を全力でサポートするんだ。プランが変更になったからといってお前を責めるわけはないし、見捨てるわけはないだろ。むしろこの流れを受け止めて、お前に成長しろというお告げだと思う。人が生きるってことはうまく行かないことのほうが多いんだ。それはゴルフをする者なら誰だって判(わか)っていることだ。それはもちろん俺にもだ。もっと完璧なプランの構築をしろっていうな」

「ヒロさん」

「俺とお前の間柄だろ。大英へのプランは書き換えよう。諦めることはない。これも運命なんだと割り切ろう。光のお父さんはきっと、それすら見越してお前に課題を出したんだと思う」

目の前に提示された現実に向き合うことで、それを乗り越えることこそ大事なんだと光は思った。

ここで諦めてしまえばそれまでだが、そんなことをして皆を裏切ることも、また自分を裏切ることもしたくはない。浩道に、そう言われて光の中であくなき探究心と向上への渇望が湧き上がった。

光は、勉強のことは兄の満に相談するのが先決だと思った。

「俺が使った問題集やノートがある。わからなければ俺が教えてやるよ。運動は駄目だが勉強は自信があるから」

兄は快く家庭教師の役を引き受けてくれた。

「兄ちゃんが教えてくれるなら安心だ。早速、何から手をつけたらいい？」

「光の学力がどの程度か見なくちゃな」

過去のテスト問題を渡され、光は机に齧りついて問題を解き始めた。しかし、空欄のほうが多く案の定、結果は惨憺(さんたん)たるものだった。

「オーケー。大丈夫、まだスタートしたばかりだ。１番ホールが駄目でも、まだ17ホールあるさ」

「なるほど、ゴルフと一緒か」

「そうだ。諦めれば終わりだろ？　ゴルフだって」

「うん」

「知識を得ることを好きになり、貪欲になることだ」

「どうせやるなら楽しんで好きにならなきゃ損だね」

「そうだよ光。一緒に頑張ろうぜ」

「ありがとう、兄ちゃん。俺、頑張るから」

その日からゴルフと受験勉強の二刀流に取り組むことになった。目標が定まれば突き進む光である。翌週の穏やかな春の日曜日に、楡の木デートでそのことをエリに話した。

「賛成。勉強もゴルフも大事。光くんなら両方頑張れるよ」

「エリみたいに頭よくないから大変だよ」

真理子の話では、エリの成績は校内1位ということだった。

「そんなことないわよ。でも光くんが勉強もできるようになったらスーパーマンになっちゃうね」

「ゴルフならなれるんだけどね。でも兄ちゃんが教えてくれるから大船に乗った気分だよ」

「私はそういう目的に向かって頑張る光くんが大好き」

「ありがとう！　じゃ、期待に応えてやるか！」

「そうだよ！　皆の期待に必ず応えるのが光くんだもん」

エリのサンドウィッチを頬張りながら、うららかな春の日差しを浴びた。

ベストなゴルフシーズンであるが、光は学業もあるためゴルフはセーブせざるを得ず、気持ちは疼いていた。苦しい選択だったが、大目標であった大英オープンを来年以降に延期した。双葉や山ノ内のツアーでの活躍を横目で見ながら悔しかった。だが、それも精神修行と言い聞かせた。

「でも偉いね、光くん。大好きなゴルフ我慢するんだもん」

「父ちゃんにあんな啖呵（たんか）切っちゃったからね。面子（メンツ）があるし。父ちゃんを見返してやりたい。ゴルフ練習は欠かさないし、ラウンド数は少なくはなるけどこなすことにはなっているから。大会は出られないけどね」

「光くん」

振り向いたときエリの唇が触れた。蕩（とろ）けそうにやわらかい。光はエリの華奢な肩に手を置いて、エリは光の胸に顔をうずめた。楡の木の梢（こずえ）には2羽の雲雀（ひばり）が並んでいた。

第3章

それぞれの思い

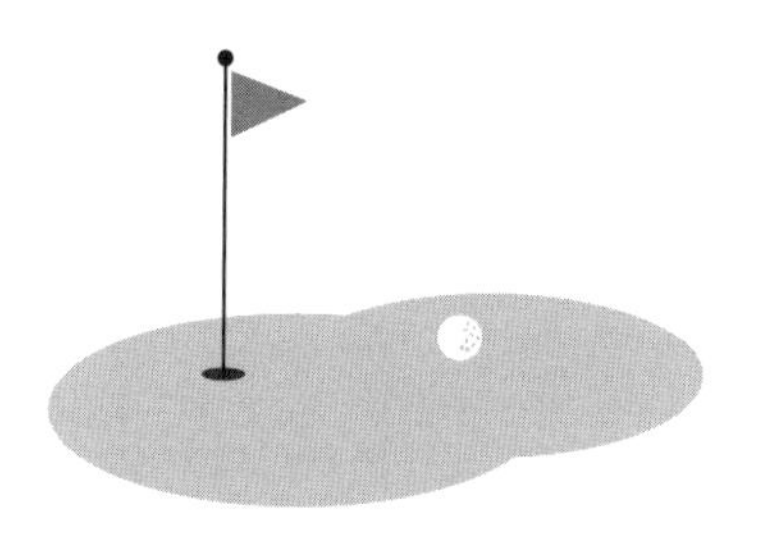

一

下層階は高級ブランドショップやランチでも1万円を超えるレストランなどの商業施設、中層階は今をときめく企業のオフィス、上層はスーパーリッチのみが入居できる住居スペースが占める東京六本木にある超高層ビル。その地下駐車場にアストンマーチンが滑り込んでいく。広大な地下スペースの駐車場には、多くの高級車がモーターショーさながらに並んでいる。

車を降りたのは森田秀紀35歳。このビルの住人であり、スポーツプロ専門のマネージメント会社「アポロン」の若き創業社長である。同ビル内のワンフロアにオフィスを構えている。従業員数200人を超え、総売り上げ640億円。森田はアメリカの弁護士資格もあり、スポーツ専門法律事務所に所属しNBA、MLB選手の大型契約などをまとめ上げた実績を引っ提げ、「これからはアジア圏のスポーツ選手の活躍が鍵」と日本で起業した。

オフィスの自動ドアが開くと、待ち構えた秘書から資料を渡されつつ早足でそのレポートに目を通す森田。横を通り過ぎる森田に社員らは仕事の手を休め、立ち上がってお辞儀をする。待ち構えた専務が会議室の自動ドアの開閉ボタンを押した。

「お待たせした。早速始めよう」

部屋に入るなり森田は言って自席に着いた。室内の照明が落とされ、スクリーンに映し出されたのは国内を含めアジア圏内のアマチュアゴルファーやジュニアクラスのゴルファーの映像だった。森田はそれらの映像を見ながら、頤（おとがい）を人差し指と親指で挟んで品定めするように凝視する。

森田が指を離して食い入るように見つめたのは、フューチャーカップやハワイでの世界ジュニア大会の映像だった。華麗で変幻自在のゴルフ、強い眼力と風貌、何より魅力的な年齢。双葉の獲得を失敗しただけに、同学年のまだ無名の少年を是非とも獲得したくなった。

「明かりを」

森田の一言ですぐに室内灯がつけられる。

「こいつにしよう」

森田の声が会議室に響いた。選手紹介のスライドもまだ残っているが、森田が「終わり」と言えば「終わり」の法則であり、決定に誰も逆らうことはできない。資料に目を落とす森田。

「里見光か。よく見つけてきたな」

「ありがとうございます」

営業部長が頭を下げた。

「双葉の時のような失敗は許さん。どんな手を使っても獲得しろ」

双葉はアマチュアながらすでにプロに交じり2勝目を上げ、中学生でのツアー制覇とセンセーショナルな報道が過熱していた。新たなヒーローの出現に彼の出場するトーナメントには大勢のギャラリーが詰めかけ、入場制限までかかるほどであった。

そして7月の大英オープンに双葉の出場が決まった。光はそれが歯痒(はがゆ)く複雑な心境であった。双葉が大英に出場し好成績を収めれば、光はこの先も双葉の後塵(こうじん)を拝してしまうのではないかと焦燥感に苛まれる。練習終わりにオーナーの高夫に呼ばれて会長室に出向いた。

「どうだ調子は」

「ゴルフは上々ですが、勉強はぼちぼちです」

「そうか」

高夫のテーブルには、大英オープンの特集が組まれたゴルフ雑誌が広げられているのが目に入った。

「光。出たかっただろ」

「はい」

「悔しいだろ」

「はい」

「その気持ちはわかる。俺もお前には出場してもらいたかったからな。だがな、俺はお前が出場できなかったことに感謝もしている」

「感謝……ですか」

「うん。お前は同期の連中やライバルたちがどれほど出来るかと気もそぞろだろ」

「はい。誰かが優勝でもしたら一年我慢するのが水の泡になってしまうし。でかい花火にはならないじゃないですか」

「心配するな。彼らは勝てない。惨敗する」

「なぜですか」

「西潟が辛うじて本選出場できるかぐらいだ。俺の見立てでは、今の日本人選手であのコースに向く奴はいない」

光はその言葉が信じられなかった。であるなら、双葉と山ノ内と鎬を削った自分は惨敗ということである。

「僕も歯が立たなかったということですか」

「お前が出ていれば日本人最高位にはなっただろうし、世界のトップともいい勝負をしただろう。あのコースにお前は向いているからな」

その言葉に光は救われた。

「感謝と言った答えだが、お前はこの一年で不自由と理不尽を経験する。負け戦もそうだが、強いストレスと口惜しさが強みに変わるんだ。その屈辱や苦渋がお前をより強くする。その経験は貴重だ。想定外が想定内に感じるだろう。本番での余裕を生む。それが答えだ。心配するな、大英を獲得するのはお前しかいない」

「ありがとうございます」

光は心に鬱積した苦しみを、高夫からプラスのエネルギーにすることの大事さを説かれ、改めて自分に目が向いた。

西潟、双葉、山ノ内らは大英オープンに参戦し、難コースと目まぐるしく変わる天候に苦しみ、双葉も山ノ内も全くいいところがなく予選落ちした。唯一予選を通過した西潟でさえ最終順位は82位タイとなり、惨憺たる結果で敗れた。それは高夫の予想通りであり、その高夫が大英を制するのは光だと言ったことに自信を持った。

光は受験勉強とゴルフ練習のルーティンを崩すことなくこなす。今やるべきことを最優先する。目標は受験に合格することであり、目標をクリアした来年の大英優勝しか頭になかった。

浩道も気持ちは来年に向かっている。大英での日本勢大敗の結果を分析し方策を練る。来年この頂点に光を立たせたい。出遅れたすべてを取り戻してやりたい。光の大英制覇により現実味を持たせる戦略が必要となる。日本の、いや、おそらく世界の誰もが信じないだろうが、浩道は光が勝つと信じている。そのための、とある計画を立てた。

（必ず勝たせてやる）

浩道は決算書と吉田家の資産表に目を通した。そして父親の高夫に心に温めてきた大英獲得のための仰天プランの詳細を話した。

「どうでしょうか。かなりの額がかかりますが」

浩道は計画書と予算書を眺める高夫を見つめる。

「抜かりはないな」

浩道は頷いた。

「やれることは何でもやってあげるんだ。光に大英を獲らせるためだ。本気以上でなくてはな」

「ありがとうございます」

浩道は会長室を後にした。

夏が過ぎると加速するように季節が進む。いつの間にか半袖が長袖になり、コートを羽織るようになった。季節は冬。年の瀬の夕刻だった。その日、エリと丸太小屋のバス停でデートした。ガラスの引き戸があり寒風が入り込まず、一日2便しかやって来ないバスのために作られたにしては贅沢な造りだった。2人はベンチに腰を下ろして身を寄せている。

「勉強はどう?」

「この前の模試も良かったよ。ギリ合格ライン」

「光くんはすごいね」

「1年前より大分頭がよくなったよ」

「もともとじゃないの」

「何も入ってなかったからね」

「おしゃべりもうまくなってる」

上空で風が声を上げ、バス停のガラス戸を揺さぶり音が立つ。辺りは暗くなり始め、オレンジ色の電球が暗がりを感知して自動で灯る。

「寒いね」

エリは手のひらに息を吐いて白いほっそりとした指を温め、その手を光の頬に当てた。

「あったかい」

「光くん、ほっぺ冷たい」

肩を寄せ合う2人は、電球のぼんやりした橙色を見つめる。

「来週、クリスマスだね」

「うん」

「クリスマスは葡萄畑の楡の木で会いたいな」

「いいね」

そう言うとうれしそうにエリが光の頬に口づけをした。


「で、話って何かな」

練習終わりのクラブハウスの喫茶室で光は由香と話をすることになっていた。どうしても確かめたいことがあったのだ。

「由香さんは、クリスマスプレゼントって何をもらったらうれしいのか聞きたくて」

「え？　クリスマスプレゼント？」

由香は驚いて目を見開いた。

「光からそんなこと聞かれるとは思わなかったぁ」

由香はコーヒーカップに口をつけて値踏みするように光を見た。

「もしかして、例の？」

気恥ずかしそうに頷く光。

「このこの、受験生の癖に。やるなぁ」

「ちょっと、由香さん、真剣なんだから」

「ごめん。で、プレゼントでしょ。中学生だからなぁ。ブランド財布やバッグじゃ違うし」

由香は背もたれに体を預けて腕を組んだ。

光は足元に置いた紙袋を膝の上に置いて、中身を取り出してテーブルに並べた。

「これでどうかな」

ピンクとベージュの格子になったマフラーと、手首の部分に白いボアのついた薄いピンク色の手袋。それにピンクリボンのバレッタだった。由香はそれらを手にとって見た。

「めっちゃ、いいじゃん。センスいいよ光。しかも1つじゃないし3つなんて、女の子絶対喜ぶよ。愛を感じるわぁ」

「由香さん、ホントに？」

由香は大きく頷いた。

「相手のこと、すごく考えて選んだって感じがするもん。絶対喜ばれる。あんた勉強して頭よくなったら、女心までわかるようになったんだねぇ」

由香と笑い合った。往復2時間以上かけて自転車で百貨店まで行った甲斐があった。

「このプレゼントが似合うってことは、相当可愛い子でしょ」

「わかる？　めちゃくちゃ可愛いんだよ」

「のろけんな！　受験生!!」

由香に頭をはたかれた。


クリスマスイブは春のように暖かい日だった。光が葡萄畑を抜けて楡の木に向かうと、エリは先に来ていた。

「いま準備してるとこ」

「早くに来たんだね。手伝うよ」

「暖かくなって、よかったね」

「確かに。走って来たから汗かいちゃったよ」

「今日は楽しんじゃおうね」

「うん」

日差しは雲一つない空から暑いほどに降り注ぐ。それを北風が撫でるように冷ましていく。心地よい。ランチが終わり、2人はひざ掛けをして楡の幹に背を預けて、並んで眼下の葡萄畑を見つめている。光は傍らに置いた紙袋を手に取った。

「これ、プレゼント」

光はクリスマスツリーのイラストが描かれたショッピングバッグを渡した。

「わーありがとう、うれしい。私もあるの」

2人はプレゼントを交換した。

「光くんから先見て」

「うん」

エリからのプレゼントは、多機能電子辞書と筆箱だった。

「ありがとう。こんなにいい物。高かったでしょ」

「心配しないで。電子辞書は高校に行っても使えるでしょ。ママが言ってた」

「また、頭よくなっちゃうな。筆箱は受験の時に使うよ。俺の見てみて」

「うん」

エリが光からのプレゼントを取り出した。

「うわー。すごく可愛い。これ光くんが選んだの?」

「そうだよ。エリに似合うかと思って」

「うれしい。ありがとう」

エリは大層喜んで、バレッタを髪に留め、手袋をしてマフラーを巻いた。

「すごい。エリに似合う」

「うれしい。本当にうれしいよ、光くん」

エリは手を広げて抱きついてきた。エリの体温が伝わる。胸がどきどきと高鳴る。光もエリを強く抱きしめた。2人の鼓動が互いに伝わる。自然と唇を重ねた。急上昇する互いの体温。2人はブランケットを頭からかぶり体を包んだ。互いの息遣いと鼓動。ぎこちなく体が擦れ合いながら本能の赴くままの2人。それから夕方近くまで、2人はブランケットに包まりながら身を寄せていた。

二

年が明けて2月。光の受験の日がやって来た。兄の満からは、

「模試では合格圏内に入っている。あとは、お前の勝負強さを発揮すれば大丈夫だ」

と太鼓判を押されていた。この一年は満が家庭教師になり、マイナスからのスタートだった。何度もくじけそうになったが叱咤(しった)激励を受けた。

「努力したからといって報われるわけじゃない。だが報われるためには努力が必要だ」

兄の言葉に何度も励まされた。そして何よりもゴルフがしたい、そのために乗り越えなくてはならない山。困難であったとしても登らなければならない。必死にしがみついてきた。

家を出るときに父も見送ってくれた。

「ゴルフ最終日だと思いなさい。サンデーバックナインだ。18ホールが終わるまで諦めないことだ」

そう言ってくれた。皆の協力のもとにある今日。期待に応えなければならない。だから絶対に合格してやる。光は心に決めていた。

スポーツマネージメント会社「アポロン」の営業部長の横川春樹は、里見光の身辺調査に着手していた。双葉獲得失敗の前任者は降格と支社勤務として飛ばされた。特命を受けたからには失敗は許されない。成功すれば莫大な報酬と昇進が約束される。是が非でも獲得したい選手である。森田が言ったとおり、どんな手段でも使う覚悟である。

里見のパトロンは不動産開発を主に手がけている「(株)ヨシダ」。典型的な家族経営企業である。財務状況もつぶさにレポートした。ホテル、マンション、商業施設、ゴルフ場と、大都市ではなく地方中堅都市に狙いを定めた開発を展開し、時流に乗り規模を大きくしてきた会社であった。だが昨今の不景気もあり売り上げは頭打ちになりつつあり借入金は少ない額ではないが、内部留保はそれなりに蓄えており経営は安定してみえる。

横川は、会長である吉田高夫の下で副社長をしている息子の吉田浩道に里見光のマネージメント契約を申し出たが、詳細を聞くこともなく簡単に断られた。

(どこかに綻びがないものか)

ヨシダは株式上場はしてはいないが、長期勤務社員や役員、功労退職者に株の譲渡や取得をさせていた。吉田家の所有は10パーセントであり、この会社がいかに社員を大事に信頼しているのかがわかる。アポロンのように常にタイトロープの上を渡り歩くのとは大違いであった。だがその分、足をロープから滑らせなければ、吉田高夫の年収など一社員として軽く超える報酬を得ることができる。

こうなったら、里見光を完全に手中に収めている吉田家を潰すしか方法はない。崩すとすれば株式取得が足掛かりにはなりそうだった。

横川は部下を本社のある静岡県に派遣し、情報収集と些細（ささい）なことでも逐一報告を怠るなと指示した。派遣2日後に送られて来た報告メールに横川は目を見張った。その資料を見ると、昨年から金の流れに異常なデータがあった。9月には5億、10月には2億、11月に3億、1月に4億の出金が確認できた。それらは複数の建設会社や造園会社への支払いであった。

「約半年で14億円。何をするつもりなんだ」

さらに2日後に部下から「新たなゴルフ場建設」という報告を受けた。

「銀行へ融資を依頼するのが筋だが……。果たして」

横川は銀行員時代のコネで、「ヨシダ」が取引をしている弥生銀行に探りを入れることにした。

合格発表の掲示板で、光は受験番号である「287」を見つけた。周りでは涙を流す者、喜びを体で表現する者、それぞれの瞬間が交錯していた。光は兄の満と同じ高校に合格した。筋トレをはじめ一日200球の打ち込み、それに素振り。受験期間中も欠かすことはなかった。この一年は一日が72時間に思えた。

「これでやっとゴルフに打ち込める」

大英オープンまでは約4か月しかない。長居は無用と光はすぐに練習場に向かった。浩道や由香、それに高夫は光の合格を喜んだ。

「光。早速ラウンドしよう。今日からは大英を意識してコースを回る。由香の現地コースのレポートを基に本番を想定して」

浩道もこれで制約が無くなり、練りに練ったプランを実行し再び光とゴルフができる喜びをかみ締めていた。大英オープンへの出場資格の権利は、5月末に行われる「タキノオープン」に出場し上位3位までに入るか、現地で行われる予選を勝ち抜いていく2つの道しか残されていない。

「大丈夫。困難だけど不可能じゃない」

光の言葉に浩道は頼もしさを感じる。前のみを見て信じて進む光に、なんとしても栄冠を勝ち取らせてあげたい。そのためには吉田家、会社の資産を投入することは厭わなかった。それは高夫も承認していることだ。浩道も高夫も叶わなかった夢の続きを光に託している。損得勘定で動くほど器用ではない。器用であれば今頃は西潟と肩を並べていたかもしれない。

本業の不動産業が不景気の煽りを受け業績が減退し、ゴルフ人口の減少にも歯止めがかからずサンシャインビレッジカントリー倶楽部の経営の舵取りも難しい状況の中、光を最優先にしている自分を滑稽に思えるが、とめることはできなかった。

そして大英制覇の最終秘策はすでに完成に近づいている。

「由香さんのレポートにあったけど、セントカレドニアコースって僕の背丈より深いラフとか地獄バンカーとかあるんでしょ。打ち込んでみたいね」

「何言ってるんだよ。世界のトッププロでさえ手こずってトラウマになるほどなんだぞ」

「ていうことは、そこから快心の一打したら英雄だね」

光のこの強さと自信。ピクニックに出かける少年のような陽気さを浩道は羨ましく思えた。

「お前は」

「何？」

「いや、なんでもない」

「なんだよ。言いかけて」

「ほら、まだ課題があるぞ。しゃべってないで練習だ」

浩道は、その言葉を投げかけるのは大英の時にしようと飲み込んだ。

「うん、了解。時間がないからね」

翌週、山林を買い取り着手していた光のためだけの練習用コースがついに完成した。背丈ほどの草が生えたラフ、アンジレーションが強いフェアウェイ、逆円錐形に近い深いバンカー、鬱蒼とした森林、難攻略のグリーン、気候変動を想定した大型扇風機と降雨機……。様々な障害物を配し、由香の監修とレポートを基に完成した擬似セントカレドニアコースだった。

後日、浩道は光を車に乗せた。

山道を進み舗装をしていない側道に入る。側道と言ってもかなりの広さで、浩道の4WDが余裕をもって通過できるが、工事トラックの深い轍(わだち)があり車を大きく揺さぶった。しばらく進むとテニスコート2面分の広場に出た。積まれた資材や2階建てのプレハブが建っていた。車を降りるとプレハブ小屋から由香と高夫が出てきた。

「こんにちは」

「おう、来たな」

高夫が言った。すると由香が駆け出した。

「光、早くおいで」

由香が手招きしている。光は小走りに進んで由香の横に立つと、眼前に広がる光景を見て固まった。

「これって……」

勘のいい光はすべてを把握して大粒の涙がこぼれ落ちた。

「泣いている暇はない。すぐに練習に取りかかりなさい」

高夫の重厚な声が脳内に響く。うつむいて強く握った拳で涙を拭いた。真っ赤な目をして振り返った。

「僕のために、ありがとうございます。必ず、必ず大英を制して皆さんに恩返しさせていただきます」

深々と頭を下げた。涙がとめどなく流れた。

疑似コースでの練習が始まった。世界中どこを探そうと、15歳の無名の少年アマチュアゴルファーにここまでしてくれる環境はない。大きなアドバンテージである。幸せである。感謝に堪えなかった。光の顔つきは変わった。毎日、日が暮れてもナイター照明の下、練習に励んだ。あらゆる場面を想定して汗を流した。与えられた課題も克服していく。

三

タキノオープンの前哨戦である5月初旬の最終予選会を優勝してタキノオープン本選出場が決まった。これにより光にとっての国内ツアー初参戦が決まったが、それほど深い感動はなかった。光にとっては通過点であるからだ。

本選には2週前の大会で腰を痛めた双葉の名はなかった。双葉は照準を大英オープンに合わせているのか、大事をとっての欠場だろうと予想された。昨年の賞金ランキング1位の西潟、今年ツアー1勝を成し遂げた山ノ内をはじめ国内の名手たちに交じり、難敵である海外プロアマ選手も大英への出場資格を取得しようとこぞって参戦してきた。総勢148名で大英への出場枠3を廻(めぐ)って熾烈(しれつ)な戦いが繰り広げられることになる。

茨城県の常陸パークゴルフクラブで初日が始まった。太平洋に面し海風が強く自然をそのまま利用している（リンクス）コースである。4日間の勝負。前半2日間36ホールを終了後、上位60位までが後半2日間の決勝ラウンドの進出者となる。

光は出場者中最年少の15歳であったが、地区予選、本予選と圧倒的なスコアで駒を進めたこともあって注目度も少なからずあった。大会主催者であるタキノの多岐野正文会長による開幕を告げる挨拶が終わると同時に、派手なダンスミュージックであるトワイライトゾーンが流れだし大勢のチアリーダーが華を添えて踊る。色とりどりの風船や花火が上がった。そして第1組からスタートが切られた。

光のスタートは30分後である。キャディバッグからパターを取り出し、練習をしていると声をかけられた。

「よっ」

振り返ると山ノ内だった。御曹司特有の人懐っこい柔和な笑顔と、相変わらず派手な格好だった。

「あっ、どうも」

「ようやくここまで来たね」

「はい」

光はパターのアドレスを崩すことなく目線を合わせずに答えた。山ノ内は光の横で同じカップに向かってパター練習をする。

「あの時のことは今でも覚えてるよ。里見君のショットは素晴らしかったしね。いずれ来るとは思っていたけど怖い相手だよ。ただ、プロの世界はアマとは全く違う」

光は無視し続ける。

「双葉がいないから大英行けるチャンスは広がったな。怪我で大事をとったけど、もしかしたら重症らしいって話もあるんだよね。そうなったら大英どころじゃないね」

まぁ、よくしゃべる男だと光は思った。山ノ内は、まるでストーカーのごとく後をつけてきては話しかける。出どころの怪しい話ばかりだ。だが彼の話を真に受ける奴も中にはいるのだろう。

「僕はねぇ、スコットランドが好きでね。ほらウィスキーも有名でしょう。8回は行ってるかな。いいところだよ。景色の一つ一つが写真や絵葉書みたいでさ。それにカレドニアコースも去年大英でラウンドしてる。あの時はこんな意地の悪いコースって思ったよ。でもやっぱり名門コースだよ。クラブハウスは中世の城を改築したんだよね」

今度は自慢話である。光は集中できそうになく早々に切り上げることにした。

光の組のスタート時間となった。同組のメンバーはプロ15年目・ツアー通算勝利8勝のベテラン小浦周、プロ10年目・ツアー未勝利の高梁敬（たかはし）、韓国ツアー新人ながら3勝のキム・ドンフンであった。参加者人数が多いため4人ひと組でのラウンドとなった。

光はスタートホールを幸先よくバーディで終えたが、ゴルフを飯の種にしている猛者の集まりとのラウンドである。油断はできない。それがキャディの浩道には緊張に思えた。

「心配することはない。お前なら通用するんだから。飲み込まれるなよ」

そう指摘された光は、プロたちから学ぶことは、いい勉強と経験になるはずだと考えを切り替え、楽天的に捉えてゴルフを楽しもうと決めた。刺々しく、よそよそしかった光の態度が変化したことに気付いた同組のプロも、光に話しかけ打ち解けるようになった。彼らはいいプレイに賞賛をする。紳士的で戦う者への尊敬の念を持ち合わせていた。

ハーフが終わった時点で光は3アンダー、2位タイ。キムと小浦がイーブン、高梁が1アンダーと好成績でバックナインに入っていった。今までの光であれば負けたくないという気持ちが強すぎて、それが自滅を招いてしまうこともあったが、楽しくラウンドするという真剣勝負の場においての初めての経験に感動していた。できたらこのメンバーで大英に出たいと思う気持ちになるほどだった。小浦はベテランらしく気を遣い、ミスした光、キム、高梁を励ました。

終わってみれば光はトータル6アンダーの66で予想を覆し初日首位。2日目は予選最終ということで各選手が本腰を入れスコアを伸ばし順位は4位と下がったが、3日目の決勝ラウンドに駒を進めた。

アマチュアの15歳、しかもツアー初参戦という話題性で光のもとに多くのマスコミが押しかけ、光に注目した。クラブハウス、宿泊先で取材陣に囲まれる羽目となった。常にマスコミやテレビカメラに追われ圧力がかかることでプレイへの影響を懸念した浩道だったが、由香は「それも大事」と言った。光はマスコミに対し持ち前の観察眼と洞察力で記者の欲しい答えをジョークを効かせ提供し、良好な関係を築いた。

決勝ラウンド3日目は6バーディで追い上げ、光は単独3位となり最終日、最終組を首位西潟、2位山ノ内とラウンドすることが決まった。そんな光をクラブハウス内の取材エリアでマスコミ各社が待ち構えていた。

「このまま優勝したら大英へ向かうのでしょうか」

「まだ優勝もしていないうちからやめてくださいよ。それにこれから宿題もやらなくちゃならないんで。質問に答えるから代わりにやっといてもらえますか」

「同学年の双葉プロとは幼少の頃からライバルですね」

「2、3年前ですから、おむつしている頃は知らないです」

「今回欠場の双葉プロに一言」

「怪我を治して早く復帰してもらいたいです」

「もし優勝できたら感無量ですね」

「瓶有料です」

彗星（すいせい）のごとく現れた驚異の新人に、マスコミの報道は過熱していった。

その日の夜、ホテルの部屋に浩道がやって来た。

「光。最後の2ホールは防げたぞ」

浩道が4連続バーディのあとの17番でのダブルボギー、18番でのボギーのことを言っているのはわかった。連続バーディ記録狙いがミスを誘発した。

「目的は優勝じゃない。焦って優勝を狙うことはないんだ。結果として優勝なら問題ないが、とにかく我々の目標は大英出場なんだ」

「うん」

「3位以内。無理しないこと。わかったな、光」

「うん」

「とにかく、明日は堅実に確実にやろう」

「うん。わかったよ」

浩道が部屋を出ていくと、光はベッドに体を預けて天井を見つめた。

(でも、どうせだったら勝ちたいな。マスコミに注目だってされてるんだし。俺なら双葉以上にもっと注目されるはずだ)

迎えた最終日。崩れるといわれつつも心配された雨は今日一日降りそうにないが、どんよりとした曇り空である。ドライビングレンジでギャラリーやマスコミが取り囲む中で練習していた光は、アイアンのフェースでリフティングをしながら打ち出す芸を見せては彼らを沸かせた。

「里見君は、面白いね」

振り返ると背中側の打席に山ノ内がいた。

「どうも。今日はヨロシクお願いします」

光が殊勝に挨拶した。山ノ内は今までは無視するか無言での対応だっただけに戸惑った様子だった。

「あっ、あぁ、よろしくな」

「こんな大勢の人が見ている中でいつもやってるんですね、プロは」

「まぁ。そうだね」

「羨ましすぎます」

「緊張しないのか？」

「どっちかっていえば、観てほしいです」

「ファンが増えるね。それにメンタル強いね」

「目立ちたがり屋なのかもって」

「じゃ、里見君は強くなりますよ」

そう言いながら西潟が光の前の空いた打席に来た。

「どうも。はじめまして」

西潟とは初対面であり、話すのも今日が最初である。テレビ画面の向こうにいた賞金王が目の前にいる。

「僕は早くから君に注目をしていたよ」

「そうですか。僕も昔からあなたを注目してました」

「そうですか。それはうれしいね」

目じりに皺を寄せて西潟は笑った。

「君と回れるのを楽しみにしていた」

「僕もです。今日は、よろしくお願いします」

そして西潟は、番手の小さい順に2球ずつ打ってヤード表示看板付近を狙っていく。250ヤードまで打ち終わると「お先に」と西潟は練習場を後にした。そのあとを半分以上のギャラリーとマスコミがついて行ってしまった。

「西潟プロにあんなこと言えるなんて大した奴だな」

山ノ内がドライバーを肩に乗せ回転させながら言った。

「そうですか」

「俺なんか、話しかけられると緊張するもんな」

「同じプロじゃないですか」

「里見君はただ者じゃないな。でも、さすが賞金王だな。ほぼほぼマスコミがいなくなったなぁ」

山ノ内は辺りを見渡しながら言った。残ったギャラリーとマスコミを喜ばせるために、光は2番アイアンを振り抜いて250ヤードの表示看板にライナーで5球連続ぶち当てた。拍手と歓声が上がった。

「すげっ」

山ノ内が思わず驚いて声を上げた。

スタート時刻になり、光は大会本部テントでサインを記入してティーイングエリアに入った。ギャラリーの数は多く、テレビカメラや無数のカメラが向けられている。光にとっては初めての体験である。

西潟がコールされると拍手と歓声が起こった。帽子のつばを指で挟んで一礼した。西潟の第1打は綺麗な弧を描きながらフェアウェイの真ん中に落下し、ランが出ながら290ヤード辺りで停止した。お手本のような見事なショットに拍手が起こる。

続く長身から繰り出される豪快な山ノ内のティーショットだったが、若干力が入ったのか左のラフにいった。だが310ヤードと距離は出た。

「里見光選手。御崎中央高校1年。アマチュア。今大会彗星のごとく現れた15歳の注目選手です……」

仰々しくアナウンスされた。

「とにかく、落ち着いていこう」

光はそう言う浩道と固く握手をしティーイングエリアに立った。ギャラリーは15歳の少年がどんなショットをするのか固唾を呑んで静まり返っている。光はティーを差し込むと450ヤード先にある砲台グリーンにたなびくピンの旗を見やりながら後方に1歩、2歩、3歩と下がり、ドライバーの先端をグリーンフラッグに向け片目を瞑って照準を合わせた。首筋にフォローの風を微妙に感じる。

アドレスに入ると迷いなくテークバックし振り抜いた。球はホップするように高度を上げ、頂点付近で再度伸び上がり310ヤード地点に鋭角な入射角で落下し、フェアウェイを勢いよく転がる330ヤードのビッグショットになった。意気揚々とフェアウェイを歩く光。浩道は現役時代には叶わなかった自身が経験したことのないメジャーツアーの最終組を、光が堂々と闘っていることに鼻が高かった。その相手が西潟であることも感慨深かった。

西潟の第2打はピン手前1メートルほどに落ちたが、バックスピンによってカップからみるみる遠ざかってしまった。だが2オンに成功した。

山ノ内のラフは思ったよりも深く、ボールは草の下に入り込んでしまっていた。第2打は番手を1つ上げたが、当たりが良すぎて飛距離が出てしまい、グリーン奥でバウンドし再び深いラフにはまった。今日のピン位置は2段グリーン手前で逆目の強い芝である。

光は残り70ヤードからの第2打。浩道はサンドウエッジとばかり思っていたが、光はピッチングウエッジを要求した。玄人ギャラリーも西潟も山ノ内にも疑問符がついた。この距離であれば通常ならサンドウエッジだと誰もが思っていたからだ。

光はアドレスに入るとハーフスイングでパターのごとく球を払った。低いライナー性の球は、グリーン手前のフェアウェイでツーバウンドし勢いをそがれた状態でグリーンに乗って、逆目の芝に徐々にスピードが弱まり、まっすぐにピンに向かい、やがて球が消えた。

ギャラリーから大歓声が上がった。光は天に拳を突き上げてガッツポーズをして浩道とハイタッチをした。山ノ内が肩をポンと叩いて親指を立てた。西潟もにこやかな顔を向けて目礼してきた。西潟も認めざるを得ないショットに光は顔が綻んだ。

このホールは光がイーグル、西潟がバーディ、山ノ内がボギーでスタートした。2番ホールへ向かう通路際のギャラリーからは賞賛の声と拍手を受け、次も期待に応えて魅せようという気持ちになった。ファンの心を完全に掴み、西潟よりも自分に期待が寄せられているということを感じる。

OUT2番は565ヤード、パー5のロングホール。ティーイングエリアからの打ち下ろしである。オナーとなった光にギャラリーは注視した。風はフォロー。素早いアドレスから放ったショットは鋭い飛球線を描きながらホップし、250ヤード辺りで2段目のホップがかかり風を捉え、下りのフェアウェイを転がりながら350ヤードに止まった。ギャラリーにガッツポーズで応える光。

「すごいね。ナイスショット」

次打の西潟が入れ替えざまに言った。その西潟は教科書どおりフェアウェイ真ん中300ヤードにつけた。

「綺麗なショットですね」

光は下がってきた西潟に声をかけた。

「まあ。あんなもんでしょう」

謙遜しながらも、バーディを狙うには絶好の場所であることは明らかである。

飛ばしに自信がある山ノ内であるが、光のショットを見て軽口を叩かなくなり、唸(うな)る音を立てドライバーを素振りしている。その音の大きさにギャラリーが沸いた。西潟が「ヤマは熱くなってるな」とつぶやいた。

山ノ内の鉈(なた)で木を切り倒すようなショットだったが、フェアウェイで跳ね上がり林近くの深いラフに沈んで行った。距離は360ヤードであるが、2打目は木が邪魔をしてグリーンを狙いづらい厳しい場所となった。

結局、山ノ内は1打目が響き連続ボギー。光は2オンに成功するも難しいラインとカップに嫌われバーディとなったが、西潟は2打目をピンそば30センチにつけイーグルとなった。

最終組は絶好調の光、西潟の一騎打ちになり、前半9ホールを終えてバックナインに入った。山ノ内が手首痛を理由にハーフで棄権し、最終組は西潟と光の2人でラウンドすることになった。

OUT 9ホール結果

L 里見 −8(−22)
2位 西潟 −7(−18)
3位 キム −5(−14)
3位 武藤 −5(−14)
5位 山ノ内 −2(−10)棄権

2位の西潟とはトータル4打差で、3位以下とは8打差がある。このままいけば大英オープンへの出場が決まる。だが日本一の名手、西潟を相手に繰り広げた前半の戦いで優勝という野心が光の心に沸々と湧き上がり、3位以内で大目標である大英出場という本来の筋がぼやけ始めてきた。

常陸ゴルフパークはINからが勝負といわれるほどOUTとガラッと様相が変わり、高度なテクニックを要する。しかしリンクスの難コースは光にとっては有利であり、西潟に肉迫されているとはいえ心に余裕が出来る。INの10番は、これから始まるバックナインのトリッキーさを象徴するような罠や障害物の多いホールである。ティーイングエリアの目の前には谷が控え、そこに木々がせり出して狭さを演出し、グリーンはかなりの高台にあって、わずかにピンフラグの先端が見える程度である。そのグリーンにしても抉られた深いバンカーが取り囲んでいる。２１０ヤードのパー3。

雨雲が近づいているという情報が入って来た。水墨画のような、ぼやけた雲が低く垂れ込め風が出てきた。風はフォローである。

（旗を狙おう。観客は沸くし、西潟さんは俺に驚くはず）

光が放った飛球はロケットのように垂直に高々と上がり、ピンに向かって降下していく。狙いどおりピンフラグ2メートルにつけ、ギャラリーは沸いた。

西潟は百戦錬磨の勝負師の勘で、光が勝負を早く決着しようとする焦りのようなものを感じ取った。後半は力勝負に持ち込もうとしたが、予想以上に神懸かっている光に対しては危険と判断し、草陰に潜んで獲物をじっと待つハンターのように機を窺う作戦に切り替えた。今まで対戦したどの相手にも当てはまらない対処困難な選手。唯一弱点があるとすれば未熟さだと踏んだ。そこに活路を見出す。

西潟のショットはグリーン奥を狙った。風の煽りを計算しやや低めに打ち出されたが、バックスピンがかかっており2段グリーンの傾斜を利用し転がりながらカップ2個分で止まった。あわやホールインワンであった。先にカップに入れた西潟はバーディ。観客は沸いた。光は2メートルの難しい横からのうねる芝にカップを外し、パーで終えた。

「光。このままでいい。焦るんじゃない」

浩道も光の功名心を感じ取っていた。

「わかってるよ、ヒロさん。大丈夫だって」

「いいか光、この試合は前哨戦なんだ。プランどおりにやればいい。いいか、本番じゃないんだ」

「わかってるよ」

だが西潟を突き放そうと躍起になった光は思うようなゴルフにならず、ミスが連発しスコアを落とし首位を奪われ、順位を大きく落とした。

L　西潟　－12（－23）14ホール
2位　武藤　－10（－21）15ホール
3位　高城　－9（－20）16ホール

3位　澤田　－8（－20）18ホール
5位　キム　－6（－19）15ホール
5位　市川　－5（－19）17ホール

残り4ホール。この時点で光のスコアは4アンダー（トータル16アンダー）。西潟とは7打差がついた。優勝するのは非現実的だった。

「ゴルフの内容は悪くないんだ。少しずれがあるだけだ。いつもどおりのお前でやればいい。大英への出場権利である3位に食い込めば目標は達成できるんだ。大丈夫だ、できるよ。まだ4ホールあるんだ」

浩道は光を励ました。声を出して励ますことで浩道自身をも奮い立たせた。

先行スタートの他選手らは次々とホールアウトして行き、スコアを確認しながら戦える有利さはある。西潟はスコアボードを見る機会が多くなった。他の選手の動向を計りつつゲームのクローズを考え始め、リスクを取らない戦略に変えてきた。光は眼中にはなく、もはや敵でも勝負相手でもないという宣告で、光も浩道もそれを感じ取った。

「悔しい」

光がつぶやいた。押しつぶされそうな少年の悲痛なうめきだった。浩道も気持ちは同じである。だがコーチ、キャディとしてこの少年を救うのが役目である。

「そうだな。俺もそう思う。だがな、『よく頑張った』なんて試合後にかけられる慰めの言葉なんか要らないよな、光」

「……」

「誰よりも最高の練習してきたよな」

「うん」

「それは間違いじゃないよな」

「うん」

「だったら、それ証明してやろうぜ。お前ならできる！　絶対に！」

「よし、やってやる」

屈辱が逆境をはね返すパワーになり、光は気を引き締めてより自然体に近づこうと自分を律した。するとショットが安定し、いつものリズムが戻ってきた。期待に胸膨らませた風船が萎んで裏切られたような気持ちになっていたギャラリーが、光の熱い息吹を感じ再び沸き始めた。

15番ホール　バーディ　−5（−17）
16番ホール　イーグル　−7（−19）
17番ホール　バーディ　−8（−20）

猛追を見せた。光は西潟をねじ伏せる驕り昂った気持ちを捨て、自分のゴルフに徹したからだった。

最終18番はショートホール。すでに2人を除いた全選手がホールアウトした。光はバーディ以上を取る以外3位になる術はない。浮き島の狭いグリーンにうねるような起伏。池やパットに苦しむ選手が続出していた。ショートとはいえバーディが難しい。

「ヒロさん、ドキドキするわ」

「ああ、痺れるな」

浩道からアイアンを受け取り、光はティーイングエリアに向かう。グリーンを見つめながら、(椰子の木が生えていたら小さな無人島だなぁ)と、真剣勝負ぎりぎりの状態にありながらそんなことを考えていた。固唾を呑んで見守るギャラリー。風が止んだ。光はアドレスに入り八分ほどの力で振り抜いた。飛球は上空に高く舞い上がった。距離も方向もいい。グリーンに落下しカップに向かう。ギャラリーから「入れ」と声が上がる。あと50センチ、あと30センチ。そこで静止した。

光は第2打を沈めてバーディとし、優勝こそ逃したが第3位に浮上して、大目標であった大英オープンへの出場権を獲得した。

「里見君は強いよ」

西潟は試合後のクラブハウスで話しかけてきた。西潟の影を踏み越えて先に行ったかと思えば、最後は抜き去られていった。勝負に対する経験の違いでは片づけられない。勝つための原動力である

「欲」が負けを誘発することがあると知った。初優勝の可能性があっただけに、その言葉が余計に悔しかった。

大英への道　タキノオープン　結果

優勝　西潟　－24
2位　キム　－21
3位　里見　－20
4位　澤田　－19
5位　武藤　－18
6位　市川　－17
6位　高城　－17
（上位3名が大英オープン出場権獲得）

大英への出場権を得たが優勝を逃し、翌日の新聞の取り扱いはニチスポ以外は小さい。光は注目こそされたものの、その程度の存在である。勝たなければ意味がないのだと光は確信した。センセーショナルに一般に名を知らしめるには大英制覇しかない。

特設コースでの練習は熱を帯びてハードになる。ティーショットを10球打って、すべてをパーでカップに沈めなくてはならない。一球でもボギーがあるとグリーンから20キロの錘を背負ってティーイングエリアまで走って戻り、再び同じことを繰り返す。今日は6回で終わることができた。アナログなトレーニングだが、この反復が力になることを信じている。灯された照明に虫が飛び交っている。疲れ果ててグリーンにへたり込む。浩道がスポーツドリンクを手渡す。

「お疲れさん。よく頑張ったな」

「ありがとう」

冷えたスポーツドリンクを喉に流し込む。胃から全身に疲れを癒やすように染み渡る。

「タキノで優勝してたらプロ宣言して大英に行った？」

「俺は優勝しなくて良かったと思っている」

「え？」

「成長の要素は敗戦の中にしか見出せないものだからな。悔しい思いやなぜだって疑問が光を強くしていくんだ」

「そっか」

「それに西潟に勝って優勝でもしていたら大英では過度な期待を背負い、余計な邪魔が入ることだってある。もちろん、その重圧をはね返してこそ本物だが」

「今はダークホースだね」

「今はね。それが、かつてになる」

「優勝して帰国したら、すごいよね」

「英雄だよ」

「ヒロさん。俺、絶対大英優勝するよ」

「お前ならできるさ」

浩道は会社に降りかかっている厳しい状況の中、光にかけた言葉が自分に向けたものに感じた。それゆえ光を絶対に優勝させてあげたいと心に誓った。その大英オープンが、光との最後のラウンドになる……。

第4章

苦い涙

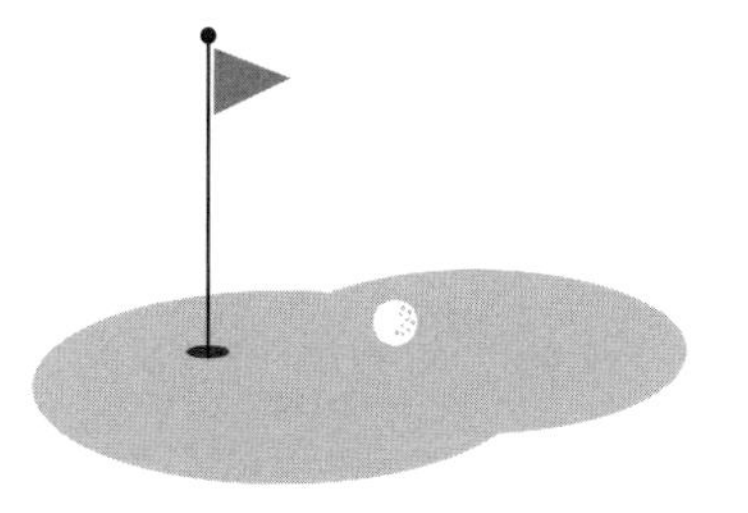

一

1か月前。電話を切った高夫は目を閉じた。電話の相手は退職した社員だった。

「ヨシダの株を売らないかと持ちかけられました。相手は東京の経営コンサルタントです」

「東京の？　経営コンサルタントが、なぜウチを？」

「わかりません。ですが、かなりの買取価格を提示してきました」

「提示額は？」

「額面の約10倍です」

「10倍？」

「はい。退職者や役員で株を保有している者の中には、その話に乗る者が相当数います」

「つまりは買収か」

「ええ」

「どうしてそれを、お前は俺に？」

電話の主は黙っている。高夫はそれで察した。

「ありがとう。お前にはお前の人生があるし事情はあるだろう。よく話してくれたね」

「会長……すみません」

高夫は社員という名の家族と共に歩む擬制家族を社是に掲げてきた。吉田家所有株は全体の10パーセントに留め、退職した社員に株を譲渡し配当を払ってきた。だが時代の流れなのか高夫の思いは通じなくなっていた。光の栄光への階段を駆け上がるのとは反比例して、ここ数年は本業である不動産業の負債が膨らんでいた。光のための私財を投じたゴルフ場を完成させると、それまでは長い付き合いであったメインバンクの弥生銀行は、手のひらを返したように看過できないと返済を迫ってきた。さらに役員から光の特別コースを造ったことが大きな反感と不信を呼び、造反を生んでいた。それだけの資産をなぜ本業に回さないのかと。

融資を願い出るためメインバンクである弥生銀行を、高夫は浩道と訪れた。そこで本店融資部長が口を開いた。

「われわれといたしましても今までのお付き合いもありますから、できるだけのことはと様々な角度から精査いたしました。まずは、それをご理解いただいたうえで、結論から申し上げましょう。融資の件は断念していただきたい。こちらといたしましても莫大な金融資産の担保があっての融資でした。それがないとなるとお貸しした分の回収が先です。それは本店からも通達されています」

浩道は悪夢でも見ているようだった。1年前、5年前、10年前の華やかだった時代が懐かしく胸を締めつける。自分を信じてついてきてくれる光に申し訳ないと思えてならなかった。

「しかし、ある筋から御社に対して朗報とも言うべきお話がありまして」

「朗報?」

浩道は何がなんだかわからなくなった。融資を断られて何がいいことがあるのだろうか。

「こちらです」

差し出されたのはA5サイズの光沢ある封筒であった。「APORON」と社名が刻印されている。それを手に取った。

「東京のレックスというコンサルタント会社を通じ御社の株式買取を指示していたのがアポロンでして、スポーツマネージメントの会社なんです」

「スポーツマネージメント?」

「ここがオタクの不動産、ゴルフ場を再建していきたいと。経営状態は特Aです」

「身売りの条件は?」

高夫が口を開いた。

「経営陣の刷新と、早期退職希望者には想定退職金の倍額を支払うとのことです。社員を守ることができるわけです」

高夫は目を閉じる。

「それと、里見光選手のマネージメント契約もあります」

高夫は目を開いた。浩道もそれには驚いた。光が手を離れてしまう。

「条件は、わかりました。返事はいつまでに」

高夫が言った。

「期限は1週間でお願いします」

帰り道で運転席の浩道は後部座席の高夫をルームミラーから覗いた。窓外を見ている父を見ながらやるせない気持ちになった。退陣するとなれば光と共に栄光を掴む夢は断たれる。

「身売りだが。受け入れるしかない」

高夫が言った。

「え？」

「だがな、こちらにも意地がある」

「意地ですか」

「そうだ。会社乗っ取りのアポロンの目的は光の獲得だ。だが大英の最終日まで俺が買収を引き延ばす。お前は光に集中するんだ。そして光にはこのことは口外するな」

「もちろんです」

「光と大英を獲るのは我々の夢だ。それは渡さない。その後は……。アポロンのような大手に光を任せて、より高みに引き上げてもらう」

二

英国に出発する日が近づいた日曜日。練習は休みだが光は日課となる素振りやランニング、筋トレを欠かさなかった。そうしないと落ち着かなくなってしまう。すぐに汗が噴き出し肌を流れる。負荷をかけたランニングで下半身が安定し、トリッキーな野山を走ることで体幹が鍛えられ、鉄工所からもらった廃鉄での素振りでヘッドスピードを上げた。

シャワーを浴びて着替えを済ませ姿見で確認すると、筋骨隆々というよりしなやかな筋肉がついているのが服を着てもわかるほど弾力がある。怪我に強い筋肉、怪我をしない筋肉を築き上げた。居間の掛け時計を見た。エリとの約束の時間が迫っている。母に出かけると告げ家を出た。

2人だけの秘密の場所に向かう。1週前に梅雨が明けて、待ちに待った夏だとばかりに蝉が一斉に鳴き出した。山道の入り口に自転車を停めて駆け上がる。木立に洗われた風に汗が引いていく。森を抜けると、ぶどうの収穫の時期が近いのか甘い匂いが漂う。

「光くん」

葡萄畑の向こうの楡の木でエリが手を振った。垂れ下がった葡萄に触れないように腰をかがめて緑のカーテンの下を進んだ。

「お待たせ」

「私も今来たところだよ」

と言いながらもシートを敷いていつものバスケットを置いて、すぐにランチができるように準備してあった。

「おなか減ってるでしょ」

「ペコペコ」

2人は早速ランチとなった。

「これ何?」

頬張りすぎたおにぎりを流し込もうと頼んだ、エリが注いでくれた飲み物は、仄(ほの)かな甘みと優しい香ばしさだった。

「フルーツティーだよ」

初めて聞いた。

「おいしすぎるよ、これ」

「夏はいつもこれなの」

「へぇ。うちじゃ夏といえば鉄板麦茶だ」

抜けるような青空には入道雲が湧き立つ。練習が忙しくてエリとのデートは久々だった。

「もうすぐだね」

「うん」

「緊張してる?」

「正直言えば、してない。楽しみで、わくわくしてる」

「そうなんだ。それでこそ光くんだ」

「スコットランドの観光ついでにちょっとゴルフしに来ましたって気持ちかな」

「今と一緒だね」

「こっちのほうが数億倍、楽しいけどね」

「うれしい」

握り合ったエリの手のひらの力が伝わる。

「光くん、優勝したら一気に有名人だね」

「変わらないよ。ずっとカントリーボーイの山猿だよ」

「よかった」

肩を寄せ合って他愛もない話が続いた。時間は早く流れ、蜩（ひぐらし）が鳴き始めた。切ない鳴き声に、どちらともなく楡の木から立ち上がった。葡萄畑の房の中を歩く。手は握られたまま、帰るのを拒むようにゆっくりとした歩調。葡萄の甘い香りが降り注ぐ。2人は立ち止まり向き合った。

「大好きだよ、エリ」

「私も」

2人は唇を重ねた。エリを自転車の後ろに乗せ家まで送った。

「じゃ、俺、頑張ってくるね」

「うん。私、笹（ささ）の葉の短冊に『里見光　大英優勝』って飾っておいたよ」

エリが指さした2階の窓に笹の葉が見えた。

「ありがとう。そのとおりにしてくるから」

「光くん。ほんとに、ほんとに大好きだよ」

「俺もだよ、エリ」

その日の夜空に天の川が見えた。七夕の日曜日はこうして終わった。

三

高度を下げ始めた旅客機の窓に額をつけて、光は眼下を覗いた。緑豊かなエディンバラの街並みが目に入る。自然と気持ちが昂る。出国ゲートの外では事前に入国していた由香が出迎えに来ていた。7月だというのに日本の秋を感じさせる。少し肌寒く、バッグから光はブルゾンを取り出し着込んだ。天候変化で体調を崩すのだけは避けたい。

現地マネージャーとして由香が雇った男は冷蔵庫のようにデカく、人というよりクマに近いジョック・グラントという男だった。挨拶を交わしバンに荷物を積み込み、浩道と共に光は後部座席に乗り込んだ。ジョックは日本に留学経験があり日本語もそれなりにできた。陽気な男らしくジョークを交わし日本のギャグを披露するが、それは、光が小学生の頃に流行(はや)ったものだった。田園風景と絵葉書のような町並み。山ノ内が言っていたことを思い出し、まさしくそのとおりに思えた。

町の北側に面するフォース湾に架かる橋を渡り、1時間ほどで北海に面した大英オープンが開催されるセントカレドニアゴルフコース近くの一軒家に到着した。英国建築独特の煉瓦(れんが)造りで、以前はジョックの叔父が住んでいたのだが、グラスゴーに引っ越し空き家になっていたところを借りることにしたのだった。2週間ここを宿舎にする。

白ペンキが、ところどころ剥がれた扉を開けて中に入った。室内は外観のアンティークさとは趣が違い、モダンで家具や家電は新品に近く洒落たマンションのようだった。軽めの食事を済ませると、時差ぼけを直すために2階の割り当てられた部屋に光は向かい、ベッドに入り翌朝午前5時に時差ぼけの浅い眠りから目覚めた。スコットランドと日本の時差は8時間。つまり日本は今現在、午後1時である。屋根の斜面を反映した天井を見つめ、ここが自宅ではないことを悟る。

「ついにやって来たんだな」

椅子の背もたれに掛けたダウンジャケットを羽織り、眠気覚ましの散歩に出かけた。空は鈍いグレーで日本の梅雨の空に似ている。今年の大英は天気に恵まれるということだったが、ジョックによれば「あてにならない」と言う。緑の多い田舎町は生まれ故郷を髣髴(ほうふつ)とさせ、時間がゆったりと流れていた。

そして、大英初日の朝を迎えた。午前5時のアラームがなる前に光は目が覚めた。気持ちの昂りを抱えたまま眠りに就いたせいだろうか。冷たい水で洗顔を済ませ、外套を着てルーティンとなった朝の散歩のために宿舎を出た。

土の匂いが心を落ちつける小道を歩く。農夫が白い息を吐きながら薄明かりの中で仕事に取りかかっている。光に気が付くと作業を中断して、腰を伸ばしながら親指を立てて手を振ってくれる。名前も知らない農夫だが、毎朝顔を合わせるうちにこうした挨拶だけのやり取りをするようになった。30分ほどの散歩で、シャツの下はうっすらと汗ばんだ。

宿舎に戻ると由香とジョックが朝食の準備をしており、オムレツの匂いが漂って腹時計が鳴った。

「準備できたわよ」

由香が言うとジョックが最後の料理をテーブルに置いて全員が席に着いた。浩道が咳払いをした。

「待ちに待った大英が始まるな、光。ここまでよく頑張った。お前の持っているパフォーマンスを世界の皆に見せて度肝抜いてやろうな。さぁ、食べよう」

光は力強く頷いた。

予選1日目の49組目、予定では午後3時15分のスタートである。車で15分ほどのセントカレドニアコースへは昼過ぎに向かった。大勢の観客で賑わっており、バグパイプの音が響き様々なイベントが催されている。老若男女、なかにはベビーカーで来場している者もいて、ゴルフ文化が生活の一部として浸透していることを窺わせた。

光が練習グリーンに向かうと、世界トップレベルの有名選手がパター練習をしていた。ファンやテレビカメラが囲みながら、その姿を捉えていた。だが光に向けられることはないため、少しでもテレビに映ろうと、由香から教わった、まだ拙い英語で彼らに話しかけていく。全く無名の東洋人に話しかけられた彼らは面食らいながらも、社交辞令的に受け答えをする。

午前スタートの組が続々とホールアウトし始め、天候に恵まれたせいもあり難コースが牙をむくことはなく、60台後半から70台前半にひしめき合って、1打のミスが大きく順位を落とすシビアな展開となっていた。

スタート時間になった。光はバックヤードでキャディの浩道と固く握手した。16歳のアマチュアのハイスクールボーイというコールがされると、色物的な歓声と拍手が起こった。ここにいる誰もが自分のポテンシャルを信じていないと光は感じた。こういう注目が好きである。すべてのハンデをはね返してやろうという気持ちにさせてくれる。光は英国紳士然とした、お辞儀をした。少年らしからぬ挨拶にギャラリーの笑いを誘ったのも計算済みである。

光はティーアップを終えると、いつもどおり後方に3歩下がり狙いをつける。無風。歩を進めアドレスに入り迷いなく振り抜いた。強烈な音を残して球はホップしながらまっすぐ上昇し、狙いどおりの場所に止まった。胸を叩いてガッツポーズをすると、度肝を抜かれた観客から賞賛の拍手が起こった。ダークホースにもならない存在である光だったが、この一打で観客を味方につけることに成功した。残り180ヤードのセカンド地点から2段グリーンの上部に乗せ、幸先よくバーディスタート。

順調な前半ラウンドだったが、後半はボギーを叩いてはバーディで取り返すなど安定を欠いた。苦しみながらも感触を掴むことを主眼に置いたプレーを続け、初日は1アンダー71で51位タイスタートとなった。

日本人トップは西澙で、スコアが69で24位タイであった。一方、双葉は大英をターゲットに治療に専念したのだが、怪我の状態が思わしくなく途中棄権をした。双葉がいなくなったが、感傷よりも見ている場所はもっと上である。

色めき立ったのは生中継を日本に独占放送している大日本テレビのクルーたちだった。全くノーマークの高校生がこの成績である。すぐさまインタビュー責めに遭った。光を捕まえると視聴者への期待という名の空気を入れるような質問がとんできた。双葉に変わるヒーローを作り視聴率を稼ぎたいのが見え見えで、リップサービスをする気もうせたので、

「まだ始まったばかりですし、今日は良いコンディションでできたんで良かったです」

と淡々と応えて、ジョックの車に乗り込んで早々とクラブハウスを退散した。

宿舎に戻ってもジョックの興奮は収まらなかった。迎えの車中でもずっとしゃべり通しだった。

「大英オープンの英雄を、お世話していたなんてことになったら一生自慢できるぜ」だの、

「街の連中が『あの日本人のハイスクールボーイはお前のアンクルの家にいる奴か』なんて言われて鼻が高かったぜ」と終始ご機嫌だった。

「ジョック。まだ1日目だよ」

「いや、光。あのコースで1アンダーだなんて。俺はあそこで180叩いたことがあるんだ」

「大変だったね」

「難しいコースなんだ。でも光なら優勝できるよ」

「そんな、気が早いって。まだまだこれからさ。ミスもあったたし、修正するべきところは山ほどあったんだから」

「光、スコットランドのことわざで『愚者はまぐれを自慢し、賢者はミスから学ぶ』ってのがあるんだ。君はそれを地でいっている。それと、スコットランドでは『褒めると力が湧く』と言われているんだ」

「そうか。ジョックありがとう」

宿舎には光の活躍を知った町の人々からの差し入れが次々と届く。ジョックが彼らに対応し、さながら芸能人のマネージャーのようだった。

第2日。スタートは午前11時。前日と同じように快晴であり、北海からの風もそれほど影響はなさそうだ。今日でサードラウンドへ進める70名が決定する。サバイバルにワクワクしていた。しかし、条件が良いということは実力が如実に現れるということである。

「光。実力どおりの戦いになる。トップ選手はこの条件ではまずミスはしてこない。昨日以上にハイスコアでハイレベルな戦いになるだろう」

「ヒロさん、任せて。昨日で、かなり掴んだから」

模擬コースでの練習が実際のコースに生きたことに、光は自信を持っていた。

「そうか。頼もしいぞ」

「うん。今日も世界を驚かせるよ」

浩道と拳を合わせてスタートホールに入った。光は昨日に続いてバーディスタートとなった。

試合は予想どおりハイレベルな戦いに傾いていた。多くの選手がバーディやイーグルを量産する。

パーでさえも順位を落とし、ボギーでは大きく後退し、ダブルボギーは命取りになる。デッド・オア・アライブのラウンドを光は楽しんでいた。

その様子が伝わったのか、光に対しての現地メディアやファンの見方が変わり始めた。アドレスからの素早いショットは潔く、ティーショットはため息が漏れる弾道、正確無比なアプローチ、強気のパット、光のパフォーマンスが世界を魅了し始めた。常に笑みを絶やさずピクニック気分でラウンドした。

「不思議だけど、楽しくて仕方ないや」

「お前はやっぱ、ただ者じゃないな」

「ヒロさんが作ったお化けだよ」

「バカ」

そしてＩＮの16番ショートで光はホールインワンを決めた。ティーイングエリアでアイアンを高々と上げて喜びを表現した。全世界配信のテレビカメラや取材陣が、カップに球を取りに来た光を追う。恐る恐るカップを覗き込む光。おどけてそれを指さしてつまみ上げると、再びギャラリーから歓声が上がる。グリーンを下りると、待ち構えたテレビカメラに向かってショートアイアンのグリップを向け、魔法の杖（つえ）のように回した。

「まさにハリーポッター。日本の里見が世界に魔法をかけました」

と感嘆の実況が世界に配信された。

5アンダー66。2日間合計6アンダー、全体の7位タイでラウンド3に進出が決まった。

一方、西潟はスコアを崩し40位タイながらサードラウンドに進出。他の日本勢は予選落ちだった。

宿舎前には昨日よりも多くの町人やファンが詰めかけていた。だがジョックの友人らの計らいで規制線が張られ、混乱を諫(いさ)めてくれていた。せっかく詰めかけてくれたファンへサービスをしようと光はイタズラ心に火がついて、自室の窓から顔を出して彼らにアイアンのグリップを杖に見立てて回して見せた。歓声とカメラのフラッシュ。その時、光は頬に雨粒を感じた。空を見上げると白い月の前を雲が通り過ぎていく。

強烈な風に煽られた雨が窓を叩く音で目が覚めた。時計の針は午前6時。第1組のスタートは8時半。31組の光のスタートは午後。階下では由香とジョックが朝食の準備をしている。浩道はタブレットで気象状況を確認している。

「おはよう、ヒロさん。やっぱり崩れたね」

「おはよう光。多少戻るとは思うが……」

「ミスターヒロミチ。ここの天気予報は当てにならない。特に海岸線は予想がつかない。雨が降ったと思ったら止んで、晴れ間が見えて急激に温度が上がったと思ったら風が吹いて気温が下がり、また雨なんてことざらだよ」

「じゃ、今日は荒れそうね」

ジョックの横で由香がフライパンを振りながら言った。

「経験してみたいよ。荒れ模様を」

「やはり光はアメージングな魔法使いだ」

ジョックはスープの味見をして言った。遠雷が聞こえ始めた。窓の外は悪魔の口内のように暗い。天候の目まぐるしい変化にコースは一変し、苦しんだ一流プロは多い。「カレドニアン・デビル」。返しのついた牙は、かみついたら逃れることはできないと言われる。古くは〝球聖〟と呼ばれた名選手ロイド・キャンベルが犠牲となり、それが尾を引いて引退まで大英を制覇できなかった。5年前、当時世界ナンバーワンの実力者アメリカのベンジャミン・ムーアは、風に悩まされ6番ホールで18打を叩いたことがあった。デビルの犠牲者は枚挙に遑がない。

「じゃ、俺が悪魔祓いをしてやるよ」

「You will be Exorcism!」

ジョックが光に親指を立てた。

3日目が始まった。第1組のスタート時には、晴れ上がり、気温もグングン上昇した。天候の変化は予想がつかず、気がかりな要素が増える分、調子を崩す選手が多く、悪魔のなせる技かミスショットにつながる。ミスをした選手には冷酷に容赦なく牙をむき、彼らは深みにはまり自滅して行く。一転、北海からの風が吹き出すと気温は下がり、半袖からセーター、ジャンパーを着込みだす各選手。するとミスを誘発するように突然の雨。ずっと静かだった悪魔が3日目に姿を現した。

日本のメディアがラウンド前の光を見つけ出し、インタビューを行う。

「意気込みを」

「ペアリングに迷惑をかけずにやっていきたいです」

「天候が気になりますが、その辺りの対策は？」

「暑くなったら脱ぎますし、寒くなったら厚着します。雨が降ったら合羽を着ます」

「すごくリラックスしているように見えるんですが」

「ガチガチ緊張してます。代わりにやってくれませんか」

「日本でテレビを見てくれているファンに一言」

「いま日本は何時ですか？」

「土曜日の夜11時です」

「こんばんは里見光です。頑張りますので応援よろしくお願いします。明日ゴルフの予定がある人はご自身のスコアを心配して、録画して早く寝てください」

「以上、里見光選手でした」

光はカメラに親指を立ててスタートホールに向かった。光が現れると「待ってました」とばかりにギャラリーから拍手と歓声が起こった。人気もうなぎのぼりである。

光にとって2日連続バーディをとっている相性のいいスタートホール。同組の選手は3番ウッドを選択し低い弾道のショットになったが、横風に煽られラフに沈んだ。光は最も自信のある2番アイアンを選択した。いつもどおりの素早いルーティンから放たれた飛球は、風の影響をものともせずフェアウェイど真ん中をキープした。セカンドショットも難なくカップに寄せ3日連続スタートホールバーディを獲得し、カレドニアン・デビルを寄せつけることなく前半9ホールを終えた。

後半になり晴れ間が出て風が止むと、ドライバーで距離を稼いで有利に試合を運び、ショット、パットが冴え渡りバーディを量産した。天候に左右され多くの選手がスコアを崩すが、光は7アンダー64の成績で単独2位となり、最終日に駒を進めた。

海外のメディアがホールアウトした光を取り囲む。拙い英語で質問に答え、最後にこうコメントした。

「Mr. Jock. I was be Exorcism!」

独占放送の大日本テレビの取材カメラが光にインタビューをした。

「単独2位ですよ。この結果を予想されていましたか」

「結果には驚いています。ただ、もう少しやれたんじゃないかって悔しい思いもあります」

「日本では里見選手の活躍で夜更かししているファンが多いですよ」

「そうなんですか。早く寝なくちゃ駄目って言ったじゃないですか」

「明日は最終日ですが意気込みを」

「はっきり言って優勝を狙いたいと思います。以上。こう言っておいたほうがいいですよね」

インタビュアーも放送席もこのコメントに笑いが起こった。

クラブハウスを出るとジョックが抱きついてきた。大柄な体にタックルされる。

「Hikaru, Im grateful you said my name!」

「く、く、くるしいぃ。ジョック、ジョック。Hey ,stop it, Calm down jock」

決勝となる明日のスタートは正午。ペアはイングランドのアーサー・コリン。大英を2度制している地元の英雄であり世界的な名選手。だが2打差であり十分な射程距離にある。

「勝てる。今の俺ならやれる」

早く明日が来ないかと気持ちが昂る。光は早めの夕食を摂り終えて風呂を上がると、喉に違和感を覚えた。不安になり2、3回咳払いをしてみた。

（大丈夫だ。これくらいなら）

兄の満から「思えば成る、思わなければ成らない」と言われた言葉を思い出した。よく受験勉強の時にかけられた言葉だった。苦しい局面には必ず思い出す言葉である。

（寝れば治る。風邪なわけがない）

まだ寝るには早い時間だったが「明日のために早く寝るよ」と自室に向かった。ベッドにもぐりこむと悪寒がした。眼の奥が熱い。体も熱い。布団をはだけてみた。体が震える。その時、ドアをノックする音がした。

「はい」

「光。ちょっといいか」

浩道だった。扉が開いて廊下の灯りが光の筋となって部屋に差し込む。

「少しだけ開けておくぞ」

「うん」

光は体調の変化を悟られないよう平静を装ってベッドに腰を掛けた。ベッドサイドのスタンドの明かりを点けようとしたが、浩道はそれを制して部屋の中央にある椅子をベッドサイド近くまで持ってきて腰掛けた。薄暗いなか浩道のフォルムだけが浮かび上がっている。

「少し、話しておきたい」

光はただならぬ浩道の様子に背筋を伸ばした。

「うん」

「いよいよだ。明日が本当の勝負だ。よくぞここまで来た」

「うん」

「光。お前は本当にすごい」

「どうしたのさ」

「お前が努力する姿をずっと見てきた。目標に向かって純粋に前のみを見て怯まない姿を。お前と初ラウンドして負けを食らった日からの付き合いだな」

「そうだね」

光は遠い昔を思い出した。

「……今まで……言えなくて……言わなかったんだが」

絞り出すような言葉。洟を啜る音。暗がりで見えないが泣いている浩道。

「どうしたの、ヒロさん」

光は努めて明るく応えた。

「光。俺のようなプロ崩れの三流コーチによくついてきてくれたな」

光は鼻の奥が熱くなった。感情から来る体の震えを抑えようと奥歯をかみ締めたが、唇がわなわなと震える。

「ヒロさん。俺はそんなこと1ミリも思ってない。思ったことさえないよ。どれだけの恩があると思っているの。ここまで育ててくれて……」

言葉にはならなかった。2人の嗚咽だけが室内に響いた。

「ありがとう、光」

「こっちこそだよ。だから絶対に優勝する。絶対に。絶対にしてみせる」

光は拳を強く握った。浩道が涙をぬぐいながら「頑張ろうな」と部屋を後にした。明日まではあと数時間しかないが、気合でこの風邪を吹き飛ばし、明日は世界がひっくり返るくらい最高の試合をしてやると光は心に誓った。


大英オープン、最終日。

光は目覚めると不思議なことに体が異常に軽かった。過去に経験したことのない爽快感だった。喉の痛みも消えた。悪寒も無くなった。光は窓を開けた。朝陽がオレンジ色に輝き、朝露に濡れた木々の葉を照らす。その空気を吸った。日本の方角を向いて目を瞑り、もう一度大きく吸って体の隅々までこの朝の空気を送った。両親、兄、病床の真理子、オーナーの高夫、そしてエリの顔が浮かんだ。

「俺は、やる」

そう誓うと細胞の一つ一つが活性化して、今にも破裂しそうなほどエネルギーが充満していくのを感じた。

昼食を済ませ宿舎玄関のドアを開けると、バグパイプを持った楽団が一斉に吹奏を始め、町の人々が声援を送ってくれた。ジョックの心遣いに違いないと光は思い、ジョックを見るとウインクをしてきた。この期待に応えたい。町の人たちに見送られながら光は宿舎を出発した。

カレドニアンに着くと、大勢のファンの視線と無数のテレビカメラが光に向けられた。

「ヒロさん。ここにいる誰が、僕がここに立つって思っていたかな」

「俺たち以外はいないかもな」

「だよね」

「ここまで来れたでは終わらせないよ」

「ああ、もちろんだ」

スタート時間が迫った。ペアのアーサー・コリンは脂が乗り切っている35歳。絶好調であり大英3度目の優勝が確実視されている。ブックメーカーのオッズも1・5倍。光のそれは7・5倍であり、差は歴然と見られている。

スタートホールには2人を見ようと大勢のギャラリーとマスコミが詰めかけていた。スタートホールに顔を見せると大歓声と拍手に迎えられた。まずアーサーがコールされた。帽子のつばを笑顔一つ見せずつまんで礼を返すと、集中した表情でドライバーを素振りし静寂の中、ティーショットを放った。体の線は細いがパワフルなショット。最初から攻めの姿勢を見せつけ330ヤードのフェアウェイを捉える。

光がコールされると、アーサーに負けないほどの歓声と拍手が起こる。光は浩道と固く握手をし、ドライバーを手に歩み出た。歓声に手を挙げて笑顔で応える。風は緩やかに右からのフォロー。素早いアドレスから風を捉えたショットはアーサーとほぼ同じ位置に止まった。決勝最終組らしい鍔迫り合いを予感させた。セカンドも互いにピンに寄せ、譲らずスタートホールをバーディとした。

OUT 1
L A.Collin −1（−18）
2nd H.Satomi −1（−16）

2番ホール、ロングのパー5。アーサー・コリンの1打目はアゲインストの風と狭いフェアウェイを考慮して低弾道のショットを放ち、飛距離こそ出なかったがフェアウェイをしっかりと捉えた。

光の番になると、アゲインストの風は一転フォローの強い風に変わった。ここぞとばかり光はショットを早め、いつものホップする飛球は風にも乗り350ヤードのビッグドライブとなった。

アーサーの2打目になると再び風がアゲインストになり、風に煽られ深いラフにつかまった。

光は残り170ヤード。イーグル狙いである。風は弱めのフォローとなり光に味方する。放たれたショットはグリーンにまっすぐ向かう。当たりが良すぎた分オーバーかと思われたが、上空で風向きがアゲインストに変わり押し戻されるように落下し、ピン奥1・5メートルにつけた。

「ツイてる」

「あぁ、神が憑いてるな」

浩道と拳を合わせた。

深いラフからの難しい第3打をグリーンに乗せたアーサーだったが、カップまでの距離もありバーディが決まらずパー。光は難なくイーグルを獲得し、2ホール目にして光は首位のアーサーに並んだ。

OUT　2

L　H.Satomi　－3（－18）

A.Collin　－1（－18）

3番ホールを終えた辺りで雲行きが怪しくなってきた。雲は低く垂れ込め、北海のうねりは増してきた。一気に気温は下がり横風が強くなると頬に雨粒を感じた。だが2人の集中力は切れず、バーディを光が取ればアーサーもバーディで締める展開が続く。横槍(よこやり)を入れるような気まぐれなカレドニーの天候を歯牙にもかけない2人のデッドヒートである。焦れるような圧迫感で窒息しそうな争いである。アーサーにしても東洋の高校生アマチュアに負けるわけにはいかない。光にしても、ここを目標に積み上げてきた時間を無駄にするわけにはいかない。互いに譲ることも負けることも許されない。

OUT　7
L　A.Collin　－7（－22）
L　H.Satomi　－6（－22）

OUT8番ホールを迎える。ショートのパー3。雨は止んだが強い風が乱気流のように巻いていた。狭いグリーンの奥は北海の断崖。グリーンサイドはラフというよりブッシュ。手前には深いバンカー。ピンポジションはグリーン奥の斜面に設定されている。

オナーであるアーサーは、一瞬で自然条件が変わるカレドニーの怖さを知り尽くしている。持ち時間を使って自身に有利な時を待ちながら空を見上げている。そして風が止んだ。時間いっぱいまで粘ったアーサーのショットだったが、突風で押し戻されバンカーとグリーンの間にある狭いラフに止まった。

今度は光の番である。再び風が巻き始めた。前ホールはパーだっただけに、ここはバーディを決めたい。浩道と相談する。

「下手に攻めるより安全第一で行くべきだな。このまま離されずにバックナインに行くのが常套手段だ。風を読むのは難しい。下手すれば海へドボンだ」

「……うん」

逃げのように思えてならなかったが、巻く風は止まず光はアドレスに入った。瞬間、風が止んだ。ピンフラグが萎れた花弁のように垂れている。アドレスを解いて光は浩道のもとに戻った。

「今ならチャンスだよ」

「無理することはないんだ。アーサーの例もあるんだから」

「大丈夫。手前を狙うよ。海にドボンはしないから」

光は9番アイアンを受け取って素早いアドレスからショットを放った。抜群の手応えでまっすぐ飛んでいく滞空時間の長い球を見ながら光はつぶやいた。

「もらった」

フォロースルーの姿勢で球の行方を見つめる光の右頬を、一陣の風が鎌鼬のように通り過ぎた。

「まさか」

落下を始めた球は横風に煽られ、グリーン横のブッシュに消えた。天を仰ぐ光。ギャラリーからもため息が漏れる。唇をかみ締め苦い顔をしてクラブヘッドを見つめる。

「仕方ない。気持ちを切り替えよう」

だが競技委員に示された場所を見て2人は驚愕した。ブッシュは光の膝下まであった。球は萱（かや）で作られた鳥の巣の中の卵のように深い場所に浮いていた。腕を組んで見つめた。

「これは地獄だわ」

「仕方ない。セベ・バレステロスでも選択肢は1つだろう」

「くそ」

結果、1打罰を受け入れるためアンプレアブル宣言をするしかない。2打地点の後方延長線上にボールをドロップした。3打目をグリーンに乗せるも4打目はカップをわずかに外し、光は痛恨のダブルボギー。片やアーサーはパーで終えた。

OUTの9番ホールは気持ちの整理がつかぬままパターが決まらず連続のダブルボギーとなり、順位を落とした。デッドヒートを期待していたギャラリーからは落胆のため息が漏れた。これだけ差がついてしまうと、誰もが独走するアーサーの3度目の大英制覇は固いと信じた。

OUT　9
L　A.Collin　－8（－23）

7th H.Satomi －2（－18）

バックナインに入る前に小休止があった。

「6打差か」

スコアボードを見つめる光はつぶやいた。

「ああ」

浩道にも落胆が窺えた。

「ここまで開いちゃったのか」

光は大きくため息をつくと、ゴルフバッグに忍ばせた紅いバラをあしらった白い便箋を取り出した。

「もう駄目かもって時に読んでね」

スコットランドに来る前に真理子のもとを訪れたエリから渡された手紙だ。それをヤーデージブックに挟んで読み始めた。

『光くんへ　私が光くんを好きなところ。

1．いつも必死に生きているところ

2．家族思いなところ

3．秘密の場所に来るときに息を弾ませてくるところ私が光くんを嫌いなところ……
ない　　考えたけどない
楡は葡萄を愛している。葡萄も傷ついた楡を見捨てない。
古代ローマの詩人オウィディウスの詩なんだって。
楡は光くん、葡萄は私。
どんな時も私は光くんを見捨てたりはしない!!
頑張って! 光くん! テレビで見ているからね!!
絶対優勝して!!
エリ』

目に涙が浮かび、強く目を閉じた。エリの姿が目に浮かぶ。楡の木。葡萄畑。その甘い香り。手紙を胸のポケットにしまった。拳を強く握った。体の震えが止まらない。体内の原子が激しくぶつかり合い大きなエネルギーが発生し、その開放場所を求めているかのようだった。エリの手紙は光にプラス核融合反応をもたらした。光の異変を浩道が心配した。

「大丈夫か、光」

今朝感じた体の軽さが蘇（よみがえ）った。「いける」そんな気がしてきた。

「ヒロさん。ここから、やってやる」

光に再び強い力が宿った。

「あっ、ああ」

浩道は光が発するオーラに気圧された。

「誰もがアーサーの優勝は揺るぎないと感じている。日本から来たアマチュアハイスクールボーイは、セントカレドニアの哀れな犠牲者だって記憶されちゃう。このままではね。そうだよね、ヒロさん」

「そうだな」

光の解き放ったエネルギーを吸い込むかのように、浩道の顔は不安から上気した戦友の表情に変わった。

「僕は、それ、大きく覆すよ」

「やってやろうぜ。お前ならできる。世界に伝説を残そう」

「やってやる」

握り拳を突き合わせた。困難な挑戦だが克服すればリターンは途轍もなくでかい。光は手紙に刻まれたエリの一語一句を胸に刻み、便箋をしまった胸ポケットに手を当てた。

「一緒に戦ってくれ」


運命のサンデーバックナインが始まった。日曜日（サンデー）の後半（バック）の9ホール（ナイン）である。

強い横風が北海から吹きすさぶ。黒い雨雲がみるみるセントカレドニアンゴルフコースを覆い始め、先ほどまでは春のような日差しを湛えていた太陽は完全に遮断され、横殴りの雨が降り出した。カート道を移動するギャラリーが一斉に傘を差し始める。まるで葬送行進のようであり、カレドニアン・サタンを迎え入れる儀式にも思えた。

天候の急変に翻弄されスコアを崩す選手が続出するが、光はバックナインに入り勢いを一気に取り戻していた。連続バーディを奪い順位を上げ、独走と思われたアーサーを追い上げる。15番ホールではイーグルを叩き出し、アーサーに1打差まで迫る単独2位に再浮上した。メフィストフェレスと契約を交わしたファウストか。バックナインは別人格に入れ替わったような光だった。浩道も魅了され、まるで夢の中を歩いているようだった。

光のエネルギーが伝播し、観客もマスコミも色めきたった。関係者控え室の特設テント内では、スクリーンに映し出される光の猛追に沸いていた。ジョックは言った。
「Is this the Resurrection?」（地獄からの復活なのかい）
由香は答えた。
「Exactly right,but the moment of truth from now on」（そうね。でも今からが真実の時よ）
勝負の行方はわからなくなった。先ほどまでテントのシートを揺らしていた風と打ちつける雨が止んで、一転、陽が出てきた。由香は表に出て雲の切れ間から差し込む太陽の光の筋を見つめて、胸前で強く指を絡めて祈った。
「光。お願い。頑張って」

IN　15番
L　A.Collin　－7（－23）
2nd　H.Satomi　－8（－22）

16番ホールへ向かうアーサーはかなりナーバスになって、身振り手振りでキャディと話し込んでいる。その後ろを光はギャラリーの声援に応えながら笑顔を向け、おどけて魅せた。無風で晴れ間が覗き、気温も急激に上がり始めた。絶好の天気となりつつある。
16番ティーイングエリアに立った光は、１９４ヤード向こうのピンフラグを見つめた。出場者を苦しめる難しいパー3のショート。グリーン手前は幅広のクリーク（小川が流れている）と低木が3本邪魔するように立つ。波打つアンジレーションの狭い砲台グリーン。その奥は深いブッシュ。本大会最もボギーが多い難関ホール。

追いかける光に逃げはない。決めた。クラブをもらうため浩道のもとに向かった。

「ヒロさん、針の穴を通すよ」

「いけるよ。もちろんだ」

光は6番アイアンを手に取り、フェースを若干開き気味に振り抜いた。高々と上がった飛球はグリーン奥に落下し、バックスピンがかかりピンそば30センチで停止した。ガッツポーズをする光と浩道。もう少しでホールインワンであった。光は難なくバーディに沈めた。

光のショットに慌てふためくことなく、アーサーはクリークの手前に置いてギャンブル的要素を排して堅実にパーをとった。トータルで再びアーサーに並んだ。

IN　16番

LT　H.Satomi　－9（－23）

LT　A.Collin　－7（－23）

（さすがだなアーサーは。無理せずパー狙いで来るとは）

浩道はアーサーの勝負への鉄則を見た気がして心でつぶやいた。普通であればより勝利を確実にするためにスコアを伸ばそうとグリーンを狙うはずだが、その選択をしなかった。大英を2度制した男の怜悧(れいり)な判断である。

(だが、今の光はそれ以上に神懸かっている)

17番はパー4。左は海岸線の断崖がグリーンまで続き250ヤード付近で直角に左ドックレックしている景観のいい、パンフレットの表紙にもなっている名物ホール。ティーイングエリアから見下ろすグリーンまでの直線距離は海越えの310ヤードだが、左からの海風をもろに受ける。グリーン周りには抉れた深いバンカーが大小6個配置されている。

特設ギャラリー席の上部の大英オープンのロゴが入った旗指物が強くたなびいている。光は風に帽子が飛ばされるのを警戒して浩道に預けて3番ウッドを手にした。第1打目は左ドックレックが始まる250ヤード付近の広いフェアウェイの真ん中に置いた。

替わってティーイングエリアに入ったアーサーは風を読み、顎をさすりながらコースを俯瞰していた。そして意を決したのか頷いてキャディのもとに行きドライバーを手にした。イーグルを狙う勝負の海越えをする選択。挑戦を讃(たた)えるように指笛や拍手が起こった。

アーサーはまっすぐグリーンを見やり、狙いを定めた。アドレスから大きなテークバック、そして体の回転を存分に利用した豪快なショットが放たれた。飛球は空母から発進する戦闘機のように飛び出していった。強めのドローボールは海風と相殺し見事ワンオンを決めた。大歓声が上がった。このショットには光も見惚れて拍手をせずにいられなかった。

（すごい相手と僕は勝負しているんだ）

うれしさと嫉妬と悔しさと賞賛が入り混じったカオスな感情が湧き上がり、それが「楽しさ」に変わって行った。

「勝負どころの違いだから気にすることはない。最終ホールが残っているんだからな」

浩道は光を慰めるように言ってくれたのだが、すでに光の感情は別次元に飛んでいた。

「違うんだ、ヒロさん」

「何が違うんだい」

「うまく言えないけど、ずっとアーサーとツーサムでラウンドしていたいんだ。なんて言うんだろう、勝負のカタはつくんだろうけど、それを度外視した、うーん」

「勝負の終わりが来てほしくないいんだろう」

「まぁ、そんなところだけど。つまり、楽しくって仕方がないんだ。顔がにやけてきちゃうんだ」

「その気持ちはわかる。けどな、現実にはそうは行かないんだぞ。カタをつけなくちゃならない。そして、この勝負のケリをつけるのはお前なんだ、光！　わかったか！」

「うん。わかってるよ」

光は何度も頷きながら軽快にセカンド地点に向かった。このホール、アーサーはイーグル。光はバーディで終えた。目まぐるしく首位が入れ替わるデッドヒートは、いよいよ最終局面を迎える。

ＩＮ　17番
Ｌ　A.Collin　－9（－25）
2nd　H.Satomi　－10（－24）

大歓声と拍手に迎えられた最終18番ホール。混じりっ気なしの技術を競うにふさわしい、ストレートで緩やかな打ち上げの580ヤードのパー5。クラブハウスがグリーン奥に見える。まるで深緑色した湖に浮かぶ古城のようだ。

アーサーはドライバーを手にし、ティーイングエリアに立つ。その姿を、ドライバーを握りながら見つめる光。浩道には、サーベルを構えた騎士と刀を携えたサムライの決闘に思えてならなかった。思えば父の高夫から「世界の里見光に」と言われたときには正直、気が引けた。天才的な才能を持つ光だったが「無理に決まっている」と。だが光はここまでやってきた。そして世界最高のプロゴルファーとがっぷり四つに戦っている現実が、夢のように目の前に展開されている。無理なことなど何もないと、光は自分を照らしてくれた。

勝たせてあげたい。光が言っていたようにアーサーとの勝負が永遠に続いてほしいという願いは、浩道にとっては光のキャディ、コーチとして永遠にそばについて共に栄光を掴みたいという願いだった。だが勝負のカタがつけば、その役目は終わる。この大英オープン限りで光はアポロンと契約をし、自分は光のもとを離れる契約になっている。もちろん光は知らない。叶わない夢だが時間が止まってほしかった。浩道は頭を振った。今は勝たせることが自分の使命である。センチメンタルに浸る時ではないと。

オナーであるアーサーのティーショットは、フェアウェイのど真ん中310ヤードに停止する。続いて光のティーショット。鼻から大きく息を吸い込んで吐いた。アーサーの時と同じように無風の五分の条件。光の飛球は2段にホップし350ヤードのフェアウェイに運んだ。

窒息しそうな鍔迫り合い。アーサーの2打目はグリーンオンだがカップからは10ヤードほど離れている。光の第2打を迎える。距離は約230ヤード。胸ポケットの便箋に手のひらを当てる。目を瞑りゆっくりと鼻呼吸をする。目に浮かぶのは、山の中でひたすらボールを太陽に向かって打っていた日々の頃。

（そういえば、真理子に約束したことがあったたな。太陽にいつか届かせるって）

目を開けるとクラブハウスのとんがり屋根の向こうに傾きかけた太陽があった。その太陽に見覚えがある。あの時の太陽だと光は思った。

「ヒロさん。お守り使う」

光は、お守りとしてキャディバッグに忍ばせてある子供の頃から使っていた2番アイアンを選択した。もちろんメンテナンスを施してあるから十分に使える。

「お守りって、2番か」

「そう」

「この場面で使うのか」

「この肝心な場面だからこそ使うんだ。これで決める」

「届くのか?」

「届かせるよ」

光は力強く笑顔で頷いた。浩道はうれしくなった。その笑顔は初めて出会った頃の光そのものだったからだ。懐かしさで涙腺が緩みそうになる。

「まったく。もう好きにしろ」

浩道も腹をくくり光にすべてを託し、お守りである2番アイアンを手渡した。光はグリップを握った瞬間、強い電流が体を駆け巡るのを感じた。すべてのあらゆるパワーが光の体に舞い込み、外界を感知する感覚も薄れ、景色が太陽と光だけがいる世界に変わった。

(今日は太陽に届く気がする。なんだ、やけにゆっくりとテークバックしているんだなぁ。さびていたのに新品みたいに輝いているヘッドだな。シャフトも艶があるなぁ。そうか、ヒロさんがメンテナンスしてくれて傷一つ無くなったんだっけ。なんだ、母ちゃんも父ちゃんも兄ちゃんも真理子もいる。元気になったんだな真理子。エリも来てくれてたのか。言ってくれよな。恋人なのに水臭いぞ。あっ、オーナーまで来てくださったんですか。ありがとうございます。そうだ、ジョックって奴のオムレツうまいからみんなで食べましょう。なんだ、まだダウンスイングの途中か。あの方向に打つにはヘッドの交線の少し上。２ミリくらいかな。そこにヒットすると絶好調になるんだよ。ね、坂東先生。ほらそう、ジャストでヒットしたでしょ）

空気を切り裂く音に続いて小気味いい高い金属音が耳に届いた。飛球は舞い上がり隼のように鋭く飛んで、やがて太陽の中にめり込むように視界から消えた。歓声が上がり始める。グリーン周りの特設観覧席のギャラリーが立ち上がって拳を握ったり、転がるボールに対して手招きをしているのが見える。その声援が大歓声に変わったのが約５秒後だった。何が起きているのかわからない。自分の体が見知らぬものに支配されているようだ。なぜか２番アイアンを天に高く突き上げている。浩道が両手を挙げて駆け寄ってきて思い切りハグしてくる。光も強くハグし返した。すぐそばにいるアーサーが拍手している。遠くから息を切らしてテレビクルーがハンディカメラを抱えてやって来る。俺は一体何をやったのだろうかと光は思った。浩道が声を上げて泣いている。そして言った、

「入ったよ光！　アルバトロスだ!!」

「入った？　アルバトロス？」

「そうだ!!」

光がグリーンに近づくと大歓声とスタンディングオベーションが起こった。カップを覗き込んだ。確かにボールがあった。１打差で光がアーサーをこの時点でリードしたことになる。カップのボールを拾い上げてアーサーのパットを待った。アーサーがイーグルであればプレーオフが待っている。カップまで約10メートル。上って下って上る難しいパット。じっくりと芝を確かめたアーサーがよ

うやくアドレスに入り、弾くようにパットした。絶妙なスピードとラインコントロールでカップに球が近づいていく。やがてボールの回転が緩み始めた。

「カモン！　カモン！」

アーサーが勢いを無くしだした球を後押しするように叫んだ。しかし、無情にも球はカップまでボール1個分の縁で停止した。ため息は次の瞬間、勝者への歓声に変わる。光の大英オープン優勝が劇的な幕切れで決まった。

「逆転優勝だよ！　お前が大英のチャンピオンになったんだ。世界のサトミヒカルになったんだ」

「世界の？　僕が？　サトミヒカル？」

アルバトロスのショットでの不思議な感覚のせいか、光は全くもってこの時は実感が湧かなかった。

IN　18番　最終成績

L　H.Satomi　－13（－27）

2nd　A.Collin　－10（－26）

光は浩道と再び抱き合った。浩道は目に涙を浮かべて顔をぐしゃぐしゃにしている。光はまだ夢の中をさまよっている感覚が抜けなかった。大歓声に応えながらグリーン上のアーサーと握手を交わした。

「Amazing! You are Wizard and Entertainer. Congratulations!」

「Thanks a lot」

そう返すのが精いっぱいだった。グリーンを下りると由香とジョックがやって来た。2人とも泣いている。ジョックが光に突進してきた。熊にハグされているようだ。わめき散らして泣いている。その時、由香の携帯電話に高夫から電話が入り祝福を受けた。高夫は「もう、死んでもいい」と声にならない声を上げて泣いてくれた。光も涙を流しながら礼を述べた。

表彰式が終わり、すぐに世界配信の共同メディアインタビューに始まり、いつ終わるともわからない取材攻めに遭った。警察車両の先導でチーム光がクラブハウスを後にしたのは、完全に日の暮れた午後6時過ぎだった。逆転優勝の18番ホールから3時間以上がたっていたが、光はまだ実感が湧かなかった。宿舎の周りは地元の警察が出動して警備をするほどの人だかりとなった。光が到着すると歓声が湧き上がり、人の波が押し寄せた。その中をかいくぐり宿舎に入った。

遅めの夕食を終え、ようやく落ち着いてリビングで改めて優勝カップを見た。歴代の優勝者のなかに「Hikaru Satomi」と名前が彫られていた。

「実感が湧かないよ」

テーブルを挟んでコーヒーを啜る浩道に言った。

「俺もそうだよ。今が日常過ぎるだけに余計にそう感じる。本当に大英を戦ったのだろうかってな」

「夢見ているみたい。チープな表現だけど、それ以外に言葉が見つからないんだよね。でも日本じゃ光の話題で朝から晩まで持ちきりみたい。すごいことになっていそうだよね。こんな片田舎にいると想像もつかないけど」

由香が言った。

「今までは凱旋する選手をテレビ画面で見る側だったから、出る側になるってどんな感じなんだろう」

光がはにかんだ。

「そういえば」

ソファーで組んだ脚の上に肘をついて、手のひらを見つめながら由香が言った。

「18番のアルバトロスの第2打。なんだか光を初めて見たときのこと思い出したわ。光が初めてゴルフ場に、確か公子さんの忘れ物を届けに来てさ」

「母ちゃんの財布だよ」

「そうそう。それで光を案内してさ。練習場で打たしてあげたんだよね。あの時の輝くような光の顔。なんだか、それに見えちゃってさ。ちょっと私ウルウル来ちゃったんだ。でもって、あの光が大英制覇しちゃうんだもんね。あたしの目に狂いはなかったわよね」

「自画自賛してるよ、由香さん」

由香が手のひらを上げて叩く真似をした。

「2番アイアンがここに来てつながるとはな。お前は役者だな」

「本当に、光はすごい奴よ」

「ヒロさん、由香さん、それにオーナーのおかげだよ。心から感謝してます」

「そうよねぇ。感謝だけじゃ済まないわよ。光を発掘したの、あたしなんだからね」

「でたぁ」

３人は声を上げて笑った。

光は本当に勝ててよかったと思った。勝者の夜ってこんなものなのだろうか。いつもの夜と何も変わった様子はない。

「聞きたいんだけどさ。アルバトロスのとき、光と兄貴は何を考えてたの？」

「あのときかぁ」

浩道は腕を組んで天井を見上げた。そう改まって聞かれるとよく憶えていないと浩道は思った。ますます、あの瞬間が儚いことに思えてくる。人生ががらりと変わる瞬間は、常に一瞬の出来事である。

「由香さん。僕、それずっと思い出そうとしているんだけど。全く憶えていないんだよね。ヒロさんが飛び跳ねて抱きついてきたのは覚えているんだけど。何を考えてどうやって打ったのか……」

語尾の途中で黙りだし、光は目を閉じた。しばらく沈黙が続く。２人も黙って光の言葉を待っている。やがて光は目を開いた。

「唯一思い出せた――のかなぁ。非現実的なんだけど……。フェースとボールのインパクトの瞬間……。接触したところまで静止画みたく拡大して見えたというか……。ありえないか。でもどうしてアルバトロスなんて取れたんだろう」

「勝ちに不思議な勝ちがあるというからな」

「兄貴何言っているのよ。アーサー・コリンとガチンコで勝ったんだから不思議じゃないわよ。実力としか言いようがないわよ」

「違うさ。そういう意味ではなくて。才能の上に努力と準備をしてきたからこそ、そういう不思議と思えるような力をも授けられるってことだよ」

「まぁまぁ、兄妹げんかはやめにして」

「してない」「してません」

2人声を合わせて光の言葉を否定した。

「ところで、ジョックはどうしたの?」

光は姿が見えないのが気になって聞いた。

「部屋に閉じこもったきりよ」

「どうしたんだ」

浩道が由香に聞いた。

「寂しくて、すねてるのよ。明日ここを発つでしょ」

「なんだよ、ジョックの奴。熊みたいな体して寂しがるなんて。僕が行って話してくるよ」

光は2階に上がってジョックの部屋をノックした。

「僕だよ。光」

間があってドアが開いた。ジョックの顔は暗く沈んで目が赤く、泣いたのは明白だった。光はジョックの肩に背伸びして手を回して室内に入った。

「どうしたんだよ、ジョック。優勝した夜だぜ」

ジョックはベッドに腰を下ろし、肘を膝に乗せ体を丸めて頭を抱えた。光はその横に腰を下ろした。

「光。俺は自分が嫌いになったんだ」

「どうしてだい」

「俺を軽蔑しないかい？」

「もちろんだとも」

「信じていいかい」

「あたりまえだよ」

「実は光。世話役の話を受けたときの俺は、心の底では日本人、いや黄色人種を低く見ていたんだ。もちろん、表には出さなかったよ。金をもらっていたし割り切っていた。だが、君らと寝食を共にしていて、その過ちに気が付いた。同じ人間じゃないかって。もっと言えば、光は俺たちにだって成し遂げられないような困難なミッションをやってのけちまう……。俺はハンマーで頭を殴られたような……。すまない。恥ずべき人間なんだって……思っちまって。そんなことを少しでも思って光を迎え入れたことが、今になって許せなくてな。短い間だが、俺は君たちを大好きになっちまったんだ。リスペクト。戦友……」

「そうだったのか」

「俺のような人種差別をする人間なんか……」

「ジョック。君は恥ずべき人間なんかじゃないよ」

「光」

ジョックはすがるような眼を光に向けた。

「俺に言ってくれただろ？　人はミスから学ぶってさ。だからそこに気付いたジョックは素敵なんだよ」

光はジョックの肩をさすった。

「光」

顔を上げたジョックの目から大粒の涙が出た。光もつられて涙がこぼれた。

「君は大事な友達だよ。ジョック、君もそう思ってるだろ」

「イエス。光、ありがとう」

「話してくれて、ありがとうジョック」

「そんな光たちと明日で、お別れだと思うと寂しいよ」

「ちっこい地球に住んでるんだ。それにいつでも心でつながっていられるよ、俺たち」

ジョックの嗚咽が部屋に響いた。

翌朝、独占先行取材を約束していたニチスポの記者山添とカメラマン滝本が宿舎にやって来た。ニチスポの親会社である関東テレビロンドン支局からもクルーが同行してきた。

「里見選手、おめでとうございます。いやぁ日本人の誇りです。本当にありがとうございます。どこに行っても日本人というだけで、おめでとうと言われます。鼻が高いです」

「山添さんが優勝したみたいじゃん」

山添のテンションは優勝した光よりも高かった。それは滝本も他のクルーも一緒だった。

「里見選手をずっとファインダーに収めてきて本当に良かったですよ。撮りためた過去の映像や写真。そりゃもう、どこのマスコミも喉から手が出るほど欲しがりますよ」

滝本がシャッターを切りながら言った。

「会社では日陰暮らしだった私も滝本も、里見選手のおかげで陽の目を見ることができて。本当に本当に感謝です」

「いえ、よくなったならそれはよかったです」

1時間ほどの取材と生中継が終わると、すぐに次の取材者が宿舎を訪ねてくる。どこの取材陣も同じ内容を聞いてくる。担当のディレクターからは、

「初めて言うテンションでお願いします」と頭を下げられる。

「大英制覇、おめでとうございます」から始まり、試合の感想を求められ、挙句には、

「好きな食べ物は?」「好きな芸能人は?」「よく聞く音楽は?」「今一番したいことは?」「クラブを

持ってハリーポッターの真似お願いします」と。光はせっかく来てくれた彼らの注文どおり応えた。

取材攻勢が終わり荷物をバンに積み込み、町の人々に見送られながら宿舎を発った。後部座席の窓から2週間滞在した宿舎が徐々に小さくなっていった。散歩で慣れ親しんだコースをジョックの運転で空港に向かう。いつも挨拶してくれていた農夫の姿を捉えた。彼はバンに向かって光の代名詞になった杖を回すポーズをしてきた。光が窓を開けて「サンキュー」と声をかけると、農夫はガッツポーズをして応えた。

空港に近づくと、それまで寂しさを紛らわすかのように饒舌だった運転席のジョックは無口になっていた。空港の送迎レーンにバンを停車した。ジョックはドアを開けて車を降りると後部ハッチを開けて、それぞれの荷物を降ろしてくれた。

「世話になったな、ジョック」

浩道が手を差し出した。ジョックは泣いている。続いて由香とハグを交わす。ジョックのそれは嗚咽に変わっている。

「光。光」

クマのようなジョックが光を強く抱きしめた。

「苦しいってば、ジョック」

「光、光、寂しいよ」

「俺もだよ」

「来年も大英に来てくれよ」

「もちろんだよ。またオムレツ食べたいし」

「光、ありがとう。本当に君はナイスガイだよ」

「ジョックは温かい男だよ」

「来年、待っているぞ。必ずだよ」

ジョックはそう言うとジャケットの胸ポケットから縫い合わせた日の丸とスコットランドの国旗を取り出して両手いっぱいに掲げ、口を真一文字にして流れる涙を拭うことなく空港内に消える光たちを見送ってくれた。名残惜しい別れだった。

四

エディンバラを発ちロンドンに着くと、一般ゲートでの混乱を避けるために光たちは職員の案内で特別専用路を通過し、騒がれることなく空港を出ることができた。ロンドン市内のホテルにチェックインを済ませると、光は部屋のベッドに体を預け、天井を見つめていた。

(昨日の今頃はプレーの最中だったんだよなぁ)

世界的な偉業を達成したと、まだ実感が湧かない光だった。そして自分がこの先、どんなゴルファーになっていくのかも未知で未定だった。これまでは大英一本に絞り、すべてを捧(ささ)げてきたからだ。

（この先にどんな世界が待っているんだろう）

光は新たな目標へ向かって、一から山を登っていくミッションを待ちわびる。

（楽しみがまたできた）

呼び鈴が鳴った。浩道と由香だった。ドアを開けて2人を迎え入れた。いつもと違う雰囲気を光は感じた。長く一緒にいたからわかる。

「どうしたの？　ヒロさん。由香さんまで」

「光。お前に話しておかなくちゃならないことがある」

「なにさ」

「こんな時で驚くかもしれないが。ある会社に事業を売らざるを得なくなったんだ」

「は？　えっ？　どういうこと？」

光は事態が飲み込めなかった。

「つまり、今の会社は私たちの会社じゃなくなるってことなの。ウチの会社の事業を、より大きな資本でさらに発展させたいって」

由香が付け加えたが、それでも理解できなかった。

「なんの話なんだよ。全然わからない」

「複雑な事情があるからそれはわからなくてもよいが」

「まだ何かあるのかい」

「ああ」

「なんだよ?」

浩道は、日本を発つ前に由香にも話したことを思い出した。

「光とウチとのマネージメント契約は解消し、アポロンに所属することになったんだ。せめて光だけはと先方に懇願したが却下された。先方の狙いは光だったんだ。大英前に契約したいアポロンを、親父が手を尽くして大英が終わるまではサインはしないと言ってくれた。だから俺たちと光の最後の試合が大英になるんだ」

当然、由香も今の光と同じような反応だったが、社会人として生活しているだけに理解は早かった。

「大英が終わるまではこのことは封印しよう。私たちもおくびにも出さず光には接する。あの子、こんな話したらゴルフどころじゃなくなるから」

「そうだな」

頼もしい妹である。女性というのは、いざというときに強いものである。

「パパが大英終わるまでサインしないんだから、私たちだって全力で光をサポートして私たちのチームで大英を勝ち取るの。そのあとのことは……。光は純粋で敏感だから、ウチの会社が傾いたなんて言ったら特訓コースのことが理由の一つって思って自分を責めるから、あくまで大資本に会社を買われたって言うべきね」

それから2人で今日この日のことを、光がいないところで何度も相談し合ってきたのだった。

「実はな、光とゴルフをするのもここまでなんだ」

「やだよ、そんなの。何言ってるの。ふざけないでくれよ」

「仕方がないんだ。どうすることもできない事情がある」

「意味が解らない。俺はヒロさんたちと、これからも一緒にやっていくことしか考えてないよ」

「だがな、それはできないことになっている」

「やだね」

「光の今後を考えた。これからお前は世界に打って出ていく。そのために巨大資本と世界的ネットワークを背景とした会社にマネージメントを任せるのが一番なんだ」

「馬鹿なこと言わないでよ」

「お前は、この先もっともっと上に行くことができる」

「だから、このチームでだよ」

「我々では、ここまでが限界なんだ。わかってくれ、光」

浩道はテーブルに頭を擦りつけた。由香もだ。光は大人の事情も多少はわかる。だが割り切れない。

これだけ長く一緒に過ごしたのだ。しかも快挙を成し遂げた。

「私たちがしてあげられるのはここまで……。光。光ううう、ぐうううう」

由香がテーブルに突っ伏して泣いた。浩道が由香の背中をさする。

「お前は俺たちのもとを離れて巣立つ時が来たということだ」

親に見捨てられる子供の気持ちってこんな感じなのだろうか。駄々をこねたい気持ちを抑えたら光は泣けてきた。

浩道も泣いた。光は覚悟を決めた。彼らを自分の駄々で困らせて、これ以上つらくさせるわけにはいかない。光は涙を拭った。

「ヒロさん。それに由香さん」

光は2人の顔を交互に見た。

「これだけは覚えておいて。今の俺があるのは全部、ヒロさんと由香さんとオーナーのおかげです。一生かかっても返せないご恩を受けました。心から感謝しています」

光は立ち上がって深々と頭を下げた。溢れ出る涙が絨毯に落ちる。浩道と由香も立ち上がり3人で抱き合った。3人の嗚咽が室内を占めた。光は有り余る富があるなら、今すぐ会社を買い戻したいと思った。でも、それはできない。大英を優勝したとはいえ、アマチュアゴルファーである光には1円たりとも転がり込んでは来ない。これも運命なのかもしれない。歓喜から悲劇。ゴルフのスタイルもそうだが、落差が激しいドラマチックな星の下に生まれたのだと諦めるしかなかった。

だが、その抗（あらが）えない運命を今は呪いたくなる。一体これからどうなるのだろう。そして浩道たちはどうなってしまうのだろう。いや、ゴルフと一緒だ。気にしても仕方ない。なるようにしかならない。

ミスショットをいくら悔やんでもスコアは減らない。減らすためには次のホールで取り返すしかないのだ。

「しんみりするのはここまでにしようよ。明日は日本に戻るんだからさ。ロンドンの街に繰り出しておいしいものでも食べに行こうよ」

笑いながら光は精いっぱい元気を出して言った。このまま塞ぎ込んだらどうかなりそうだった。

その夜はロンドンで一番と評判の老舗日本料理店「銀セ界」に出向いた。由香が短期留学でロンドンに滞在していたときにアルバイトをしており、店長をよく知っていた。光が来るということで特別室を用意してくれた。どこから情報を得たのか、ニチスポの2人も「取材抜き」と言ってやって来た。彼らは里見番として社内での待遇が手のひらを返したようによくなったことで、光に対して相変わらず感謝しきりだった。

食事会は大いに盛り上がり、午後11時半になってようやくお開きとなりホテルに戻った。疲れ切ってはいたが光は習慣で素振りをした。室内に空気を切り裂く音が響く。一振りごとに浩道たちと過ごした約6年間の一コマ一コマが蘇り、知らず知らずのうちに涙がとめどなくこぼれてきた。

第5章 天空の孤独

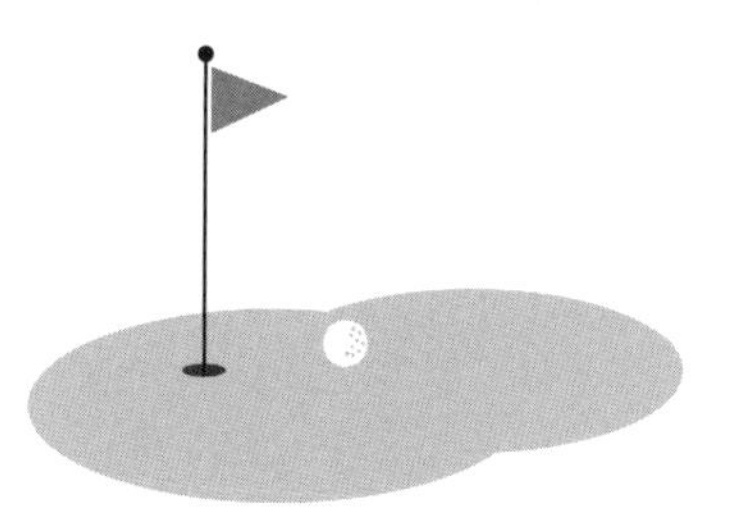

一

翌朝、光の部屋に2人のダークスーツを着た背の高い男2人がやって来た。

彼らはアポロンの人間で、上司格の男の名刺には林田裕司と書かれてあった。

デスクの上に堆く積まれた書類は契約内容に関するもので、その一番上に置かれた黒革バインダーは契約書だった。

すべてに目を通すのが憚られた。激闘に続いて浩道らとの関係解消、そして今。数時間ごとに何もかもが変化することに光は対応しかねたからだ。

「里見選手が未成年ということもあり、事前にご両親様に目を通していただき了承を得ております。ですから里見選手は契約書にサインをしていただくだけで結構でございます」

「父ちゃんと母ちゃんが?」

「ええ、父上様と母上様にです」

「そんな呼ばれ方をする柄じゃないけど。ヒロさんや由香さんはなんて言っているの?」

「失礼ですが、そのお方は?」

「大英を一緒に戦った仲間です」

「彼らは関係ございません。すでにマネージメント契約を解消されているわけですから」

「僕がもしサインをしなかったら?」

「ご冗談を。これはすでに決定事項です。サインをしていただかなければ莫大な違約金が発生し、里見選手はもちろんご家族の方にさえ、ご迷惑がかかることと存じます。こちらをご覧ください」

男は黒革のバインダーを開いた。そこには父・誠の直筆のサインが記されていた。その力強い筆跡は紛れもなく父の字だった。

違約金の意味ぐらいは理解している。光はこの運命に乗るしかないと悟った。

「わかりました」

こうして光は契約書にサインをし、アポロン所属の選手となった。

ヒースロー空港に到着した。大英を優勝した光はすでに有名人であり、周りをガードされながらVIPラウンジに向かう。

その途中、コンコースに佇む浩道と由香と目が合った。

「ヒロさん!! 由香さん!!」

光は大きな声で叫んだ。多くの視線が光に向けられる。

「お静かに」

林田は自身の唇に人差し指を当て光に向けた。だが光に気付いた若者が近づいてきた。

「Are you Satomi?」

「Get out of here!」

林田にそう言われた若者は、露骨に口をとがらせて捨てゼリフを吐いて去って行く。

「かわいそうじゃないですか」

「構いません。騒ぎになりますから。急ぎましょう」

「待ってください！　ヒロさんと由香さんがいるから挨拶したい」

「なりません」

「ヒロさんと由香さんと一緒に帰りたい！」

「彼らは部外者です」

「部外者？　何言ってるんですか？　大英を共に制した功労者です」

林田はそれには答えず、光は両脇をガードされながら後ろを振り返る。浩道が悲しげに見つめている。由香が右手で口を押さえて眉間に皺を寄せ、小さく左手を振っている。その姿が遠く小さく小さくなっていく。

光はＶＩＰラウンジに通された。大理石の床が広がり、間接照明のオレンジの灯りが落ち着いた雰囲気を醸し出し、室内を上品に照らしている。

ホテルのフロントのようなスペースであり、バーカウンターやオープンキッチンがある。光は、心地のよいソファーに座らされた。

「何か飲まれますか？」

「そんな気分じゃないです」

光はファンと浩道たちへの無礼に憤怒していた。

「いいですか、里見選手。貴方はすでに野山を好き勝手に走り回っていた田舎少年ではないということは自覚してください。今までとは勝手が違ってきます」

「意味が解らない」

「ご覧なさい。あなたはすでに世界的有名人なんです」

ラウンジ内を見渡すと、出発を待つＶＩＰ乗客たちの目が光に注がれて色めき立っているのがわかった。

その中の一人である大柄な年配の白人男性が光のもとに近寄ってくる。立ち上がった林田が言葉を交わしている。そして光に向かって言った。

「里見選手、このお方と握手を、お願いできますでしょうか」

拒む理由はないので光は立ち上がって握手をする。握手しながら会話を交わすと大英優勝を褒め称えられた。

男は聞いたことある大企業のＣＥＯで別荘にはプライベートゴルフコースがあり、いつかラウンドさせてほしいと言ってきた。

「May I take a picture with him? Manager（記念に写真を撮りたいんだがよろしいか）」

林田をマネージャーと呼んだ。光は心の中で拉致工作員だよと毒づいた。

「もちろんです、ミスターフランクリン。里見選手、写真を、お願いいたします。笑顔で、よろしくお願いします」

「ハイハイ、わかりました」

光は答えてフランクリンのスマートフォンカメラに納まった。すると光の前にはＶＩＰの乗客たちの列がいつしかできていた。

「ここにおられる方々は名立たる経営者や資産家ですから、里見選手、笑顔で対応してください」

そう耳打ちされた。笑顔で、笑顔で、丁寧に、丁寧に、握手を、握手を……。

やかましいったらありゃしないと光は苛立ったが、ファンには笑顔で接した。窮屈で先が思いやられると光はうんざりした。

大英を制したサトミヒカルに偶然会えた幸運にＶＩＰ客たちは喜んだ。ファンサービスが一段落した。

「すいません。僕、腹が減ったんで何か食ってきます」

「食事はここで、できます。一流のシェフがおりますから。何をお召し上がりになりますか」

「いいですよ。外に行って食べるから」

窮屈で息苦しさを感じてラウンジを抜け出したかった。

「いいですか、里見選手。すでにあなたは世界的な大スターなのです。しかも時の人です。ここから一歩でも出たら一般人が群がって大変な騒動になります。自重してください。空港にも迷惑がかかります」

林田は光の願いを聞き入れてはくれない。深いため息をついた光は、「醤油ラーメン、チャーシュー多めで」とぶっきらぼうに言った。

「パスタならあります。いかがですか」

「スパゲッティじゃねーか」

搭乗時刻になった。ラウンジにはＶＩＰ用のチェックインカウンターと出国ゲートがあり、光は誰とも会うことなく機内に入ることができた。

当然ファーストクラス。離陸した飛行機の窓から眼下の街を見下ろす。

この地であの激闘をしたのが３日前だということが信じられない。本当は夢じゃなかろうかと光は思った。

これから11時間半のフライト。日本時間の午後１時に到着予定だ。光の搭乗は事前に知らされているようで、ＣＡたちが色めき立っていた。

さらにファーストの乗客たちにはゴルフを嗜む者も多く、光のもとへやって来てサインや写真撮影を懇願してきた。

ようやく最後のファーストクラスの乗客へのサービスが済むと、ＣＡが気を利かせ優勝翌日からの日本のスポーツ紙を差し入れてくれた。

それと引き換えに今度はＣＡたちにファンサービスをするハメになった。綺麗なＣＡたちだからそれはそれとして光は快く受け入れた。

ようやく一段落するとスポーツ紙を広げた。一面に光の顔が掲載されている。自分の顔が新聞を飾るということは、いざそうなってみると実感が湧かないもので、妙に俯瞰して冷静に見てしまう自分に感心した。

記事を目で追った。「里見光　大英制覇」から始まり「無名の高校生アマチュアが世界制覇」「世界のヒカル・サトミ」「魔法使いヒカル　驚愕のアルバトロス」「アーサー王を日本の若き侍が下克上」……。なんともセンセーショナルな見出しだった。記事を読み進めるうちに、忙しなかったこの2週間の疲れが押し寄せ、知らぬ間に眠りに就いてしまった。

高度を下げ始めた旅客機の窓から東京の街が見えた。着陸後、光は他の乗客とは別の専用通路をグランドスタッフに案内され、20畳ほどの会議室で待機することになった。テーブルにはペットボトルとお菓子が用意されている。

大きな液晶テレビでは昼のワイドショーが放送されており、「大英優勝　里見光選手　まもなく凱旋帰国」の文字とライブ映像で到着ゲートの様子が映し出され、大英の18番ホールのアルバトロスの場面、優勝の決まった瞬間、ハリーポッターポーズの様子が交互に何度も繰り返し流されて、コメンテーターが褒めちぎっていた。

「里見選手。これから、あの到着ゲートから出て行きます」

林田がテレビ画面を指さした。

「いくらファンが叫んでも規制線には近づかず、通路の真ん中を笑顔で、手を振ったり、ガッツポーズをしながら通ってください。その後、空港内の特設室で共同の記者会見を行います。とにかく我々の誘導に従ってください」

規制したがる林田にうんざりした表情を見せる光。

「はいはい」

「今からここに全日本プロゴルフ協会の人間が来ます。そこでプロ宣言をしていただきたいのです」

「プロ宣言?」

「そうです」

大英をプロとして優勝したのなら3億円がもらえたという悔しい思いが込み上げてきた。

そうであれば浩道たちと一緒にこれからもできたのではないかと思えた。プロになるのに拒否はない。なりたいと願ったことである。

「では、もう少々お待ちください」

再び光はテレビに映る自分を見ていた。街角インタビューでは光を褒め称える全く面識のない人々のコメントが続く。多くの人に影響を与えたことがうれしく思えた。

到着ゲート前には大英に出発した時と180度違う光景が広がっている。

あの時は光に気付く者さえいなかった。空港内のラーメン店に入っても気付く人はいなかった。

ジュニアで優勝したハワイから帰った時にはいつか人だかりにしてやると宣言したが、実際にそうなったのだ。2週間前と今との違いを信じられなかった。

その時、ドアが開いた。全日本プロゴルフ協会の人間たちが入ってきた。

「大英優勝おめでとう。素晴らしい活躍だったね。お見事」

現役時代は飛ばし屋として名を馳(は)せた大きな体躯の会長である塩原良平が言った。

「ありがとうございます」

しばらく塩原や役員と大英の話に花が咲いた。横から林田が申し訳なさそうに塩原に向かって自身の腕時計を指した。

「そうだそうだ、分刻みのスケジュールだと聞いていたんで簡単に済ませよう。では早速、里見光選手。貴殿はプロ宣言いたしますか」

塩原が突如言った。光は、いきなりのことで応対がわからず、とりあえず、

「はい。よろしくお願いいたします」と答えた。

「では、顕著な活躍に鑑み、貴殿を全日本プロゴルフ協会所属のプロ選手として認定いたします」

こんな簡単に事が運ぶとは思わず面食らった。

「これからの活躍を期待しているよ」

「ありがとうございます」

こうして光はプロ選手となった。あまりにもあっけないプロ宣言をし終え、到着ゲートに向かった。

自動ドアが開き光の姿が確認できると大歓声が上がり、数え切れないカメラが向けられ一斉にフラッシュが明滅した。

祝福の声かけは重なり合い、ただの騒音のようだ。光は笑顔で手を振った。言われたとおりではなく自然とそうなる。

歓声は鳴り止まず、わずか数分の出来事だったが気持ちが昂ってしまった自分がいた。

そのせいか共同記者会見では解放感も相俟って饒舌で、記者の喜びそうなコメントを連発した。

光が地元に戻ったのは帰国してから1週間後だった。

「光が優勝。すごいよ。うれしくて、うれしくて」

真理子はそう言って杖を回す真似をした。

「まさか大英オープンを優勝するなんてな。信じられなかったよ。本当におめでとう。よく頑張った。みんなからも『お前の弟か』なんて知らせがいっぱい来て鼻が高いよ」

兄の満はこの春、国立の医学部に合格して、夢である医師への道を歩み始めていた。ちょうど夏休みで帰省していた。

「本当によく頑張ったわね。もう、なんて言っていいのかしら。とにかく疲れたでしょ。ゆっくり休んで行きなさい」

母の労い(ねぎら)の言葉がうれしかった。

「急変過ぎて落ち着きたいよ」

「そうだよね。そういえば、ゴルフ場の名前が『里見光ゴルフコース』に変わるらしいのよ。名誉なことだけど、気恥ずかしいわ。キャディやめていて良かったわ」

母が照れて言った。そんなやり取りを父は静かに聴いている。父とは相変わらず言葉を交わすことはなかったが、兄に大英の放送を食い入るように見ていたと聞いた。

光が地元凱旋していることはすでに知れ渡り、家の前には24時間マスコミとファンが張り付いている。警察に排除を要請しても、パトカーがいなくなると潮が戻るように人だかりとなる。家から一歩も外に出ることができず昼間からカーテンを閉めていた。身動きが取れずエリとデートという希望など叶えられそうにない。新学期の9月から東京の私立高校へ転校し地元を離れる。余計にエリとの距離が開いてしまう。環境変化が激し過ぎて心と体の整理が追いつかない。騒動がエスカレートして真理子の体に障るんじゃないかという心配もある。光は予定を早めて東京へ戻ることにした。ブームが一段落してからまた帰ったらいいと考えた。

「残念だけど、仕方がないね」

離郷することを告げて母は寂しがったが、「この状況ではね」と理解した。

夕食は公子が豪勢な料理を振る舞ってくれた。家族が5人揃う中での晩餐(ばんさん)は幸せ以外の何物でもなかった。記念写真を何枚も撮影した。真理子も心配が取り越し苦労なほど体調が良さそうだった。明日にはここを離れ、家族との共同生活が終わる。次に家族揃って食卓を囲む日はいつだろうかと光は思った。寂しいが仕方ないことだった。運命の流れに逆らうより乗っていくしかないのだ。

食事が終わり自室の日本間で最後の荷造りを終えると、襖(ふすま)の外から「いいか」と父・誠の低い声がした。襖が開き父親が無言のまま近寄ってくる。光も立ち上がった。

「どうしたの?」

父は眉間に皺を寄せ、何かに耐えているような表情だった。

「光」

「何」

次の瞬間きつく、きつく抱きしめられた。後頭部を押さえられ父親の胸に顔をうずめた。光は涙が出た。

「父ちゃん」

光は首筋から肩口に父の落涙を感じた。

「父ちゃん」

「もう、お前に何も言うことはない」

体を離した誠が言った。その顔は安心感に満ちた顔であった。襖を閉じる瞬間「頑張るんだぞ」と背を向けたまま震える父の声を光は聞いた。エールに感極まった。そして生まれて初めて父の涙を見た。ついに父に認められたのだと光は思った。

翌朝、朝食を終えると父は仕事に出かけて行った。母と満、真理子で大英オープンのVTRを見た。真理子は光の顔とテレビ中の光の顔を何度も見返してくる。

「本当に、光なんだよね」

「当たり前だろ」

「テレビに映ってる光がここにいるよ。信じられない」

「俺も信じられないよ」

呼び鈴が鳴った。アポロンの迎えの車が来たのだった。

「じゃ、行って来る」

「光。頑張ってな」

「兄ちゃんも、勉強頑張って」

「頑張ってね、光」

「母ちゃんも元気で。父ちゃんによろしく伝えてくれな」

「光、行っちゃうんだね。さみしいよ」

「真理子。また帰ってくるから泣くなよ。お前を元気にするために俺は頑張って勝つからね。応援してくれな」

「うん、わかった。あと、これね」

真理子が紙袋を渡してきた。中を見ようとすると、「今は開けちゃだめ」と言われ真理子はウインクをした。

ドアを開けるとヒースロー空港で迎えに来た林田ではなく、別の2人の男が立っていた。2人とも細身のスーツを着こなして、仕事ができそうな洗練された都会的な風貌だった。光の姿が現れると、塀の向こうからコメントを欲しがる記者の声や一目見ようというファンらで騒然となる。それを警備会社や警察が排除し、車は家の前を出発した。

「里見選手。はじめまして、チーフマネージャーを仰せつかりました犬丸賢司と申します」

横に座る男が言った。続けて助手席の男が振り向いた。

「サブマネージャーの立花哲夫と申します」

「よろしくお願いします」

「我々がこれから、里見選手の身の回りのお世話をさせていただきます」

犬丸が言った。見知らぬ男たちが再び現れて光は気が滅入ったが、窓外を流れる慣れ親しんだ風景が目に映り始めて気持ちは癒やされた。大英に出かける2週間前と一つも変わらない田舎町だった。バンカー練習をしていた公園の砂場、筋肉をつけるために廃材を分けてくれた工場の資材置き場、兄と魚取りをした小川、場所の一つ一つに思い出が蘇り感傷的な気分になる。送迎車のスピードが上がるにつれ景色が後方に追いやられていく。まるで15年間があっという間だったように去っていく。

高速道路に入り、一路東に向かった。一体どんな世界が待ち構えているのだろう。自分の人生が全く知らない誰かに司られている居心地の悪さを感じたが、同時に新たな道への希望に胸が膨らんだ。

二

「里見選手。こちらを」

犬丸から赤いスライドバーの付いたクリアファイルを渡された。犬丸も同タイプのものを取り出しアタッシュケースの背面に置き、白縁眼鏡のブリッジを上げて焦点を合わせた。整えられた口髭（くちひげ）には白髪が混じっている。ワックスでスタイリングされた髪は真っ黒で艶がある。

「今後の予定ですが、8月最終週のサンテレビジョンオープンに凱旋出場いたします。その後はメトロポリタン選手権、世界貿易仙台オープン、札幌ミルクカップ、アズマ飲料東海カップ、フジヤマクラッシック、レイリーモンローチャンピオンシップ、ワールドファイナンスマスターズＩＮ宮崎、富国タイヤパシフィック、最後に年末の日本グランプリシリーズに出場していただきます」

「10連戦ですね」

年末までゴルフが毎週のように続くことが光はうれしかった。今の窮屈な状態よりもゴルフを早くしたい。

「ええ。大変だとは思いますが」

「楽しみです。学校はどうなるんでしょうか。留年して卒業できないなんてことになったら」

「その点はご心配なく。社長の森田は里見選手が転校なさる学園の理事に名を連ねており、理事会においても試合出場による公欠と学業免除は承認されております。すでに里見選手は学園の功労者ですから、学園への恩恵は計り知れません。スペシャルな生徒なんです」

「そういうことですか。学校にゴルフ部はあるんですか」

「ゴルフ部は残念ながらありません」

「ないんですか。練習はどうするんでしょうか」

「都内にある当社の最新設備を整えた室内練習場があり、アメリカで実績を積んだツアープロコーチがマンツーマンでサポートいたします。屋外では千葉、埼玉、神奈川などに契約ゴルフ場がありますので、ラウンド練習はそちらをご利用いただく形になります」

「すごいなぁ。それで屋外練習場はあるんですか?」

「そちらは残念ながらございませんが、24時間営業している練習場がありますし、そちらのVIP打席は、ご利用できます」

「じゃ、納得いくまで練習ができますね」

「ええ。ですから何も心配は要りません。送迎もこちらがすべて行いますので里見選手はドアトゥードアです」

「至れり尽くせりだ。駄目人間になりますね」

「またまた、ご冗談を」

犬丸が白縁眼鏡のずれを直しながら言った。

都内に着くと遅めの昼食を恵比寿の中華レストラン「蔡菜飯店」で摂ることになった。犬丸からは、「里見選手のようなVIPでなければ予約を入れることが許されないんですよ」と聞かされた。料理メニューには値段表示がされていなかったことを考えると、よほど財布に余裕がなければ来店することができないだろうと思った。

「すいません。僕、持ち合わせがありませんけど」

「またまた、ご冗談を。当社持ちですから、ご安心ください」

犬丸は鼻で笑った。

食事を終えると店のオーナーが個室を訪ねてきて記念写真とサインをせがまれた。

「本日は、ようこそお越しくださいまして誠に光栄でございます」

中国人オーナーは訛（なまり）の少ない日本語で挨拶した。

「これほどうまいチャーハン、食べたことないです。どれもこれも、とてもおいしかったですよ」

「うれしいお言葉、ありがとうございます。これからもご贔屓（ひいき）に」

蔡菜飯店を後にして六本木のアポロン本社に向かった。

光がオフィスに足を踏み入れると、社員たちは色めき立った。皆が口々に大英優勝の祝福をしてくれる。花束が女性社員から手渡される歓迎ムードの中、会議室に通された。

「社長の森田は渡米中であいにく不在ですが、挨拶は後日にと申しておりました」

「今日は練習には行かないんですか？　クラブ握ってなくて勘が鈍りそうですよ」

「そう焦らずとも。今からプロとしての心構えをブリーフィングしていきたいと思います」

室内が暗くなりスライドが映し出される。退屈な話が続く。食後ということもあり眠気も襲ってくる。落ちそうになると立花が体を揺り動かしてくる。その間隔が短くなると、犬丸が「里見選手！」と大声を出してきた。

「立花、電気つけて」

暗闇から急なLEDの強いライトに、まぶしくて目をぱちぱちと動かした。

「いいですか。今までのように自由にはできないですよ。今は好意的な報道ばかりですが、日本のマスコミは、特に大衆紙はそのうち必ず里見選手のスキャンダルを鵜の目鷹の目で探り出します」

「スキャンダルって、15歳の少年がタバコ咥えてパチスロやりますか？」

「それはともかく、不純異性行為と取られかねないことに、心当たりがないんであればよろしいんですが」

「どういう意味ですか！」

「深い意味はありませんが、スキャンダルというものは本人が思っている以上に独り歩きして、尾ひれがついてあらぬ憶測を呼び、プレーにさえ影響を及ぼすのですよ」

「僕はそんなことはないです」

「皆そう言います。とにかく身辺に一切の曇りがないように、こちらといたしましても手を尽くしております。すべて里見選手のためです」

長いブリーフィングが終わり、渋谷区内に聳え立つ新居となるタワーマンションに着いたのは午後9時を回っていた。家具寝具付きと最新家電完備の、一人には広すぎる4LDK。リビングにはゴルフバッグとダンボール箱が4つ。室内の設備や配置の説明が終わり、犬丸と立花は帰っていった。

光は壁のボタンを押した。カーテンが静かに開いて窓から東京の夜景が眼下に広がった。東京タワーもスカイツリーもレインボーブリッジまでもが、見渡せた。ただ、都心の、ど真ん中にいるはずなのに音もなく、たった一人、空に浮いているようで余計に寂しく心細く感じた。

着替えを済ませ、少しでも賑やかにしようとテレビをつけて音量を上げた。実家暮らしでは常に人の気配があり煩わしく思えたが、それが安心感であることに気が付いた。ソファーに身を沈めるとテーブルの上の、実家を発つ際に玄関で真理子が手渡してくれた紙袋が目に入った。中にはスケッチブックがあり、ページをめくると真理子が描いた光の絵があった。

「真理子のヤツ。だから見るなって言ったんだな」

大英での雄姿が描かれている。ページを進めるとスケッチブックの間から一通の封筒が滑り落ちた。見覚えのあるバラの刺繍絵。心が躍った。光はテレビを消して姿勢を正し、封を切った。

『ヤッター！　光くん、おめでとう!!　うれしくて、うれしくてずっと泣きっぱなしだよ。テレビに映る光くんは、かっこよくて見とれちゃったよ。魔法使いのパフォーマンスもよかったし。

それと光くんが私の手紙を読んでいるところが日本のテレビで映ったんだよ。後半に入る前に読んでたでしょ？　バラの絵が見えたもん。

「苦しんでいるんだ、光くん」って思ったら私、泣けてきちゃって。スコットランドに飛んで行きたかった。でも、そのあと大逆転でしょ。私うれしくて。

優勝に一役買えたのかな。そんなことないか、光くんの実力だもんね』

2枚目をめくった。

『すごいな、光くんは日本から、あんな遠くに行って、体の大きい外国人選手相手に堂々と渡り合って勝っちゃうんだもん。一緒にいるときには、そんなふうには思えないから不思議すぎて、ほんとに光くんなのかなぁ、なんて思ったよ。

日本では光くんの話題で持ちきり。朝から晩までテレビに映っていて、ずっと光くんと会っている気分だったよ。今では知らない人がいないくらいの有名人だね。私のこと、忘れないでいてよね。うそうそ、そんな未練たらたらじゃないから！　これからが本当に大事だからね』

3枚目には写真が留めてあった。葡萄畑越しに撮った楡の木で、幹にはテーマパークのぬいぐるみが2体並べてあった。

『優勝した日の朝、2人の秘密の場所に行ったんだよ。

葡萄の甘い匂いと、どっしりと構える楡の木がいつもどおりあって。私、ここが大好きなんだなぁ。

スコットランドの方角に向いて大声で叫んだよ。なんて言ったかは秘密……私しか知らないことにしておくんだ。優勝おめでとう！　エリ』

文字が涙でにじんだ。とめどもなく流れる涙を拭い、洟を啜った。楡の木に佇む2体のぬいぐるみを見つめながら、頭に巡るのは2人で過ごした日々。肌身離さず持っているエリとの写真を財布から取り出し、見つめる。遥か昔の出来事のようで、とてつもなく離れてしまった気がした。

翌朝、目覚めた光は冷蔵庫を開いたが、飲料水しか入ってなかった。実家であれば母が朝食を用意してくれた。光はジャージに着替えコンビニに出かけようとマンションから通りに出た。すると出勤中の会社員が話しかけてきた。

「里見選手ですよね？」

「はい、そうです」

「こんなところでお会いできるなんて。大英観てました」

男は魔法使いの杖ポーズをして見せた。

「ありがとうございます」

握手と写真撮影に快く応じている間に「里見光がいる」と大騒ぎになり、ついには警察まで出動し保護された。駆けつけた犬丸と警察署を後にしてマンションに戻ると、こっぴどく叱られた。

「もう少し利口かと思いましたよ！　どこへ行っても人の目があるんです。ガードが甘すぎます。田舎の高校生という気分でいてもらっては駄目です！　直ちにそれを捨て去ってください。あなたは大英を制した里見光というブランド。プロゴルファーなんです。自覚してください」

「すみませんでした」

言われてみればそのとおりではあるが、コンビニに出かけることさえ、ままならない息苦しさにうんざりする光だった。

「昨日はあえて言いませんでしたが、宮瀬エリさん」

光は顔を上げた。

「これからは会うことはもちろん、連絡も取らないようにお願いします」

「どういうことですか」

「そのままです。宮瀬さん側も了承してくれました。手切れ金は受け取ってはくれませんでしたが、あの家族ならば大丈夫でしょう」

「は？」

「今は女性にのめりこんでいる場合ではありません」

「待ってください！　手切れ金って何ですか」

「この世界ではよくあることです。三流雑誌などはスキャンダルを探してきますから。交際相手に金を渡して情報を得るんです。ただ、今回の相手は裕福で金に困っているふうはなかったですし、家柄も、ちゃんとしていましたから問題はないでしょう」

「そんな無礼なことをしたんですか！」

光は声を荒らげて犬丸の襟元を掴んだ。立花が割って入ってきて2人を引き離した。

「無礼なのは承知です。こちらは里見選手を全力で守らなくてはなりません。だから危険な芽は摘みたいのです。それぐらいはわかってください」

犬丸は怯むことなく言い放った。

「危険な芽？　ふざけんな！　侮辱するのも、いい加減にしろ」

「言葉の綾でした、申し訳ございません。今日は早速練習があります。ご準備をお願いします」

壁を殴ろうとしたが寸前で拳を止めた。手を怪我しては、いけないという子供の頃からの性が警報を鳴らした。

三

光のプロ転向第1戦、サンテレビジョンオープン。光の凱旋後初の雄姿を見たいファンがチケットを買い求め、わずか10分で4日分が売り切れた。ファンの間では同級生の双葉との対決を期待する声が多かったが、大英前からの怪我の影響で欠場となった。大英で光の後塵を拝した西潟は、雪辱を期して出場する。大英で死闘を繰り広げたアーサー・コリンが「Entertainer」と言ったことから、ギャラリーを沸かす魅せるゴルフを期待するファンの声が多かった。

初日を迎えた。ゴルフ場はギャラリーで溢れ返っていた。夏休みで小中高生の姿も多い。それというのも英国テレビのアナウンサーが、光がハリーポッターの真似をしたためについた「Wizard 魔法使い」というあだ名も一役買っていた。いつの間に製造販売に漕ぎ着けたのか「里見光グッズ」を皆手にしていた。タオル、うちわ、ゴルフクラブを模した杖のキーホルダー、帽子等々。常に大勢のファンが光の後を追い移動する。

ファンの期待に応えるように初日9アンダー単独首位。絶好調は2日目も続き11アンダーで首位。トータル20アンダーで2位の西潟に9ストロークもの差をつけた。光の大英オープンの優勝を偶然と懐疑的であった専門家を黙らせるに十分だった。

3日目を終えた時点で28アンダーと首位。最終日の組は10ストローク差の2位西潟、12ストローク差の3位キム・ドンフンとラウンドが決まった。最終日は朝から気温が上昇し息苦しい熱気だった。

「里見さん、オメデトゴザマス」

最終日のスタートホールに向かう通路でキム・ドンフンに祝福を受けた。

「カムサムニダ、キム・ドンフンシ」

光も数少ない韓国語のフレーズで返した。

「スゴイ、かっこいいでした」

丸顔に銀縁眼鏡、ふっくらしている大柄な体躯のキムは優しい印象を与えるが、激しい勝負根性がなければ異国の地では戦えない。2人がスタートホールのバックヤードに待機していると、西潟が遅れてやって来た。

「里見君、それにキムさん、今日はよろしく」

「こちらこそ、よろしくお願いします」

「里見君、大英では素晴らしいゴルフだったね。感服したよ。今週も絶好調だし。キム君も日本ツアー参戦初年度だけど、君のゴルフなら必ず結果が出るだろう。いいゴルフをお互いするようにしよう」

「ありがとうございます」

「コマプスニダ」

西潟は「ジェントルマン」「人格者」と呼ばれ、ライバルに対しても粋な計らいをする清々しい人物。大英で光の後塵を拝したが、それをも受け入れる度量も持ち合わせている。

光がコールされると大歓声が上がる。注目のティーショットは大英で見せた2段ホップにより磨きをかけていた。アゲインストの風をものともせず300ヤードを優に超えた。割れんばかりの拍手と歓声が上がる。今日も調子がよさそうだ。ラウンドでスーパーショットが出るたびに、クラブを魔法使いの杖のようにするパフォーマンスを繰り出し観客を沸かせた。

結局、最終日をノーボギー7バーディのトータル35アンダーとし、圧倒的な勝利でプロ転向後初戦を初優勝で飾った。しかも初日から首位を独走する完全優勝だった。

「神懸かっていたね。また完敗だ」

最終ホールを終えグリーン上で握手を交わした時に、西潟はさわやかに讃えてくれた。

翌週のメトロポリタン選手権は最後までもつれたが、叩き上げの苦労人、武藤学にプレーオフ5ホール目で敗れた。長年優勝から見放されていた武藤は、パットが決まると男泣きした。その姿を見て光も、もらい泣きをしてしまい、それが話題となり光の魅力を増す結果となった。

東北のギャラリーに初お目見えとなった世界貿易仙台オープン。双葉はタイに遠征し、再び欠場。

「対決を避けてるんじゃないか」

首位を走るホテル王の御曹司、山ノ内との最終日最終組。

郵便はがき

料金受取人払郵便

新宿局承認

2524

差出有効期間
2025年3月
31日まで
（切手不要）

1 6 0-8 7 9 1

141

東京都新宿区新宿1－10－1

(株)文芸社

愛読者カード係 行

ふりがな お名前		明治 大正 昭和 平成 年生 歳
ふりがな ご住所	□□□-□□□□	性別 男・女
お電話 番 号	（書籍ご注文の際に必要です）	ご職業
E-mail		
ご購読雑誌(複数可)		ご購読新聞 新聞

最近読んでおもしろかった本や今後、とりあげてほしいテーマをお教えください。

ご自分の研究成果や経験、お考え等を出版してみたいというお気持ちはありますか。

ある　ない　内容・テーマ(　　　　)

現在完成した作品をお持ちですか。

ある　ない　ジャンル・原稿量(　　　　)

<table>
<tr><td>書　名</td><td colspan="4"></td></tr>
<tr><td rowspan="2">お買上
書　店</td><td rowspan="2">都道
府県</td><td rowspan="2">市区
郡</td><td>書店名</td><td>書店</td></tr>
<tr><td>ご購入日</td><td>年　月　日</td></tr>
</table>

本書をどこでお知りになりましたか?

1.書店店頭　2.知人にすすめられて　3.インターネット(サイト名　　　　)

4.DMハガキ　5.広告、記事を見て(新聞、雑誌名　　　　)

上の質問に関連して、ご購入の決め手となったのは?

1.タイトル　2.著者　3.内容　4.カバーデザイン　5.帯

その他ご自由にお書きください。

(　　　　)

本書についてのご意見、ご感想をお聞かせください。

①内容について

②カバー、タイトル、帯について

弊社Webサイトからもご意見、ご感想をお寄せいただけます。

ご協力ありがとうございました。

※お寄せいただいたご意見、ご感想は新聞広告等で匿名にて使わせていただくことがあります。

※お客様の個人情報は、小社からの連絡のみに使用します。社外に提供することは一切ありません。

「それはないと思いますよ。前から招待されてたし」

「そうかなぁ。俺にはお前との対決をビビッているようにしか見えないぜ」

双葉との対決を望む声は日増しに高まっていた。それは光も感じていたし一番望んでいた。意地の悪い記者は「プライド高き王子さまは野武士に下克上されるのがお気に召さない」と書き立てた。マスコミは双方の図式を印象づけ、煽っていた。

「それはそうと、今回は俺がもらうぜ。ショット、パットが抜群。負ける気がしない」

山ノ内のスイングを見ていると、確かにタキノオープンとは違っている。ショットはより豪快さが増し、鋭い刀のような切れ味と感じていた。それは山ノ内に限ったわけではなく、どの選手も以前とは格段に変わってレベルアップしてきている。光の大英制覇が皆を刺激していた。

この日の山ノ内はミスがなく強さを発揮した。プレイ中の軽口とC調が調子の良さを表していた。最終ホールを迎え山ノ内、光ともに2オンで、山ノ内がピンそば1メートルにつけた。一方、光は難しい下りラインの5メートルを残す。セカンド地点からグリーンに向かう間に、山ノ内は光に近寄ってきて面白いことを口にしてきた。

「俺はプレイスタイルがショットガンって言われているだろ。趣味のクレー射撃も知れ渡っているし。で、そっちは魔法使いだろ？　俺が決めたらパターをショットガンに見立ててお前を撃つ真似するから、撃たれたってポーズしてくれないか。逆にそっちが決めたら俺に杖で魔法をかけてくれたらリアクションとってやるからさ」

「ていうか、よくこの局面でそういうこと言えますね」

「演出だよ、演出。頼むぜ、里ちゃん。お礼にモデルと合コンセッティングしてやるから」

「別にそれは、いいですから」

「じゃ、やってくれるか」

「面白い人ですね」

「ゴルフ界をさらに盛り上げてファンの裾野を広げなくちゃならないだろ。こんな俺でも日本男子プロゴルフのことを考えてんだ」

「そういうことでしたら協力しますよ」

「話がわかるね、里ちゃんは。誰かと違って」

そして光はバーディショットを決めきれず、カップ3センチ届かずにボールは停止し、先にパーでホールアウトした。山ノ内が1メートルのパットを沈め、バーディで優勝を決めた。優勝を決めた瞬間、山ノ内が目配せをしてきた。冗談ではなく本気でパフォーマンスをしてきた山ノ内に光は乗ってあげることにした。スポーツニュースや翌日の新聞、ワイドショーではこの場面が繰り返し流されて気恥ずかしくなった光だったが、評判はすこぶるよかった。2戦惜敗が続いたが、ゴルフが楽しくて仕方がなかった。


『レイリーモンローチャンピオンシップ。アーサー・コリン出場か。里見と対決。大英の再現』

このニュースが札幌ミルクカップの3日目終了時に入った。冠スポンサーの大手アパレルメーカー、レイリーモンロージャパンが大会を盛り上げるために、大英オープン終了後からアーサーと交渉をしているとのことだった。宿泊先ホテルで犬丸や立花と夕食の最中に、光はこの話題に触れた。

「アーサーとまたやれるのか。うれしいな。もう一度やっつけてやりたい」

光は胸がときめいていた。

「悪いですが、その可能性は低いと思われます」

犬丸は言った。

「どういう意味ですか？　そんなこと言わないでください」

「その時期は、イギリス国内最強を決める伝統のブリティッシュ選手権があります。いくら招待金を積んだとしても参戦するとは思えません」

「でもまだ決まったわけではないんでしょ」

光はアーサーとの再対決を期待して心が躍っていたので、犬丸の言葉を信じたくなかった。

「ありえないことだと思われます」

「夢が無くなるよ」

光は犬丸に憮然（ぶぜん）とした。

「ですが、海外遠征中の双葉選手がレイリーモンロージャパンで国内復帰するのではないかと予想されます」

双葉はタイ国王杯を優勝後、東アジアを転戦しており、将来的な海外参戦を見越した武者修行の最中であった。

「双葉が」

「ええ。双葉選手はレイリーモンロージャパンの周東社長とは親しい仲でして。公にはされていませんが資金的な援助も」

周東は売れないモデル上がりの俳優だったが、投資で富を得ると、その資金をつぎ込んで様々な事業を展開し、そのどれもが大当たりした。中でもレイリーモンロージャパンは、海外でも人気のブランドに育っていた。

「新聞でセンセーショナルな見出しで興味を持たせて『アーサーがやって来る。大英の再現』って騒がせる。だけどアーサーは来ない。来日できないことはわかっていると思います。皆残念がったところで、目玉を里見選手と双葉選手との一騎打ちの話題にすり替えるはずです。騒がれている同級生ライバルの決着で盛り上げる。どこまでも商魂逞(たくま)しい周東社長が仕掛けそうなことです」

アーサーとの対決は叶わないかもしれないが、双葉とならば燃える。大英も途中棄権で光はいまだ18ホールを戦い抜いての勝利を双葉から収めたことがない。だが光は大英を制しプロになり、ツアー優勝もした。今度こそ勝てる気がする。

札幌ミルクカップの最終日は、1打差首位で先にホールアウトした光を最終組の2位、韓国のキム・ドンフンが追いかける展開となった。キム・ドンフンの経過を光はクラブハウスに戻り、モニターで見つめた。17番ホールでバーディを取り光に追いつくと、最終18番ホールもバーディとし、キム・ドンフンが日本ツアー初優勝を逆転で決めた。光は3戦連続2位で終えた。

雪辱を期して臨んだアズマ飲料東海カップは、シーサイドのリンクスコース。この日は台風21号が東海地方に向かって北上してきている影響で海が時化(しけ)ており、風も強かった。最終日に台風直撃という気象庁の予想もあることから、1日目で36ホールの予選を行い決勝ラウンド進出者を決定し、2日目を36ホールの決勝にするという日程が発表された。

タフなコースにタフなスケジュール。光はこういうときに強さを発揮する。多くの選手がイレギュラー開催の精神的・肉体的なダメージと風雨に苦しみスコアを崩していく中、光は初日を首位で終えた。2日目決勝の36ホールを迎える。光の最終組スタート時には本格的な風雨となった。スコアが伸びずミスした者から脱落していくサバイバルな戦いを、トータル19アンダーで締め優勝した。これで日本ツアー2勝目を挙げた。

2日間72ホールのタフな戦いの翌週は、富士山の麓「東洋ゴルフカントリー倶楽部」で行われる伝統のフジヤマクラッシックである。しかしアポロンは光の欠場を発表した。タフな変則開催となったアズマ飲料東海カップ終了後の身体検査及び採血の分析結果から、フジヤマクラッシックに出場した場合、双葉との対決になるであろうレイリーモンローチャンピオンシップにおいてパフォーマンスが著しく低下するというデータが出たからだった。体調的には全く問題はなくフジヤマへの出場を光は訴えたが、アポロンは却下した。賞金よりも里見ブランドの確立というアポロンの方針があった。

光不在のフジヤマクラッシックは西潟が優勝した。医師団の体調管理と充実した練習を積んで気力十分の光は、レイリーモンローチャンピオンシップに臨んだ。

四

株式会社レイリーモンロージャパンは一部上場の服飾メーカーで、先週は千葉で女子プロの冠大会があった。周東社長の派手な人脈で、今をときめく芸能人や人気ファッションモデルなどがイベントやプレゼンターとして招かれ、華やかな大会となった。優勝は、そのモデルたちにも引けを取らないスタイルと美貌の持ち主で、写真集も売れ行き好調な20歳の佐野史奈だった。

アーサー・コリンが不参戦となり、大英の再現を日本で観ることは無くなったのだが、新聞、テレビは双葉との同級生対決を煽る報道が賑わい、周東社長の思惑どおりに大会への期待は盛り上がっていった。優勝賞金1億2000万円、4日間のストロークプレイ。場所は広島県のブルーツリーウエルネスゴルフ倶楽部。フジヤマクラッシックを回避したことで光は早めに広島入りをした。光の知名度は高く、アーケードを歩けば人だかりとなった。ソウルフード、広島焼きの老舗で舌鼓を打った。ツアーの楽しみはこういうところにもある。牡蠣（かき）も食べたかったが大事を取って控えた。

マスコミの煽りもあり、大英を制した光と最年少日本プロ優勝記録保持者双葉との同級生による一騎打ちを期待して、大勢のファンが詰めかけた。優勝賞金の高額さに海外からも多数強豪が参戦してきたが、双葉との一騎打ち以外にないだろうと光も踏んでいる。アマチュア時代には常に後塵を拝してきた。だが大英オープンでは優勝を遂げ、プロに転向してからも日本ツアーで2勝している。がっぷり四つ、だが、それ以上の戦いが、できる自信を持っていた。それが過去の対戦との大きな違いである。

初日、光は冴え渡ったゴルフで前半を4アンダーで終え、首位を独走していた。一方の双葉はいつもどおりの冷静さで安定しており、2アンダーで折り返した。光は前半の好調さに気をよくしていた。ドライバーもいつも以上に飛び、パットが決まっていた。後半に入ると光は10番ホールでいきなりトリプルボギーを叩き出し順位を落としたが、3連続バーディで取り返し再び首位に返り咲く。しかし、14、15、16ホールをダブルボギー、最終ホールをボギーと、終わってみれば初日3オーバーとなり、5アンダーの首位双葉に大きな差を開けられた。いつもと変わらないはずなのに変動の激しい不安定ゴルフになった。期待という空気を目いっぱい送り込んだ風船が萎(しぼ)むように、ファンをはじめマスコミは落胆した。

インタビューを受ける光。

「出入りの多いゴルフになりましたが」

「何なんでしょうかね。別段悪い感じはしないんですが、うまく、はまらないというか安定を欠いちゃいましたね」

「その辺りの原因といいますと」
「わかりません。初日なんで、それほど気にしていません」
「双葉選手が首位に立ちましたが」
「僕も2回ほど首位に立ちましたけどね。なるべくファンやマスコミの皆さんが期待しているような
ゴルフを明日以降お見せできればと思っています」
ラウンド後のインタビューでは軽口を叩く余裕もあった。
（明日になれば変わる。こういうときは早く寝るに限る）
光はラウンド後の練習を急遽取りやめた。練習グリーンでパターをする双葉の姿を横目に見ながら
クラブハウスを後にした。
2日目。昨夜は何も考えないで床に就いて睡眠十分で臨む。体調はいい。腰も回る。ドライビング
レンジでの練習もパットの練習も悪くない。今日は取り返さなくてはと気合を入れたが、いざティー
イングエリアに立つと、グリーンフラグが恐ろしく遠くに見える。頭を振って見つめるが変わること
はなかった。両サイドの林がせり出して恐ろしく狭く感じる。
（どうしちゃったんだ）
いつも以上に慎重にアドレスに入る。放たれたティーショットは大きな弧を描き左の林の中に消
え、ＯＢ。
（おかしい。なぜだ。何かが変だ）

打ち直しは何とかフェアウェイを捉えたが、パットも決まらなかった。迷いと焦りが乱れを呼んで前半は6オーバーとなり、トータル9オーバー。現時点で最下位に沈んだ。ゴルフを始めて最下位になったのは人生初であった。

言い知れぬ不安が襲ってきた。「なぜなんだ」それしか頭の中に浮かんでこない。調子は決して悪くない。どこに原因があるのかわからなくなった。不安は恐怖に変化した。後半が始まる直前のことだった。光は一人になりたくてクラブハウスのトイレの個室に籠った。顔を手のひらで押さえて自問自答していた。

「大英王者も大したことはないな」

「まぐれじゃないのか。ツアー2勝も、ご祝儀だろ」

「確かにな。9オーバーって素人じゃん」

トイレで用を足す2人の選手の戯言(ざれごと)ではあったが、顔から火が出そうになるくらい気恥ずかしくなり、個室を出るタイミングを逸した。彼らが立ち去る足音を聞き終えると入れ替わりに別の足音がして再び出るタイミングを逸した。

「調子コキすぎのツケが回った感じだな」

「ああ。いい気味というか、ザマーミロって」

「ハハハハハ」

「あんなスコア出してよくラウンドできるな。相撲の世界なら休場だぜ」

「大英のスコアも過少申告したんじゃないか」

「もしくはスコアを金で買ったから元のスポンサーが破産したんじゃないか」

「ありえる」

悔しさと怒りに震えた。浩道たちを侮辱することは許さない。光はコックを回し、扉を開けた。壁に向かい用を足している2人の男が体をねじり光を確認して、バツが悪そうな顔で正面に向き直り素知らぬふりをした。光は彼らの背中を見やり、後ろを通り過ぎた。手を洗い、荒く洗顔をした。鏡に映った水が滴る顔を見つめた。

(このままじゃ終わらせない。見てろよ)

吹っ切れた光は後半、スコアを8つ縮め1オーバーで2日目を終え、予選落ちを免れた。

「俺が駄目ということは、支えてくれた人間をも否定されることになるんだ。そんなことになってたまるか」

上位争いの蚊帳の外にいた光だったが、3日目をトーナメントトップスコアの9アンダーで一気に復調し、優勝争いの一角に食い込むことができた。3ストローク差で双葉の背中がはっきり見えた。

最終日は武藤、キムと同組になり、双葉との一騎打ちでの同組ラウンドとはならなったが、驚異的な復調と圧倒的なスコアメイクで光は逆転優勝を目指すことになる。

3日目までの成績

		初日	2日	3日	トータル
1位	双葉	－5	－1	－2	－8
2位	西潟	－2	－2	－3	－7
3位	山ノ内	－4	－2	0	－6
4位	里見	＋3	＋1	－9	－5
5位	武藤	－2	－3	＋1	－4
6位	キム	－3	＋1	－1	－3

最終日。快晴続くブルーツリーウエルネスゴルフ倶楽部は、光の復調と大混戦もあり、各ホール立錐の余地もないほど大勢のファンが詰めかけた。

「里見プロの初日3オーバーを見て各選手がチャンスとばかりにギアを上げた結果、大混戦を招くことになりましたね。このコースは非常に難しくスコアが出ないことで有名ですが、里見プロはゴルフを面白くしてくれますねえ。役者です。誰が勝っても不思議じゃないし、7位以下の選手にも大いにチャンスは残されていますからねぇ」

現役時代、その体つきから「トド」と呼ばれた富田明がテレビで解説をした。

光はキム・ドンフンと語学講座をしながらリラックスした雰囲気でスタートホールに向かった。両国関係は良好とは言い難い。歴史的背景や複雑な政治情勢がそうさせている面はあるのだが、光は気にしない。キムも人懐こい光を嫌うこともなかった。「〇〇人だから〇〇」と人は言うが、どの世界にも、どの国にもいい奴、悪い奴はいる。狭い地球に住んでいれば、いがみ合うこともあるし、逆にわかり合えることもあると、光はジョックとの出会いで教わった。人間は必ずわかり合える。もちろん勝負になれば友好関係はない。あるのは正々堂々と畏怖を持たずにリスペクトして渡り合うということだけだと光は考えている。

（必ず勝ってやる）

最終日はスタートから超波乱含みとなった。前日の光の驚異的な追い上げに触発された下位の選手らの高い集中力と執念が生み出す捨て身のパフォーマンスで、上位陣との差が一気に縮まったのだった。それがトップ集団にはプレッシャーに変わり、ミスをすることが許されない状況に追い込まれ、考えられないような失敗が連発した。トップ集団がスタートで、もたつくことで、先行スタートの下位の選手たちには上位に食い込む可能性がさらに広がった。光は38位タイに下落した。

「見立てどおり、稀にみる面白い最終日になりそうですね」

富田は自身の予想が当たり、上機嫌で解説に熱が入る。

スタートホール終了時の上位成績

1位　山ノ内　－1（－7）

2位　西潟　＋1（－6）

3位	双葉	＋3	（－5）
4位T	武藤	＋1	（－3）
	キム	0	（－3）
38位T	里見	＋2	（－1）

（やっちまった。まったく、しょーもないなぁ）

だが、光はいきなりのダブルボギーにも気持ちは落ちることはなかった。38位タイとはいえ首位と6ストローク差。まだ17ホールも残っている状況に楽観していた。

（始まったばかり。これからが勝負。なんとかなる）

上位陣はスタートでの、もたつきが逆に落ち着きを取り戻すことになり、徐々に調子を上げスコアを少しずつではあるが伸ばしていく。追い上げに必死の光はスーパーショットを連発して順位を再び上げた。

「里見選手はまるで潜水艦ですね」

富田の解説が続く。

「浮き沈みが激しいというか、出入りが多い里見プロですが、大英のときのような集中力を発揮してきましたから、この差であればわからないですよ。特に里見プロはバックナインにドラマを起こしてくれますからね」

出場選手が意識せざるを得ない光の追い上げに、空気が薄く窒息するような展開となり、各人のメンタル、フィジカルを蝕む。上位陣を追っていた中位、下位の選手たちは、その波に押し流されるように徐々に脱落していく。前半が終わり光は順位を6位に上げた。

OUT（前半結果）

1位　キム　－13
　　武藤　－13
　　双葉　－13
4位　山ノ内　－12
　　西潟　－12
6位　里見　－11

「いやぁ、面白くなりましたね。INはトリッキーで罠の多いコースが控えていますから。この4日間、選手たちが苦しんだ16番からの3ホールは見ものだと思います」

富田が解説をする。光はバックナインになれば上位陣が牽制し合い、ジャブの応酬のような展開を見せるだろうという予想の逆をいく考えだった。一気にラッシュをかける。仕掛けは早すぎるが、今のままなら最後まで持つだろうと踏んだ。光はトリッキーな難コースを攻めに攻めて5ホール連続バーディを決め、15ホールを終えて一気に首位に駆け上がった。
上位陣に光のラッシュは脅威となっていた。何をしでかすかわからない光。一つのミスが命取りとなり緊張を強いられる展開。光は富田が言っていた勝負を分ける残り3ホールに向かう。

IN 15番
1位 里見 －16
2位 双葉 －15
3位 山ノ内 －14
キム －14
西潟 －14
武藤 －14

上位陣への新たな刺客が現れたのは、22組で回っていた13アンダーの7位につけていた高梁敬だった。16番ショートでホールインワンを決めてリーダーズボードに初めて顔を出した。高梁はタキノオープンで光とラウンドした選手で、プロ10年目ツアー未勝利の32歳である。高梁は17番パー5をバーディ、最終18番をバーディで締めホールアウトした。難易度の高い残り3ホールを最高の形で終え、17アンダー、1打差で単独首位に立った。

この結果を受け、上位陣は16番を全員がパーで終えた。勝負をかけるのは17番だが、それまで無風だったブルーツリーウエルネスコースに山からの吹きおろしの風が出てきた。低く打ち出してバーディ狙いで行くか、勝負に出てドライバーでイーグルを狙うか。優勝するには勝負に出るしかない。光は得意の2番アイアンで確実にフェアウェイをキープしたが、サードショットがグリーンを捉えきれずパー。キムと武藤はボギーとなった。最終組では堅実な西潟はドライバーを選択せずに、イーグルを捨て策どおりこのホールをバーディ。山ノ内はドライバーで勝負に出たが林に打ち込みパー。双葉はバーディで締めた。

ＩＮ　17番

1位　高梁　－17　ホールアウト
2位　里見　－16
　　　双葉　－16
4位　西潟　－15
5位　山ノ内　－14
6位　キム　－13
　　　武藤　－13

先にホールアウトした高梁はプレーオフの準備に入っていた。最終組一つ前の光たちの組がティーイングエリアに立った。18番は左ドッグレックのパー4。突き出た左の林を越えた死角は強い下りで、嫌らしいことにクリーク（小川）が控える。イーグルは、ほぼ不可能なホール。

高梁を1打差で追いかける光は、バーディで上がらなくては追いつくことができない。ドライバーではなく、より正確なショットを考え2番アイアンを手にする。大英でのアルバトロスはこのアイアンから生まれ、優勝を期待するギャラリーから歓声が上がる。3回ほど素振りをしてアドレスに入る。風はフォロー気味。空気を切り裂く音とともにボールは林の上を越えていった。クリーク手前であればバーディは取れる算段である。

光が飛球方向を見やりながら競技委員からの報告を待っていると、スマホでテレビ中継を観ている観客からため息が漏れる。嫌な予感。

「クリークです」

競技委員が光に告げた。光の打球は木にダイレクトで当たり、跳ね返りがフェアウェイの強い下りも相俟ってクリークに落ちたのだった。

（最後の最後に来てこんなことあるかよ！）

光はプレーオフに持ち込んで奇跡とも言える逆転優勝の確信を持っていただけに、奥歯をかみ締めて悔しがった。1打罰の光は第3打残り80ヤードをクリーク手前からチップインを狙うも、惜しくもカップまで30センチを残し、パーでホールアウトした。

最終組の西潟は堅実にフェアウェイを狙い、パーで締めた。賞金を積み重ねるには順位を落とさないという判断だった。山ノ内は自慢の豪快なショットで林を越えクリークの手前ぎりぎりのところで止まり、チップインバーディ。優勝へ可能性を残す双葉は、

(高梁さんはプロになって10年とはいえツアー優勝がない。ラウンド状況を落ち着かず焦りながら見ているのだろう。できればプレーオフになってほしくはないと祈っているはずだ。相当なプレッシャーを今、受けている。プレーオフに持ち込めば緊張から自滅するに違いない)

と冷徹に状況を判断していた。計算しづらい強い山風が吹きおろし始めた。双葉のティーショットは林スレスレを飛んでフェアウェイに落球し、大きく跳ねて右の林の中に消えていった。競技委員が林の中に入っていく後ろをテレビクルーが追う。クラブハウス前に設置されたモニターに映し出された映像を、居ても立ってもいられなくなって高梁が齧りついて見ていた。映像が双葉のボールを捉え、徐々に引いていく。白杭(しろくい)をボールは越えていた。ＯＢ。それがティーイングエリアの双葉に伝えられると、大きくのけぞり天を仰いだ。「自分がそんなミスをするのか」というほど無念さが伝わった。モニターを見ていた高梁は、唇をかみ締めて涙をこらえようと必死だった。

ティーイングエリアから双葉の打ち直し第3打は山ノ内と同じようにクリークギリギリに落とし、残り80ヤードをチップインで決めパーでホールアウトした。最初にこれが出ていればというギャラリーからの嘆息と、やはり双葉は、ただ者ではないという畏怖のどよめきが起こった。双葉が意地のパーで締めくくった瞬間、苦節10年の高梁敬のツアー初優勝が決まった。

レイリーモンローチャンピオンシップ　最終成績

優勝　高梁　－17
2位　里見　－16
　　　双葉　－16
4位　西潟　－15
　　　山ノ内　－15
6位　キム　－13
　　　武藤　－13

光は翌週のワールドファイナンスマスターズＩＮ宮崎では練習ラウンドから咳が出始め、１日目終了後の宿泊先では38度の高熱を出し、２日目の出場を辞退し宮崎を後にした。試合は双葉が西潟とのプレーオフを制し優勝した。

結局、光はインフルエンザと診断され、富国タイヤパシフィックも大事を取って欠場。試合は西潟が圧倒的なゴルフを魅せ優勝。この結果、賞金ランキング争いは2位の双葉が最終戦の日本グランプリシリーズを単独2位以上で西潟が6位以下であれば２７０万円の差で追い越し、賞金王者となる。

五

一年を締めくくる最後のメジャー大会、日本グランプリシリーズ。東京都西部にある429ゴルフ倶楽部に今年、日本ツアー及び海外で活躍した日本人選手、招待外国人のトッププレーヤー30名のみが出場を許される4日間の大会で、優勝賞金9500万円獲得を目指す。野球のオールスター、競馬の有馬記念と似たような位置づけである。

出場は、大英を制し日本ツアー2勝の光、ライバルの双葉、賞金ランキングトップの西潟、ホテル王御曹司で派手な振る舞いの多い山ノ内、韓国のキム・ドンフン、叩き上げの苦労人武藤、プロ10年目で初優勝を飾った高梁。ほかに、日本人で海外ツアーに拠点を置く選手として沖紘務、重岡吾郎、橘川慶らの3人。海外勢では、オーストラリアの賞金王でこの大会の優勝経験者であるシモン・ギルバート、ヨーロッパチャンピオンのパトリック・バウアー、アメリカツアー3勝のオリバー・ハリスらも参戦。西潟と双葉の最終戦にまでもつれた賞金王争いと相俟って、今年は華と話題性の高い大会として盛り上がりを見せ、練習ラウンドから大勢の観客が詰めかけていた。

初日。光の同組には重岡吾郎がいた。プロレスラーからプロゴルファーに転向した変わり種で、ビッグマウスと闘争心溢れるプレイで「暴れん坊」と称される。海外では10年間で2勝と振るわなかったが、アメリカ人女性プロゴルファーとの離婚を機に日本へ活躍の場を戻す足懸かりとしての参戦で、来年は40歳と光よりも、ふた回り以上年上である。日本人離れした体格は周囲を圧倒し、ショットは力強く攻めのゴルフである。

しかし、光も負けていない。体格差をものともせずロングディスタンスを魅せ、チップインイーグルや2段グリーンからの下りロングパットなどを決め、重岡を焦らせた。

「くっそ。かっこつけてくれるのぉ、小僧」、「さえんのぉ、今日は」、「たいがいにせいよ」

広島弁でぶっきら棒に悪態をつかれると、体の大きさも相俟って普通であればたじろぐが、それさえも光を萎縮させる作戦だと思うと、光は逆に火に油を注ぐように「普通です」と涼しい顔と人懐っこい笑顔を返した。重岡はますます焦れ、光からオナーを奪うことができなかった。

初日　結果

L	沖	−5
2位	里見	−4
	高梁	−4
4位	双葉	−3
	山ノ内	−3
	武藤	−3
7位	西潟	−2

橘川　－2
キム　－2
10位　重岡　－1

初日はロースコアな探り合いの展開に終始した。

光は渋谷区の自宅マンションのソファーに体を預け、全選手の成績が記載された成績表を眺めた。

テレビでは初日の様子がニュースで流れている。

（里見選手の14番ホール。この難しい2段グリーン上からの下りのパットを沈めます……）

何度見ても秀逸なパターだった。カップを掠めれば、そのままカラー辺りまで流れるところだった。

奇跡に近いパッティングだが難しいほどに燃える。成功後の歓喜が癖になっている。

（……初日トップに立ったのは7年ぶりの日本ツアー参戦となる沖紘務選手……今年アメリカツアーを2勝と絶好調で……沖選手は21歳で、プロデビュー初戦を優勝で飾り……、賞金王を逃したものの1年目に4勝し、2年目には賞金王を獲得、翌年のオリンピックに日本代表として出場……、4位とメダルには惜しくも届かなかったものの入賞を果たし……沖選手の目を海外に向けさせました……25歳で海外挑戦を表明し……、海外ツアー10勝の実績を誇る31歳。実力もさることながら端正な顔立ちとスリムで長身、長い黒髪を後ろで束ね、立ち姿も美しく「サムライ」のニックネームで呼ばれています）

テレビ画面には、沖の過去の映像とプロフィールの紹介映像が映し出された。スタジオに映像が戻ると、女性アナウンサーらが口々に「格好いい」「独身なんですよね」と仕事抜きのようなアピールをする。2日目は、その沖と高梁とのラウンドが決定している。次々現れる強敵との対戦が楽しみで仕方なかった。昂る気持ちで寝つけそうになかったが、熱い風呂につかり気持ちを鎮めた。

2日目は前日より気温が7度も下がり、鉛色の雲が太陽を遮断し大地を圧迫するほど低く垂れ込め、寒風が地面をなめていた。初日2位の光は最終組スタート。練習グリーンでは上位につける選手らが、すでに練習をしていた。

「おー、里見」

重岡が最初に光に気付き声をかけてきた。ドスの利いた低い声に身構えるが、びびることはないと思い、

「昨日はどうも。ありがとうございました」

光は軽く挨拶した。

「ワレのマジックにやられたわい。じゃが今日は別組じゃけん、ワレのチンケな魔法は、かからんわい」

練習中の選手たちに、お構いなく大きな声で言った。

「馬鹿にしてます？　僕の魔法は広範囲に効くんで気を付けてください」

重岡の顔が強張(こわば)った。練習している選手たちが凍りついた。

「小僧。ワレは、わしに喧嘩(けんか)売っとるんかぁ」

「いつでも買いますよ」

重岡が光に歩み寄り上から見下ろした。だが光も負けじと重岡を下から睨み返し胸を合わせた。重岡が掴みかからんとした時だった。重岡の右肩を後ろから押さえた者がいた。

「沖かよ」

振り返った重岡は、沖の射るような目力と無言の圧力で、手なずけられたライオンのように静かになった。

「すまん、すまん」

「シゲさん、有望な若者だよ。いじめちゃダメじゃん」

はにかんだような笑顔。顔もよければ声もいいのかと光は思った。

「冗談じゃや。昨日ラウンドした仲じゃけ。のう、里ちゃん」

重岡はバツが悪そうに頭を掻いて光の肩に腕を回した。

「里見君、許してやってね」

沖は光に微笑んだ。ゆうべの女子アナが言ったことがわかる。このルックスと美声に笑顔。この物腰であれば、女性なら間違いなく一瞬で恋に落ちるだろう。男の自分でさえ魅了されてしまう神々しい華のある人だった。

「挨拶が遅れたね。はじめまして、沖紘務です」

「はじめまして、里見光です。今日はラウンドよろしくお願いします」

芸能人を目の前にしたように光は恐縮してしまった。

「こちらこそ。大英優勝おめでとう」

沖はメジャー優勝はないが、2位を3度経験し、光が大英を制するまではメジャーに最も近い日本人と言われていた。

「ありがとうございます。沖さんは憧れですから勉強することがいっぱいあります」

沖の両手のひらをポケットに入れて話す仕草さえも、傲慢さよりも清々しさを感じる。佇まい、存在がまぶしく見える。

「僕は君から吸収しようと思っているよ」

「恐縮です」

「お互いに、いいプレイをしよう」

差し出された手を握り返すと、柔らかく繊細な感触だった。

「はい」

「それと……、シゲさんに悪気はないんだ」

「気にしていません」

「あれは彼独特のコミュニケーションで、相手を測るリトマス試験紙みたいなものだからさ」

「じゃ、僕は試験にかけられたんですね」

「ああ。思いのほか反応が強く出たけどね」

そう言うと背中を向けた。

最終組のスタート時間が迫った。まだ午前10時前だというのに、日没が近づいたように辺り一面薄暗く、それが余計に寒さを演出していた。

前日首位の沖がティーイングエリアに立つ。沖はキャップをかぶらず黒髪を後ろで束ねており、居合いの達人が真冬の道場に佇んでいるように映る。鋭いティーショットが放たれた。動きに無駄がなく綺麗な振りであった。フォロー後の姿が刀を八相に構えているサムライのようであった。飛球はフェアウェイど真ん中を捉えた。

(かっこいい)

沖のショットを間近で見て、素直に心がつぶやいた。

光のティーショットは沖よりも10ヤードほど前に進めた。沖の名刀の切れ味鋭いショットと、光の斧(おの)を打ち込むようなショットは対照的であった。

続く高梁は気後れしたのか、大舞台での最終組という独特の気配に飲まれ、30ヤード後方の深いラフにつかまった。光、沖は共に持ち味を発揮し、譲ることなくラウンドが進んでいった。

海外メジャーをアマチュアながら初出場で制覇した光と、早くに海外に向かいながらもいまだメジャー無冠の沖の意地。鍔迫り合いは見応えがあった。互いに駆け引きなしで持てる技を披露する。

沖は海外で揉まれた高い技術を光に見せつける。何気ない指の使い方、膝の回転、足の使い方。見抜ける人でなければわからない細やかな技術は光を驚かせた。坂東辰巳以来の達人であった。光も負けまいと技を繰り出した。沖はポケットに手を突っ込みながら、光に対して技術の品評会をしようと問いかけているようだ。

トーナメントを引っ張る2人がフェアウェイに立つ姿は剣豪そのものだった。強い寒風も2人には関係なく、むしろ熱気として伝わる。最後は沖に1打差をつけられたが、気持ちの昂りがホールアウトしても残った。これで明日も沖と同組で回ることが決まり、光は「明日こそは勝つ」と誓った。

2日目　結果

L	沖	−7	(−12)
2位	里見	−6	(−10)
3位	橘川	−4	(−6)
	キム	−4	(−6)
5位	西潟	−3	(−5)
	シモン	−2	(−5)
7位	双葉	−1	(−4)
8位	パトリック	−1	(−2)

3日目を迎えるにあたり、最終組は最高の組み合わせとなった。海外メジャーを制した光と海外メジャーシルバーコレクターの沖、それに海外組の一角、橘川が入ったからだった。

橘川慶は気分屋の天才と呼ばれていた。名門東遠大学ゴルフ部に推薦入部するも、先輩らの理不尽な要求に我慢がならず暴力事件を起こし退部。大学除籍後プロテストに合格すると、ツアー5戦目で優勝。その後は圧勝と惨敗を繰り返し、はまれば天才だが、はまらない時の負けっぷりは素人以下だった。精神的な未熟さを指摘されたが、自由奔放な橘川は一切気にすることもなかった。

もう一つ橘川が注目を浴びるのは、父親が高級官僚、母親が歌手で女優という裕福な家庭に生まれたことだった。子供の頃からスポーツ万能であったが、器用貧乏ゆえにどれも長続きすることはなかった。だが高校時代に初めてゴルフに接し、魅了された橘川は、ゴルフ歴半年で高校チャンピオンに輝き、同じ官僚の道を歩ませたい父親の意に反してゴルフで生きることを決めた。

スキャンダラスな話題にも事欠かなかった。甘いマスクでアイドル、女優、モデルとも浮き名を流す。伝統的な格式を嫌い自由奔放なスタイルを貫き、公式的な行事でさえ金髪長髪でロック歌手のようにして登場し、ドレスコードなどを無視してジーンズにサンダル履きで現れることもしばしばで、重鎮を顰め面にさせた。派手なパーティーが好きで、酒豪でありヘビースモーカー。二日酔いのまま練習ラウンドに参加し、グリーンに倒れて寝てしまうこともあった。奇行も多く警察や麻薬取締局から何度も疑いの目を向けられるが、

「酒で十分気持ちよくなれるから、パーティーに内偵しなくて平気だよ」とワイドショーのカメラに向かって挑発する始末だった。

だが極端に繊細な神経を持ち合わせ、試合前の恐怖でホテルの部屋に閉じ籠り関係者らを困惑させた。国民的人気アイドルグループの藤野瀬奈との破局が報じられたときは、日本中を敵に回したかのようなバッシングとネガティブな報道がなされ、ラウンド中に、そのことを揶揄された観客に殴りかかろうとして、止めに入った競技委員を突き飛ばし、３５０万円の罰金が科せられた。それを機に橘川は日本を離れ、海外に活躍の場を求めて行った。

久々の日本への帰還を許されたのは、師匠で理解者の現会長塩原や西潟選手会長の尽力によるところが大きかった。橘川もすでに37歳と若い頃のやんちゃぶりは影を潜め、尖ったところが無くなり丸くなっていた。

「君が若き天才だね」

橘川は光に話しかけてきた。いまだに橘川をよく思わない当時を知る多くの先輩から「橘川には気を付けな」と忠告をされていたが、警報が鳴るほどの要注意人物でもなかった。

だが、ゴルフに関しては警戒を怠らなかった。長い間海外の修羅場を経験しているだけに、ラフだろうと隣のコースだろうと最後はきっちりと仕上げてくる。沖と橘川という2人の強力なライバルとのラウンドは、前日の光と沖のマッチレースと違い、３人が我慢のゴルフをする展開でスコアが殊の外伸びなかった。息止めゲームのような戦いだった。互いに息を吐くそぶりを見せない。

一つも間違えることができない、ごまかしが通用しない戦いは、大英以来のような気がした。沖と橘川と同組で戦うことで、より高みに上がった感覚に酔った。粉雪が舞い始めた頃に共にイーブンで3日目を終えた。

3日目　結果

L　沖　－4（－16）
2位　里見　－4（－14）
3位　双葉　－6（－10）
　　橘川　－4（－10）
5位　西潟　－3（－8）
6位　シモン　－2（－7）

全組ホールアウト終了後、主催者から重大発表がされた。

「首位の沖選手が途中棄権となりました」

動揺がクラブハウスを駆け巡った。マスコミは沖の姿を捉えようと奔走したが、すでにクラブハウスを離れており、本人から理由を聞くことはできなかった。

「どのような理由でしょうか」と主催者に記者から質問が飛んだ。主催者側はうつむきながら歯切れ悪く手にしたメモを読んだ。

「彼のマネージャーより、このメモを渡されただけで、沖選手から直接話を聞けていませんので」

振り上げたメモには、

「I am very sorry. Extremely private business」

(大変申しわけありません。極めて私的な所用です)

と書かれていた。

「それからもう一つ、重要なお知らせがあります」

騒がしかったマスコミが静まり返った。

「最終日のレギュレーション変更についてです。沖選手の途中棄権により1人減ったことで総勢29名になりました。これにより2位の里見選手が首位、3位タイ10アンダーで並んだ双葉選手と橘川選手ですが、本日3日目の成績が6アンダーであった双葉選手が4アンダーの橘川選手を上回った成績のため、双葉選手が最終組に回り、最終組のみがペアとなりますことに決定いたしました」

記者たちは色めき立った。ついに同級生対決の実現となったからだ。蜘蛛(くも)の子を散らすように記者たちはその場を離れ、光と双葉のコメントをもらおうと駆けた。

光は、沖の棄権を耳にして一瞬何が起こったのかわからなかった。誰かが「怪我かな」と言っていたが、沖のような無駄のない動きでは、それは考えられないし、ラウンド中にそれは感じなかった。するよ橘川が「これかな」と小指を立てて光の横を通り過ぎてバスルームに消えて行った。鼻で笑ってしまった。いずれにしても明日は、ついに実現した双葉とのサシの勝負。最終組で双葉と優勝を争う権利を得た。光はうれしさのあまりロッカーに顔を突っ込んでタオルで口を押さえ、喜びの雄叫びを上げた。光がバスルームに入ると橘川が湯船に浸かっていた。

「里見君、こっち来なよ」

光は泡を流し終え湯船に足を入れ、橘川の隣に浸かった。

「お疲れさまでした。今日はありがとうございました」

光は橘川に礼を言った。橘川は湯を手で掬い顔を洗う。

「里見君、うまいな。どうやって潰そうかと思ったけど梃子摺(てこず)った。結局イーブンだったしな」

「潰すなんて酷いですよ。まぁ僕も橘川さんが14番で隣のコース行ったときは、やった！　って思いました」

「面白いねぇ里見君は」

「でも、あそこから乗せてくる技術は、すごいと思いました」

「日本のコースは易しいよ、リカバリーが効く分。里見君、日本なんか出ちゃえよ。ちっせーから。里見君は海外向きだよ。人気出るよ、あっちで。世界的スーパースターになれる素材だって」

「やめてくださいよ。まだ修業の身ですから」

「そんなこと言ってると、すぐに年取っちまうぞ。アマで大英勝っちゃうんだから世界だよ、世界」

「世界ですか」

「そう、世界。モンスターだらけだよ。まぁ、大英を獲った里見君に俺が言えたことじゃないけど。君はとにかく世界に打って出るべきだ。里見君なら大人気で、美女が、わんさか寄ってきて選り取り見取りだよ」

「橘川さんみたいにですか」

「殴るぞ！」

橘川は手のひらで湯を掬って光の顔面にかけた。

「やめてくださいよー」

「君は、なかなかいいなぁ。里見君なんて呼ぶのつまんねぇから、これからは光な。光って呼ぶぞ」

「はい」

「これでもまだ実弾（オンナ）はストックしてるから、光に紹介してやる」

「パーティーピーポーじゃないですから僕は。地味な少年ですし」

「ばか。女にモテないようじゃだめだぞ。先に出るからな」

そう言って立ち上がった橘川は、ふざけて後ろ足で湯を光にかけた。

「光」

「はい」

「型にはまらず、お前らしくな。でも優勝はもらうからな」

「僕がもらいます」

「なめるなよ」

橘川は扉を開けて脱衣所に消えて行った。

「世界か」

一人だけ残った湯船で光は大きく息を吐いた。

風呂を出てロッカールームを後にすると、待ち構えた記者たちに囲まれた。

「明日は、ライバルの双葉プロとペアですが意気込みを」

光はどう答えていいか逡巡(しゅんじゅん)した。記者の欲しい言葉はもちろん見出しになりやすいワードであろう。

双葉はきっと想像がつく優等生のコメントだったろう。

「双葉プロとはジュニア時代を通じて一騎打ちでは勝ったことないですから、相当に気を引き締めてかからないといけないと思っています」

「相当、燃えますか?」

「意識するなというのはできませんね。火花散らす感じです。巌流島(がんりゅうじま)決戦です」

案の定、記者らは「おーっ!!」と、驚嘆の声を上げた。

「小次郎は双葉プロ、武蔵は里見プロですか」

「やっぱそうなっちゃいますか。風貌、スイングからして、そういうことになりますよね」

記者から笑い声が上がる。さらに続けた。

「結果も歴史と同じになりますから期待してください。調子はいいです。負けないと思います」

光はアポロンの幹部らと早めに夕食を済ませ、自宅に戻ったのは午後7時前だった。

「明朝は6時に迎えに上がります」

犬丸が告げると、光は頷いて玄関のドアを閉めた。いつもどおりソファーに座りテレビをつけた。

ちょうどスポーツニュースを放送しており、光と双葉の一騎打ちを煽っていた。

「大英を制した里見選手と最年少ツアープロ優勝記録の双葉選手の同級生が、最終組で明日優勝をかけて争うことになりました。富田さん」

「そうですね。この2人の直接対決は僕も非常に楽しみにしています。なかなか舞台が揃わなかったですが、最終戦の最終日にまさかこのようなことになるとは、2人とも持ってますね」

「では、2人の選手の映像をまとめてみました」

過去の対戦映像が流れた。

（……やるからには優勝と賞金王両方を狙っていきたいと思っています。相手は関係なく、自分のゴルフに徹したいと思います）

双葉のインタビューがインサートされた。予想どおりの優等生コメントである。

続いて光のコメントも流れた。

（……調子はいいです。負けないと思います）

リップサービスが過ぎたが、盛り上がるならと言い聞かせ立ち上がった。窓から眼下の東京の夜景を見下ろした。光はエリの写真をポケットから取り出した。

（エリ、明日は勝つから応援してくれな。いつか話した一度も勝てない相手と最高の舞台で対戦できるんだ）

壁に掛けてある長袖のシャツの胸元を見た。ここぞというときのために作っておいた楡の木と葡萄のエンブレムが縫い付けてある。光とエリにしか判らない由来。窓枠に腰を下ろしてテレビ画面を見た。過去の映像にナレーションがかぶる。

「……里見光選手は無名のアマチュアでしたが、今年、史上最年少15歳で大英オープンを制覇したサクセスストーリーに加え、魔法使い、エンタテナーと世界で呼ばれ、里見選手が出場する試合はドラマチックで奇跡のような展開や驚きが巻き起こります。マスコミ受けもよく、目立ちたがり屋で、人懐っこさが魅力でスターダムに。一方、双葉真彦選手は、国内史上最年少で日本ツアーを制覇し、年齢とかけ離れた大人びたゴルフで冷静沈着、精密機械と呼ばれ、端正で理知的なルックスとモデル顔負けのスタイルで女性ファンは多い。野生的と都会的、成り上がりとブルジョア、外様と譜代。そして武蔵と小次郎。全くタイプの違う2人が明日、いよいよ巌流島決戦を迎えます。お時間となりました。ニュースセブンサタデー、この辺で失礼します」

六

日本グランプリシリーズ最終日。空気が澄んで青空には薄い雲の筋が数本見えるだけ。東京429

ゴルフ倶楽部には光と双葉の一騎打ちを見ようと溢れんばかりの多くのギャラリーが集まっていた。最終組のスタート時間は10時28分。余裕をもって到着した光は着替えを済ませクラブハウスを出ると報道陣に一斉に囲まれた。

「今のお気持ちを」

「ガチガチに緊張していて組を代わってくれる人を探してたんですが、皆に断られました」

光の肩透かしに記者から笑いが漏れる。

「ライバル双葉プロとの対戦ですが」

「向こうはそれほど意識していないと思いますから、僕がライバルなんて言ったら片思いみたいでかっこ悪いじゃないですか。公開告白で振られちゃうみたいで」

再び笑いが漏れる。

「3日間素晴らしいゴルフをしておりますが、要因は」

「練習を毎日していますから。うまくなりたかったら練習したほうがいいですよ。YouTube の動画ばかり見ていてもうまくなりませんから」

「何か秘策のようなものはありますか」

「ありますよ。でも秘策なんで秘密です」

「最後に意気込みを」

「皆さんに盛り上がってもらえて、僕自身も楽しめる、いいゴルフを提供できたらと思っています。

あとは、マスコミの皆さんが記事を書きやすいようにしてあげられたらって思っています」

光はドライビングレンジに向かった。練習場では上位陣がショットの最終確認をしていた。双葉や西潟らが黙々と練習する中、光は重岡、橘川、山ノ内、キム・ドンフンらと談笑していた。そこへ富田が肥えた体をゆすって激励という名の事前取材にやって来た。

「里見プロ、今日の調子はどうですか」

「今日が一番、調子がいいかもです」

「それはいいね。やっぱり双葉くんと直接対決だから気合が乗るのかな」

「トドさん、それ、昨日から1万回以上受けた質問ですよ」

「ハハハ、意識しないわけないか。とにかく盛り上げてよ」

「それは任せてください」

光は規定数を早々に打ち終わって、シャワーを浴びに一旦クラブハウスに戻った。

「里見プロ、これ」

ロッカーで犬丸から手渡されたのは、新スポンサー契約したゴルフウエアとキャップだった。

「これじゃなきゃ駄目ですか？　僕、今日のために勝負服持って来てるんですが」

「駄目です。これじゃなきゃ駄目です。契約ですから」

犬丸は有無を言わせず言った。エリにすまないという気持ちで葡萄と楡のエンブレムがついたシャツをしまい、指示に従うことにした。

練習グリーンに向かいスタート時間を待った。一人また一人とスタートホールに向かって行くのが、先に戦地に向かう仲間を見送るような光景に思えた。そして練習グリーンには双葉と光だけが残った。カメラに取り囲まれる中、2人は離れてパッティングの練習をした。黙々と練習をする双葉と対照的に光は笑顔を見せる。互いに目を合わそうとしない。競技委員からスタート準備をするよう告げられた。いよいよこの時が来たのかと光は気合が入った。スタートホールに向かうあいだ、大勢のファンに手を振って笑顔で応える光とクールに対応するサングラスをかけた双葉。

「大英オープンを制しプロ転向。今季日本ツアー2勝をあげ、現在14アンダー首位。アポロン所属、里見光選手」

光がコールされた。大歓声と拍手、指笛が鳴る。ドライバーを天高く突き上げ応える。そしてドライバーを魔法の杖のように回し、さらに大きな歓声が上がる。光はボールをセットし後ろに3歩下がりターゲットを決め、アドレスをとりいつもの素早いショットを繰り出した。真芯で捉えた球は魂が乗ったように2段ホップとなって340ヤードのフェアウェイを捉えた。拍手と大歓声が上がり、強く拳を握りガッツポーズを見せた。

続いて双葉がコールされた。拍手と黄色い声援が飛ぶ。双葉は、かつて対戦した中学時代の頃から変わらないルーティンでアドレスに入る。鋭いダウンスイングからインパクトで軽快な金属音を残して、綺麗なドロー曲線を描いてフェアウェイの真ん中を転がっていく。320ヤード。2人への拍手が鳴り止まない中、ティーグラウンドを下りた。

2打目は共にグリーンに乗せたが、長い距離を残した光はパットが決まらずパー。一方の双葉はバーディ。その後も双葉は順調にスコアを伸ばすが、光はパターに苦しみバーディが奪えずパーが続く我慢の展開。じわじわと双葉に差を詰められ1打差にまで追い上げられた。

7番ホールは打ち下ろし230ヤードのパー3。池の中央に狭小グリーンが浮かび、ティーイングエリアから見ると針の穴のように思える。双葉は無理せず池手前のフェアウェイに置いた。双葉をチラッと見た。サングラス越しの眼は読めないが、罠にかかる獲物を冷徹にじっと待ち伏せしているような佇まいだった。それを確認して光は5番アイアンを選択した。光のこの番手での飛距離は約200ヤード。打ち下ろしを考慮すればワンオン狙いと誰もが思った。罠に落ちた獲物を哀れむがごとく双葉の頬筋が微かに動いた。

（今日は俺が騙してやる）

アドレスからの素早いショットはフェースを開き気味に七分の力で振り抜いた。高く上がった球は狙いどおり池の手前フェアウェイに止まった。双葉の顔を盗みみると、唇に微かな苛立ちを読み取れた。フェイクショットだった。沖とは剣術の試合のようだったが、双葉とはポーカーの戦いのように光は思えた。

このホールは互いに譲らずパー。光は8番、9番をパーのイーブンで前半を終えた。一方、双葉は8番ホールをバーディに沈め14アンダーとなり首位の光に追いつき、9番ホールでもバーディ。光を追い越し1打差をつけて首位に立ってバックナインに向かう。

OUT終了時（前半）
L　双葉　－5（－15）
2位　里見　0（－14）
3位　橘川　－1（－11）
25位　西潟　＋4（－4）

西潟は2つのダブルボギーが響き、優勝の芽はほぼ無くなり賞金王さえも霞み始めた。だがこのままでは終わらせないと上位を狙うのが勝負師としての務めと、諦めることはしない。橘川は久々の日本復帰を許されて、現会長と選手会長西潟の恩に報いるためと、何より自身が長らく離れている優勝のチャンスをもぎ取りたかった。双葉はイヤホンを挿して音楽プレーヤーから流れるクラッシック音楽で気持ちを落ち着かせている。

（一瞬懸命。ゴルフは同じ状況でのプレイは二度とやって来ない。川の流れと同じ。ミスショットを悔やんでやり直しが効くならいくらでもそうするが、そんなことはありえない。ミスを引きずってさらなる傷を広げるほうが苦痛だ。だから一瞬に懸けるのだ。

ワルキューレ騎行か。里見、ここから勝負だ。下手な騙し合いはやめよう。小細工なしに真っ向勝負をしてくれ）

双葉が奥歯をかみ締めた。前半をすべてパーで終えた光は薄氷を渡るようなゴルフだった。双葉が騙しと挑発に焦れ感情が乱れることを期待していたが崩れなかった。初めて対戦した時のお返しを光はどうしてもしたかった。残り9ホール。それぞれの思惑を抱えながらサンデーバックナインが始まった。光と双葉のホールには立錐の余地もないほどギャラリーが詰めかけ、彼らの吐く二酸化炭素でホールの気温も上がるほどに熱を帯びる。

オナーである双葉のティーショットは320ヤードのフェアウェイ。グリーンを捉えるのには絶好の場所に運んだ。感嘆と拍手が起こる。涼しい顔で引き揚げる双葉の横を光がティーショットに向かう。応援のかけ声と拍手が起こる。光の狙いも双葉と同じ場所である。放たれた力強いショットは高く舞い上がり、双葉の第1打の辺りを転がりながら15ヤードほど前方で止まった。光は歓声に応えるように腰を落として左拳を引くガッツポーズをして、ギャラリーに向けてドライバーを突き上げた。オナーの双葉の近くに常に着弾させストーカーのように忍び寄る。小馬鹿にされたとあらばプライドの高い双葉は冷静でいられなくなるはずで、光は前半より露骨にその戦法を用いた。

だが後半3ホールを終えても双葉は自滅するどころか普段どおり。光は1打差を埋めるために、どこかで勝負をかけなくてはならない状況になった。光は13番ホールの第2打地点で前の組のグリーンが開くのを待つ間に、トートバッグから前半の7ホール目で立花に購入しに行ってもらった東京に住んでからお気に入りの『エクスプレス』のサンドウィッチを取り出して、大きな口を開けて齧り始めた。ハラペーニョとドレッシングの絶妙なコラボで口内に唾液が一気に染み出る。戦いの最中において肝の据わった光の行動に観客は沸いた。これも双葉への牽制である。

前の組がホールアウトし、双葉の放った2打目はグリーン右のラフへ入り込んだ。光の第2打はカップまで難しい下りの長い距離を残し、互いにミスショットとなった。双葉はラフからカップに寄せ、光はイーグルパットを外し、共にバーディ。高層ビルの間に張った2本のロープ。2人の戦いはその上を綱渡りしているようだった。1打差のままパー4の最終18番ホールへと向かう。

双葉のティーショットは300ヤードを超えてフェアウェイ。最後まで変わることのないルーティンとリズム。続いて光はいつも以上に鋭く鮮やかなティーショットを放ち、双葉の距離を優に超えた。双葉の第2打はグリーン脇のバンカーに吸い込まれた。光は決断した。カップまでの距離は218ヤード。得意の2番アイアンを選択した。大英のアルバトロスを知るファンは沸いた。

低めに打ち出された球は、矢のようにグリーンにまっすぐ向かった。フェアウェイに鋭角に進入しバウンドを繰り返してグリーンオンし、芝の上を転がっていく。奥に設置されたカップに近づくにつれ速度が徐々に落ちていく。光の位置から球は見えないが、グリーン周りのギャラリーの歓声が沸く。

「入ったのか、入ってないのか」

次の瞬間、それがため息に変わる。カップにボール1個半届かなかったのだ。イーグルかと期待したギャラリーだったが、すぐにショットに対して絶賛の拍手が起こった。

双葉のバンカーからの3打目は、カップに寄せきれず5メートルを残した。光はマークを置いて双葉のパーパットを見つめる。光はバーディが確実である。もし双葉がこのパットを外せばボギーとなり光の優勝である。双葉は時間ギリギリまで慎重にラインを読んでアドレスに入る。ゆっくりとしたテークバックから弾かれたボールがフックの芝目に乗り緩やかにカーブしていくが、予想以上にフックが強くカップを掠めて30センチほどオーバーした。腰に手を当て球の方向を恨めしく見つめる双葉。それを先に沈めてボギー。カップからボールを拾うとグリーンの端に向かい、口を真一文字にして腕を組んで光のパットを見つめる。

歓声と拍手が起こる中、ゆっくりと光がボールをセットしグリーンマーカーを拾い上げる。ついに双葉に勝つ日が来た。弾けば決まる距離。ボールがカップインし、反響板が小気味いい音を静寂の中で立てた。それを見届けた双葉は光を睨み、すぐに背を向けて通用ゲートに消えた。光が右手拳を引くように何度もガッツポーズをすると、ギャラリーはそれに合わせて声を上げた。

光が頂点に立った。双葉に勝てなかった呪縛から解かれ安堵した。だが心の底に棘(とげ)のような引っ掛かりを感じた。それは双葉がグリーンを去る際の睨んだ目が脳裏から離れないからだった。なぜ射るような目を送って来たのだろうか。

日本グランプリシリーズ　結果　429ゴルフ倶楽部

優勝　里見光　−19

2位　双葉真彦　−18

西潟は9位に終わり、双葉のデビュー初年での賞金王という快挙が決まったが、ドラマティックな展開にそんなことは霞んでしまうほど、光の勝利は世間的には強い印象として残った。

祝勝会後の車中で犬丸が「オフも忙しくなりますよ」と、飲みすぎて真っ赤な顔をしながら言った。


自宅のマンションに戻ると多くの人に囲まれた祝福のシャワーは止み、音のない世界になる。カーテンを開け窓に映る自分の姿を見ると、急に冷静になれた。勝利を素直に喜べなかった理由が、わかった。結果だけを見れば劇的な逆転優勝だが、純粋な勝利ではなかった。双葉に対し煽りや罠を仕掛けミスを誘うように揺さぶり、勝ちにこだわる姑息な手段を使ったからだ。

(俺が双葉とやりたかったのはこれじゃない。双葉もきっとそうだろう。本当にしたかった勝負は、力と技とむき出しの感情のぶつかり合いではなかったのか)

双葉は試合後のインタビューで光について、

「こういうゴルフをするんだと知れたことが収穫です」

とコメントを残した。思い返し、光は恥ずかしくなった。無性に。双葉は光の戦法をお見通しだった。だから双葉には一切通用しなかった。その面だけでも双葉は一枚も二枚も役者が上だったのだ。いつか自分の実力がもっと上がり、技術も精神力も今よりもずっと強靭になり、ぶつかり合う試合がしてみたい。そして、勝ってみたい。

この年、大英オープンを皮切りに日本ツアー3勝で光はシーズンを終えた。実り多き一年でありながら、双葉からの初勝利はほろ苦さも残った。

七

オフになり光は登校し、欠席が多いため一人別室で個人授業を受けるが、休憩時間には教室に戻り名も知らないクラスメイトらが遠巻きに顔を覗く苦痛に晒(さら)される。ある日、マスコミがやって来て高校生活の一コマを撮影することになった。

「クラスの人気者です」

「お笑い芸人のギャグとかやって皆を笑わせてます」

「優しくて女子に大人気です」

「光ファン倶楽部があるんです」

すべてディレクターに言わされたテレビに映りたい同級生の嘘八百である。同級生らとは住む世界があまりにも違い、なじめなかった。一年が暮れようとしている。練習で学校を早退する時間になると犬丸と立花が迎えの車でやって来る。車に乗り込むと知った顔の2人がいて逆に落ち着く。

「こちらをご覧ください」

車内で犬丸から手渡されたA4ファイルを見てぞっとした。分刻みでテレビ出演や雑誌取材、CM

撮影と休む暇がないほど印刷されている。

「こんなにいっぱい。どれか断れないんですか」

「できません。すべてやっていただきます。決定事項です」

「練習に集中できませんよ、こんな合間合間では」

「これもゴルフ界を盛り上げるためです」

立花が光を宥めるようにフォローを入れてくる。

「これは何です？」

「これは『今年の言葉大賞』ですよ」

「俺、何にも気の利いたこと言ってないですけど」

「それでもいいんです。魔法使い、大英、エンタテナー、里見光のワードがノミネートされてるんです」

「言葉じゃないじゃないですか」

「里見光。存在が言葉を創造しているのですから何も問題はありません。それだけ注目されているということです」

「えっ、12月31日もですか？」

「そうです」

大晦日恒例の国民的歌番組『迎春歌謡祭』の審査員としての出演だった。

「歌番組の審査員？　歌の審査なんかできませんよ」

「ニコニコ笑って、ディレクターから指示されることを言って、歌を聞いていればいいだけです。それに高校生ですから開始から9時までの3時間弱です。それにこれは総合演出のほうから直々に言われているのですが、開会のティーショットを里見選手に、お願いされていますので、そちらもよろしくお願いします」

正月もびっしりとスケジュールが埋まっていた。

光は大きくため息をついた。一体この体は誰のものなのだろうと考えてしまう。自分の身が自分の意思ではなく、他人の思惑によって動かされる。

「何も心配要りません。里見光がブランドなのですから。ただ居るだけで周りが勝手に盛り上げてくれます」

「ちょっと荷が重いですよ」

「まぁ、そう言わずに。すべてゴルフ界、スポーツ界、何より里見選手のために必ずなりますから。これも人気者たるゆえんです。呼ばれるだけありがたいですよ。何が将来どうつながるかわからないですから。お願いします、里見選手」

犬丸が頭を下げて了承の返事を待った。

「わかりました」

ゆっくり過ごす年末年始に慣れているのだが、立場上それは無理なのだと諦めて身を任せることにした。オフが取れるのは新年5日の1日だけであった。

実家へは新年の挨拶を電話で済ませた。

「迎春歌謡祭見たわよ。帰ってこれないのは寂しいけど、今は忙しいから仕方ないわよね。体だけは気を付けなさい」と母は言ってくれた。

その後、父、満、真理子とも新年の挨拶をした。真理子は「寂しい。会いたい」を連呼した。会いたいのは光も一緒である。

ようやくオフの日になった。マスクをしてキャスケットのニット帽を目深にかぶり、黒縁の伊達眼鏡をかけて一人で初詣に行った。三が日を過ぎた、人もまばらな境内だったが、それでも普段に比べたら人出があるのだろう。幸い気が付かれることなく賽銭箱（さいせんばこ）の前に進み、鈴を鳴らして今年一年の無事をお願いした。今年の目標は4月、5月、6月のアメリカメジャー大会出場と、大英2連覇を掲げた。マスコミもファンも今年の動向に注目し期待をしている。気持ちを新たに世界に羽ばたく年。おみくじは「小吉」と冴えなかったが、久しぶりの自由な時間を過ごした。

一日だけの正月休みが終わると、今年の光の方向性についてアポロン社長森田から直々に話があるということで本社に出向くことになった。初めて会う森田がどんな人となりかはわからないが、犬丸の態度から察すると相当なワンマンであろうことは予想がついた。

地下駐車場から犬丸、立花と共に専用エレベーターに乗り込みノンストップで上昇した。扉が開くと社員が皆整列し光を迎えた。女性社員から花束を受け取り拍手される中を進んだ先に、一人の精悍な顔をした男が待ち構えている。歩きながら犬丸が「社長です」と耳打ちした。光たちは森田の前で歩を止める。

「昨年は大活躍でしたね。お見事でした」

予想とは違い柔和な笑みを見せた。社長室は10坪ほどで、眼下に大都会が見下ろせる。窓際には天井まで届きそうな背もたれがある黒革のチェア。上部にはギリシャ神話アポロンのレリーフが施され、その横には「M」と森田のイニシャルがゴールドで印されてある。光はソファーに腰を下ろし、森田は、そのチェアに座った。値踏みするように無言で森田は光を見つめる。光は視線を感じつつも、うつむいていた。そして森田が口を開いた。

「時間の無駄は私の好みではないので単刀直入に申し上げます。里見プロ。今年はメジャーには向かわず国内賞金王を目指していただきます」

あっけなく、そして早口で通達された。理解できず怪訝に上げた顔で森田を見つめ、隣にいる犬丸に聞いた。

「どういうことですか?」

「会社の方針です」

犬丸は小声で光につぶやいた。

「私の判断ですよ、里見プロ」

「僕はアメリカメジャー制覇、大英の2連覇が目標です。それにアポロンは僕を世界にということでしたよね」

「大目標は日本ツアー全勝、中目標は最多勝利数記録更新、小目標は賞金王です」

森田は光の言葉を無視して畳みかけた。

「海外に行かないのは、どうしてでしょうか」

「小目標は確実に実現してもらいます」

こちらの質問に答えることなく方針を告げる。

「すみません、僕の質問に答えてください。海外に行かない理由はなぜでしょうか。やれる自信はあります」

「私の判断は、里見プロのそれにＮＯということです。以上です。今日はお越しくださりありがとうございます」

「は？」

犬丸と立花に席を立つように促されて立ち上がった光だったが、やはり納得できずにデスクに詰め寄った。

「おかしいでしょ。本人がやれると言っているのに、プロでもない、あなたがそれを言うのは。一体どういうことか聞きたいと言っているんです」

慌てた犬丸と立花に制されてデスクから離されようとするのを振りほどく。

「どうなんですか」

詰め寄る光。

「いいでしょう。お答えします」

光は大きく息を吸った。

「里見プロの大英は素晴らしかった。ドラマチックなゴルフをしたことに感動しました。日本ツアーも素晴らしかった。このまま来年は世界で、とんでもない活躍をするだろうと。しかし、日本グランプリシリーズを観て、それは間違いだったと」

「間違い？」

「双葉プロに対し、あのゴルフはみっともなく感じました。対抗心むき出しの下品な仕掛け。あれを見た瞬間、アメリカツアーのモンスターには現時点で敵わないなと」

光は言葉を失った。先ほどまでの威勢が削がれ顔が赤く染まるのを感じ、黙りこくる光に向けて森田はさらに続けた。

「双葉プロとしても、あんな勝負はしたくなかったんではないでしょうか。私が彼なら落胆するはずです」

光はうつむいた。教師に叱られる生徒のように。

「……」

「里見プロ。私はあなたには完全をもって世界に羽ばたいてもらいたいということです」

「しかし、僕は大英を勝ちました」

唯一のアイデンティティを絞り出して森田に言った。

「無理な挑戦でプロゴルファーとしての寿命を縮めてしまう者が数多います。里見プロにはそうなってほしくないということです」

「失敗なんかしませんよ」

「話は以上です」

会話の潮時だと悟り、森田は光を無視してデスクの上の堆く積まれたファイルをつまみ上げて目を通し始めた。

光はデスクを蹴りたい衝動に駆られたが、それを察知した立花に肩を押さえられ「行きましょう」と促された。納得できなかった。

アポロン本社を出ると、練習場に向かう車内で犬丸に今日は休みたいと告げた。この心境で練習する気分になれない。海外メジャー制覇を掲げ気持ちを上げていこうとした矢先に道筋が変更になり、森田からバッサリと斬りつけられた。確かに森田の話は当たっている。当たっているだけに反論することができなかった。

「わかりました。マンションに向かってくれ」

犬丸が仕方ないとばかりに運転手の立花に告げた。車中で光は無言でいた。車がマンションのエントランスで停車した。光は無言のままドアを開け降車した。

「里見プロ。明日は練習していただきます。今日は特例です。本来であれば契約違反に該当いたします。ですが今回だけ、今日だけは目を瞑ります。では明朝」

背を向けて立ち止まった光に犬丸は告げた。

部屋に戻り、乱暴にリビングに続くドアを開けソファーに突っ伏した。すると制服の内ポケットの携帯電話が鳴った。ディスプレイには電話番号だけが表示されている。胸がときめいた。

（もしかしたら……エリ？）

ソファーに座り直し背筋を伸ばすと、咳払いをしてから通話ボタンを押した。

「もしもし」

光は恐る恐る言った。

（もしもし）

聞き覚えのある男性の声だった。

（突然のお電話、申し訳ありません。沖です）

「沖さん？　あの沖さん？」

（そう。途中棄権した）

沖紘務だった。

「どうしたんですか」

（離日したときはバタバタして、里見君に挨拶もできなくて申し訳ないと思っていてね）

「いいえ。でも沖さんが棄権してくれたおかげで優勝できましたから」

（おめでとう。最終日のＶＴＲを見たよ）

「どうでした？」

（感想かな？）

「ええ」

（はっきり言わせてもらうならば、僕とラウンドした時のようなゴルフをしていればもっと楽に勝てたと思うね）

沖も森田同様、見抜いていた。チンケな駆け引きをしたことに恥辱を感じた。同時に光は沖に対しての信用度が上がった。訊ねようと思っていた途中棄権の真相など、どうでもよくなった。もっと別のことを聞きたくなった。沖なら答えが聞けるかもしれなかった。光はアポロンの今年の方針を話した。

（そういうことがあったんだね）

「はい。悔しくて。信用されてないみたいで」

（そういうわけではないと思う）

「と言いますと？」

（ここからの話に気を悪くしないで聞いてほしい）

光は忌憚のない意見を求めていたので異存はない。

「わかりました」

（会社は君のプロデュースをあらゆる角度から分析していると思う。大英を制したとはいえ国内でまだ3勝。大英の時はアマチュアで本命ではない無名選手。プレッシャーはアーサーと比べて少なかったと思う。優勝は里見くんの偉業であることに変わりはない。それは誇れるところだと思う。だが、もし君に皆が期待をしていたなら、どうだっただろうかとも思う。過度な期待をするファンやマスコミ。君自身もその気になって優勝以外考えられないってことになっていたら？　実績や修業不十分で出かけて行って打ちひしがれて、せっかくの才能を腐らせて低迷してしまう若いゴルファーをいっぱい見てきた。君は焦る必要性を感じない。海外にはアーサー以外にも途轍もない怪物がいる。海千山千の彼らが打倒里見で襲いかかってくる。君は標的になるんだ。君を倒そうとあらゆる手を使ってくる。それには武器、つまり技術、体力、運、精神力、戦術、戦略、経験をもって対抗しなくてはならない。高いレベルでね。敗れて自信を無くし、せっかくの君の才能が枯れてしまうのはもったいない。だから会社の方針として、まずは実績を積ませるという苦渋の決断だったんじゃないか）

「大英はまぐれだって思われているんですかね」

（そうではない。挑戦のようなギャンブル的要素を排して獲りに行くなら話は別だが、やってみなくちゃわからないでは、やる前から結果はわかる。獲れないよ）

光は沖の言葉を脳に刻んだ。そして無性に素直な気持ちになれた。確かに沖の言うとおりだと納得できた。

（里見君、超伝導って知っているかな）

金属や化合物などの物質を非常に低い温度へ冷却したときに、電気抵抗が急激にゼロになる現象で、この状態にあるときは、電気がエネルギーを失わずに物質の中を流れることだと沖が説明してくれた。

「それがゴルフと関係あるんですか?」

(ゴルフに限らずあらゆる事象でね。〝ゾーン〟という言葉を聞いたことがあるでしょ? ツキまくっていたり、冴えていたり、打つ手が、すべてうまくいく時。その時、これが起こっているんだと僕は思うんだ。つまり、脳がある条件下で非常に低い温度に自己冷却して神経シナプスの抵抗値が急激にゼロになって、エネルギーを失わずにパワーが体内を駆け巡るんじゃないかと)

光はすぐに大英のアルバトロスを思い出した。

(あらゆる世界のトップは、それを知っていて自在に操れる術を持っているか、研ぎ澄まされて鍛え上げられた勘によって自然と呼び出されるのかはわからないが、とにかくその頻度を上げることが世界の舞台で活躍し続けられる秘伝じゃないかな)

「沖さん、わかる気がします」

すっきりした光は、最後に棄権の真相について聞いてみた。

(子供が産まれそうだと妻から連絡が来たんだ)

「え? 独身じゃなかったんですか?」

(結婚も妻の妊娠も秘密にしていたからね。それに妻とは出産に立ち会う約束をしていたから。試合

よりも僕は妻が大事だ。ずっと支えてくれた女性だから）

「そうだったんですね」

（うん。すっかり長電話になってしまったね。里見君といつか海外で激突したいね）

「もちろんです」

（楽しみにしているよ）

「沖さん。ありがとうございました。頑張ります」

電話を切った。誰もが納得する唸らせるゴルファーになるんだと光の心は決まった。そして、吹っ切れた。大英制覇の里見光という呪縛による縮こまった自分ではなく、本物になるための自分を探すために。

八

光はゴルフ番組「Ｔｏ　Ｄｏゴルフ」の新春特番へ出演のため大日本テレビ本社を訪れた。１階ロビーには、多くの社員らと社長、副社長、局長が出迎えた。大臣以上クラスが来局した際に使用する特別控え室に通され、大勢の役員、関係者から名刺を渡されてサインや記念写真をせがまれた。それに対して嫌な顔一つせず、むしろ率先して光は対応した。役員の一人が自身のアイアンのスイングについて聞いてきた。光が丁寧にアドバイスをすると人だかりになった。

「まだ時間ありますか？　ワンポイントレッスンでもやりましょうか」

すぐにゴルフクラブが用意され、光が質問事項にアドバイスをした。こういった気前のよいサービス精神も手伝い、光の評価は上がっていく。

「里見プロのアドバイスは、わかりやすいですね」

「明日の箱根は、プロのおかげで90切れそうですわ」

口々に光を褒め称えた。光も大勢の大人たちを前に気分をよくしていると、

「そろそろ、お時間です」と番組ＡＤが声をかけてきた。スタッフが光のスタジオ入りを告げると拍手の渦が起こった。先にスタジオ入りしていた西潟伊勢雄プロが、スタッフからピンマイクをジャケットにつけてもらっていた。西潟は日本を離れアメリカツアー参加を表明していた。年齢は31歳であり、ゴルフ関係者の間では「遅すぎる」との声が大きかったが、長らく選手会長を務めており、持ち前の責任感から国内に留まって日本ゴルフ界の人気を高める活動に尽力していたからだった。それが会長の任を解かれたこともあり、夢であるアメリカ行きを決断させた。光は西潟に近づき挨拶をした。

「あけましておめでとうございます」

「里見君、あけましておめでとう。テレビで君を見ない日がないから久々という感じがしないよ」

「ゴルファーなのかタレントなのかわからないシーズンオフを過ごしています」

「それも大事だよ。君のおかげで、ゴルフ界が大変盛り上がった年になったよ。感謝します」

「いいえ、そんな恐縮です」

「よっ、魔法使い」

光は左肩をぽんと叩かれた。振り返るとずんぐりむっくりした体型の居酒屋オヤジ解説でおなじみ、元プロ富田明だった。トドの愛称で親しまれ、立ち上げたゴルフブランド「TODO」のマークが入ったキャップは人気だ。

はち切れそうなスーツに不釣り合いなそのキャップをかぶった富田は、番組のメイン司会者である。3人はADに誘導され、横並びのソファーに、光を真ん中に腰掛けた。撮影準備が整ったのかスタジオ内の慌ただしさが落ち着いた。

「それでは、本番、始めます」

ADが声をかけた。3人を取り囲んでいたスタッフたちは波が引くようにセットから捌（は）けていく。秒読みが始まる。

「本番」

スタッフの掛け声で、中央のテレビカメラの上部に赤ランプが点灯した。

「みなさん。あけましておめでとうございます。ゴルフ楽しんでますか？　トドこと富田明です。本日は、To Doゴルフ新春特別対談ということで、素晴らしい、お2人のゲストにお越しいただいております」

西潟に続いて光は富田から紹介された。簡単な挨拶を終えると「昨年を振り返って」から始まり、モニターに流れるツアーのベストシーンをそれぞれが解説し、そのときの心境と裏話を披露する話が続いた。途中で富田の笑いを混ぜた話術で対談は盛り上がり、休憩を挟みつつ撮影は順調に進み収録は終盤に向かった。

「では、最後に今年の抱負を。まずは西潟プロから」

「アメリカツアーが厳しい世界であるのは百も承知です。挑戦をするという同世代の励みになって、できることなら優勝を勝ち取りたいと思っています」

「ありがとうございます。では里見プロ」

「去年は、できすぎたところはあると思います。プロの世界は、そんな生易しいとは思いません。去年以上を目指すのは大目標ですが、目の前のツアー、目の前のホール、目の前の一打を、確実に着実に丁寧に全力を尽くしていきたいと思います」

アメリカツアーに参戦する西潟がうらやましくも感じた。

約2時間の収録が終了した。西潟が光のもとに近づいた。

「コメントよかったよ。目の前の……。僕はびっくりして面食らったよ。里見君、高校1年だよね。っていうと……」

「16になりました」

「16であんなコメントできないよ。すごいな君は。里見君は必ず世界を代表する後世にも名が残る選手になるよ。その資格を十分に持ってる。スター性も申し分ないしね」

「ありがとうございます。西潟さんが来年いないのは寂しいですが頑張ってください。応援していま
す」

「今年は国内に専念するみたいだけど焦ることはないよ。じっくり足場を固めなさい。君の番が必ず向こうからやって来るから。修業だと思って、足踏みとは思わずに自信と経験を積むことだよ。今年は里見君が目標にされるんだ。そして、何年か後に君にあこがれた世代が君を追い落とそうとしてくるだろう。君はそれらをはね返して王者としてずっと君臨してほしい。僕の願いだ」

2人は固い握手を交わした。

1週間後、今度は双葉が主戦場を、アメリカをはじめ海外ツアーに移すことを表明した。光は置いてきぼりのような寂寥感に苛まれたが、決してそれを表に出すようなことはしなかった。西潟の言葉や沖との会話、森田からの指摘が光自身への戒めや客観性を持たせてくれたからだ。

「待ってろよ、世界」

第6章

イミテーション・ゴールド

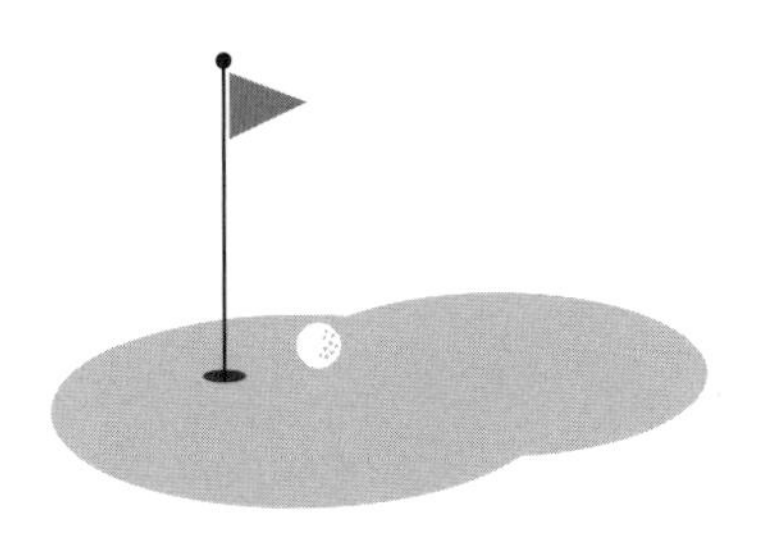

一

光のプロゴルファーとしての2年目の年は明けた。練習には熱が入り、納得するまで打ち込み、倒れるまで走り込み、筋肉が悲鳴を上げてもベンチプレスをやめない。さらにマスコミは光を連日取り上げ、光を見ない日はない。ゴルフ雑誌以外にも特集が組まれ表紙を飾り、ファッション誌にも登場した。テレビコマーシャル契約も次々決まり、スポンサー契約も殺到した。華があり純朴少年のあどけなさを持ち合わせながらも、大人びたコメントやウィットあるジョークを繰り出す。生まれ持ったスター性は人々の支持を得て、瞬く間にゴルフ界の枠を超えスターダムに駆け上がった。

下火になりつつあったゴルフ人気であったがブームに火がつき、全国各地のゴルフ場は予約困難な状況に陥っていた。それに伴い下落の一途を、たどっていた会員権の値が高騰していった。

3月からシーズンが始まることで、光はゴルフ以外の活動はストップした。光が出場するトーナメント大会はチケットが数分で完売し、高額転売が問題視もされた。それほど光の経済効果は絶大だった。小柄な体躯だがゴムマリのようなしなやかな筋肉はシャツの上からでもわかる。その体から繰り出される神が乗り移ったようなショットはファンを魅了する。

3月24日　琉球クラッシック　優勝

3月31日　大北証券カップ　3位
4月14日　アルミックヒーローカップ　優勝
4月28日　エンペラーズ杯　2位
5月12日　タキノオープン　優勝
5月26日　明和自動車ロイヤルズ　4位
6月2日　済州島モイダオープン　招待　優勝
6月16日　越前建託オープン　5位
6月26日　セブンスヘブンス杯　優勝
7月14日　全日本プロゴルフ選手権　2位
7月28日　大建産業マスターズ　優勝
8月4日　ＳＫＫＺモーターカップ　優勝
8月21日　サンテレビジョンオープン　2位
9月1日　メトロポリタン選手権　4位
9月15日　世界貿易　仙台オープン　優勝
9月22日　札幌ミルクカップ　優勝
10月6日　クマガイ飲料東海カップ　4位
10月13日　フジヤマクラッシック　2位

10月27日　レイリーモンローCC　優勝
11月10日　大河内建設マスターズIN静岡　優勝
11月24日　富国タイヤパシフィック　2位
12月8日　日本グランプリシリーズ　優勝

年間ツアー参戦22回、史上最多の優勝12回を数え、当然のごとく賞金ランキングは断トツの1位となった。光は驚異の高校2年生となった。国内に、もはや敵はいない。西潟や双葉がアメリカツアーで不振にあえぐ中、光は一人、国内で気を吐いた。取り憑かれたように勝利を渇望し、それを見事に成し遂げた。これでやっと念願だった海外ツアーへの参戦を誰にも文句を言わせず臨むことができると光は思った。海外参戦するために高校中退を申し出た。

年が明け、アポロン本社に呼び出された。いよいよ会社も海外参戦を了承せざるを得ないだろうと、光は逸る気持ちで約1年ぶりに本社を訪問した。思えば1年前は森田にバッサリと切り捨てられたが、今度こそは文句なく森田を斬り返してやれる。それほどの実績を作った。

神妙な顔の犬丸と立花を横に従え、光は東京の景色を背にしたチェアに座る森田と面談した。森田の隣にはモデル顔負けのスタイルにタイトなスーツを身にまとった美女と、細面で官僚的な顔をした痩せた男、さらにプロレスラーのような体型の髭面の男が立っていた。

「里見選手、お久しぶり。昨年はお疲れさま。素晴らしいご活躍でしたね。大目標である全勝優勝は叶いませんでしたが、中目標である最多勝利記録と小目標である賞金王獲得のミッションはコンプリートでした」

ファイルに目を通していた森田が顔を上げた。あまりに事務的な総評だった。そして、続けた。

「この成績を踏まえまして、今年は」

光は自信満々で目線を森田と合わせた。

「海外メジャー制覇を目指します。異存ありますか」

森田はあくまで事務的に言う。異存あるはずがない。明日にでも参戦したいくらいである。

「ありません」

光は森田を見据えて言った。

「よろしい。そこで特別プロジェクトチームを編成します。犬丸と立花は任を離れ、代わりにこちらの吉沢をチーフに、サブに佐川、新コーチに曽根を据える。あとは吉沢、任せた。それと高校中退の件ですが、契約上卒業はしていただきます。高校生プロというのは大きなブランドにもなりますので。以上」

森田は席を立ち、何の経緯説明もなく風のように部屋を立ち去っていった。残った光は、犬丸と立花を見た。そこで初めて彼らの神妙な顔つきの理由がわかった。すでに会社から任を解かれることは事前通達されていたのだろう。

「あなたたちは席を外してくださるかしら」

　吉沢に言われた2人は席を立つと深く礼をして部屋を去っていった。2人が退室したのを確認して吉沢はソファー席の光の対面に座り、ミニスカートの裾から伸びた長い脚を組んだ。

「里見選手のメジャー制覇プロジェクトのチーフオペレーションオフィサー吉沢安奈です」

　吉沢からは、つけいる隙を与えない冷たさを感じた。これほどの美貌を無駄にしていると光は思った。

「すみません、チーフオペレーションって何ですか？」

「最高執行責任者。ＣＯＯ」

　吉沢はサブの佐川に資料を渡すよう指を動かして指示した。佐川はＢ５サイズのタブレットを光の前に置いた。

「では」

　横から佐川が画面をタップしてファイルを開いた。

「今年のスケジュールよ。ぱっと見て把握して。では次」

　佐川が吉沢の言葉に合わせて画面を指でスライドする。

「ちょ、ちょっと待ってください」

「質問は適確に。何？」

「しっかり見てないし、先に進まないでくださいよ」

吉沢が佐川に顎で画面を戻すように指示した。

「使い方ぐらい、わかりますから自分でやります」

光の言葉に戸惑う佐川は吉沢を窺った。吉沢は小さく頷いた。光は画面を戻し、スケジュールをじっくり確認した。

「海外メジャー出場がないんですが」

「ないです。間違っていません」

「いや、だから。社長も海外をと言っていたのを聞きましたよね」

「説明要ります?」

「当たり前じゃないですか」

吉沢は大きくため息をついて話し始めた。

「では。ワールドマスターズが行われる4月第2週まで1か月少々。その期間で優勝を狙えますか」

「何を言っているのか、わかりません」

「もう少し理解あると思っていましたが」

「なんですかそれ!」

光は頭に来て声を荒らげた。

「あなたが大英に優勝できた理由を我々は調べ上げました。そして反復練習による特訓の成果にあると突き止めました。すなわち、吉田家の資産を活用して作られた擬似コースでの練習です。今は更地になっていますが」

「だからなんですか」

「つまり、シミュレーションの成果に拠るところが大きいということです。ありえないほどの恵まれた環境のおかげということ。おそらく世界中探しても里見選手だけでしょう。それがあって、あのハイパフォーマンスを発揮できたわけです。もちろん基本的な技術があってこそですが」

「つまり、それがなきゃ、まぐれだと言いたいんですか」

「まぐれとは一言も言っていません。練習の成果だとは言いましたが」

「去年は会社の方針どおり国内ツアーに全力を注ぎました。それもすべて、今年メジャーに行くためにです」

「では、申し上げます。なぜ12勝だけだったのでしょう」

「はい?」

「私の見立てでは、少なくとももう5勝はできたはずです。里見選手の気持ちの中で緩みがあったのではと思います。12勝で満足しているところがあるのではないですか。その気持ちでは世界の猛者がいる中で真剣勝負をする際に隙ができると考えます。そして全勝と言われた際に、心のどこかで、それはさすがに無理だと思ったはずです。全部勝ってやるとは思わなかったはずです。違いますか」

吉沢の自信たっぷりの言葉に反論ができない。確かにそれはあったが納得がいかない。

「だから海外に行けないと?」

「ええ。今のままではそこそこで終わります」

「じゃ、どういう戦略を考えているんですか」

「里見選手には1年後のワールドマスターズ制覇を大目標に考えています。そして2年後には全米カップ、3年後にUSAプロ制覇を目標に練習をしていただきます」

「つまり1年に1メジャー制覇ということですか」

「そういうことです」

「やる気がなければ」

「実行してもらいます。選択権はありません。佐川」

佐川はファイルを開いて契約内容を読み始めた。

「はい。契約第一条　乙は――里見選手です。甲がアポロンです。――甲の専属アスリートとして、契約期間中、甲の指示に従い競技に関する練習、競技大会への出場、雑誌、新聞、テレビ、WEB媒体などへの掲載、及びその他関連する……」

「もういいです。わかりました。で、具体的にどう練習するんですか」

「百聞は一見にね」

そう言って吉沢は立ち上がった。口を開かなければ雑誌を飾るモデルのようだった。

光らを乗せたドイツの高級セダンは首都高から湾岸高速に入り、千葉県に入る手前で高速を下り海浜地区のひときわ大きな倉庫の前で停車した。壁面には「(株) 東京映画スタジオ」と記されている。

車を降り、扉を開けて足を踏み入れる。壁のスイッチが押されると、照明が音を立てて手前から順々に点灯していった。サッカーコートが2面すっぽり入るほどの広さで、フェアウェイにグリーンやラフ、バンカー、林などの障害物までもが配置されている。無数のカメラ、数十台のコンピューター、最新の筋トレマシーンなどがあり、吉田家が光のために作ったコースのデジタル版に思えた。

「里見選手。そこに立ってもらっていい？」

光は吉沢に言われたとおりフェアウェイの芝の上に立った。佐川が研究所にありそうなデスクトップ型のパソコンを操作し、タブレットを連動させたのか吉沢に手渡した。

吉沢が画面を指ではじくと大型のスクリーンが１００ヤードほど先の天井から現れ、リアルなゴルフ場の映像が映し出された。

「すごっ」

光は思わず声に出した。

「驚くでしょ。さらに驚くから」

吉沢がそう言ってタブレットを操作すると、目の前の映像がパラパラ漫画のように変わって静止して、地面がゆっくりと動き出した。

「ワールドマスターズが毎年行われるリッチモンド・グローバル・ゴルフクラブの4番ホールのフェアウェイ、３１０ヤード地点のアンジュレーションを再現したわ。どの位置にボールが落ちてもそっくりそのまま全コースが再現できるわけ。もちろん芝の長さも変えることができるの。曽根、戦略と選択するクラブは？」

「ピンまで残り220ヤード。2オン狙いでグリーンは逆目。カップはこの場合、奥でランを強めに出すためにも、ここは3番ハイブリッドです。しかし里見選手であるならば武器である2番も有効です」

曽根が大きな体に似合わない繊細な分析を下した。

「曽根は8年間、リッチモンドでキャディをやっていたから、コースの隅から隅まで知り尽くしているの」

光は2番アイアンを手渡された。

「では、打って見せて」

吉沢に言われるまま光は2番アイアンを振り抜いた。ボールはスクリーンに当たり力なく落下したが、映像の中のボールはピンそば手前1メートルに寄っていった。

「さすがね」

吉沢は満足そうな顔を光に向けた。

「このとおり行けばいいですけどね」

「反復こそすべてだから。失敗はあなたも私も許されない。来年までに目を瞑ってもコースを歩けるくらいに練習させるから覚悟してね」

二

光のプロ3年目のシーズンは再び国内ツアーの沖縄から始まった。今年は来年のための準備期間という位置づけで、ワールドマスターズの特別練習に、そのほとんどを費やすことになる。国内ツアーの参戦も大幅に減らし、8月から11月の4か月間はリッチモンドへの遠征も組まれている。本来であればコース予約はメンバーでなければ取れないのだが、曽根のコネクションで4か月の間に4度コースをラウンドすることが可能になった。マスコミ、ファンは史上最多12勝の賞金王であり、一昨年の大英王者の光が海外メジャーに挑戦しないことに疑問を抱く声が多かった。中には西潟や双葉など敵がいない日本ツアーで賞金獲得が目的だと言い切る者もいた。真実を話したかった光だが、アポロン側から秘匿する指示があって言えなかった。

「皆さんが疑問に思うのもわかります。しかし国内での足場を、もう一度しっかり固めていこうと。まだまだ修正しなくてはならないことが多く、それらの課題を一つずつ克服していくことに集中していきたいと思います。海外ツアー、メジャー参戦は挑戦ではなく、獲得に行くというのが僕の目的です。盤石になってから行きたいと考えています」

余計なことは言わないようにと吉沢が作った文章を暗記して、シーズン初戦の記者会見で公式に宣言した。開幕戦の琉球クラッシックを幸先よく2年連続優勝で飾ると、5月のタキノオープンまで開幕7連勝新記録を打ち立てた。

「この調子ならメジャー挑戦できたのではないですか?」

試合後のインタビューでそう聞かれるが、光はぶれることなく「課題の修正」を口にしてはぐらかす。タキノオープンは大英への挑戦権も絡んだ大会だけに、「なぜ?」という疑問が余計に広がった。

アメリカのメジャー大会そして大英オープンが開催される時期が来ると、

「挑戦を避けている」「プロらしくない」「楽な試合で賞金荒稼ぎ」「逃げではないか」「大英はまぐれだった」というマスコミのバッシングに光は忸怩(じくじ)たる思いと歯痒さが入り混じり、自暴自棄になりそうな自分を練習に打ち込むことで抑えた。

海外メジャーに参戦した西潟、双葉、山ノ内、キム、武藤らは歯が立たず、沖が大英3位、橘川がワールドマスターズ2位、重岡がUSAプロ4位と善戦したに留まった。

アメリカメジャー制覇には光がいなくてはという声が出始めた8月初旬の大建産業マスターズを2位の成績で終えると、光はコーチの曽根とサブマネージャーの佐川と共に11月までの4か月間の長期に及ぶ初の海外合宿に出発した。吉沢は帯同しなかったが、動向は逐一報告することになっていた。

アメリカといえばニューヨークの摩天楼や交通渋滞など、大都市のイメージしか湧かなかったが、リッチモンドは雄大な自然と美しい空を持った長閑(のどか)な街だった。マスコミに常に追いかけられる心配はなかったが、ゴルフの町だけあって市民のゴルフIQは高く、大英を制した光の知名度も高かった。異国の老若男女にまで知れ渡っている自分の存在にうれしさも相俟って、写真撮影やサイン攻めにも快く応じていた。

2週間後、リッチモンド・グローバル・ゴルフクラブで初ラウンドをした。4か月前には、ここでワールドマスターズが開催されていた。目の前に広がるコースは工芸品のようで細部にまでわたって整備されていた。驚きはグリーンで、氷の上を滑るように球が転がった。初ラウンドはパープレイだったが感動は冷めなかった。来年、この場所でギャラリーの賞賛を浴び、優勝者のみが袖を通すことが許される伝統の「ホワイトジャケット」を羽織る姿を光はイメージした。

合宿予定を順調にこなしていた8月末に、アメリカツアーで双葉が、ついに初優勝を飾った。9月には沖が2勝目を上げ、10月には西潟がマイアミオープンで念願の初優勝を果たした。11月のアトランタ選手権で双葉は2勝目を上げ、双葉はアメリカでも注目選手として知名度を上げていた。

海外ツアーに参戦していた日本人選手の活躍に、光は焦りと嫉妬を抱いた。そして「来年こそは」と闘志が湧いて合宿を終えた。リッチモンドでの4か月間で光は現地の人たちとの交流もあり、アポロン必須の英会話学習プログラムのお陰で、英語に不自由することはなかった。狭い路地や、なじみの店への近道も把握するほどまで街に溶け込んでいった。

「アウエーを知るとは精神的な余裕を生むの。それが、この遠征の目的の一つでもあるのよ」と吉沢はメールで言っていた。まさにそのとおりであり、知らない土地だからと委縮することはないだろうと思えた。むしろ帰って来たという懐かしさが湧きそうな予感がした。

帰国した11月末の富国タイヤパシフィックを優勝し、国内最終戦の連覇を懸けた日本グランプリシリーズだったが、プレーオフで敗れ準優勝で終えた。4か月間のツアー不参加がありながらも優勝8回、2位1回の成績で2年連続の賞金王となった。

年が明ければワールドマスターズまで約4か月。光の練習には熱が入る。実際のコースを4回経験したことでシミュレーションコースも、より現実感をもって受け止められるようになり、早く本番を迎えたいと気持ちが逸る。吉沢から年末は取材やテレビ出演を去年より大幅に減らし、年始はすべて断ったと聞いていた。遅れを取り戻すという名目だけの高校での個人授業も、午前中で終われば、それ以外は特訓するため倉庫練習場に入り浸った。真夜中、祝日、クリスマスイブの夜だろうと佐川に連絡を入れ迎えに来させて倉庫練習場へ行き、体得するまで打ち込んだ。彼らは、いつ何時も付き合わなければならず疲弊していたが、光はお構いなしだった。ワールドマスターズを制覇する目的のためである。そのためには、やれることは納得するまで全力でやる。

光のオフは12月30日から2週間と今年は多くもらえたが、練習に明け暮れる予定でいた。オフ初日に光は朝早くから倉庫練習場に行くために佐川に電話した。コール音もなく機械音声が「電源が入っていないか……」と流れるだけであった。曽根も、しかりであった。24時間365日のホットラインのはずだが電源は切られていた。気が進まなかったが吉沢に連絡をした。

「里見選手、どうしました」

「いや、ちょっと困っていて」

しばらく間があって吉沢が続けた。

「先に言っておくけど、今の私にはどうすることもできないわよ。モルディブにいるし、私、オフだから」

こっちは真冬の東京なのに、いい気なものだと光は思った。

「実は佐川さんも曽根コーチも連絡つかなくて。倉庫に練習しに行きたいんだけど足もなくて」

「彼らもオフよ。そういう契約だから」

「タクシーで行くと怒られるでしょ?」

倉庫練習場は秘匿されていたため会社の一部の人間にしか知られていなかった。そのため一般の目に触れることは、ご法度だった。

「もちろん駄目よ」

「じゃ、どうしたら」

「休めばいいのよ」

「でも僕は練習がしたくて」

「リフレッシュのためにも休みなさい。そのために2週間もあるんだから」

「じゃ、自分一人で行きますので」

「暗証番号は私と佐川しか知らないから行っても無駄よ」

「はぁ、そうでしたね」

「じゃ、あなたもゆっくり休みなさい」

「わかりました」

光は電話を切った。だが暗証番号は盗み見て知っている。

光は荷物をまとめてマスクに帽子、サングラスで変装をしてマンションを出た。怪しい格好だっただけに流しのタクシーがつかまらず、駅のロータリーまで行ってタクシーに乗り込んだ。倉庫前で降車するのは避け、倉庫まで徒歩20分ほどにあるコンビニで降りた。この時期は港湾施設も休業が多く、誰の目にもとまらず倉庫練習場にたどり着くことができた。

倉庫内は外気と変わらぬ冷気に包まれていた。エアコンを作動させ4月末のリッチモンドの平均気温である24度に設定した。買い込んだ食材を控室の冷蔵庫に入れて着替えを済ませ、早速1番ホールから課題をメモしながらラウンドしていく。優れているのはコースを歩くのもルームランナーが設置されており、傾斜まで再現されていることだった。装置の開発や製作にどれだけのお金が費やされたのだろう。コースの高低差を感じながら錘を入れたキャディバッグを背負い、本番へ向けての体力作りに充てる。8時間かけてラウンドを終えると汗だくになっていた。

シミュレーションラウンドで課題となった箇所をコンピューターで分析し、ドライビングレンジで修正して再びラウンドをする。コンビニ弁当を頬張りながらビデオ分析をする。そして再びラウンド。時計の針が深夜を回ると光はシャワールームに入り汗を流した。マッサージチェアに座り、知らぬ間に就寝した。目覚めた時の壁の時計は午前の6時を指していた。洗面台で顔を洗い身支度を整えると、冷蔵庫にしまっておいた冷えた握り飯を食べた。

「正月分も買っておかないとな」

隙間のほうが広い冷蔵庫を見てつぶやいた。控室を出て練習場内の主電源を入れた。

「よし今日も頑張るか」

光はストレッチを始め倉庫の隅のランニングコースを走りだした。倉庫内がリッチモンドの平均気温に到達する頃になると、トレーニングウェアは汗でまとわりついた。ランニングを終えると筋トレを始める。120キロを超えるベンチプレスをこなし、胸の膨らみを感じながら腹筋、背筋、スクワットへと進む。1時間半ほどかけて体力トレーニングを終えると、ドライビングレンジでの打ち込みからシミュレーションラウンドへと突入する。

ラウンド中に空腹を感じた光はサンドウィッチを頬張った。その塩気を感じたときにエリのことを思い出した。目を瞑るとエリの姿が浮かんだ。音のない広い倉庫内。孤独を感じた。2年半前の大英出発前に会ったのが最後。その後は環境の激変と自由さえない管理された生活になった。その孤独を埋めるために死ぬ気で練習に打ち込んで試合を戦い続けた。胸が痛む。

（今頃は何をしているんだろう）

真理子からエリは突然引っ越して行方も知らないと聞かされた。光は活躍しメディアに出ることで常にエリがどこかで見ていてくれると信じて、ゴルフウェアやキャップに楡の木と葡萄のエンブレムを飾り、今でもエリを好きだというメッセージを送っていた。犬丸や吉沢に「スポンサー以外はつけないでください」と言われていたが「お守りだから」とごまかしていた。胸元のエンブレムに光は手のひらを当てた。

（エリ。会いたい）

光の頬に涙の筋ができた。だが泣いてもどうにもならない。涙を拭いて歯を食いしばりクラブを握った。勝つことに全力で集中するしかない。朝から3ラウンドをこなすと時計は午後の8時を回っていた。シャワーを浴び変装してコンビニエンスストアに向かい、食べ物と飲料水を購入した。普段であれば客も多いのだが、大晦日の、この時間帯には客もまばらだった。年末年始をレジ打ちで過ごす留学生らしきバイトに同じ孤独のシンパシーを感じた。

倉庫に戻り、少し冷えた弁当と、おでんの汁を吸い終わるとアプローチとパター練習、倉庫の壁際をランニング、仕上げに筋トレを行った。終わってみればオーバーワークかと思ったが、心地よさしか体に残っていなかった。

時刻は新年を迎えようとしていた。バスルームに向かい、事前に張っておいた湯船につかる。新年を湯船につかりながらたった一人で迎えるとはと自嘲気味に頭を沈めた。風呂上がりにマッサージチェアで体をほぐすと休憩室のソファーで毛布に包まる。大晦日の倉庫街は音がない。孤独感が急速に光を襲う。するとエリのことが頭に浮かぶ。

（もう新しい恋をしているんだろうか。忘れられてしまったのだろうか）

ネガティブ思考は、とことんまで人の心を蝕む。光は頭を振ってソファーから起き上がり窓を開けた。冷気が室内に一気に入り込み肩を縮めた。月は白く輝いて夜空に浮かぶ雲を照らしていた。こうして光の大晦日は過ぎていった。

年が開け1週間もすると、世間は正月ボケを払拭するかのように一斉に動き出していた。光も秘密裏に倉庫で練習することも儘(まま)ならなくなり、仕方なしに自宅に戻ることにした。月を跨いだだけであったが長らく留守にしたような感覚だった。眼下から街を見下ろすと車の列が連なっている。もっと自由に動き回りたい。タクシーや佐川の送迎以外に移動手段を持たない光は、何かと不便を感じ始めていた。車があれば好きな時に好きな場所に行ける。思い立てば車を飛ばしてエリとの思い出の場所に行くことだってできる。だが今はその時期ではない。ワールドマスターズが終わってからだ。すべての目標はそこにある。

「チーフ、お見せしたいものがあります」

オフィスに飛び込んできた佐川の雰囲気から、年明け早々トラブルの嫌な予感がした。吉沢はイラつきを抑えた。

「なにかしら」

出社したばかりの吉沢はあくまで冷静を保ち、ジャケットをハンガーに掛けオフィスのブラインドを開けてチェアに掛けた。佐川はデスクにノートパソコンを置いて画面を吉沢に向け差し出した。映し出されたのは倉庫練習場である。吉沢は目を見張った。部外者が侵入した際に作動する監視カメラに光の姿が映っていた。練習を飽くことなく繰り返し妥協を許さず、自身で鼓舞するように打ち込む光の孤独な闘いの姿だった。録画日は年末にモルディブで受けた電話の日だった。好きでもない男とモルディブでバカンス中だった。豪華な海上コテージのバルコニーでデッキチェアに体を預け、氷が解け始めたトロピカルカクテルのグラスを手にしながら面倒臭そうに対応したのを吉沢は思い出した。電話を切りカクテルを半分ほど飲みテーブルに置き、細長いタバコに火をつけた。吐き出した煙の先に陽に焼けた男が透明度の高い海からこちらに手を振っていた。自動車メーカー創業者一族の三男坊。出来が悪く、親の出資でアパレルや飲食ビジネスを手がけている。「安奈は財布など必要ない」と言ってモルディブ旅行に誘われた。夜は満天の星空の下、ビーチにテーブルセットを用意させ、豪華なフルコースの料理に一本数十万するワインを次々とあけていた……。

そんな時に、光はたった一人、見据えた目標に向かい泥臭く鬼神のように練習に打ち込んでいた。録画映像の中の光を見て、吉沢の心の深い部分で何かが弾けた。

「どうして里見選手が入れたんでしょうか。暗証番号は我々しか知らないはずですし、曽根にも確かめましたが言ってないと。もちろん私もです」

「私も言うわけはないでしょ」

佐川は頭を下げた。

「この件は私に任せて」

吉沢はパソコンの画面を畳んで佐川に押し返した。佐川が出て行くのを確認して席を立ち、窓の外を見た。

（あの子……何なの……一体……）

吉沢は鎧（よろい）を剥がされるような悪寒を鎮めるため、両腕を体に回しきつく締めた。

三

欧米メジャー大会は日本ツアーのシーズンとはピークにずれがあり、日本の季節で言う春から夏までに集中している。日本のオフシーズンに欧米ではツアーが始まる。そこに日本ツアーから日本人が参戦するのは高速道路に加速無しで進入するようなもので、事故のもとであった。海外に身を置いてこそ、その流れにうまく乗ることができる。

アポロンは、光の北米ゴルフ機構のツアーへの参加を決定して、2月から渡米することとなっている。大目標は4月のリッチモンドゴルフコースで開催されるワールドマスターズ制覇である。ワールドマスターズまでの6試合に出場予定でアメリカ国内、カナダ、メキシコと渡り歩く。マスコミも光の参戦に期待感をもって報道した。練習は順調で、倉庫での特訓の成果で様々な状況にも対応できる自信がついた。

「本物の化け物がワールドマスターズには集まりますから油断は禁物です。コースもご経験があると思いますが、魔界です」

曽根は、少し余裕に見えた光に警鐘を鳴らした。

「心配ないです。僕は魔界に住む化け物だから」

光は笑って応えた。2月に渡米し4月まで滞在予定のため、特例として高校の卒業を事前に認められた。渡米まで1週間を切り、久々の2日間のオフとなり帰郷することを許された。新幹線に乗り込み遠くの山の景色を見つめながらエリのことを考えた。初めて出会った夏の日。頬張ったサンドウィッチの塩味。エリの笑顔。エリの声……。無性に会いたい。「エリ!」と心の中で叫んでみたりもした。

駅に到着し、春休みで帰郷していた兄の迎えの車に乗り込んだ。兄の車は光のツアー優勝の副賞だった国産SUVである。父にはドイツの高級セダン、母には国産最高級セダンをそれぞれプレゼントしていた。

「兄ちゃん、どうだい、この車」

「ありがたいよ。大学でも羨ましがられるよ」

「それはよかった」

「お前のおかげだよ」

「何を言ってるんだい。ゴルフができているのは、父ちゃんを納得させるために高校に合格させてくれた兄ちゃんのおかげだし」

「お前の実力だよ」

兄はしばらく会わないうちにとても大人びていた。自宅は建て替えが済んで見違えるほどの豪邸になっていた。家具も高価なものに変わり最新家電も揃っている。光は収入のほとんどを実家の口座に振り込んでいた。それでも有り余るほどの収入があった。昔とは違う玄関に足を踏み入れると、薄いブルーの生地に貝殻がちりばめられたパジャマ姿の真理子が待っていた。

「光!!」

真理子は光に抱きついてきた。光も真理子を抱きしめた。腕を回した真理子の腰は、かなり華奢だったのが気になった。

「元気そうじゃないか、真理子」

「うん、元気! 今日は光に会えるから一番元気」

父は兄が迎えの車中で柔和になったと言っていたが、少し年老いたという感じがした。母は相変わらず元気で、最近は子育てについての講演依頼が多いと言っていた。夜は母の手料理を皆で囲んだ。幸せなひとときだった。

翌朝、陽が昇る前に目が覚めた光は庭で素振りをこなし、日課となっているロードワークに出かけた。たった2日間のオフとはいえ気は抜けないからだ。3年ぶりの地元の風景は変貌していた。新築の家やアパート、マンションが増え、コンビニや大型スーパーもできた。田園を抜け勾配を駆け上がると御影山のハイキングコース入り口の駐車場に、たどり着いた。初デートのときエリの母親が送りに来た、あの駐車場である。寂れた売店は小綺麗なカフェに変わっていた。

山道を駆け上がった。エリが待っているわけでもないが気持ちは、あの時と変わらず高揚していた。道を途中で逸れて葡萄畑に向かった。もうすぐ2月ということもあり、葡萄の木は剪定され新たな実をつける前の準備段階にあった。その葡萄の枝の隙間から楡の木が見えた。葉はなく幾筋にも走行する神経の末梢のような枝が太い幹から伸びている。変わらなかった、ここだけはと光は、あの頃を思い出した。根元の幹を背もたれにして腰を下ろした。思わず一筋涙がこぼれた。

（離れないと誓ったはずなのにエリがいない。大好きなゴルフで大好きなエリと喜びを分かち合いたくてしてきたのに。なぜ何も言わずにどこかへ行ってしまったのだろう。エリの気遣いであるのかもしれないが、あまりにもつらすぎる。どうして大好きな人に、好きな時、好きな場所で会うことができないのだろう。どうして好きという感情は、こうまで人を苦しめるのだろう）

流れる涙を拭き空を見上げる。澄み切った冬の空気を吸い込んだ。立ち上がろうと地面に着いた指先に何かが触れた。幹の根元の草陰にピンク色のグリーンフォークが刺さっていた。草をどけると持ち手には赤いハートが描かれている。

「エリ」

直感的に、その場所を掘ってみた。フォークを使って5センチほど掘り下げると金属が触れる感触があった。今度は慎重に指で土を退かした。取り上げたそれは、テーマパークのキャラクターが仲睦まじく体を寄せ合う姿が描かれた15センチ四方の蓋付きの缶だった。中には一通の手紙が折りたたまれて入っていた。

『光くんへ
大活躍だね　もうずっと会ってないよね
でも毎週テレビに映る光くんを見てる
だから、離れている気が全然しないの
私は、ずっと光くんを応援しているよ
だって、本当に大好きだから
それから、悲しいことにこの町から出て行くことになったの
すごい想い出いっぱいの町　光くんに出会えた町
これから、いろいろあると思うけど
光くんが頑張っているからあたしも頑張れる！
私からのプレゼントのＭＰ３プレーヤーを入れておくね
お気に入りの曲を入れておいたから　聴いてみて
どんなに離れていても　どんな時も　この場所のように
悠然と四季に晒されながら生きていこうね

光くん　本当に！　本当に！　大好き!!
本当に出会えて幸せ　本当にありがとう
離れ離れになってしまうけど、きっといつか会えるよね
だから、さよならは言わない
じゃあ　またね　光くん

ＰＳ
楡の木と葡萄畑のエンブレム　すごーく、うれしい
12月24日　クリスマスイブ

エリ』

（ほんのひと月前、エリはここに来ていたんだ）

缶の中のＭＰ３プレーヤーの電源ボタンを長押ししてみた。すると、画面にブランドのロゴマークが浮かび上がった。画面の右上の電池残量表示は半分ほど残っている。曲目のメニュー画面には（Journey …… Open Arms）と表示された。

イヤホンを差し込んで再生ボタンを押した。ピアノの前奏が始まる。初めて聴く曲である。目を閉じた。エリと２人で毛布に包まっているときのように優しい気持ちと、胸を締めつけるような甘い痛

みを感じるメロディに乗って、エリとのこれまでの思い出が蘇る。英語力はアポロンに入社してからも必須だったから、歌詞の意味はよくわかった。そのせいで聴き終わる前から流れる涙をとめることができなかった。

「エリ！」

しばらく佇んで曲の余韻と想い出に浸った光は、涙を拭いてその場を後にした。いるはずのないエリの元の住まいに回ったが、今は更地になっていた。有名になるほどに懐かしい風景や人々が光のもとを去っていくことを恨めしく思った。

自宅に戻ると玄関に母の作る朝食の匂いがした。満や真理子はまだ寝ている。父が昔と変わらずに新聞を読んでいる。父の向かいに座った光は、母が淹れてくれた湯呑の茶を啜った。すると父が新聞を折り曲げて光を覗いた。

「この前、会社の人に誘われて吉田さんが元オーナーだったゴルフ場に行ったよ」

「父ちゃんがゴルフを？」

父と母を交互に見た。母は振り返って頷き、味噌汁(みそしる)を再び掻き混ぜる。

「初めてやった」

「で、どうだったんだい？　スコアは」

「それは言わんが、もう二度とやりたくはない」

そう言って父は新聞に目を移した。

「なんだよそれ」

光は可笑しくなって母を見た。その背中は笑っていた。

「お前のすごさが解ったよ」

新聞紙の向こうから父の声がした。光はそれが父流の誉め言葉なのだろうとうれしく思った。

程なくして満と真理子も階下に来て、家族5人で食卓を囲んだ。父を見送って光は身支度を始めた。夜までには東京へ戻らなくてはならない。昼過ぎに満が駅まで送ってくれることになっている。

それまでの時間をソファーで真理子と日本ツアーの録画を見ていると、真理子が急に咳き込み始めた。

「真理子、大丈夫か」

背中をさするが咳は止まることなく、苦しそうな真理子の顔がみるみる紫色に変わっていった。

「母ちゃん！　兄ちゃん！」

光の大声に、庭で洗濯物を干していた母の公子が慌てて真理子に駆け寄った。そして、脱兎のごとく階下に下りてきた満は真理子を見ると、

「チアノーゼだ。光！　すぐに救急車を」と言った。光はすぐに119番を押した。

「母さん、毛布を」

苦しむ真理子が毛布で包まれる。救急車を呼んだ光に、満は真理子の部屋から酸素ボンベを持って来るよう頼んだ。光が酸素ボンベを手渡すと、満は真理子に酸素吸入をした。

「真理子、大丈夫だからな。ゆっくりでいいから吸うんだ」

光はただならぬ事態に為す術(すべ)がなく、指先と膝を震わせながら満と真理子を見ている。しばらくすると救急車のサイレンの音が耳に届いた。

真理子は病院に緊急入院した。担当した医師は、初期対応のおかげで重篤な状態にならなかったと言っていた。光は安心したと同時に満の頼もしさに敬服した。学生とはいえさすがと言えた。病室に戻された真理子はすっかり元気になっていた。

「よかったな、真理子。兄ちゃんのおかげだぞ」

光はベッドに横たわる真理子の頭を撫でた。

「うん、よかった。満兄ちゃん、助けてくれてありがとう」

「当たり前だろ。兄ちゃんは真理子のために医者を目指しているんだから」

「うん。うれしいよ」

「光、もう大丈夫だ。東京に戻らなくちゃならないだろ」

満は腕時計を見て言った。母も頷いた。

「そうだね」

真理子は寂しそうな顔を向けた。

「光、行っちゃうの?」

光はどう応えていいか迷った。

「真理子、光はこれから大事な試合があるの。困らせちゃだめよ」

ベッドサイドで真理子に寄り添い手を握る母が言った。

「でも、寂しいんだもん」

真理子は泣き出した。

「兄ちゃん、真理子をおんぶしても大丈夫かい？」

「ああ」

光は真理子をおんぶした。軽さが悲しかった。窓際まで行き、光はブラインドを上げた。

「なんなの？　光」

「あれあれ」

光は人差し指で駐車場を差した。母親も満も窓際に寄ってきて指先のほうを見た。真理子は光の肩越しに体を伸ばして窓外を見る。

「見えるか？　駐車場に停めてある、ひときわ目立つ赤いスポーツカー」

「どれ？　どこ？」

「あそこだよ。オープンカーになって超カッコイイだろ」

そんなものは駐車場に見当たらない。

「わかんないよ、光」

「目が悪いなぁ真理子は。運転席に俺がいて、助手席には真理子がいるだろ。真理子の服は俺がプレゼントしたドレスじゃないか。高かったんだぞ。なんせ痩せっぽっちの真理子に合わせて職人に作らせたんだから」

　真理子の指先が光の肩に食い込んだ。

「うっ、うんっ、すごい光！　すごい。お金持ちだ」

「そうだよ。俺は真理子の欲しいものなら何でも買ってあげられるんだ」

「ほんと!!　うれしいよ、光」

「あんた、あんな高価な車買って。ちゃんと貯金してる？」

　公子も光に合わせてくる。

「そうだよ光。お前、金遣いが荒いんだよ」

　満も同調した。

「まったく、世間知らずでゴルフ以外は何もできないバカ息子だから、母ちゃんは心配し通しだよ」

「安心してよ。ほとんど使う時がないから」

「真理子。元気になったら、あの車でドライブ行こう」

「ほんとに？」

「ああ。約束するよ」

「じゃ、頑張って治す」

「そうだ。気持ちが大事だからな。真理子が元気になったら、俺はお前の夢を何でも叶えてやるからな。海外旅行にテーマパークに温泉、おいしい物だって。綺麗な洋服や美容院、エステも。ネイルサロンだって、なんでもだからな」

「うれしいよ、光」

「そのために俺は試合に勝ちまくって賞金を稼いでいるし、兄ちゃんは医者になって真理子を治してくれるんだ。いいかい、自分の力を信じるんだよ。俺たちの家族の力を信じるんだ。真理子には兄ちゃんや俺のように何でもできる力が備わっているんだ。それを父ちゃんと母ちゃんが授けてくれたんだ。真理子にだって」

「うん。私、頑張る」

光は真理子を再びそっとベッドに横たえた。

「ありがとね。光」

公子は思いのほか大人になった光に安心した。

「家族なんだから当たり前だろ」

「あんた、ホントにいい子に育ってくれたね」

「やめてよ。怒ってないと母ちゃんらしくないよ」

4人は笑い合った。

「真理子。必ずアメリカで優勝してくるから。しっかりテレビで見ていてくれ」

「うん。光、頑張れ。私テレビに齧りついて応援する。アメリカに届くように大声上げる。入れぇーーーーって」

「ありがとう真理子。優勝したら真理子のこと、インタビューで話すよ」

「あたしのこと?」

「ああ。楽しみにしておいてな」

四

仕事が片づいた吉沢は、オフィスビルを出ると左手首の脈部にした腕時計を見た。すでに21時を過ぎていた。ネオンがきらめき、昼間と違う顔を街が見せる時間となっている。行き交う人々も艶やかな服を身にまとい、アスファルトと対照的に鮮やかに映える。大通りから路地裏に抜けた。雑踏から一歩入ると大都会東京とはいえひっそりと静まり返っている。今日は飲みたい気分だった。その路地にある地下に通じる細く急な階段を下り、扉を開けた。オレンジ色の間接照明とジャズが流れるバー。店内には、まばらに客の姿を認めつつ、いつもどおりの壁際のカウンター席のスツールに腰を下ろした。

「いらっしゃい」

カウンターで客と話し込むマスターが、吉沢を確認すると声をかけた。バイトのバーテンにウィスキーのショットをオーダーすると、バッグの中からタバコを取り出し、火をつけた。煙をため息のように吐き出した。仕事が手につかない。あの映像を見て以来。年末年始を孤独に練習に取り組む光の映像である。ふとした瞬間にも、自分の存在を持っていかれるような強烈な波が襲う。差し出されたグラスを呷(あお)ると、すぐにお代わりをした。

赤門が象徴的な大学を卒業し大手都市銀行に就職するも、男社会の中では所詮出世は見込めず、半年後には退職し渡米。大学を飛び級2年で卒業し、学生時代の論文が認められてニューヨークに本社のあるグローバルなPR会社「クロノスシナプス」に就職した。実績を残して社内でも出世が早かったが、仕事を通じて知り合った森田がアポロンを日本で起業する話に興味を持ち入社した。

可愛い女になろうとは思わなかった。ただ強い女になりたかった。森田は吉沢の自由にさせてくれた。成功と失敗のみという、曖昧さを回避したドライなビジネス感覚が自分には合っていた。27年生きてきて、恋愛さえもドライにしてきた。

半開きのバッグの中でスマートフォンの画面が明滅している。薄暗いだけにLEDのライトは目立つ。取り出して画面を確認すると、不在着信やメールが山のように来ている。不在着信者を確認するとすべて男。誘いの電話だろう。メールも無意味な内容や同じような誘い言葉が並べられている。電源を落とし、しまい込む。何杯飲んでも酔っているのは体だけで、感情だけは冴え渡る。お代わりをリクエストした。もっと飲んでいたい。

「安奈。そのくらいにしたらどうだ」

マスターがあきれながら言った。吉沢は頬杖をつきながら上目遣いで見上げた。

「酔ってないですから。これくらいいじゃ」

「まったく、いい女が恋煩いかい」

「そんなわけないです」

「顔に書いてあるから。ここに来るといつも、お前は本性が出るな」

「そんな底浅くないから」

「そうは見えないな」

「違うから。お酒くれないなら、もうチェックして」

スツールから下りようとすると足の踏ん張りが利かなかった。それを見越していたのか、マスターは吉沢のそばに寄って体を支えてくれた。

「タクシー呼ぶから」

そう言ってスツールに戻され、ミネラルウォーターをグラスに注いだ。

「何があったか知らないが、俺には話してくれてもいいんじゃないか。モルディブの男のときは話してくれたろ」

「なんでもないのよ」

「そうか、つまり本気なんだな」

そう言ってマスターはタバコに火をともして深く吸った。

（本気……なの？　……私が？）

マスターに支えられ階段を上り、礼を言ってタクシーに乗り込んだ。酔いを醒まそうと窓を開け、冷たい冬の夜風を頬に受ける。タクシーが渋谷方面に向かうと光のマンションが窓外に見えた。

「すみません。降ります」


光は兄に駅まで送ってもらい新幹線に乗り込んだ。エリからのプレゼントであるMP3プレーヤーの電源を入れ、ジャーニーの曲をリピートして聴いた。エリとの日々が蘇る。会いたい。会いたい。本当に会いたい。どこにいるのだろう。楽しい日々をもう一度過ごしたい。今も、この時間どこかにいる。そう思うとすべてをなげうってでも探しに行きたくなる。

だが現実は、そうは行かない。徐々に外の風景に高層マンションやネオンが増える。東京に近づいた。現実なのだ。気持ちはすぐに切り替わり、臨戦態勢に入り感傷を封印した。封印したと言うより無くすほうが楽になる。品川駅でタクシーを拾い、渋谷の自宅マンションに向かった。降車してエントランスに入ると、ソファーに腰を下ろして、うつむいている吉沢の姿を確認した。

(何でここにいるんだ。昼に帰ってなかったから説教か?)

光は重い気持ちを抱えながらも、このまま部屋に行き、あとはシラ切ってしまおうと考えた。真理子の緊急入院のイレギュラーがあったとはいえ、帰京時間が深夜になってしまったことを咎められるのは火を見るより明らかだ。相手は頭脳明晰（めいせき）、冷酷無比なビジネスモンスター。だが、このまま無視して部屋に向かうわけにもいかない。

「こんばんは」

光は声をかけたが、吉沢はうつむいたまま微動だにしない。近寄って、もう一度声をかけると、虚（うつ）ろな瞳を光に向けた。強烈な酒とタバコのにおいに甘い香水の香りが混じる。

「チーフ、どうしたんですか」

吉沢は長い髪を掻き揚げた。細く尖った頤（おとがい）、理知的な唇、シミ一つない手入れが行き届いた肌、切れ長のアーモンドアイと茶色い瞳、意志の強そうな鼻、艶のある額が現れた。つまり、誰が見ても美人で恐れ多くて手が届きそうにない女だということである。

「頭が痛いの」

そう言って光にもたれかかってきた。そんな女の弱い一面を見た。このまま放置するわけにも行かず、光は吉沢を抱え部屋に向かった。ソファーに横たえるとグラスに水を注いで吉沢の口に運んだ。半分ほど飲んだところで寝息を立て始めた。

「ったく、迷惑な酔っ払い女！」

光はそう言いながらも、深夜帰京の説教じゃないことに安心した。また規制が入り自由が失われる危機はとりあえず回避したようだ。

（一体何を考えているのだろう。直属の上司が部下の家に酔っ払って押しかけるって）

服を脱がすわけにも行かず、そのまま抱き抱えて客用寝室のベッドに運んだ。

（初めての客用ベッドが冷酷サイボーグ女上司かよ）

そう言って布団を掛け、静かに退室しようとドアノブに手をかけた。

「光」

「はっ？　はい？」

光は驚いて静かに振り返った。切なく泣きそうで艶めかしい声だった。吉沢を見ると白い腕の上に頬を置いて眼は閉じていた。まさか下の名前で呼ばれるとは思わなかったが、「寝言かよ」と鼻で笑って部屋の明かりを消し自室に戻った。

机の抽斗から工リの写真を出し、鞄の中の缶からエリの手紙とＭＰ３プレーヤーを取り出した。イヤホンを耳に差し込んで再び手紙を読んだ。エリの手紙、プレゼント。気持ちが落ち着き、力が湧く。

（アメリカで活躍してエリを驚かせてやろう）

自宅でのルーティンである素振りとストレッチを始めた。１時間ほど汗を流し、吉沢に変に思われてもいけないので、静かになるべく音を立てずにシャワーで汗を流し、ベッドにもぐりこんだ。目を閉じ眠りに就くまでの習慣となった、明日の練習の課題を思い描いた。

（２段グリーンの攻略と林の中からの脱出、オーバーした際の深いラフからのアプローチ……、ちょっと、待て）

光は目を開けて飛び起きた。明日の朝、佐川が迎えに来る。いつもどおり部屋に迎え入れ、一日の予定の再確認とキャディバッグと荷物を運び出すのが彼の役目である。このままでは吉沢が泊まっているのがわかってしまう。他人が聞けば興味本位な推測が不埒に働く気がした。無理にでも帰ってもらうしかない。光は客室の扉を開ける。

「げっ、やばっ」

常夜灯の薄明かりのベッドに、シーツをはだけた吉沢の裸体が浮かび上がっていた。ベッドの下には乱雑に脱いだ衣服と下着が散らかっている。客間を出た廊下で光は頭をかいた。もう、起こすわけには行かない。ここで起こせば、酔ったのをいいことに裸にしていたずらをしたと告訴すると言い出しかねない。光はリビングに戻り紙にマジックで「……部屋から出ないように……」と注意を促す内容を書いて扉の内側にテープで貼り付け、玄関から持ってきたハイヒールを床に揃えて置き、外からマスターキーで鍵を掛けた。これで内側からは、つまみをひねれば出られるが、廊下側からの進入はできない。佐川が開けるとも思えないが、念には念をだった。

自室に戻ると時刻は午前2時を過ぎていた。とんだ珍客のせいでリズムが狂わされた。


目覚ましが鳴ったのは午前7時。光は起き上がり、体を伸ばして首を左右に振った。すると扉に紙が貼ってあるのに気付いた。

（ご迷惑をおかけしました。帰ります。このことは秘密に　吉沢）

と書かれてあった。佐川とのバッティングが避けられ、とりあえず安心したが、机の上に出しっぱなしのままのエリの手紙や写真を吉沢に見られた可能性がある。迂闊（うかつ）だったと机の抽斗に、それらを片づけて部屋を出た。

（恋愛ご法度だからな。見られちゃったかな。今回は見逃してくれるだろう。向こうにも弱みはできたんだから）

光は酔って部下の家に上がり込んだ吉沢に負い目があると踏んだ。リビングに行くとテーブルの上にはサンドウィッチとアップルジュースが用意されていた。サンドウィッチは吉沢が作ったのだろう。

（罪滅ぼしだな。サイボーグにもいいところあるじゃん）

光はサンドウィッチを頬張った。なかなかの味だった。

五

光は吉沢、佐川、曽根と共に渡米した。アメリカツアーは初参戦だったが光への注目度は高く、3年前の大英をアマチュアで制した東洋の魔法使いの威光は健在だった。双葉は不参戦だったが、西潟、沖の知った顔もいて気持ちに余裕が生まれた。彼らをはじめアメリカ人に力を見せようと闘争心に火がついた。

第1戦「ロスマンズ&ヒーローズカップ」は、初日から好発進で他の追随を許さず圧倒的な強さを発揮し、コースレコードでアメリカツアー初出場・初優勝の快挙を成し遂げた。西潟や沖が優勝後に褒め称えてくれたことが何よりうれしかった。大英の頃より確実に実力が上がっていることはこれで実感できた。

第2戦「コンコルディアモーターカップ」は、双葉との異国での対戦を意識しすぎて自滅し、6位と振るわなかったが、双葉が2位に入った。

第3戦「リブライフ選手権」は、沖との日本人対決によるプレーオフとなった。先輩として負けられない沖と、意地を見せて前回の借りを返したい光。互いに譲らず7ホール目でも決着がつかず、日没を迎え大会主催者が異例とも言える両者優勝を言い渡した。

「前回の続きは、まだ終わらないね」

沖はクラブハウスで光に話しかけた。

「悔しいですよ。今日は決着つけたかったです」

「先輩として意地を見せたけど、もう一回やったら勝てるかどうかわからないな。里見くんは本当に力をつけたね。相当な努力をしてきたんだな。素晴らしいことだ」

第4戦「HILCオープン」は、体調不良で途中棄権した。診断の結果、光は流行遅れのインフルエンザに罹(かか)っていて、予定していた残りのツアーをキャンセルして休養に当てざるを得なくなった。40度超えの高熱を特効薬の服用で抑えたが、ホテルの部屋に隔離されることになった。そんな光を吉沢は献身的に看病してくれた。

「ありがとうございます」

「いいのよ。慣れない土地で病気なんて不安でしょ」

ベッドサイドに立つ吉沢が花瓶に花を挿しながら言った。随分とオンナらしいところがあるものなんだと感心した。

「感染させたら申し訳ないし、僕はもう大丈夫ですから」

「予防接種しているから大丈夫よ」

「そうですか」

「しっかり治していかなきゃ。本番は、これからだから」

「でも熱も下がって楽にはなったから、少しくらい練習しないと気持ちが落ち着かないです」

「その姿勢は大事だけど駄目よ。医者からは安静にと言われているから。今は我慢して。ここで無理して本番を迎えることなく終わったら、この一年が水泡に帰すから」

言われてみたら確かにそうである。ワールドマスターズのためにすべてを捧げてきた。アポロンからしたら専用練習場の設備投資だって莫大で、その成果を全て光に託している。

窓の外は春を迎えて、陽光が木々の緑を照らしている。光は病室で暮らす真理子のことを思った。それを思うと全快が見越せる自分はなんと幸せなことだろうかと感じた。兄の満が医者になって真理子を診てもらうまでは、自分は有名であり続けて、最高の治療待遇を受けさせてあげなくてはならない。そのために優勝して名声を上げ、賞金も稼がなくちゃならない。

吉沢の献身的な看病もあり全快した光は、ワールドマスターズの前哨戦的位置づけである「ツアープロトーナメントチャンピオンシップ」に出場した。ニューヨーク郊外の「メラニアンティファアナゴルフクラブ」にワールドマスターズに出場する一流選手が多数参戦し、日本勢の双葉、西潟、沖も出場してきた。

光の初日は病み上がりのせいかエンジンがかからずに65位と出遅れるも、2日目には一気に順位を8位まで伸ばし、3日目には首位と2打差の3位となった。最終日の前半では順位を落とすも、バックナインで強気に勝負をかけて、18番ホールでついに首位に並んだ。そしてスペインの新鋭クラウディオ・ナバロとのプレーオフは3ホール目で決着し、光が優勝した。

短期間で初挑戦の北米ツアーを3勝した光はワールドマスターズの大本命と目され、決戦の地リッチモンドに向かった。去年の合宿以来、半年ぶりのリッチモンドは、陽光を乗せた柔らかな春風が新緑の梢をすり抜けていた。慣れ親しんだ景色は光に安心感を与えてくれる。町のいたるところにポスターや横断幕が飾られてワールドマスターズを盛り上げる様々なイベントが催され、パブやレストランは人で溢れ、町全体が非常に華やいだ雰囲気となっていた。明日の練習ラウンドからの5日間は、この町最大の祭りなのだ。

光らはリッチモンド・グローバル・ゴルフクラブに隣接するホテルにチェックインを済ませた。一般客やマスコミはシャットアウトして、選手、関係者のみが宿泊しており落ち着くことができる。

部屋に入ると光はラフな格好に着替えた。窓からはコースを望むことができる。

「あれが、アウトの7番。あっちはインの2番……」

といった具合に光はコースマップを完璧に把握していた。財布に忍ばせたエリの写真とＭＰプレーヤーを取り出してイヤホンを耳に挿した。目を瞑りながらエリと離れ離れになってしまった命運を切なく思いつつ、自身に課した運命に決意を強めた。

「エリもどこかで見ていてくれる。だから勝つ」

いよいよ本番であるワールドマスターズの初日を迎えた。光は朝食中も饒舌で驚くほど緊張がなかったが、吉沢はナーバスになっていて「落ち着きなさい」と何度も光を諫めた。

ゴルフ場に到着し練習を済ませると、ミックスゾーンで放映権を持つテレビ局のインタビューを受けた。

「毎年同じコースで開催されベテラン有利と言われる大会ですが、初出場での意気込みはどうですか」

「有利不利は気にしていません。それより世界中の強豪と戦えることのほうが楽しみです。大英から3年たって自分がどれほど通用し、どれほどのプレーヤーになっているのかということを早く知りたいです」

日本での反復的な疑似コース練習と、昨年のリッチモンド事前合宿での本コースのラウンド経験を積めたことが大きな自信となっていた。

「3年前の大英制覇とアメリカツアー3勝したことで世界から注目度が高いですが、大英のときはアマチュア、今回はプロとして参戦するわけですが、違いは感じますか?」

「大英のときは、まぐれだなんて言われましたから。この大会はホグワーツ卒業試験と考えています」

この大会を制すれば誰もが認めることになる。「最強」という称号が与えられる。

「初日の緊張感みたいなものが、あまり感じられませんが、今どんなことを考えていますか？」

「早くラウンドがしたいです。それだけですね。シャワーを浴びたいのでこの辺でいいですか？　あまり話しすぎると魔力が落ちますので」

記者たちを和ませると、その場を後にした。

選手ロッカーでは世界ランクトップレベルの選手らが談笑しており、光に気付くとにこやかに話しかけてきた。昨年の優勝者で世界ランク1位の米国のフレデリック・トーマスや、今期ツアー6勝のマイケル・マコミックらだった。みな一様に体がでかくプロレスラーのような体型であるが、光は臆することはなかった。以前、筋力検査では彼らと遜色のない数値が計測されていたからだ。この体を無料で手に入れた幸運は両親のおかげであり、感謝していた。大英で争ったアーサー・コリンが光に気付いてハグしてきた。

「ヒカル、リベンジの機会を待っていたぞ」

「返り討ちにするよ、アーサー」

そう言って真剣勝負を約束する固い握手を交わした。

スタート時間が近づくと、光はトイレの個室に入ってバッグからＭＰ３プレーヤーを取り出し、イヤホンを耳に挿し込んだ。再生ボタンを押し、エリの手紙と写真を眺める。

（エリ。世界のどこかで見守っていてくれ。そして、ここぞという時には見えない力で俺をサポート

してくれ）

「里見選手！」

入り口から佐川が呼ぶ声が聞こえる。いよいよ始まるのだ。大きく息を吐いて光は拳を強く握った。

はち切れそうなほどの気持ちを抱えながらスタートホールに立った。荘厳で神が宿るようなゴルフコース。これからティーショットを放つ。球の行方がどうなるかは全く予想がつかない。魔力と魅力。上手い人が毎回勝つわけでもなく、前週予選落ちの選手が今週は優勝もあり得る。奇跡のようなショットもあれば、素人アマチュアゴルファーでさえしないようなミスもある。これだけ世界中で愛されるゴルフの「なぜうまくいかないのか」を解明した者は一人もいない。そして「どうしたらうまくいくか」を繙（ひもと）いた者も過去にはいない。練習すればうまくなるのか？　否。練習しなければうまくいくのか？　否。その摩訶不思議であり謎だらけのゴルフに魅せられている。当然、その中の一人に光もいる。その答えは永遠に見つからないのかもしれない。そんなゴルフに全精力を懸けている。

キャディの曽根からドライバーを受け取ると大きく深呼吸をした。

「……from Japan Hikaru Satomi」

光がコールされると、観客たちから大歓声と割れんばかりの拍手が起こる。光は手を挙げて歓声に応え、キャップのつばをつまみ一礼をした。ティーイングエリアに立つと天を削るような杉が両サイドから連なり、フェアウェイの先は二等辺三角形の頂点を思わせ、目の錯覚を起こす遠近法を用いたデザインがなされている。

（すべてを懸けてきた。思い切り飛ばしてやろう）

光は風を切り裂く素早いショットを放った。強烈な金属音を残しボールは杉木立の真ん中をまっすぐに鋭く舞い上がり、頂点付近でさらにギアを上げホップし、徐々に高度を下げながら340ヤードのフェアウェイにランディングした。ティーイングエリアを下りる際に観客たちに向かい深くお辞儀をした。吉沢から「プロとして紳士に」と言われていたからだ。

2打目でしっかりグリーンを捉え、1番ホールを幸先よくバーディでスタートした。誰よりも自分が一番練習をしてきたし、誰よりも最高の環境で、ここをターゲットにしてきた。負ける要素など、どこにもない。光に自信が漲った。

2番ホールではティーショットが大きく左にそれ、林の中に消えていった。残念がるギャラリーの声が光の耳にも届くが気にしない。このホールでの長いキャディ歴を持つ曽根は心配そうにしたが、リカバリーは得意である。

「大丈夫、大丈夫」

光は笑顔で声をかけた。

落下地点の林の中に行くと、ボールはOBこそ免れたものの、運悪く深い穴の中にはまっていた。

「想定外ですし救済しかありません」

キャディの曽根が浮かぬ顔のまま眉間に皺を寄せていた。地元の山の中でショットに磨きをかけた少年時代、何度も繰り返された倉庫でのシミュレーションもある。なんてことはないと光は頭を高速で回転させた。穴はすり鉢状になっており、ボールは底にはまってはいるもののクラブヘッドが入り込む空間はわずかにある。

「うまくやればいけます」

「だめです。ここは救済を受けましょう」

「大丈夫。ヘッドの入射角度さえ間違わなければ」

光は曽根に7番アイアンを指示した。

「認められません。私は、ここでキャディをやっていたんです。無謀です。まだ初日の2ホール目ですから」

「いきなり救済なんか受けるほうがカッコ悪いです。弱気になりたくないんです。出したら、ただ者じゃないって僕のことを恐れます」

「失敗したらどうするんですか」

「悪いことは考えない主義です」

曽根は大きくため息をついた。

「どうしてもですか」

「どうしてもです」

少しでも距離を縮めたいパー5。足場が悪く、不格好な姿勢になりながらも素早く振り抜いた。しかし、思いのほか粘土質が強くヘッドのパワーが吸収され、飛球方向がずれて木に跳ね返り、先ほどの場所より、さらに奥の木の根元の草むらに入り込んだ。そこは、どう見てもショットができる場所ではなかった。フェアウェイに脱出するスーパーショットを期待したギャラリーが落胆した。

「もう、諦めて救済措置を受けましょう」

曽根は傷がこれ以上広がらないよう要請した。しかし光は「諦めて」の言葉に納得できなかった。

「諦めたくないし。いけます」

木に寄りかかって狙いを定めた。10ヤード先の木が邪魔だが、スレスレを狙いフェアウェイに出すしかない。草むらに沈むボールを見据えアドレスに入った。放った3打目は巻きついた草でヘッドの勢いが削がれ、狙いどおりとはいかなかった。辛うじて林を脱出したものの深いラフで止まった。

「里見選手。次は、こちらの指示に従ってください」

曽根は相当苛(いら)ついていた。林を出た光はグリーンを見つめた。グリーンまでは約270ヤード。踝(くるぶし)まで埋まるラフ。だが2番アイアンがある。幾度も危機を救って来てくれた懐刀(ふところがたな)。曽根に「2番を」と告げたが曽根は首を振った。

「里見選手、お願いです。ギャンブルがすぎます」

「僕のやりたいようにさせてくださいよ。やるのは僕なんですから。その僕が2番と言っているんです」

「我々の目的は勝つことです。このままでは深みにはまっていきます。勝負にさえならなくなってしまいます」

「だから何？　僕はここにいる誰よりも練習しているんだ。誰にだって負ける気がしない。大英だってアマチュアで獲ってるんだ。これぐらいパーで上がれる自信があります」

「里見選手。正直申しましてボギーでさえ厳しいです」

「何？　あんたの指示なんか聞かないよ」

「あきれました。勝手にやってください」

曽根は口を真一文字にして光を睨みつけた。

「2番を持って来てください。仕事でしょ」

光はスパイクをラフにかませアドレスに入った。眼下のボールを見ると心臓の鼓動が速くなり、目線が忙しなく動き回り、脳はパニックを起こした。どう打てばいいのかわからなくなったのだ。アドレスを一回解いて深呼吸をした。だがショットに自信が全く持てない。気持ちが定まらぬまま放った第4打目は信じられないダフリで、僅か20ヤードほどしか飛ばずにフェアウェイに力なく止まった。

ギャラリーからは大きな同情に似たため息が漏れた。その後もシャンクやトップが出たうえに4パットまでした。光はグリーン上で呆然とした。終わってみれば、このホールの最多ストローク記録を更新する12打で終えた。同情は嘲笑に変わっていた。

その後も満足いくショットができぬまま、負のオーラを発しながら靄のかかった悪夢の中で藻掻いた。不甲斐なさと自分への怒り、ふてくされた態度にクラブを地面に叩きつける八つ当たりをし、世界に醜態を晒した初日を終えた。

ゴルフを始めて以来、最悪の見たこともないスコア。35オーバー、107。トップとの差39打。単独断トツの最下位。光は顔面蒼白で悲愴感を漂わせ人を寄せつけず、無言のまま18番ホールの通用路からクラブハウスに向かう。いつもならマスコミ関係者に対してのリップサービスをするところだが、着替えもせずクラブハウスのエントランスの先に、たまたま停車していたハイヤーに乗り込み、一人ホテルに戻った。

吉沢が心配して部屋のドアをノックするが一切応えず、光は部屋の隅で毛布に包まり一人暗闇に身を置いた。夜になっても光は塞ぎ込んだ。世界最高の練習を積んできたはずが、たった30センチのパターさえ外し、100ヤードのアプローチさえ距離感も掴めなかった。トップに振り上げた瞬間、「だめだ、当たらない」と思ってしまった。怖くて、気が狂いそうだった。

「里見選手。おなかに何か入れたほうがいいから。シェフが特別に作ってくれた夕飯を置いておくわ」

ドアの外で吉沢がいつもとは違う弱々しい声で言った後、しばらく沈黙があった。

「それと、世界中のファンからあなたに応援のメッセージが届いているわよ。それも置いておくから」

吉沢はドアの外で部屋の気配を窺うように耳を立てた。だが物音一つしなかった。吉沢はイラつきにも似た燃え上がる感情が込み上げてきた。

「まだ始まったばかりでしょ。あなたらしくもないわよ。これを、はね返してこそ里見光じゃない。

自信持ちなさいよ！　何へこたれてるわけ！　あなたならできるわ。誰よりも努力して誰よりも練習して来たんだから。私はそんなあなたの……」

吉沢は、その後の言葉が出そうになるのをこらえた。

「食べておいたほうがいいから。それだけお願い。じゃ、私行くから」

吉沢は静かに後ずさりした。声かけにドアが開いて光が出てきてくれることを期待しながら。しかし、その気配はなく吉沢は流れる涙と洟を啜った。それは母性に似た恋愛感情の涙だった。

吉沢の声を聴いてからも光は、身動き一つとるのも億劫になっていた。もうだめだ、このまま棄権したいという暗い感情が支配していた。これほど諦めた気持ちになったのは初めてだった。吉沢の言葉さえ自分を傷つけるナイフのように感じた。もちろん吉沢が悪いわけではない。それはわかっている。里見光のブランド、イメージ、プライド。そのすべてが崩壊した。

どれほど時間がたったのかわからない。部屋は暗いままだ。夜なのは確かだ。食欲は湧かなかったがスープぐらいならと、光は地を這うようにドアに向かった。ドアを静かに開けると白いナプキンがかけられたワゴンが置かれ、山のような電報やファックス、プリントアウトしたメールが積まれていた。ベッドサイドのライトをつけてメッセージに目を通した。日本をはじめ世界中のファンからの応援メッセージだった。どれもこれも光を励ます言葉が溢れ、申し訳ない気持ちに涙が頬を伝う。

そして、あるメッセージに体が震えた。

「楡は葡萄を愛してる。葡萄も傷ついた楡を見捨てない」

その一文の最後には、「H🔃E」と記されていた。間違いなくエリからのメッセージだった。世界中から嘲笑されても神様から見放されてもエリは見守ってくれる。今日のゴルフも自分のゴルフ。光は受け入れた。結果が変わることはない。評価を覆すには明日やるしかない。光は拳を固めた。このまましゃ終われない。光は部屋を出た。向かったのは曽根の部屋だ。ノックをすると曽根がドアの隙間から顔を覗かせた。

「お話があります」と光が言うと部屋に招き入れられた。

「曽根さん!!」

光は床に土下座した。

「非礼をお詫びします。大変申し訳ございませんでした」

「里見選手」

曽根は膝を曲げて光の肩に手を置いた。

「本当にごめんなさい」

「私たちはチームです。そして味方です。私は里見選手をリスペクトしています。どんな名選手でも極端な深みにはまることはあります。今日がたまたまそれだっただけです。トゥモロー・イズ・アナザー・デイ（明日は別の日）。それがゴルフです。里見選手には実力があります。人間的な素晴らしさも持っています」

「とんでもないです。どうしようもない思い上がった人間です」

「今、土下座してるじゃないですか。そんなことできる選手などいません。さぁ、顔を上げてくださ
い」

光は曽根に支えられて立ち上がった。

「明日は頑張りましょう」

「ありがとうございます」

曽根の優しさに救われた光は、次に吉沢の部屋に向かった。

部屋に招き入れられると吉沢は「これ」と光に紙を渡した。

「今日の何がいけなかったかを分析したわ」

テーブルにはパソコンとプリンターがセットされており、床には用紙が散らばっていた。

「僕のために」

「だって勝ってもらわなくちゃ困るもの」

「チーフ」

「何?」

「ありがとうございます」

「ネット動画は醜態を晒した場面が上位を独占で評価はダダ下がりだけど、私はここから里見プロが再浮上する気がするの。ドラマチックにね。そうじゃなかったら私の見る目がなかったってことになるから頑張ってください」

「わかりました。任せてください」

「それでこそ里見プロよ」


前日と人間が入れ替わったかのように光は蘇った。脅威の12アンダーでホールアウト。光の予選落ちは確実と誰もが思っていたが、60位タイでギリギリ予選通過することができた。2日目の成績はリッチモンドコース始まって以来の最小スコア記録であり、光は初日のワースト記録に続いてファンを別の意味で沸かせた。選手ロッカーでは驚きとともに祝福と賞賛を皆から浴びた。

「素晴らしかった。里見君。本当に驚かせてくれるね」

一つ後ろの組で回っていた同じく予選通過した沖が、信じられないと首をひねりながら言ってきた。

「そうするつもりはないですが、そうなってしまいます」

「里見君がいると不思議だけど、どの大会も盛り上がるね。エンタテナーだよ君は」

沖は光の肩を叩いてロッカーを後にした。


3日目は朝から強風が吹き、時折雨の落ちる荒天の中、各選手が苦しみスコアを落とすが、鬼神となって攻める光はスコアを伸ばし、8アンダー64で首位のマイケル・マコミックに5打差の5アンダー、9位タイにまで漕ぎ着け、優勝争い圏内に顔を出して、三たび世界中を驚かせた。

3日目　結果
L　　マイケル・マコミック　　　　　　　E（−10）
2位　アーサー・コリン　　　　　　　　−1（−9）
6位T　フレデリック・トーマス　　　　−2（−6）
9位T　ヒカル・サトミ　　　　　　　　−5（−5）
　双葉15位T、沖17位T、西潟21位T

「明日は天気が回復して快晴です。荒れた天気なら里見選手が有利でしたが。今日の結果を見ると上位陣は軒並みスコアを置きにいった。悪天候では無理はできませんからね、焦ることはないと。でも明日は違います。相当タフなゲームになります」

曽根が残念そうに言った。ホテルの光の部屋に吉沢、佐川と集まって明日の戦略会議をしていた。

「ワクワクしますね」

光はこちらに来てからお気に入りのグアバジュースの紫色の缶を飲み干し、5メートル離れたゴミ箱に投げ入れた。

「少しよくなったからって気を緩めないことよ」

吉沢は光をたしなめた。

「はい。わかりました」

「実力勝負ね、明日は。いい意味で人騒がせよ、里見プロ」

吉沢が鼻筋に皺を寄せ、光はバツが悪そうに頭を掻いた。

「ガチンコ勝負のほうが楽しいです」

「頼もしいですが、油断は禁物です。相手は修羅場をくぐってきた猛者たちです。彼らの挑発や丁半勝負に乗る必要はないです。里見選手は負けず嫌いで挑むところがありますから、それは自重してください」

曽根が言った。

「はい」

「それから、里見選手は最終組では、ないということ。先にホールアウトし、残り5組の結果を待たなければならない」

光が仮に首位となってホールアウトした場合に、後続の上位陣はその結果を見て残りホールの戦略を立てることができる。つまり逆転を得意として追い上げる光が追われる立場になるのである。

「ターゲットになるんですね」

「そうです。ですが逸る必要はありません。練習どおり実力を発揮すれば今の里見選手なら勝てます」

リッチモンドを知り尽くしている曽根の言葉は心強い。

「これで僕が勝ったら、歴史に残る世紀の大会ですね」

「光。調子に乗らない」

吉沢が再びたしなめるように言い放った。佐川と曽根が驚いて吉沢と光の顔を交互に見た。吉沢は普段、「里見選手」や「里見プロ」と呼んでいるからである。一瞬、気まずい空気が流れたのを察知した吉沢はすぐに、

「やだ。弟と同じ名前だから、つい出ちゃった。ごめんなさい里見選手」

「大丈夫ですよ」

気にも留めずにヤーデージブックに目を落とす光を、寂しそうな目で吉沢は見つめた。

「明日の今頃は結果が出てるんですよね。優勝したいな」

「そうね」

「プライムタイムのブレイキングニュースで世界中、僕一色だろうな」

「まったく」

吉沢があきれた。程なくして3人が部屋を後にして1人となった光は、エリのくれたメッセージを読み返した。

「エリ。明日が楽しみだよ。俺、勝つからね」

最終の日曜日は絶好のコンディションとなった。気温も湿度も最適なうえ風もなく絶好のゴルフ日和となった。

全出場選手が本来の力を発揮できる条件は整った。この中で勝つからこそ意味があると、光は

100パーセントの力のぶつかり合いになることを喜んだ。

予想どおり各選手はスコアを縮めようと前半から飛ばしてきた。

「後半3ホールの難コースが大会の行方を決定するだろうから、それまでにアドバンテージをつけておきたいんでしょう。昨夜も言ったとおり里見選手は普段の実力を出せばいいです。下手にプレッシャーをかけようなんて思わないことです」

「わかりました」

初日のこともあり、光は曽根の忠告を守った。ティーショットは2段ホップの飛球が冴え距離を稼ぎ、アプローチはしっかりとピンそばに寄せ、チップインも決めた。長い距離のパターも難なく沈め、前半でスコアを伸ばし猛追した。

前半OUT　結果

L	マイケル・マコミック	－1	(－10)
2位T	アーサー・コリン	－1	(－9)
2位T	ヒカル・サトミ	－3	(－9)
4位	フレデリック・トーマス	－2	(－8)

双葉8位T、西潟20位T、沖29位T

残り9ホールの後半（サンデーバックナイン）に入った。

リーダーズボードを見ると、世界トップクラスの選手の中に光も堂々と名を連ねる。一番の注目は地獄の初日から這い上がって首位を狙う光に向けられている。上位の選手は、みな光を意識せざるを得ない状況である。光は10、11、12番を3連続バーディで、ついに単独首位に立った。曽根の指示を忠実に守りラウンドをこなす大人のゴルフに徹した。大英の時のような派手なパフォーマンスは封印し、隙のないサムライのように闘っていた。

13番パー3、155ヤード。風もなくピンの旗は萎れている。いつも以上に狙いを定めた。ショットはピンを越えたがバックスピンが適度にかかり、まっすぐカップに向かう下りの逆目芝を転がる。

「入れ!!」

曽根が叫んだ。ギャラリーからも「get in」「come on」の声があがる。少なくない日本人ギャラリーからも「入れ！」の掛け声がそれに混じった。そしてボールはグリーンから消えた。

ホールインワン。

曽根が両手を挙げて喜びを爆発させる。ギャラリーも大いに沸くが、光はまだ13番ホールだと言い聞かせ冷静さを保ち、帽子のつばをつまんで紳士的にそれに応えた。内心は飛び上がり代名詞となった魔法使いの杖ポーズをカメラに向かってしたいところだったが自制した。最終組であれば派手なパフォーマンスもギャラリーや視聴者、マスコミを盛り上げるのに必要なことだが、今日は最終組よりも5組早い。最終組の結果を待って雌雄が決まる。派手なパフォーマンスをして後続でプレーしている選手の邪魔をしないようにしなければならない。

13番のホールインワンによりスコアを伸ばし、アドバンテージを再び吊り上げた。16番パー、17番パー、18番バーディと魔物ホールは特訓と曽根のアドバイスで手はずどおりに仕上げ、単独首位でホールアウトした。

L	ヒカル・サトミ	−10	（−16）	F
2位	マイケル・マコミック	−6	（−11）	16H
3位	フレデリック・トーマス	−4	（−10）	16H
4位	アーサー・コリン	−4	（−9）	16H
5位	マサヒコ・フタバ	−5	（−8）	F
35位T	イセオ・ニシガタ	−1	（−2）	F
51位	ツトム・オキ	＋2	（＋6）	F

クラブハウスに戻りリーダーズボードを見つめる。あとは結果を待つだけ。水分補給と軽食を済ませて光はプレーオフに備えて練習に入った。佐川が逐一最終組の報告に来る。曽根も気がそぞろだ。あとは天が決めることだと光は練習に打ち込んだ。

「里見選手。チーフが、最終組が終わりそうだから見にきてくださいと」

伝令役の佐川に言われ、曽根と共に18番グリーンに向かった。マスコミも後を追うように光についてくる。

「結果が出るわよ。これからマイケルの第2打」

関係者通用路の最前列に着くと、先に待っていた吉沢が組んだ腕を解いてフェアウェイを指さした。マイケルの放った第2打はピンから5メートルの微妙な距離に止まった。ギャラリーから拍手が起こる。最終組の3人がグリーンに上がった。光に追いつくことのできないフレデリックとアーサーが先にパットし、ゲームを終える。

残るはマイケル・マコミックのみ。このパットを沈めイーグルを取れば、光との2打差が縮まりプレーオフに突入する。外せばその瞬間、光の優勝が決まる。大団円を迎えつつある。

光の周りに報道関係者が集まり、カメラが向けられる。マイケルは入念に芝を読みアドレスに入る。静寂が訪れる。光も固唾を呑んで見守る。

マイケルのパットしたボールは下りのフックラインに乗った。

「Come on! come on!!!」

マイケルの力強い声とギャラリーの声が響く。ボールは絶妙な速度でカップに向かうが、縁を掠めて通り過ぎた。この瞬間、光がワールドマスターズを制覇した。

いつも思うことだが、優勝の瞬間は心が穏やかになる。本当に勝ったのか疑ってしまう。曽根が背中を押し、光は通用口から歩みを進めて拍手と歓声の中、両手を挙げて、それに応えた。史上稀に見る大逆転劇の主役に、惜しみない拍手と賞賛が送られた。

戦いを終えた最終組の3人が引き揚げてきて光と祝福の握手を交わし、光は入れ違いにグリーン上に昇った。手を振りながら勝利を、かみ締める。皆が立ち上がり歓声を上げる。安堵とうれしさが入り混じった。

表彰式に移り、伝統のホワイトジャケットに袖を通し、静まり返る中スピーチの運びになる。当然、英語である。原稿など用意していない。ぶっつけ本番で話すだけ。嫌いじゃない光。

「ありがとう。ありがとう。ありがとう、みなさん。盛り上がってくれましたか？　僕は今になり興奮しています。本当に勝ったんだなと」

ギャラリーから拍手と歓声が上がる。

「見ている皆さんには、ハラハラドキドキのワクワクした展開の試合だったかもしれませんが、私は苦しかったです。初日には敗戦を覚悟しました。もうだめと、生まれて初めて思いました。ホテルでは毛布に包まってふてくされていました。実話です。奇跡とも思えるような、この4日間をチームの吉沢、曽根、佐川が献身的に支えてくれたこと――訂正します、佐川は大してやってなかったですが（笑）――チームのみんなありがとう。そして、応援してくださった世界中のファンの皆さん。本当にありがとう。

初日で気持ちが死んでいる時に、宿泊先のホテルには多くの応援と励ましのメッセージが届きました。ありがとう。その中に古代ローマの詩人オウィディウスの詩で『楡は葡萄を愛している。葡萄も傷ついた檎を見捨てない』というメッセージがありました。世界のどこかで私のことを見捨てずに応援してくれている人がいると思えたら、塞ぎ込んでいる場合ではないと私は包まった毛布を投げ捨てました。ありがとう。君に本当に力をもらえました」

一段と大きな拍手が起こる。ギャラリーは総立ちである。中には劇的な戦いに気持ちが昂ったのか涙する者さえある。エリに気持ちが届いただろうか、光は精いっぱいの感謝をした。

「それから、最後に言わせてください。私には妹がいます。彼女は子供の頃からずっと病気で今も病院のベッドにいます。このスピーチを今テレビの向こうで聞いてくれています。個人的なことになりますが、彼女に話しかけてやっていいでしょうか?」

光はギャラリーの反応を窺った。みな好意的に拍手をしてくれた。そして、日本語で言った。

「真理子。すごかっただろ。諦めなかったから優勝できたんだ。お前にもある秘めた力を信じて病気と闘うんだ。その先に必ず何か得るものがある。今日は、それを証明してやったんだ。兄ちゃんは、お前を心から全力で応援している。頑張るんだ」

光はここに来てカップを掲げて大きくガッツポーズをし、ギャラリーの拍手喝采の中、グリーンを下りた。こうして光のワールドマスターズは、目標どおり優勝で終えた。

六

光の予想どおり世界中に配信されたブレイキングニュースの新聞記事を、ホテルで朝食を摂りながらチェックした。

『The tournament of Hikaru Satomi, by Hikaru Satomi, for Hikaru Satomi』(里見光による、里見光のための、里見光のトーナメント)

『リッチモンドの魔物を日本の魔術師が封じる』

『大英覇者がリッチモンドで再びドラマティックな勝利』

『マーベラス！ マーベラス！ 世界を制したサムライ』

『サトミヒカルはニンジャだ！ 世界を忍術で煙に巻いた』

『末恐ろしい18歳が日出ずる国から出現した』

『世界は見てはいけないものを東洋の魔法使いに魅せられた』

『脚本演出主演ヒカル・サトミ アンビリーバブルな勝利』

どの記事も気恥ずかしくなるような内容だったが、光は上機嫌でそれらに見入った。

「羽田、とんでもないことになりますね」

新聞をテーブルに置いて、ニヤついて光が吉沢に言った。

「今回は大丈夫よ」

「機動隊でも出動するんですか」

「違うわよ。羽田には行かないから」

「どういうことですか」

「森田社長が我々に優勝ボーナスでハワイ旅行をプレゼントすると」

「あの社長が、そんな粋な計らいを？　ホント？　チーフ」

するとと吉沢はうれしそうに頷いた。

「これだけ頑張ったんだから、ご褒美がないとね」

「プッシュしたんですか？　社長に」

光の言葉に、吉沢は得意げな顔をした。

「新たなプロジェクトへの英気を養わなくちゃね」

一行は朝食を済ませるとアトランタへ移動し、夜便でハワイへ向かった。

世界ジュニア以来のハワイ。抜けるような青空と照りつける太陽がまぶしい。ビーチ沿いのホテルにチェックインし光は、すぐに海に向かった。どこにいてもサインと写真をせがまれる。光は海に飛び込みたい逸る気持ちを抑え、感謝を込めて彼らに対応した。

プールサイドのゲストデスクでタオルを受け取り、ビーチのラウンジチェアに敷き寝そべった。背を伸ばし体に降り注ぐ陽光を浴びると心から寛げた。矢のような時の流れの中でこれほど解放されたのは、いつ以来だろうか。波の音が耳に届くと、光はビーチに寝そべる人の隙間を縫って波打ち際に歩を進める。観光客は光に気付いてざわつく。足首に優しい波を感じる。心地よい水温の青く輝くラグーンを平泳ぎで進み、手足の動きを止めて体を反転してビーチに向けた。ホテル群が小さく見える。

（随分来たな）

周りには人はいない。光は臍（へそ）を天に向けて体を浮かべた。目を閉じて波間に揺られ漂うと、鴎（かもめ）の声や双胴船の汽笛、微かに聞こえる波打ち際からのはしゃぎ声が耳に届く。

（なんて気持ちがいいんだ）

勝利したからこそ、成し遂げたからこそ味わえる喜び。目を開けると青い空に旅客機が白い筋雲を残しながら飛んでいく。ちっぽけに見える。この世界で、ちっぽけな自分が大それたことをしたものだと光は思った。

（ほんとうに良かった。本当に勝ててよかった。次の戦いに向けてのスタートは切られているが、今は先のことを考えないようにしよう）

2泊した時点で急遽、佐川がアポロン東京本社に呼び戻されることになった。

「7日間の予定なのに佐川さん、かわいそすぎるな」

光の冗談とも本気とも思える言葉を聞きながら、佐川が恨めしそうにタクシーに乗る。光は手を振って見送った。その翌日には、曽根が新たな契約のオファーが入ったということで、アメリカ本土に向かうためホノルルを離れた。

「私たちだけに、なっちゃったね」

吉沢がカクテルのストローから口を離して言った。照りつける太陽と目の前のビーチ。ワイキキは連日快晴である。光はチェアから体を起こして吉沢のほうに向き直った。吉沢の肩越しにダイヤモンドヘッドが見える。

「どうかしました?」

吉沢がまじめ顔の光を見つめて言った。

「ちゃんとお礼言えてなかったから。チーフ、ありがとうございました」

「何よ。改まって」

「この大事業の成功は、チーフのマネージメントがなきゃコンプリートできなかったって思うんです。インフルの時だって、ずっと看病してくれたでしょ」

「当たり前のことしたまでよ」

「これからもサポートをよろしくお願いします」

「この先のプロジェクトは社長が決めるでしょうけど、また一緒に頑張りたいわよね」

「チーフみたいに厳しくないと、俺はだらけちゃうから」

「そんなに私は厳しいかな」

「サイボーグですよ」

光は冗談のつもりで言ったが、吉沢は悲しい顔をしてカクテルのストローに口をつけて海を見つめた。

「冗談ですよ、チーフ」

光はフォローを入れた。

「ねぇ。仕事やゴルフのことから離れて2人で残りのバカンスを楽しまない？」

吉沢は白のレースのカーディガンを脱いだ。黒いワンピースの水着が白い肌とスタイルにマッチして超絶に官能的で、きりっとした顔が色気を増し妖艶であった。

「やっぱ、ワイキキはビキニだったかしら」

吉沢はヒップラインにまとわりついた生地を指で整えた。

「とても似合っています」

「敬語、ここにいる間はやめよう？　光」

「え？　あっ、はい。かしこまりました」

「もう！」

吉沢は「ANNA」のネームタグが付いたバッグからメンソールの細いタバコを取り出した。光は吉沢の名前が安奈という女性らしい名前だったことを久々に思い出した。タバコの煙を吐き出した吉沢にじっと顔を見られる。

「こんなゴリラみたいな顔見てもおもろいだけですよ。マイケル・マコミックや双葉みたいな2枚目ならもっと人気出たのに」

「男の魅力は顔じゃないわ。女は男の幽玄に引き込まれるのよ。光、あなたってすごい人ね」

「幽玄?・」

「古い言葉よね。計り知れない深さね。あなたの魅力」

「僕は単純ですよ」

吉沢は半分ほど吸ったタバコを銀製の携帯灰皿にしまった。

「私は、男運がないのかな」

光の心に自分の隙間はないように思え、深いため息をつくと、吉沢はビーチチェアから立ち上がり、一人波打ち際に歩いていった。その後ろ姿を光は見ていた。


日本では光のアメリカメジャー制覇の過熱報道が続いていた。この勢いで全米カップ、USAプロトーナメントのメジャー制覇、さらに2度目の大英制覇を期待する声が高まったが、アポロンが早々に不参加表明をしたことで「なぜだ」という不満めいた声が上がり始めていたが、それは規定の方針通りである。そして、今後のプロジェクトがアポロン広報部からマスコミに発表された。

「里見選手は1年後の全米カップを目指し、国内ツアーに重点を置きながらアメリカへの遠征を予定しております」

しかし、世間やファンが納得できないという声が大半を占めていたが、それすら翳むほどのスキャンダルが発覚した。写真週刊誌に光と吉沢がハワイで手をつないだり肩を抱き合ったりしている姿が掲載されたからだ。

【18歳の世界的なプロゴルファー里見光と10歳年上の美人チーフマネージャーのハワイ熱愛】


その情報はアポロンからハワイの吉沢にも伝えられ、光も吉沢も寝耳に水であり事実無根と否定した。騒ぎを恐れたアポロンは極秘に帰国させ、羽田で乗り換えて凱旋ツアーが組まれた福岡に直接向かう指示をした。福岡空港はどう情報が漏れたのか、多くのファン、マスコミ関係者で溢れ返っていた。手薄な警備をかいくぐり、写真週刊誌を手にした芸能レポーターにも追い回され取り囲まれた。

「お2人はお付き合いされているのですか」

「ハワイでは同部屋だったという情報がありますが」

「公私混同ということでしょうか」

「里見プロは未成年ですよね。説明してください」

光も吉沢も無視をして彼らをかいくぐろうと歩を進める。空港玄関を出ても取り囲みの輪は解けないでいた。

「みなさん、落ち着いてください。他のお客さんの迷惑になりますから」

吉沢がようやく口を開いた。それを皮切りに次々と質問が飛ぶ。

「会見は開かれますか」

「2人は、いつからのお付き合いですか」

「お2人の恋仲についてお聞かせください」

光は吉沢をガードしながらマスコミ連中を押しのける。

「吉沢は上司ですし、私のチームの責任者です。当然長い時間一緒ですし、そういった誤解を招くことがあるかもしれませんが、吉沢の名誉のために言えば、彼女は決して、そのようなことは、いたしません」

光は毅然と答えた。すると柄の悪い人を疑うことしか生き甲斐のないような記者が言った。

「職権乱用した淫乱な女上司のセクハラ逆レイプがあったんじゃないのか」

光は、あまりの下卑た悪態に怒り、その記者の胸倉を両手で掴み、間髪いれず頭突きをして、さらに突き飛ばした。

「光！」

吉沢が制止した。突き飛ばされた記者は、

「おいおい、紳士のスポーツする人間が暴力かい。痛ぇな。あぁぁイテイテ、誰か救急車か警察。暴力振るったぞ。怪我負わされた」

と額を抑え、わめき散らし叫んだ。

「ふざけるな！　あんたがおかしいだろ」

さらに歩み寄る光を吉沢が止めた。

「いいから、光。早く乗って」

吉沢に急かされ、タクシーに乗り込んで空港を後にした。

「なんであんなことしたの！」

走り出した車内で吉沢が光を叱責した。

「だって、あれはないでしょ」

「いい？　今の時代は、手を出したら負けなの」

「誰が決めたんですか。くだらない。悪い奴を制しただけです」

「誰がじゃなくて、そういう時代なの」

「そんな時代だから、あんな馬鹿が、のさばるんですよ。人の心を逆撫でする言葉で挑発して。あっちのほうが断然バイオレンスだと思います」

光の怒りは収まらなかった。


その夜、ホテルには福岡県警の刑事2人が事情聴取に訪れた。光は記者が言葉の暴力で侮辱したこと、頭突きをし突き飛ばしたことを、ありのまま話した。事前にアポロンからは反省を述べろと忠告をされていたので、不本意ながら謝罪もした。警察からは未成年ということもあり厳重注意を受けた。

それすら納得がいかなかったが抑えることにした。

凱旋ツアーは、この騒動で出場を取りやめることになった。それからは事の真意を捻じ曲げた悪意ある動画がネットに流され、曲解した情報をさも真実のように垂れ流すコメントがネットに溢れた。いちいち説明するのさえ面倒くさいほどだった。

英雄から悪役にされた光だったが、懇意にしている大日本テレビの会長、及びニチスポの山添らの助けで光を擁護する報道が始まってから旗色が変わったが、アポロン側では光の日本ツアー無期限不参加を表明して世間の逆風を躱し、マスコミの妨害が入らないよう光にアメリカツアーへの参加をさせるよう手配し、対内的には監督不行き届きとして吉沢を光のチーフから外してバンコク支社への出向を命じた。

光は自分のせいで降格となった吉沢への謝罪すら、許されず、急遽渡米させられた。責任者には吉沢の後任として佐川がチーフとして同行することになった。


光は日本での騒音から離れ、アメリカでトップ選手らと鎬を削ることで気持ちを切り替えようとしたが、ワールドマスターズを制した時のような覇気はなく、優勝争いにさえ絡むことなくツアー未勝利のままシーズンを終えた。

最終戦のフェニックスカップを終えると、西潟に食事に誘われアトランタのイタリアンレストランに向かった。食事をしながらゴルフ談義に花が咲き、食後にバースペースに移動すると西潟が言った。

「僕はね、引退をすることに決めたんだ」

「えっ」

「里見君や双葉君のようにはもうなれない。里見君はその歳でメジャーを2回も優勝して、双葉君もツアー優勝を重ねて全米カップではプレーオフで敗れたとはいえ、すでにメジャー制覇も射程圏内だ。もう僕には君らのような真似はできない」

「先日は沖さんが引退表明して、今度は西潟さんですか」

沖もシーズン半ばで「光、あとは頼んだ」と潔く身を引いて行った。共に戦ってきた仲間が次々と去っていくことは寂しく心細くなる。

「里見君。人生は思いどおりにはならないよ。君が抱えている問題も理解している。日本では大変嫌な思いもしただろう。でも君なら、きっと紆余曲折はあっても必ずいいほうに向くよ。君は素直だし、まじめだし、可愛気があるし、何よりゴルフが好きだし、エンターテイナーだから。人を喜ばすことは素晴らしい人間にしかできないよ。すべて起こることは君のスパイスになって、幅と奥行きができる。よくゴルフを人生にたとえることがあるけど、似て非なるものでね。人生がゴルフならこれほど楽しいものはないよ。我々はゴルフが大好きだからね。現実のほうが不条理で厳しい。里見君、どんな時もベストを尽くしてやりなさい。諦めてはだめだ」

「はい」

第7章

壊れたネジ穴

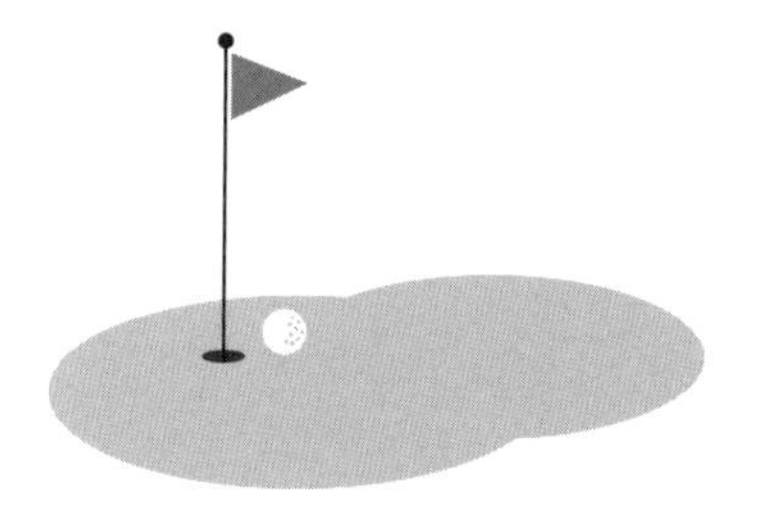

一

光は前年度の不調を払拭しようとオフシーズンにスイング改造に着手した。だが思うような成果が出ないままの苦しいシーズンとなった。調子は上がらず、ディフェンディングチャンピオンとして迎えたワールドマスターズは予選落ち。初出場のUSAプロトーナメント37位、同じく初出場の全米ゴルフオープンは43位と振るわず、5年ぶりの出場となった海外メジャー最後を飾る大英オープンも予選落ちした。

こんなはずではないという焦りが、より光を深みにはめていく。アメリカツアーも終盤を迎えていたが、いまだ未勝利だった。

一方日本では、アポロンが揺れていた。社長森田の独裁に反対する勢力が森田の退陣を要求した。森田は51パーセントの筆頭株主であることを盾に、あくまで退くことを固辞した。そこへ飲食チェーンを全国展開する「ミナモトグループ」が介入し、あらゆる手を使い巨大資本をバックにかなり強引な手立てで残りの株を買い集め、主立った幹部連中を取り込んで森田を孤立させていった。

ミナモトグループは、犬丸を新社長に、立花を副社長にする新体制を執るよう迫った。

「アポロンは私が目指したものではなくなった」と、森田はすでに自分の居場所がないことを悟り、株をすべて売り渡し、アポロンを去った。

新体制となったアポロンから、光と佐川に帰国命令が下りた。帰路で佐川からはアポロンの新体制に関して説明を受けた。吉田家への行為を、今度は森田がされる羽目になったのだと光は認識した。

帰国後、光が佐川と共にアポロン本社の社長室に入ると、椅子にふんぞり返った新社長の犬丸が顎でソファーをさした。犬丸の傍らには口髭を生やした立花が腰巾着のように偉そうにしている。2人の傲慢な態度に苛つきを覚えた。

「里見選手、お久しぶりです」

犬丸が左手を挙げてチェアから立ち上がると、傍らの立花がその椅子を引き、犬丸は仰々しいデスクを回り対面のソファーに腰を下ろした。遅れて、その横に腰を下ろす立花。大英制覇後に吉沢とチーフを交代して以来、5年ぶりの対面である。

「お久しぶりですが、アメリカツアー途中での帰国命令とは、どういうことですか」

「なかなか結果が出ないと佐川から聞いておりましてね」

光は佐川を、ちらりと見た。そして犬丸は続けた。

「このままではメジャー2勝の里見選手が自信喪失してしまうのではないかと心配になりましてね」

「それはどうも」

「そこで里見選手には復活の足がかりとして再び国内ツアーへ参戦していただき、改めてメジャーへの挑戦をしてもらおうと思ったわけです」

「コーチやシミュレーションの特別練習は?」

「それは、おいおいに。久々の日本でしょ。今日は最高級のお店を予約していますから、大いに羽を伸ばして英気を養ってください。それに顔合わせをしたい人もいますから」

「そんな暇があるなら練習したいんですが」

「まぁ、そう言わずに」

その夜、迎えに来た佐川の車で赤坂の料亭に足を運んだ。通された座敷には犬丸と恰幅のいい60代くらいの丸顔の男がいた。髪は黒々として艶福家(えんぷくか)を思わせた。

「来たね、里見プロ。さあ、座って」

2人の対面に腰を下ろした。

「こちらは、アポロンの危機を救ってくれたミナモトグループの馬場会長」

馬場は顎を引いて「馬場です。よろしく」と挨拶をし、徳利に手を伸ばした。

「どうですか、一杯」

「お酒は、あまり得意ではないのですが」

すでに二十歳(はたち)を超え酒の味も覚え始めていたが、体にあまり合わないのを自覚していた。

「まぁ、そう言わずに」

ここで拒むのは失礼かと思い、お猪口(ちょこ)を手に取った。

「では、頂きます」

「新潟の造り酒屋に言って特別に取り寄せたんですよ」

「そうですか。わざわざありがとうございます。ですが僕のような人間にはもったいないですよ」

「覚えればいいですよ。酒が飲めると世界が広がります」

空けた猪口に再び馬場が酒を注ぐ。飲み応えは悪くなく、まるで水でも飲んでいるかのように、のどを通る。知らず知らずに頬と体は火照(ほて)り、鼓動が速まった。視界が歪(ゆが)むようになり、馬場の言葉もスピーカーの声割れのように響く。

頃合もよくなり次の店に移動することになり、光は辞退しようとしたが馬場に半ば強引にハイヤーに乗せられた。連れて行かれたのは生まれて初めての高級クラブだった。

「この店で一番の美人だ」

馬場より紹介を受けた女性が隣に座り、体を寄せてきた。鼻をくすぐる甘い香り。酔いのせいもあり蕩(とろ)けていく感覚がした。そこから先は記憶が無くなっていた。


朝起きたら自宅マンションのベッドで、隣に全裸で眠る女性に光は驚いた。酷い頭痛がした。

「ちょっと、君?」

隣で寝る女性を揺り動かすと、気怠(けだる)そうに目を開けた。

「もう少し寝させてよ」

「ちょっと、君、誰？　何でここにいるの?」

「何それ。光君が誘ったんでしょ。ひどい」

女性はシーツを華奢な体に巻いてベッドを下りた。

「私、口堅いから大丈夫。馬場会長からも他言しないように、きつーく言われているから。シャワー借りるね」

女性が部屋を出ると、光は罪悪感に襲われた。喉の渇きを覚え、リビングに向かうと無邪気な女の鼻歌が浴室から耳に届いた。汚れたと光は思った。こんなこと二度としない。光はそう誓ったのだが、それからも毎晩のように馬場会長に誘われ、夜の世界に浸っていく。派手な遊びと華のある人脈。どこへ行っても光の周りは人だかりとなり、皆が友人になりたがる。光が願ったことはすべて叶い、巷間では「夜の世界も魔法使い」と言われるようになった。

二

日本ツアーが開幕してからも、馬場をはじめ夜の世界で知り合った人間たちからの誘いはひっきりなしで光はそれに流されて、反比例するように成績は振るわなくなっていた。それでもメジャー2勝の威光もあり、ツアーは光目当ての観客で溢れ返っていた。

開幕から3か月目でようやく初勝利を得るが、全盛期のようなゴルフは影を潜め、ごまかしと小手先で何とかしのいでいる状態だった。しかし、この勝利で光は再びメディアの主役に躍り出る。どこへ行っても騒がれ、どこへ出かけてもスター扱いだった。

その矢先、光はゴルフ人生で初めての怪我をした。大建産業オーガスタの2日目、7番ホールの第2打で腰を痛めたのだ。つま先下がりのラフからのセカンドショット直後に腰に激痛が走り、立っていることができず、へたり込むようにラフにしゃがみこんだ。続行不可能となり、すぐに病院に搬送され戦線離脱を余儀なくされて治療に専念することになった。

ゴルフのできない日々は苦痛でしかなかった。病院には多くの見舞客が訪れた。そのほとんどが夜の世界で馬場から紹介された連中だった。

ようやく腰の痛みが取れ練習を再開した9月末、馬場会長から「リハビリを兼ねてラウンドしましょう」とゴルフの誘いがあった。日本屈指の名門クラブに迎えの車で到着すると、VIP用の控え室へ通された。

「待っていたよ、里見プロ」

室内は香水の匂いが充満していた。馬場会長はソファーに腰掛けたまま手を挙げた。対面のソファーにはテレビや映画で活躍している美人女優の冬木佳子。もうひとりは、雑誌モデルから女優に転身して頭角を現している杉野優奈だった。

「里見プロ、はじめまして。冬木佳子と申します」

お辞儀をする所作だけでも映画を見ているような感覚にとらわれる。

「存じ上げております」

「こちらが、この前まで映画で共演していた優奈ちゃん」

「はじめまして、杉野優奈です」

「はじめまして」

「優奈ちゃんはゴルフを始めたばかりなの。クランクアップしたときに一度ラウンドしたの。その時に里見プロのファンだと聞いて馬場会長に、お願いしたのよ」

「それで今日の運びになったというわけだ。復調具合が私も心配でね。でも、これほどの美人2人を交えてラウンドしたら、里見プロも元気になってくれるかと思ってね」

ラウンド中は意図的に杉野優奈と2人になる時間を多く設けられた。女優とのラウンドに緊張気味の光を見かねて馬場が持ち込んだ酒を勧められ、杉野との親密さが酔いとともに増していった。カートに乗りながら杉野から「どう?」と生まれて初めてのタバコも経験した。

前半が終わると馬場と冬木はゴルフ場をあとにすると言った。

「里見プロ。これ優奈ちゃんの連絡先。仲良くしてやって。プロのことを相当に好きみたいだから」

馬場が耳打ちしながら光の手にメモを握らせた。

「会長、私はそんな……」

「いいから、いいから、可愛くて綺麗な子だろ。里見プロクラスのＶＩＰには、それに見合う女が必要だよ。じゃ、あとは2人で楽しんで」

そう言い残して冬木の肩に手を回し帰って行ってしまった。その後は、ほぼラウンドレッスンのような状態で後半9ホールを終え、互いの迎えの車に乗り帰った。

10月の世界貿易仙台カップでツアーに復帰し見事優勝を飾ったが、違和感に苛まれていた。「これぞ」という、はまりをラウンド中に得ることができなかったからだ。東京に戻るとすぐに馬場が音頭をとり祝勝会が催された。

「よく優勝した。さすがだ。例のリハビリラウンドが功を奏したのかな」

馬場の横には寄り添うように冬木の姿がある。2人の距離が、ただならぬ関係だとわかる。馬場が光の肩に手を回して耳打ちをしてきた。

「優奈ちゃんに連絡してないんだって？」

「はい」

「だめじゃないか。彼女、悲しがってたぞ。里見プロの大ファンなのにかわいそうだろ。今日だって来る予定だったけど里見プロに嫌われているみたいだからやめますって。女を悲しませちゃダメじゃないか。それもあんなに可愛い子をさ」

「でも、私には……」

「何も心配は要らないから。連絡して食事にでも行きなさい。待ってるんだよ、優奈ちゃんは。それとも里見プロには意中の女でもいるのかい」

もちろんいる。エリがそうだ。もう何年も会ってない。どこにいるかもわからない。でも、恋焦がれている。

「いても構わないが。いいかい、君は日本全国、全世界知らない人がいない超ＶＩＰなんだ。欲しいものなら何でも手に入るんだ。望まなくても向こうから寄って来るんだ。その立場を大いに利用しなくちゃ損だぞ」

「私は、そんな人間じゃありません」

「まだそんなこと言っているのかい。君は立場がわかっていないのか」

「どういうことでしょうか」

「何をしても許されるんだ」

そう言うと馬場は赤ワインの入ったグラスを持った光の手を包むようにして、目の前を通り過ぎた給仕の男性スタッフの背中目がけてかけた。

「会長！」

男性給仕の白いジャケットが赤ワインで染まった。

「里見プロ、酔いすぎですよ。まったく」

光の言葉に、かぶせるように馬場は大声を上げた。

「君、ごめんな」

給仕は首をそらして背中を見た後、光のことを見た。

「全然平気です。こちらこそ里見選手に当たってしまって申し訳ございません。むしろワインをかけられた男ってことで光栄です」と、うれしがった。

「はい。これ」

馬場は1万円札を男に渡した。それを給仕の男は受け取って、光と馬場に頭を下げて軽やかにパーティーの人並みに消えて行った。

「言っただろ、何をしても許されるって。それが里見プロの立場なんだよ」

光はあっけにとられて言い返すこともできなかった。

「とにかく、優奈ちゃんと食事に行って来なさい」


後日、杉野優奈と食事の約束をした日を迎えた。杉野は魅力的な女性だった。世の中の男性も女性も虜にする芸能人は、やはり不思議なオーラを持っている。画面に映る杉野と目の前にしている杉野との乖離があまりに大きかった。つまり、より美しかった。2人にしては広すぎる個室の窓からは皇居が望める日比谷の外資系ホテルのフレンチレストラン。

「今日は、お誘いいただいてありがとうございます。先日は優勝おめでとうございます」

「ありがとう」

ワイングラスを重ね合わせて乾杯をした。

「何か不思議ですよ」

「何が？」

「テレビに出ている人と、こうして食事をしていることが」

「里見選手だってテレビに出ている人じゃないですか」

「そう言われれば、そうですね」

2人は笑った。食事が済み、互いに理性を外すことがワインのせいにできる頃合になり、レストランを後にした。高いヒールに足許の安定を失くした杉野が光にもたれてくる。いい香りがする。テレビでは見せることのない妖艶な目を光に向ける杉野。

「部屋に来て」

杉野の魔法のような言葉に光は蕩けてしまい、35階のスイートルームに向かった。


光は翌週のサンテレビジョンオープンで2週連続優勝。さらに11月に2勝し、12月も2勝と順調に勝ち星を上げ、ブランクが3か月ありながらも7勝し、日本復帰初年で断トツの賞金王に輝いた。

「優奈ちゃんは、あげまんだな」

賞金王祝勝会で馬場が光に言った。新進気鋭の女優との恋愛は公になることは許されず障害も多かったが、馬場の尽力で表に出ることはなかった。

オフシーズンになり、アポロンは光のダーティーだったイメージを覆そうとメディア戦略を練っていた。バラエティーや情報番組への出演がそれだった。光の話のうまさや間の取り方はエンタテナーとしての天賦の才が遺憾なく発揮され好感度も上がり、再ブレイクへとつながった。CMのオファーも次々と舞い込んだ。オフが2週間とれ、光は杉野と日本を離れ地中海のリゾートへ旅行した。もちろん2人別々に日本を出発し、トランジットのドバイで合流後、ギリシャへ向かった。

「光は世界的な有名人だね」

ヴィラのコテージで長い脚をデッキチェアに伸ばしながら杉野が言った。ここへ来るまでの間に多くの外国人に「アー・ユー・ヒカル・サトミ?」と声をかけられたことを杉野は言っている。だが光は「Similar to him but different」(彼に似ていると言われるが違います)と返し、写真やサインをせがむ連中を残念がらせた。

「私は日本では有名女優かもしれないけど、一歩出たら誰にも知られてないからなぁ」

「そのほうがラクじゃないの」

「まぁ、そうなんだけど。うらやましいな」

「優奈は綺麗だから海外でも通用するんじゃないの」

「ないない。英語なんか話せないし」

「覚えたらいいじゃない。僕だって最初はしゃべれなかったし。その気になれば誰だってできるよ」

「誰だって? 少し嫌味な言い方ね」

杉野はタバコに火をつけシャンパングラスを口にした。

三

アポロンでは光の今年の計画が会議されていた。

「メジャー出場です。本人にも強い意欲があります」

佐川の後任でチーフマネージャーとなった磯野が話した。犬丸を中心に立花、佐川の重役に緊張の面持ちでプレゼンした磯野だった。

「それで、勝算はどうなんだ」

犬丸が磯野に尋ねた。

「まず、第一に……」

磯野がしゃべりだすと佐川が遮った。

「里見プロは、もはやメジャーでは勝てないだろうと考えています。確かに今シーズンは賞金王になりましたが、全盛期の頃とはゴルフの質自体が変わっています。腰の状態も芳しくないところがあり庇(かば)っています。腰はプロゴルファーにとっては非常に大事な箇所になります。向こうでは同い年の双葉プロが急成長してメジャー間近と目されています。今の里見プロでは敵わないです」

「もし双葉プロがメジャーを取れば、里見プロの商品価値が著しく下がるな」

犬丸が眉間に皺を寄せて腕を組んだ。

「里見プロはあくまで国内が妥当です。テレビの視聴率にしてもCMにしても、国内に専念するからこそオファーがあるんです。日本人なんてのはテレビに常に登場する人物でなければ、すぐ忘れてしまいますし」

「でも、しかし、本人は……海外への」

犬丸と佐川のやり取りを聞いていた磯野が、申し訳なさそうに口を挟んできた。

「いいかい、磯野。今からの話をよくきくんだ」

犬丸が話しかけ、背筋を伸ばした磯野。

「メジャーを勝つための予算の余裕があるのか、立花」

立花は財務関係を担当している。

「予算を費やして勝てる見込みがなければ会社的には大きな損失になります。国内の大会を総なめにし、CMスポンサー料をより吊り上げる役目でいいでしょう。メジャーに勝てなかったら強気な値段交渉はできなくなります。倉庫シミュレーションの新たな工事とソフトウエアを変えるのは、あまりに予算が掛かりすぎるから認めるわけにはいきません。それから磯野。このコーチは契約金と年棒が高すぎる。もっと値引き交渉するか、安くても、それなりにやってくれる奴を、もう一度ピックアップするんだ」

磯野は選手を商品として扱い、会社の経営だけを保守的に考える重役陣が信じられなかった。少なくとも森田がいた時代には、厳しさがありながらも選手ファーストな面は貫いていた。それが今では皆無である。

「私が考えた里見プロのメジャー復活をかけたプロジェクトは白紙ということですか」

磯野は怒られるのを承知で確認した。

「今の里見プロではメジャーを勝てるわけはないだろ」

佐川が冷たく言い放った。

「とにかく里見プロは国内に専念させる」

犬丸の一言で採決された。

「では、サッカーの日野選手について。村岡、よろしく」

磯野は小さくため息をついて資料を鞄にしまい込んだ。


会議後、社長室では犬丸、立花、佐川がブランデーを薫らせながら雑談をしていた。犬丸が語りかけた。

「森田のやり方じゃ、金儲け(かねもう)けにはならないからな。それに馬場会長の意向もある」

「選手ファーストにして予算を湯水のごとく使うなんて、あれでＭＢＡを取得したなんて信じられませんよ」

佐川が旧経営陣を馬鹿にして犬丸や立花に媚(こび)を売る。

「倉庫練習場の維持費、コーチ料、遠征費諸々でマイナス計上ですからね。倉庫の機器類は韓国の業者に買い取ってもらう算段がついてよかったです。今でも、あの設備は最高ですから、中古とはいえ高く売れるはずです。これでワールドマスターズを制覇できると」

　立花が鼻を鳴らした。

「選手には金を稼ぎ出してもらって会社の懐を潤さないとな。ところでアポロンジュニアスクールのほうはどうだ」

　犬丸が立花に尋ねた。

「ええ。全国のわが子可愛い馬鹿親が大量に申し込んできまして、大きな黒字が予想されます」

「やはり仕掛けてよかったな。アポロン専属の現役選手の指導が受けられるわけだしな。立花は金儲けがうまいな。馬場会長も喜んでいたぞ」

「それは、うれしいです」

　立花が恐縮した。

「あまり締めつけすぎて、選手が反乱起こさないですかね」

　佐川が心配そうに言った。

「契約で首根っこ掴んでいるんだ。反旗を翻せば自分の首を絞めつけることになる」

　犬丸が自信に満ちた顔で言った。

　バカンスから帰国した光は、磯野から本年度の方針を聞かされ愕然とした。

「磯野さん。今年は全米カップを制覇したいと思っているんです。もう一度会社に掛け合ってみてもらえませんか。自信は、あるし秘策もあります」

秘策などないが、復活をかけている意気込みをわかってほしいがために言った。

「そうですよね」

「国内専念するのは飲みます。メジャーに参戦することが、なぜ駄目なんですか」

「会社の方針なんです」

磯野は憔悴(しょうすい)して応えた。

「会社の方針は全米カップではなかったんですか」

「それは前経営陣の方針で、現経営陣は違う方針です」

「納得できませんよ。もう一度掛け合ってください」

磯野は光の懇願に抗し切れず、後日、佐川に相談してみたが「却下」の一言で話は終わった。それを聞いた光はアポロン本社に向かい、秘書の制止を聞かずに社長室に入った。犬丸は電話中だったが光を目にして電話を切った。

「どうしました、里見プロ」

光は、ずかずかと入り込み、デスクに両手のひらを叩きつけ犬丸に顔面を近づけた。

「説明していただけますか」

「何をかな。誤解があるといけませんのでしっかりと質問を決めてください。落ち着いて。お掛けください」

犬丸はソファーを指した。光は無視して話した。

「どうしてメジャー不参戦なんですか」

「それですか。磯野にも伝えたんですが、今年の方針はアポロンの戦略会議で決まったことです。里見プロには国内のツアー優勝回数の新記録を更新していただきたい。そのうえで満を持して来年以降にメジャーへの……」

「それは聞き飽きた。僕はメジャーでアーサーやマコミック、それに双葉と戦いたいんだ」

「わかりますよ。私たちだって、それを願っています」

「だったら」

「ですが里見プロほどの大物になったら、勝てなくては意味がないのです」

「勝負ですから勝ちに行きますよ」

「では、大英、リッチモンドで勝てた要因は、どこにあると思いますか」

光は倉庫練習や吉田家との特訓を思い出していた。

「特別に対策をした練習が一つにはあります」

「そうです。ただしそれが会社全体の売り上げを逼迫(ひっぱく)させていたことはご存じですか。勝てたところで名誉はあるが、収支に反映できなければ意味がないのです。大勢の社員の生活の面倒もあります。他の抱えている選手から里見プロへの贔屓に対する不満も解消しなくてはならない。わかっていただけませんかね」

「では独自であれば問題がないですよね」

「里見プロはアポロンとマネージメント契約を結んでいるのですよ。それが許されないのは、おわかりですよね。契約解除であれば多額の違約金が発生します。当方は構いませんが、それでは選手生命も終わりです。惨めな現役生活を過去の栄光だけで送るのか、我々と共に王道楽土を歩むのか。そのほうが美人女優とも長くお付き合いできるんじゃないですか」

犬丸が下卑て口角を上げた。話にならない。


アポロン本社を出ると、すでに夕暮れが迫っていた。交通渋滞に巻き込まれ身動きが取れないさまが、今のもがき苦しむ自分のようで、苛ついて気を散らそうとカーステレオのボリュームを上げた。だが、かえって火に油を注ぐようなノー天気なＤＪの与太話にハンドルを叩いた。

ようやく自宅の地下駐車場に着いて停車させると、やりきれなさにハンドルに顔をうずめた。ひっそりとした部屋にいたら気が狂いそうで戻る気にもなれず、再びキーを回しエンジンをかけた。誰かのそばにいたい。マンション駐車場を後にして杉野優奈のマンションに向かったが、杉野は撮影で都内にいないことを思い出し、路肩に車を停めた。

「ちくしょう。誰にも話を聞いてもらえないのか！」

ステアリングを叩き、目をきつく閉じてうつむいた。

（みんな、どこへ行っちまったんだ）

諦めたように大きく息を吐いた。恨めしそうにふとフロントガラス越しに優奈の部屋を見やると、窓に明かりが灯っているのが見えた。光は杉野に電話を入れた。コール音が留守番電話サービスの声に代わった。入浴中かと思い、携帯電話を助手席に放り投げて折り返しを待ってみようとシートを倒した。５分ほどすると助手席の携帯電話が震えだした。

（もしもし。優奈だよ。出られなくて、ごめんね）

「いいよ。忙しいところ、いきなりかけたこっちが悪かった」

（どうしたの？　何かあったの？）

「いや別に。特に用はなかったんだけど、どうしているのかと思って」

（今撮影で京都にいるから、東京帰ったら逢おうね）

「そうだったね。忘れてた。撮影だったね」

（ごめんね。帰ったら連絡するから）

電話を切りたそうな杉野の焦りと苛立ち、そして煩わしそうな雰囲気を感じた。

「今から京都に行こうかな」

その時、優奈を呼ぶ、聞き覚えのある男の声が電話越しに微かに聞こえた。

（馬鹿なこと言わないで。ごめん、撮影入るみたいで呼ばれたから。じゃ、切るね）

優奈の嘘に傷ついた。電話が一方的に切れた数秒後、部屋の明かりが消えた。自分の馬鹿さ加減と調子に乗ったまやかしの生活のくだらなさに光はようやく気付いた。本当の孤独を知り、心から会いたいのが誰かわかった。

（あそこなら、少なくとも思い出には逢える）

光は高樹町から首都高に入り東名を西へ飛ばした。楡の木の葡萄畑へ向かうために。矢のような時間の流れに心が追いつかないまま今に至った。あらゆる場面の想い出が脳裏をよぎる。清濁の綯い交ぜになった溢れる感情が鼻の奥を熱くし、涙として溢れ出る。それと比例するようにスピードメーターが右に振れて視野が狭まっていく。対向するヘッドライトも街の明かりも滲んで曇る。

楡の木の葡萄畑に着いた時には太陽が、てっぺんにあった。麦藁帽子に白いワンピースを着た美少女と、真っ黒に日焼けしたブルーのポロシャツの少年。2人は仲よさそうにサンドウィッチを食べている。少年の口角についたマヨネーズを少女の白い指先が拭う。大きな楡の木と葡萄の香り……。

（なんだ、ヒロさんも由香さんも、ジョックまで！　それにオーナーも。母ちゃんも父ちゃんも、兄ちゃんに真理子。真理子、なんだよ、外に出られるじゃないか……。ゲッ、怖い顔した吉沢チーフまで……。西潟さんに沖さんまで。エリ、今日のサンドウィッチは塩気が強すぎて鉄錆のような味がするよ。水筒に赤ワインなんか入れるドッキリするなんて。咽て息が苦しいじゃないか。右と左に映る景色が違いすぎて焦点が合わないな。なんで眼球が眼窩から出ているんだ？　ピンポン玉みたいだな。それにしても、このベッドは硬くて冷たい。まぶしいな。でもピンポン玉を手で覆うと、それも無くなる。耳の穴の奥が異様に痒い！　濁流が襲うような音がする。手足の感覚がないな、これじゃエリに得意の2番アイアンでかっ飛ばすところ見せられないじゃないか。しかし、冷たい。冷凍庫で急速に冷やされているみたいだな。痛みは、ないんだ。頭は、すこぶる冷静なんだ。心地よく適度に冷たくなってきた。暖かい冷たさだなぁ。俺、何言っているんだろう、頭までおかしくなってきたな。もともとか。アルバトロスだ。やった。勝った。なんだよ、どうした。どうして暗くなっていくんだ

……エリ……会いた……い……）

四

夜のニュースの顔である美人女性キャスターの手元に、フロアスタッフから一枚の原稿が届けられた。彼女は瞬時に目を通し、神妙な面持ちでカメラに向かって、しゃべりだした。

『先ほどお伝えした事故の続報をお伝えいたします。東名高速道路下り線で大破したドイツ製スポーツカーに乗っていたのは、プロゴルファーの里見光選手と判明いたしました。繰り返します……』

テレビ画面には救急、消防、警察車両が大破炎上している光のスポーツカーの周りを取り囲み、赤色灯に照らされた隊員たちが慌ただしく動き回る映像が流れている。そこにワイプで光の写真が差し込まれる。

『搬送された病院の医師の話によると、里見選手は重篤な状態であるということです。心配です。一

旦コマーシャルに』

消防と警察から知らせを受けた佐川と磯野は、神奈川と静岡の県境にある光の搬送先の市立病院に駆けつけた。辺りの閑静さと違い、病院玄関前は、すでに多くのマスコミ関係者で、ごった返していた。彼らから飛ぶ質問を無視し、警備会社や警察にガードされながら病院内に足を踏み入れた。搬送後から光は緊急手術を受けているという。病院長と面会すると、状態は相当思わしくなく、医療設備上の理由からできる範囲の処置に留め、翌朝、都内の病院に搬送する手配をつけてあると告げられた。磯野は病院長にドクターヘリの要請をしたが、夜間運航禁止の法の壁に阻まれた。

「マスコミに対応しましょう」

磯野が言った。

「何もわからない状況で会見する意味はないだろう?」

「とりあえず医者から聞いた内容を言えばいいと思います。このまま何も発表しなければ、かえって憶測を呼んで混乱すると思います」

磯野の的を射た発言に、佐川は生意気な奴と思いながら、玄関前に待ち構えるマスコミを前に状況説明をして、質問には答えずに再び病院内に戻った。

翌朝、ドクターヘリで光は都内の病院に搬送され、本格的な手術が施されていた。各局ニュース、ワイドショーはすべて『里見光、重体』で一色となり、全新聞も一面を光の事故に差し替えた。メジャー2勝で昨年の男子ゴルフ賞金王であり国民的人気プロゴルファーの予期せぬ交通事故を扱わないわけがない。所属先のアポロンでは社員が対応に追われることになった。

事故から2日後、警察から事故原因は『路上の釘を踏んで高速運転中に徐々に空気が抜けたことによる右フロントタイヤのバースト』と発表された。光に対する応援メッセージがアポロンや搬送先の病院に多数寄せられた。

その日の夕方、光の手術は終了し、医師団から一命は取り留めたものの顔面部複数か所骨折、両前腕及び上腕骨折、両大腿骨骨折、骨盤骨折、脊椎損傷、内臓破裂、頭部挫傷と予断を許さない状況であり、意識は、いまだ回復せずと説明がされた。光が生きているのを示すのは心電図の電子音と波形だけである。

「そうか。もう復帰は見込めそうにないな」

アポロン本社の社長室で佐川からの報告を受けて、大きくため息をついて犬丸がしかめっ面で言った。

「医者の話では普通の生活に戻れる確率も低いと」

佐川がさらに付け加えた。

「だろうな。人生まで終わったか」

犬丸が腕を組んだ。

「いかがなさいますか」

立花が機嫌を窺いながら犬丸に尋ねた。

「稼げないとなれば……契約解除も仕方ないだろう」

「ということですね」

立花が確認し、「そういうことだ」と犬丸は静かに頷いて、佐川もそれに倣うように頷いた。

「しかし、今すぐでは、会社のイメージダウンにつながる危険があります」

佐川が口を挿んだ。

「そんなことはわかってる。半年もしたら飽きられて、メディアも追わなくなるだろう。こちらは誠意を尽くしたと刷り込めばいい」

「馬場会長は何かおっしゃってましたか」

立花が犬丸に尋ねた。

「随分、ご立腹だよ」

「やはり、ご立腹ですか」

「当然だろ。先方がこの件で二の足踏んできたんだよ。里見プロがいなければ魅力ある会社ではないと。せっかく高値で売れるはずがご破算だ。勘弁してくれだよ」

「そうでしたか。困りましたね」

立花は同じ境遇だと言わんばかりに眉間に皺を寄せて犬丸に同調した。もちろん佐川も。

3か月経過しても光の意識が戻ることはなく昏睡（こんすい）状態が続いていた。昨年の賞金王であり主役として注目されていた光不在の新シーズンが始まって半年後、容態が一向に回復しないことで、アポロンは契約不履行の損害賠償請求を起こした。

アポロン側の弁護士は、契約条項の8条7の「競技中又は自然発生的疾病以外の事故等による怪我で選手生命を断念せざるを得なくなった場合、契約不履行として損害賠償の責務を負う」と告げた。

意識が回復しない光に代わり父の誠が対応した。非があるとはいえ、これまで会社に多大な貢献をしてきた光がドル箱でなくなった途端の非情さに、誠は憤りを感じた。

「最後まで面倒を見ると言ったはずだろう。しかも違約金まで取るとは、一体どれだけ残酷な会社なんだ」と、暴言の一つでも吐いてやりたかったが奥歯をかみ締めて耐えた。言ったところで冷静に法律云々（うんぬん）を持ち出されて余計に腹が立つだけである。それにしても光が不憫でならなかった。

アポロン側の弁護士事務所を後にして、誠は病院に立ち寄った。妻の公子に契約解除の旨を伝えたが、全身包帯でベッドに横たわる光を見つめたまま無言で頷くだけであった。誠は見舞いの品で埋め尽くされた室内を見渡した。多くの世界中のファンからの激励の手紙、西潟、沖、山ノ内、キム・ドンフン、アーサー、マコミック、フレデリックなどからの花。中でもひときわ大きな花はライバルの双葉からである。皆、光の復帰を願ってくれていると同時に、わが子が、これほど世界中の人間から愛されていることも知った。懸命な看病の甲斐もなく、光が昏睡状態から醒めることはなかった。

五

　リノリウムの廊下を一人の女性がヒールの音を慎重に響かせて歩いていた。女は１０２２号室の個室扉の前で立ち止まり、気持ちを整えるように息を吸って吐いた。細長く白い指先がスライドドアのノブに触れ、静かに開いていく。女が中を覗くと見舞い客の姿はなく看病人もいないようだった。ブラインドは閉じていたが、まだ強い9月の日差しが透過して室内を明るく照らしていた。顔面と全身を包帯で包まれ、点滴をしてベッドに横たわり微動だにしない光の姿を見て、女の頬に一筋の涙が流れた。ベッドサイドに近づき、ギプスで包まれた腕に触れた。か細く尖った顎の先端からこぼれ落ちた涙がギプスにしみこむ。

「光くん」

　その時、背中側のスライドドアが開く気配がして、女は涙を拭って入り口の女性に頭を下げた。

「あなた。たしか……」

　公子が問いかけた。

「ご無沙汰しております。宮瀬エリです」

　公子とエリは同じ階にあるラウンジに移動した。公子がカップのアイスコーヒーを丸テーブルに置いて、エリの対面に腰を下ろした。

「お久しぶりね」

「真理ちゃんを訪ねたら、ここを教えられて」

「そうだったの。来てくれてうれしいわ。光はあのとおりだけど、きっと喜んでくれているわ」

公子は涙腺が緩んだ。すかさずエリがバッグからハンカチを取り出し手渡した。

「ありがとう。あなたは本当に優しい子ね。何年ぶりかな」

「7年ぶりになります」

エリは父親の建築デザインの仕事がアメリカで評価されたのを期にアメリカへ移住し、大学を飛び級で卒業後、大手コンサルタント会社に勤めていると言った。

「そうだったんだ。じゃ、光がワールドマスターズで優勝したときは同じアメリカにいたんだね」

「ええ。光くんには内緒でしたが、リッチモンドに行って観戦していました」

「そうなの。なにも内緒にすることないのに。会ってあげてたなら光は、あんなに苦しまなくても勝てたと思うわよ」

「光くんの活躍は向こうでもずっと目にしていました。大学の友人や、会社の上司に光くんのファンが多くて、私が昔からの知り合いですって言っても信じてもらえなかったですけど」

2人は笑った。

「でも、わざわざアメリカからお見舞いに来てくれてうれしいわ。ありがとう」

「あの」

「なあに」

「実は私、アメリカの会社を退職したんです。光くんの看病をしたくて」

公子は驚いた。

「辞めた？　この子の看病のために？」

「はい。光くんとは、ずっと昔に約束したことがあって」

「約束を守るために？」

エリは頷いた。

「真理ちゃんと光くんの病院を行ったり来たりするのって、とても大変なことだと思うんです」

遠く離れた2つの病院通いは心身ともに疲弊していることも重なり、公子自身もやつれていたのを感じていた。

「でも、母親の役目だから」

「困ったときは助け合いましょう。光くんは私がちゃんと看病を務めます」

「わかったわ。私もそれだと助かるわ。じゃ、お願いしちゃおうかな」

光不在の日本ツアーは、大会ごとに優勝者が入れ替わる混沌とした中にあった。一方アメリカでは双葉がワールドマスターズで6位、光が制覇を目指していた全米カップで念願のメジャー初優勝を果たした。USAプロトーナメントでは予選落ちと振るわなかったが大英で3位と健闘し、海外のシーズンを終えた。

双葉は凱旋を兼ねて日本ツアーへの参加を発表し、10月のレイリーモンローチャンピオンシップへ出場することになった。この大会には世界中のトップ選手が光の回復を願うために集結することになり、試合中に光のトレードマークである楡の木と葡萄のイラストを左胸にプリントしたウェアを皆が着込んだ。発案者は西潟で、山ノ内と双葉ら選手一同が賛同した。試合は白熱し最終日は双葉、フレデリック、キムのプレーオフとなり、2ホール目でキムがバーディを決めて優勝した。試合後、選手全員がグリーンに集合し、『WE HOPE TO PLAY GOLF WITH HIKARU SATOMI』（里見光とゴルフをすることが我々の願いだ）と書かれた横断幕を広げ記念撮影をした。

「光くん、みんなが待っているよ」

エリは光のギプスに触れながら話しかけた。選手は口々に光を褒め称え励ましのコメントをくれる。訪れたギャラリーも同様だった。エリは彼らの熱い思いに涙が止まらなかった。

（あの場所に必ず光くんを立たせてあげたい。私は、そのためなら何でもする）

第8章

楡と葡萄

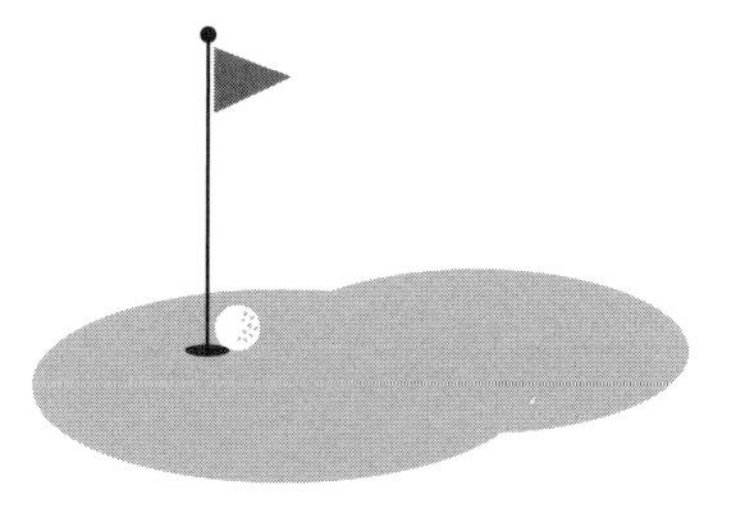

一

事故からもうすぐ2年が経過しようとしていたクリスマスイブのことだった。

「意識は、まだ戻りませんが、骨折箇所や損傷部位に回復の兆しが見えます。我々も驚いています」

病院長からそう説明を受けた公子とエリは顔を見合わせた。ギプスや包帯も取れるということだった。

「すごいですね、光くんは」

「まったく、寝てるだけなのにね。いつまで寝てるのかしら」

公子はうれしくて皮肉を言った。そこへ看護師がやって来た。手にはダンボールを抱えている。

「国際宅配便みたいですよ」

公子がそれを受け取り差出人の名前を見た。〔吉田浩道・テイラー由香（旧姓吉田）〕と書かれていた。

「ぼっちゃんと由香さんだ。イギリスにいるんだ。でもって由香さんは国際結婚だ」

「どなたなんですか」

「光がゴルフを始めた頃からずっとお世話になった方たちよ」

そういえば光から聞いたことのある名前だったことをエリは思い出した。

「ゴルフ場の？」

「そう」

公子がベッドサイドのテーブルに段ボールを置いて開封すると、中には封筒とゴルフウェア一式が梱包されていた。封筒の中には手紙が入っていた。公子が光に顔を寄せ手紙を読む。

【光、ご無沙汰だな。お前が事故を起こして再起不能という報道を目にしたけど、俺も由香も一切、信じない。光、お前は必ず蘇る。そう確信している。光はフェニックスであり魔法使いだ。今度は、その魔法を自分にかけて必ずコースに戻ってくれ。そして、その時はもう一度、俺たちと一緒に戦ってくれ。ここにそのときのための勝負服を入れておく。

お前の活躍を見て俺たちも再起した。どん底からだ。お前の活躍を見て、お前を励みに、お前に勇気をもらって、俺たちは復活できた。お前のおかげだ。ありがとう。次は、お前が復活する番だ。このウエアは俺たちが立ち上げたブランドなんだ。お前が逆転を得意にしていた最終日曜日の後半9ホールから、【サンデー・バック・ナイン】ってブランド名にしたんだ。ロゴマークは楡の木と葡萄、魔法使いの杖。お前の復活を願って足したのが不死鳥だ。

まだ終わっていないんだぞ、光！　俺たちが絶対に終わらせないからな！

ロンドンより　浩道・由香】

ダンボールから取り出したポロシャツの胸には、デザインされたロゴマークとSunday back nineの刺繍（ししゅう）が施されている。キャップにも同じデザイン。パンツもシューズもすべてがスタイリッシュであった。街中でも十分に活用できるほどの素晴らしいものだった。

「エリちゃん。これ、光に着せてみようか」

エリは応えに窮した。死に装束を思わせたからだった。そんな様子を察して公子が言った。

「まだ三途の川は渡らせないから大丈夫。さぁ、エリちゃん手伝って」

着替えをさせながら公子は、皆が光のもとに戻ってくれることがうれしかった。利己的なつながりでも名誉のつながりでもなく、純粋に光を応援してくれる人たちの愛情が、この上なくうれしかった。知らずに涙が頬を落ちる。光が与えたものが、こうして反射して帰ってきたのだ。公子がシューズを履かせ終わったときだった。

「光くん!!」

エリが声を上げた。二人は体を寄せて、注意深く光を見た。光の手が動き出してグリップを握るように重なり合った。

「こ……こは……イー…グ…ル…狙……う…よ…ヒロさん」

「光!!」

「光くん!!」

（なんだよ。ショットのときは〃お静かに〃だろ。母ちゃんとエリがなんでいるんだよ。由香さんもいる。オーナーも。双葉もキムも。山之内さんは相変わらず派手だな。アーサーはどこだ。いた。あんなとこに。マコミックとフレディも。西潟さんと沖さんだ。引退したんじゃなかったっけ。まぁ、いいや。打つから。あれ、なんだよ。うまく体が動かないな。足場も決まらないな）

光は目を開けて足元を見た。真新しいシューズ。芝の上ではなくベッドの上だ。ここがどこなのかわからない。視線を上げるとエリがいる。母がいる。

「光くん!!」

「光!!」

二

一生昏睡状態と言われていた光だったが、事故から2年を経て意識が回復し、リハビリが始まった。医師からプロ選手として現役に戻るのは不可能で、生活に多少不自由する程度までなら回復の見込みはあるだろうと告げられていた。だが、そのことは光には伏せた。再びトーナメントに戻り優勝することしか考えていない光に言えるはずがなかった。ゴルフを奪われたら、光が再び暗闇に押し込められるような気がして公子もエリも心にしまっていた。

光は、前しか向いていない。懸命なリハビリにエリは付き添った。視力が大きく落ちたことで眼鏡を作ったが、デザインが悪く、

「この眼鏡、似合わないだろ。もっとかっこいいヤツないのかな」

とエリに言った。

「治療用だから仕方ないんだよ。よくなったらお洒落なのに替えようね」

「なんか、ロボットみたいだ」

光は不随意な動きをベッドの上でしておどけて見せた。

そこへ、兄の満がやって来た。東京で学会発表があったらしく病院に立ち寄ってくれたのだ。

「兄ちゃん」

「光。元気そうじゃないか」

「早くゴルフしたいからね。みんな待ってるから。兄ちゃん、髭似合わないぞ。なんか偉そうに見える」

「ばか」

満は国立大学の医学部を総代で卒業し、付属の大学病院に勤務している。

「エリ。俺の兄ちゃんは真理子を治すために勉強して医者になったんだぜ。すごいだろ。でもって、俺は治った真理子をゴルフで稼いだお金で豪華世界一周旅行に招待するんだ。それが俺たち兄弟の夢なんだ」

「恥ずかしいから言うなよ」

「いいじゃないの」

「そういうのすごくいいなって思います。私は一人っ子だから、真理ちゃんが羨ましいな。頼もしいお兄さんが2人もいて」

「だろ?」

「真理子の心配より自分の心配をしろよ、光」

「俺は大丈夫だって。すぐに復帰して、すぐに優勝するよ」

　満は復帰が芳しくないことを聞いていたが、兄として光の復活を信じていた。専門が整形ではない満は、あらゆる名医を訪ね歩いていた。歯を食いしばりリハビリに励む光を何とかしてあげたかったからだ。

三

　光のリハビリ生活は1年を経過した。ここ半年は劇的な変化も現れず微量な良化に留まり、松葉杖になったかと思えば足に痺れが走り立てなくなり車椅子に逆戻りと、希望と失望の連続だった。さらに事故の影響による眩暈（めまい）、頭痛にも悩まされ、事故の瞬間のフラッシュバックで目覚めたりもした。それでも光は懸命に腐ることなく耐えてリハビリを続ける。それにはエリの存在が大きかった。エリの献身や励まし、笑顔を絶やすことない姿勢は、困難に立ち向かっていた光にとって何よりも心強かった。

1月の小春日和の午後、光は「陽に当たりたい」と言ってエリに車椅子を押してもらい、病院の屋上に行った。

「暖かいな。エリ、上着要らないや」

エリは光の上着を脱がして手に持った。

「みんな、それぞれに目的があって道を歩いている」

光が屋上の金網越しに眼下の道を行きかう車や通行人を見て言った。動きたくても動けない自分が情けなく、彼らが羨ましかった。エリが不思議そうに光を見る。

「もうゴルフをできなくなって3年もたつのか。ずっとゴルフをしてきてゴルフ以外を知らないのに、俺はどうなっちゃうんだろう」

唯一の生き甲斐を失うつらさは誰にもわからないだろう。一生車椅子の生活をするのであるならばゴルフなど見たくないと光は思った。誰もが自分の存在を忘れてしまうつらさに耐えられるのだろうかとも。

「何も心配はいらないわ。光くんなら必ず神様が助けてくれる。だって一生懸命だもの、いつだって。そんな人を見捨てる神様なんていないわよ」

「そうかな」

「もし、いても大丈夫。あたしがいるじゃない」

「そうだったな」

「そうだよ」

「俺な。ずっとエリに逢いたかったんだ」

「光くん」

「探しに行きたかったけど、行けなくて」

「あたしはずっとそばにいるって感じていたよ。光くんとあたしは榆と葡萄なんだし。元気になったら2人で行こうね」

光は目を閉じて御影山の秘密の場所を脳裏に浮かべた。

「そういえば、エリにお礼を言ってなかった」

「何かな」

「榆の木の根元にプレゼント埋めてあったろ」

「光くん、行ったの?」

「ああ。手紙も曲もすごく力になったよ。俺たちのテーマソング……エリ」

「うん」

小首をかしげるエリ。

「ありがとう」

エリは光の首に背中から腕を回して体を密着させた。

「光くんがここから復活することで、頑張ることって大事なんだって魔法を皆にかけよう」

「そうだな。つまらないこと考えてちゃいけないな。魔法をかけてやらなくちゃやな」

「そうだよ」

「よし！　早く復帰してやる」

無駄な時間は人生には1秒もない。無駄と思える時間も、すべて有益なのだ。だから無意味じゃない。未来へつながっている。どんな未来か。案ずることはない。それは必ず訪れる。光は心の底から苦しかったが、エリをはじめ皆の思いに報いたい気持ちが強かった。先に何が待っていようとベストを尽くすと心に誓った。


春を迎え、日本では新シーズンのツアーが始まった。浩道の立ち上げたブランド『Sunday back nine』から光のもとに新製品が送られてくる。〝SB9〟はロンドン発のゴルフファッションブランドとして知名度を上げつつある。最近はニューヨークにもショップを立ち上げ、いよいよ日本へ上陸することになった。

送られて来た手紙には「見舞いに行く」と書かれていた。今日がその日で光は胸が高鳴り、ここ数日は落ち着かなかった。昼食が済んで、お茶を飲みながら気もそぞろで本を読んで時間を潰していたとき、スライドドアが開いた。ドアのほうを見ると、少し痩せてオールバックにしたトラディショナルな英国人を思わせるような風体になった浩道と、相変わらずお洒落で美人な由香がそこにいた。大英を制した帰りのヒースロー空港で別れて以来、約10年ぶりの再会だ。随分長い時間が流れた。

2人を見ると光は鼻の奥が急激に熱くなり、眼球からこれでもかと湧き出るように涙がこぼれた。ベッドサイドに来た浩道に抱きついて嗚咽した。浩道も由香も嗚咽した。別々の場所で互いに幸も不幸も経験し、こうして再び会うことができたのだ。

「ヒロさん!! 由香さん!!」

光は大声を上げて泣いた。うれしくてたまらない。

「光!!」「光!!」

「ずっと、ずっと、ずっと会いたかったよ」

「俺たちもだ。俺たちは、光を見捨てないぞ」

「ありがとう」

お互いの顔は涙で濡れている。綺麗な涙だった。

「あのな、光」

「なんだい、ヒロさん」

「もう一人、どうしても会いたいって奴がいるんだ」

「誰だい?」

「COME IN」

浩道がドアに向かって声をかけた。光はドアのほうを見た。

スライドドアが開き、一人の顔を真っ赤にして泣きじゃくる大男が立っていた。

「ジョック!!」

「ヒカル!!」

スコットランドラグビー仕込みのタックルではなく、今日は優しく、赤子をいたわるようにハグをしてきた。

「ジョックは今ウチの会社のロンドン支社長なんだ」

「ヒカル。I'm very very happy to see you!!」

「Me too」

「日本に行くと言ったら、どうしても光に逢いたいと」

「光、痛いところはないか」

ジョックは日本語で問いかけてきた。

「怪我人に向かって痛いところはないかいって誰が教えたんだよ。由香さんかい?」

「違うわよ」

ジョックが、きょとんとした顔をしている。

「由香さんも相変わらず綺麗で。結婚したんでしょ、名前がテイラー姓に変わっていたから」

「そうだっけ」

由香がとぼけた答えを返した。

「また吉田に戻ったから、由香は」

浩道が由香のほうを向いて、冷やかすような目線を送る。

「そういえばオーナーはお元気ですか」

浩道と由香は顔を合わせた。そして浩道が口を開いた。

「光が優勝したワールドマスターズを見届けて、ほどなくして……亡くなったよ。世界を目指してやってよかったたって」

「そうだったんですか」

「それからね」

由香が申し訳なさそうに続けた。

「坂東辰巳さんもパパが亡くなってしばらくしてから……」

「先生も……ですか」

光は全快したら墓参りに行くと告げた。するとスライドドアが開いて、エリが頼んでおいた買い物を終えてやって来た。キョトンとするエリだがすぐに笑顔になって、

「こんにちは」

と挨拶をした。

「ありがとう、エリ」

「もしかして」

由香が流し目を送ってきた。光がにやけて頷く。

「そう、正解」

光は浩道たちにエリを紹介した。

「初めまして、宮瀬エリです」

買い物袋を提げたエリが3人に向かって会釈をした。

「エリさんって、もしかして昔、光が私にクリスマスプレゼントはこれでいいかって確認した時のエリさん？」

「そう」

「かぁー。光は一途なんだねぇ。あたしもそういう男が良かった。エリちゃん、彼女役、変わってくれない？」

「クリスマスプレゼント？」

「あーーなんでもないからエリ」

「そう。お茶でも淹れますね」

エリはポットを持って病室を出て行った。

「気が利く子じゃない、光。大事にしなさいよ」

由香が言った。懐かしい仲間がいることに光は心から励まされる。浩道が椅子を引いてベッドの光により近づき、真剣なまなざしを向けてきた。

「光。不可能はないからな。お前はそれを体現してきただろ。俺がそれにどれほど励まされ奮い立たされたか。お前がいなかったら今の俺はない。由香だってそうだ。手紙にも書いたが、お前さえ良ければだが、復活した暁にはウチの、ＳＢ９のプロダクトを使ってもらえないか」

光は腕組みをし、眉間に皺を寄せ、目を閉じた。そして、静かに目を開け浩道を見た。

「ヒロさん。うれしいこと言わないでよ。サトミヒカルはヒロさんたちが作った作品だよ。昔も言ったはずだよ。だから俺はＳＢ９の製品を喜んで使わせてもらうよ」

その場に居合わせた全員の涙が病室を満たすほどであった。

四

その後もリハビリは続いた。トイレぐらいまでなら補助なしでゆっくりとはいえ歩けるようになった。持つことさえできなかったコップも、指先に神経を集中すればエリの淹れてくれた茶を飲むこともできる。日常生活を正常にこなすのはまだまだだが、常識を覆す里見光の威光は健在だった。

病室の窓外には梅雨の灰色の空が広がり、今にも雨が降りそうな気配だった。すでに事故から４年がたった。ゴルフ界では光の話題は無くなっていった。光のメジャー２勝を抜いてメジャー制覇３度を果たし、アメリカツアーに拠点を置く双葉は遥か雲の上の存在に思えた。

一方、日本ツアーでは賞金王も獲得した山ノ内が、新世代勢力の台頭で最近は勝ち星から遠のいていた。金窓飛路行、棚倉誠司などを中心とした魅力溢れる若手世代が急成長し、今期は優勝を独占し勢力図が変わるほどの存在感を発揮し始めている。キム・ドンフンは韓国ツアーで賞金王を獲得し、アメリカツアーでも2勝を挙げている。今年の大英は中国の王力（ワンリー）が光以来の東洋人として優勝した。海外でも新鋭のアラン・ジェンキンスが世界ランク首位を走る。

確実に時代は変わっていた。光は過去のレジェンドとしての扱いになっている。悔しさと焦りに苛まれ、ゴルフの話題を意識的に避けながらも無意識では気になってしまう。苦しむ光をエリは懸命に補助し励まし笑顔を絶やさなかった。光も、それに応え回復は日に日に増した。日常生活が徐々にではあるが自分でもできるようになってきた。

「里見さん、もう退院できますね。今までよく頑張っていただけました。後遺症は、あるとは思いますが持ち前のガッツで乗り越えてください。リハビリは関連施設で、これからは通院として引き続きやっていきましょう」

そう担当医から退院を告げられたのは9月の初旬のことだった。病室に戻るとエリとうれしさから抱き合った。光の頭の中には現役復帰は不可能と宣告されたことを覆すことしかなかった。

渋谷のタワーマンションはアポロンから追い出されており、杉並の2DKのアパートで暮らすことになった。そこへ兄の満が訪ねてきた。都内の老舗うなぎ店の弁当を2つ土産に持参してきた。

「長い入院生活をよく耐えた。お前は、やっぱりすごいな」

東京での学会を終えて退院祝いに寄ってくれたのだ。満は贅沢感のない部屋を見渡した。

「お金無くなっちゃって」

気恥ずかしそうに光は頭をかいた。

「気にすることはない」

「お茶が入りました」

エリが粗末なテーブルに湯飲みを置き、満が頭を下げた。

「実はな、光。兄ちゃんの同期で高木という男がいるんだ。そいつと学会で偶然会ってな。学者肌の男で大学に残って今も研究を続けているんだが、なかなかユニークな発想の持ち主で、重力や磁力などの物理学と疾病の関連を研究しているんだ。その高木から、同席していた国立薩摩医科大学の土屋先生を紹介されてね」

「薩摩?」

「うん。土屋先生は医科大学を卒業したあと歯科大も卒業されて、いわゆるダブルドクターで、人体構造学って分野では世界的にも有名になりつつあるんだ。高木が俺を紹介したときに、お前の兄だって話をしたんだ。土屋先生は大学の元ゴルフ部の主将だったらしくてお前のことを気にしていてな。弟はリハビリを頑張って復帰を目指していますって話をしたら、「これは縁です」って手伝いをさせてほしいっておっしゃってくれたんだ。高木は土屋先生を非常に誠実な方で信用に値すると、『医師である前に人間たれ』を体現している方だと言っていたが、兄ちゃんも話をしてそれを感じることができた。どうだい光、土屋先生に診てもらうというのは」

「兄ちゃんのお墨付きなら身柄預けるよ。復帰のためなら俺は何でもするんだ」

「そうか」

「うん」

五

満から話を持ちかけられた2日後には、光とエリは鹿児島にやって来た。思い立ったら即行動。狭い機内と長時間の姿勢維持に負担があったが、気合で乗り切った。それにエリも同行してくれているのが何より心強い。鹿児島の地を訪れるのは高夫と由香に連れられ坂東辰巳に師事を仰いで以来。懐かしい土地だった。レンタカーを手配し、エリの運転で空港から薩摩医科大学に向かった。

初対面した土屋は背筋をピンと伸ばした姿勢のよさで、バランスボールに腰掛けて診察する奇天烈なスタイルで面食らったが、当の土屋は光のような患者に慣れているのか気にも留めていない。レントゲンや写真撮影、さらに筋力検査、視力、歯科咬合（こうごう）と多数の検査が行われ、その結果を話すことになった。光もエリも土屋が口を開くのを待っている。土屋は無言で眉間に皺を寄せてバランスボールの上で体を揺すりながら検査報告書に目を通している。無言の時間が果てしなく長く感じ、地獄へ突き落とされるのか一縷（いちる）の望みがあるのか、自身の人生を他人に支配されるような苦痛があった。そして土屋が口を開いた。

「現役として復帰するのであれば、里見選手は、どの程度を考えておられますか」

「海外メジャーで通用するということです」

「そうですか。日本ツアーの最多優勝記録、大英やワールドマスターズの頃のようなピークには、検査結果から申し上げると、残念ながら、そこまで引き上げることは困難でしょう」

光は口を真一文字にして奥歯を強くかみ締めた。望みを託した土屋の口から光にとっては絶望を意味する言葉が告げられたからだった。目の前の扉が閉じ、暗闇に閉ざされた気分だった。

「私は、検査結果、過去のデータ、経験を参考にして治療を行います」

「その先生がメジャー制覇は、もう無理と言うんですよね」

光は吐き捨てるように言った。土屋に当たるのはお門違いとはわかっている。土屋は医者として事実を客観視しているだけだ。だが、悔しさに拳を握り締めうつむく。

「光くん。ちゃんと聴こう」

エリがそれを諫めたが、光はうなだれて顔を下に向けたままだった。

「ですが、一つだけ医師の手が届かないものがあります。それは患者さんの集中による強い精神に宿った不思議な力です。私はそれを理解しています」

光は顔を上げた。土屋は続ける。

「私は神ではありません。人間です。医師です。医師はあくまで患者さんのサポート役であると考えています。また、そう思わなければ傲慢になり、病も患者さんも軽視することになります。治すのはあくまで患者さんなんです」

土屋は光の手を取って握った。

「里見さん。あなたの持っている力を信じましょう。マイナスをゼロに、ゼロを1にするのはとても困難なことです。でも、それをあなたの力で4にも5にもして、6、7、8、9、10と上げていきましょう」

「先生」

「今の時代、コンプライアンス重視で、医師は当たり障りのない言葉しか発することができません。それは、どの業界も同じです。医師が自身を守る術ですから否定はしません。でも私は、あえて言います。マイナスをプラスに転化できるのが人間の力だと思っています。里見さんのように大きな成功を収めて来た方であれば、私はできると信じています。全力でサポートします。一緒に頑張りませんか」

光は土屋の手を強く握り返した。

「先生！　お願いします」

「では、私に1か月の時間をくれませんか」

光はなぜ、すぐじゃないのかわからなかったが従うことにした。

「それと里見さん、こちらに引っ越す手続きをしてください」

「わかりました」

貯金は完全に底をつき、兄の満からの援助はあったものの、それも治療費に消えてしまうだろうと光は思っていた。エリは、

「こっちで働くから心配しないで。光くんは治療に専念すればいいから」と。

そこで光は治療費に関して土屋に相談をしたところ「復帰払いでいい」と言ってくれたが、エリは「そんなわけにはいかない」と昼夜問わず働くとまで言ってくれた。

病院の近くにアパートを借り、2人は鹿児島に引っ越した。

「新しい土地に住むってワクワクするね」

エリはそう言って無邪気に笑うが、それが彼女の気遣いであることは承知している。エリだって不安なのだ。エリのためにも頑張らなくてはいけない。

そして約束の1か月が過ぎて、薩摩医科大学内の土屋の部屋を訪ねた。そこには土屋のほか3人の男たちがいた。

「ようこそ、里見さん」

光は土屋とほかの3人に向けて会釈をした。

「まずは紹介しよう」

土屋は3人の男たちを一人一人紹介し始めた。

「高森俊二さんはバイオメカニクスの担当。長谷川善弘さんはスポーツトレーナー。河崎公夫さんは

歯科咬合の担当で僕の後輩。それとあと1人遅れてるなぁ。栄養管理担当の……」

土屋は腕時計を覗き込んだ。するとドアが開いて小柄な女性が入って来た。

「宇佐美ひとみ、ようやく着きました」

「ようこそ。お疲れさま。オーストラリアからわざわざ、お越しいただいてすみません」

「とんでもないです。またこのメンバーで仕事ができるなら、火星にいたって駆けつけるわ」

「これで全員揃いましたね」

土屋が言った。

「彼らと私を含む5人は、里見さんの復活のお世話をしていくチームです」

光はこれほどのメンバーを揃えることに財布事情が心配になった。不安そうな光に向かって土屋は察したのか、「何も心配はいらない」と言ってのける。

「皆さん、よろしくお願いします」

「里見さん。気の遠くなるようなリハビリの日々だよ。事故による影響はゼロにはならず、背負い続ける十字架のようなものだよ。でも彼らと私がついています。覚悟はいいね?」

土屋は光の目を見据えて言った。

「先生。僕は今まで目標のために自分を捧げてそれを克服してきました。アグレッシブこそが僕のスタイルです。だから前しか見ていません」

「よろしい。チームメンバーはどうだい?」

全員がつよく頷いた。光は一人一人と固い握手をして共闘の契りを交わした。

光の復活への闘いがすぐに始まった。高森は光の体にコンピューター機器と接続したコードの先のパットをつけていく。指示に従い体を動かす。その動きがコンピューターに記憶されていく。土屋と長谷川と河崎が、それを覗き込んでいる。

「河崎先生、シリコンを右の臼歯部にかませてみて」

土屋に指示された河崎が、咬合器と呼ばれる顎の3次元的表現をする装置を手に取り「2ミリかな」とつぶやいて、ナイフでシリコン板を調整し光にかませた。

「では里見さん、もう一度、今の動きをしてください」

高森が言った。

「どうかな、長谷川君」

土屋が尋ねた。

「無意識的に庇っていますね」

「だよな。どうする?」

「高森さん、足裏の圧はどうかな」

「踵(かかと)体重になってますね」

高森は映し出された足裏のPC画面を覗いて言った。

「土屋先生、里見プロは体が小さい分、ベタ足で力を逃がさないショットをします。それが力の集中を生んで飛距離につながってました。ですが、それだと大腿部、腰部、背筋に相当な負担がかかります。里見選手の平均パット数は1・5235。これに18を掛けると27パット。72のパープレイとしてショットが45打。それを4日間。とてもじゃないですが、もちません」

光は、ぽつねんと彼らのやり取りを見ている。

「もたせる方法は?」

「飛距離は落ちますが、鍵はつま先です」

すると今度はシリコン板を前歯でかみ合わせ、つま先を意識して動くよう指示された。

「筋圧が前部に変わりましたね」

高森がつぶやいた。

「負担率はどうだい?」

「踵やベタ足に比べかなり低いです」

「いいじゃないか」

その後も様々な体の動きをチェックしていった。

「できたわよ」

宇佐美がリハビリルームの扉を開けた。

「ありがとう。じゃ、みんなご飯にしようか」

土屋の部屋に移動すると、テーブルには宇佐美の作った料理が皿に並べられていた。

「はいこれ、里見さん」

手渡されたのは分厚いA4ファイルだった。光が中を捲ると、料理のレシピとその効果について3か月分書かれていた。

「彼女さんは、料理は得意かな？　まぁ得意じゃなくても、そのとおり作れば問題なく誰でもできるから安心して」

「ありがとうございます」

「里見君の彼女は息を呑むくらいに美人な子だよ」

「先生、やめてください」

「しかも、しっかりした子でね」

「先生、もういいから。せっかくの宇佐美さんの料理が冷めちゃいますから温かいうちに食べましょう」

6人は食事を始めた。一旦食事が始まると5人からそれまでの科学者のような雰囲気は失せて、ウィットに富んだ楽しい会話が弾んだ。皆その筋の専門家ではあるが他分野や他業界、または政治や経済、芸術などあらゆることに精通していた。光は彼らの知識や見聞の広さに驚いた。

「皆さん、専門分野以外の話もできるなんて、一体いつ勉強しているんですか」

「里見君、私たちに一つ言えるのは、柔軟で謙虚であるってことなんだ。他分野・他業種だから取り入れないという考えはないんだ」

　土屋は続けた。

「高森君はバイオメカニクスが専門だけど、合気道をはじめ古武道にも精通しているんだ。見えざる人間の力を学ぶために。確か合気道は……」

「7段です」

「そうだった。迂闊に触れたら壁まで吹っ飛ぶから。冗談じゃなくて。里見君、元気になったら試してみるといいよ」

「やめときます。怪我してまたリハビリは勘弁です」

　高森の知性溢れる冷静沈着さは、理工学部を卒業したのち医学部に学び、何事も丹念に追究する姿勢から来ていると土屋が教えてくれた。身長190センチでかなり細身の繊細な雰囲気は、武道家というよりは真面目な官僚を思わせる。高森が人をいとも簡単に投げる力の源泉はどこから湧くのか不思議に思えた。

「里見さん、ゴルフは武道と共通している部分があります。筋力に頼らずとも集中が強い力を生むところです」

「集中？」

「ええ。人間の力を体の中心軸に集めて、脇から腕の内側を通し薬指、小指にかけてその力を発揮するんです。この時どこかで力が漏れていたり、力んでいたら最大の力を出すことはできません」

「それは解ります。よく『力じゃないが力』と言われる難解な理論ですね」

長谷川が話に入って来た。

「力じゃないけど力？」

光は聞き返した。長谷川は体を乗り出した。白衣のボタンが今にもはち切れそうな胸板である。

「はい。例えばピッチャーが球を投げるとき、ガチガチに力を込めて球を投げてもスピードは出ませんよね。脱力と違う力、それは自然体です。狩りをする獣には無駄な筋肉はありませんし、また筋トレもしませんよね。条件に合った体になっているだけです。私はスポーツトレーナとして過度な筋トレは課しません。その代わりそのスポーツの条件に合った体を作り上げることを目指しているんです。人体構造の面白さにのめりこんで河崎さんと知り合って、土屋先生にたどり着いたわけです」

「里見さん。さっき、かみ合わせだけで体の動きが良くなるのを体験されたでしょ」

河崎が言った。

「はい」

河崎は鼻の下にたくわえた髭と顔つきが強面(こわもて)であり、低音ボイスがそれに拍車をかけるが、笑うと実に優しい顔に崩れる歯科医師。

「歯は不思議でね。上歯だけでは機能せず、下歯があって初めて成立するんですね。そして、歯という硬組織がトンカチで釘を打つように叩き合う直上には脳がある。さらに顎を動かす筋肉は全身の筋肉につながる起始点でもある。正確な筋肉への指令に欠かせない重要部位、それが歯です」

「事故の時も歯だけは無傷だったんでよかったです」

「もう。しゃべってないで食べてくださいよ。その体を作る源が、私が作る料理なんです」

宇佐美が急かしたが話は止まらない。

「彼らはね、私のデジタルアナログ理論に賛同してくれているんです」

土屋が再び話し出した。

「デジタル……アナログ……？」

「そう。人間が感知できるのはアナログ。感知できないのがデジタル。例えば昨日はベストスコアを出したのに今日はワーストスコア。先週はノーヒットノーランだったのに今日は1回でノックアウト。スポーツの世界はそういったことがよく起こるでしょ。それはデジタルを感知できないからなんだ。生身の人間がデジタルを感知するのは不可能。プログラミングされたロボットではないからね。それを近似させてハイパフォーマンスを発揮できるようにするのが、私の考えた理論と方法なんだ。そのためには高森君のバイオメカニクス、河崎君の咬合理論、長谷川君のトレーニング方法、宇佐美さんの食事療法が必要なんだ。彼らはその分野では異端だが優秀なんだ」

光は土屋を中心としたこのメンバーであるならば、復活に期待が持てると希望が持てた。

六

年が明け、季節はあっという間に春を迎えた。土屋の下で計画的なリハビリメニューをこなし、事故を起こしてから実に5年ぶりに練習場に来た。

「一分の力で振ってごらん。20ヤード辺りを狙って」

恐る恐るアドレスに入り7番アイアンを振った。トップしたボールが芝の上を力なく転がる。

「大丈夫です、それでいいんです。もう一度」

今度は集中して芯を食うように振った。ダフリ球。体が安定しない。

「いいんです、それで。続けましょう」

土屋の言うとおり繰り返すうちに、徐々に感覚を取り戻し芯を食うようになる。

「一分の力でいいんです」

そんな練習を毎日続けた。フルスイングはご法度で、時計の針で言うと3時から9時の間の振り幅のショット練習に終始した。そして、徐々に当たりがよくなってきた。体が覚えている感覚はベタ足でのスイングだが、今はつま先を生かしたスイングである。

土屋がゴルフ練習場に掛け合い、一番隅のブースを借り上げる話をつけた。パーテーションで囲って様々な機器類を持ち込み、スイングデータを計測し、その都度マウスピースでかみ合わせを変え、関節と筋肉の使い方も固めていった。

　7番アイアンはようやく120ヤードまで飛ばすことができるようになった。180ヤードは飛ばしていた事故前に比べると見劣りはする飛距離だが、光はうれしかった。1ヤードずつでもいいから少しずつ飛ばしていけばよいと土屋は励ましてくれる。練習とはいえゴルフが再びできる奇跡に感謝した。チームのリハビリのおかげで改造した新スイングも安定し、7番アイアンで練習開始した春先には20ヤードほどしか転がらなかったが、夏には160ヤードまで飛距離を伸ばしていた。


　そんな8月のある日。レース中の落馬による大怪我から土屋のリハビリで復帰を果たした競馬界のトップジョッキーである田端雄治が、定期検診を兼ねて土屋のもとを訪ねてきた。土屋は光を田端に引き合わせた。その夜、3人は鹿児島市内のホテルのレストランで夕食を共にした。

「まさか、里見プロがいるとはホンマ驚きですわ」

　田端は光よりも2回り近く年上だった。ジョッキーだが背が高く理知的であり、野性味と言うよりは歌舞伎役者の女形（おやま）のような佇まいだ。

「競馬はわからないですが、田端さんは存じ上げています」

「いやぁ、そう言うてくれて、おおきに」

「田端さん、ゴルフうまいんだよ」

　土屋が横から言った。

「先生。里見プロの前でやめてくれまへんか」

「よくラウンドされるんですか」

「そやね。競馬が土日なんで、月曜か火曜にはラウンドしますわ。先生ともラウンドしますが先生はなかなかの飛ばし屋ですよ。ＯＢが多いですが」

「田端さん、里見選手の前でやめてよ」

食後のコーヒーがカップに注がれた。

「里見さん、田端さんは修羅場をくぐっているから話を聞くと勉強になるよ」

「修羅場だらけですよ。僕の競馬人生」

「そうなんですか？　華やかな王道に思えるんですが」

「それはないよ」

「そろそろ行かなくちゃ」

土屋は腕時計に目をやって言った。

「用事でもおまんの？　先生」

「研究データが上がって来る頃でね。お先に失礼するよ」

そう言って残ったコーヒーを一気に飲み干して土屋は立ち上がり、「ここは私が持ちますので」とテーブルの上の黒革の伝票ホルダーを手に席を立った。

「じゃ、ごゆっくり」

土屋の退店を見送った。

「先生は、里見プロと差しで話すように仕向けたんやな」

「そのようですね」

「ほなアスリート同士話しよか」

「はい。僕、田端さんに聞きたいことがいっぱいありますよ」

「なんなりと。先生いないからワインを頼んじゃおうか。舌が滑らかになってよう話せるようになる。でも里見プロはやめとき。一杯だけで」

「一杯で止まらなくなってもいけないので控えます。田端さんは是非飲んでください」

「そか。ほな遠慮なく」

土屋がセッティングしてくれたチャンスに光は心から感謝し、また田端というトップを走る人間から何でも吸収してやろうと思った。注文したワインを飲みながら、田端は自身のことを語り出した。

「落馬事故ってのは怖いよ。一生動けない体になることもあるわけで、最悪死ぬことだってあるからね。でも、僕がもっと怖いのは、大好きな騎乗を断念せざるを得ないことなんだ。ジョッキーが馬に乗れへんかったら、ただの人や」

田端は18歳でデビューして初騎乗初勝利を皮切りに、デビュー初年で秋の天皇賞、暮れの有馬記念を制し、天才の名をほしいままに翌年から15年連続でリーディングジョッキー記録を更新したが、落馬事故でそれが途切れた。さわやかなルックスと佇まいにクレバーな発言で、ダーティーだった競馬のイメージを次々と覆していった。

「3年前の落馬事故の頃は、僕が競馬界に入って一番脂が乗っていたときでね」

田端は皐月賞、ダービーと圧勝した1番人気のライクアサンダーに騎乗し、自身2度目の3冠ジョッキーを懸けた菊花賞の最後の直線で、前を走っていた馬の蹄鉄が外れスリップを起こし転倒。それに巻き込まれ落馬した。運が悪いことに後続の馬に踏みつけられ、即病院に搬送された。重体説、再起不能説が流布されたが、6か月後に復帰した。だが思うようなレースができなくなり、落馬前と後では別人のようになった。長らく王座に君臨したリーディングから陥落して勝利すらおぼつかなくなり、「田端は終わった」と報じられるようになった。

「焦っておったね。騎乗依頼もGI馬も多く抱えていたから、すぐに戻らなくちゃって。ただ治りが悪くてね。若い頃とまるで勝手が違ってきて。40近くなると明らかに体が全盛期と違ってくるし、落馬のトラウマや「終わった」なんて報じられると、みんなが一斉に去っていくような恐怖を感じてね。積み上げてきたものが瓦解していく恐ろしさやね。それが余計に騎乗に反映するんだ。おかしい、おかしい、こんなはずやないって。修正できないまま終わって自信を無くして。でもここまでやってきたプライドがあるからなんとか耐えたけど、だんだんごまかしも利かなくなって、無意識に庇っておったんやろね。体は悲鳴を上げてね。やっぱ痛いんやね。それが弱さになってしまうんよ。

デビューの頃から可愛がってくれた馬主さんから土屋先生を紹介されて、そいで本格的に治すことになったんや。バランスボールに乗ってたりして、うさんくさい先生やと思うやろ? 大丈夫かいな、こない医者でなんて。でもな、やっぱ名医やわ。人間的にも素晴らしいし。体の痛みが取れてな、フォームが戻ってきたんよ。これでやれると思っとったけど、勝てない僕には有力馬の騎乗がなくて。そんなときに一頭の馬に出会うんよ。土屋先生を紹介してくれた馬主さんの馬やねんけどな。デビューから連勝して来年のダービー間違いなしなんて言われてね。だけど正月明けに骨折してな。ダービーに間に合わせようと治ってすぐに復帰させたんやけど、レース中にまた骨折して。殺処分しかけたんだけど「いい馬だから治療に専念させてください。僕が必ず勝たせます」って啖呵きってね。どこか僕とシンクロしちゃってたからね。オーナーはわがままを聞いてくれてね。夏場に北海道開催競馬の合間に放牧中のその馬を見に行ったんよ。厩舎(きゅうしゃ)で彼の目を見たときにね、感じたんだよね。会話できたというか」

「会話?」

「うん。このままじゃ、俺たち終われないよなって」

田端は続けた。

「秋に戻ってきた時には見違えてね。乗り心地も全く違うし。皐月賞馬もダービー馬も大きく引き離して菊花賞を獲って。その後ＧⅠを5勝してくれて。おかげで僕も完全に復調して、落馬のトラウマも無くなったよ。より競馬が好きになったね、あんな奇跡みたいなことに遭遇すると」

「すごいですね」

「里見プロもまだ終わってないし、一ゴルフファンから言わせてもらえば終わってほしくないね。里見プロがもう一度戻って復活した時には、多くの人を奮い立たせることになるよ。僕たちアスリートはその体現者になって社会に貢献するのも使命の一つや。だから里見プロのドラマティックな映画のような試合が見たいな、僕は。起こったことにはすべて意味があって、そのときは無駄に思えるかもしれないんやけど、後になってみると無意味やなかったって思えるんよ。里見プロができるベストを尽くしたらええ」

「田端さん、ありがとうございます」

「いつかラウンドしてな」

田端との出会いは光に衝撃を与えた。似た境遇にあるアスリートが復帰を果たし、再び栄光を掴むことへの光明がはっきりと見えた。ベストを尽くすため、光は今まで以上にリハビリに打ち込んだ。

「光くん、ほんとに頑張るね」

小さな台所で食事の支度をしているエリが言った。レシピは宇佐美の作成したものだ。

「こうして打ち込めるのはエリのおかげだよ」

エリは昼も働き、夜は酔客を相手に仕事をしている。お嬢さま育ちのエリには耐えがたい仕事だろう。光はエリから夜の仕事を始めると聞かされて大反対した。

「そんなことをさせるわけにはいかないよ」

「心配しないで」

「心配だよ。兄ちゃんに借りてみるから」

「だめ。私たちの力でやるの」

エリは一度決めたことは変えない一途さがある。だからといって頑固であるのではなく、熟考したうえで決めたことは変えないのだ。料理がテーブルに置かれた。

「じゃ、私行ってくるね」

そう言ってエリはアパートを後にした。光はこんな生活から早く抜け出したかった。だが焦ればまた深い闇に転落する。正念場である。一人の時間は読書に費やし心を落ち着けた。

七

リハビリチームができて1年が経過した。各種データは良好で、全盛期の6〜7割程度まで光は回復した。

「里見選手。私とラウンドしてみませんか。里見選手は6分の力で。私は全力で。ちょうどいいハンデです」

チームから上がったデータを見て土屋が言った。事故を起こしてから6年の月日が流れていた。

1番ホールに立った時はうれしくて涙がこぼれた。一生ゴルフはできないだろうと思っていた。眼球が飛び出したと聞いた時は背筋が凍った。視力は落ちたが土屋の勧めで視力回復手術も受けて煩わしい眼鏡生活も終わりにでき、視界良好で緑が映える。高森と長谷川も駆けつけ、ラウンド中の光のデータ収集のためにカメラや機材を携えて同行した。

6年ぶりのティーショットはヘッドスピード40、キャリーで180ヤード、トータル211ヤードであった。結果は散々であったがうれしかった。改めて戻る場所はここしかないと思えた。

ラウンド後に土屋と風呂につかった。

「18ホールを回ってみて体はどうですか」

「どこも痛くないですよ」

「6分の力だからです。ここで焦ってはいけませんよ」

「わかりました」

リハビリと練習が続くなか、時間の取れた光は、由香から聞いたある寺を訪ねた。墓前で花を生け線香を立て、手を合わせた。墓石には「坂東辰巳」と刻印されている。

(先生。ご無沙汰です。先生が果たせなかったメジャーを制覇しました。今は落ちぶれていますが必ず復帰してみせます。高夫オーナーと共に見守っていてください)

空を見上げると、高夫と坂東が少年のようにはしゃぎながらラウンドする姿が見えたような気がした。

鹿児島に来てから1年半が経過した梅雨の6月。土屋から、来シーズンに復帰する計画が打ち明けられた。日本ツアーは始まったばかりだから来年からということになる。国内ツアー勝利数、メジャー制覇の光は永久シード権の保有者であり、ツアー出場を懸けたチャレンジトーナメントやQT（クォリファイングトーナメント）が免除されている。光はこのうれしさを誰よりも最初にエリに伝えようと思った。

「ここか。ようやく見つけたぜ。暴力ゴルファーの棲家（すみか）を」

向かいの通りから2階建てアパートの前でつぶやいた日下一也は、口角を上げて手入れしていない顎の髭を手のひらで撫で、タバコの吸殻を足元に落としていたぶるように靴裏で擂（す）り潰し消した。目指す部屋は角部屋の２０３号室。通りを渡ろうと歩み出した際、視界に一人の女性を捉えた。

（おう、こんな田舎には似合わない、いい女だな）

日下は目の保養とばかり思わず見とれてしまった。すると女は２０３号室の前でバッグから鍵を取り出し、鍵穴に差し込んだ。

（同棲（どうせい）してるスケか？　くそっ。女優といい、女上司といい、あのスケといい、里見の野郎、いい思いばかりしやがって）

地面に唾を吐き捨てた。

（しかし、これはこれで面白くなったかもだな）

日下は部屋の前に立った。インターホンなど設置されていない安普請である。ドアをノックした。

中から先ほどのオンナが「どなたですか?」と朗らかな声で尋ねてくる。

「雑誌社の者で日下といいます。里見選手の復活についての記事を担当しており、お話をお伺いできたらと思い尋ねたしだいでして。こちら、里見選手のお宅ですよね?」

「雑誌社?」

「ええ」

「わかりました」

中に招き入れたエリは茶を淹れ、湯飲みを小さな丸テーブルに置いて対座していた。日下は実はゴルフ雑誌ではなくスキャンダル雑誌の記者であり、以前、光に空港で暴力を振るわれ大けがをしたことを明かした。

「どういったご用件でしょうか」

「同棲中のあなたにこんなことをお話しするのは居たたまれないのですが、彼がどれほどの悪人であるかあなたに教えましょう」

「悪人?　誰がですか?」

「里見光ですよ」

「彼は悪人じゃありません」

「それを決めるのは、話を聞いてからでもいいんじゃないでしょうか」

日下は原稿をテーブルの上に置いた。

『元美人女優Ｓ・Ｙ　暴力プロゴルファー里見光に中絶を迫られた夜』

大きな見出しと光に女性が寄り添う写真、光が事故を起こした車に2人が乗っている写真、女性のマンションの外観の写真が白黒で印刷されていた。エリは手に取り記事を読み進めた。交際中より光からの暴力に悩まされていた女性だったが、光に妊娠を告げると中絶を覚悟させるまで暴力を振るい続け、暴力団のバックを匂わせ芸能界から追放すると脅迫までした、とある。

「嘘です。光くんは決してそんなことしません」

エリは原稿をテーブルに叩きつけた。湯呑みが揺れた。

「ホントのことですよ。かわいそうに被害者女性は順調だった仕事も失い、精神まで病んで。今では場末のキャバレーで酔客を相手に生計を立てているんですよ。これもすべて里見の仕業だと思うと、私は許すわけには行かないと義憤に駆られたわけです」

「あなたの出版社は嘘まで書きたてるんですか？」

「嘘？　被害女性がそう言っているんですから事実ですよ」

「こんな記事が書店に並ぶなんてしてほしくないです！」

エリは事故の闇から復活のために歯を食いしばって頑張る光の姿が頭に浮かんだ。

「あの男の悪行を世間に広めるのがジャーナリストの使命ですからね」

しゃべりながらも日下は、エリのことが欲しくてたまらなくなった。透き通るような白い肌。瑞々しい唇。綺麗な世界しか見たことないであろう瞳。無骨な手が地を這う毒蛇のように獲物に近づく。

渋柿のように浮腫した歯茎と、ヤニで汚れた欠けた櫛のような前歯の間から、タバコ臭い息がエリの顔にかかる。

「いやぁ!! 何するんですか!!」

日下の手がエリの太ももをさすった。エリは体を仰け反らせ手で払った。

「嫌ですよね。被害者女性はこんなことを毎晩酔客からされているんですよ。それもこれもすべて里見のせいでね」

「それとこれは違います。あなたが今やったことは痴漢行為です」

「カッカすんなやぁ」

ドスを効かせた低い声だがエリはたじろがなかった。むしろ力強く揺るぎない強い視線を日下に向ける。

「とにかく、私は光くんを信じています」

「あんたも騙されているかもしれませんよ」

「光くんは嘘をつきません」

日下はエリの光を思う気持ちの強さに腹が立ってきて、陰険な執念深さに火がついた。この仲を何とかして引き裂いてやりたいと考えた。

「人の心根はわかりませんよ。夫婦の仲だって秘密がある世の中です」

「どうであれ、光くんを信じる気持ちは変わりません」

日下はジャケットのポケットからタバコを取り出し口に咥えた。

「ここ、禁煙です」

エリは咥えたタバコをもぎ取り日下につき返した。

「なかなか気の強い女だな」

日下は鼻で笑い、用意されたお茶に口をつけた。

「いいですか、お嬢さん。当社も事情があります。販売を控えた雑誌のページを埋めなくてはなりません。そこはわかっていただけますか」

「だめです。絶対に販売しないでください」

毅然とした目でエリは日下を見据える。

「なるほどね……」

これは面白くなったと、日下は続けた。

「そうですか。あなたの思いに胸を打たれました。私も鬼じゃないです。復帰を目指している里見選手が、こんな過去の出来事で前途を絶えさせるなんて真似はしたくはありませんよ」

「そういう心をお持ちでしたら、やめてください」

「しかしね、お嬢さん。これで飯を食っている連中がいるんですよ。販売できなかったらウチのような小さな出版社は潰れちゃうんですよ。社員が路頭に迷うわけですよ」

「それでも、やめていただきたいです」

「そうですか。この記事の責任者は私なんですよ。私の一存で記事の差し替えはできないこともないですがねぇ」

「破棄してもらいたいです」

「そうですか。あんたの返事次第で何とかしてあげてもいいですがね」

「私の返事？　なんでしょうか？」

「ガキじゃあるまいし」

「何を言ってるんですか」

「お前が俺に抱かれたらいいだけだ」

「そんなの嫌です。絶対に嫌です」

「愛する里見選手がどうなってもいいんだな」

日下はテーブルを横にどかしてエリの前ににじり寄る。後ずさりするエリを壁際まで追い込んで両手首を掴み上げた。恐怖に歪む顔に日下は欲情した。

「痛い！　痛いです！　放して！　やめて‼」

「大きい声出すんじゃねぇ」

日下はエリの側頭部を思い切り叩いた。

「痛い！」

エリはすっかり静かになった。

「さぁ、お前の返事一つだぞ。里見がこのまま地獄に落ちるか、再び天国を見ることができるか。お前が我慢すればいいだけの話だろうが」

エリは目を閉じ黙ってうつむく。日下は手のひらでエリの頭を何度も軽くはたいて返事を促した。

「どうするんだ。減るもんじゃやないだろ。目をつぶっていりゃ、すぐ済むことだ」

（光くん、助けて。怖いよ）

「どうするんだ。それも愛だろう、お嬢さん。愛する男を守りたいんだよな。あんたしかそれができないんだよ。里見が土下座したって俺は記事を破棄しないんだ」

日下は舌なめずりをした。毒蛇が可憐な小動物を前にした絶対的な力。たっぷりといたぶれると思うと濃厚な異臭が毛穴から噴出する。不快な匂いにエリの全身に鳥肌が粟立った。

「あんな男など地獄へ落ちればいい。いい思いばかりしやがって。たかだかゴルフがうまいだけでよ」

その言葉を聞いて、エリは日下を睨み返した。

「彼が、どれほどの苦労、どれほどの努力、どれほどの犠牲、どれほどの緊張感、どれほどの……してきたと思っているのよ!!」

「いいじゃやねぇか。里見を助けると思えば安いものだろ。あんたの返事一つで愛する男の努力が報われるんだぜ」

（光くん……ごめんなさい……助けて……あげる……ね……私が……）

エリは目を強く閉じた。堰を切って涙が頰を落ちる。

「ようやくわかったみたいだな。世話焼かせやがって」

日下が覆いかぶさってきた。

八

一方的な捌け口の行為が終わると、日下は、

「里見の前から姿を消して俺の都合のいい女になるんなら、お蔵にしてやる」とタバコを吸いながら言った。

「約束が違います」

壁に背を預け裸体を縮めながらエリが言った。

「あっ？　なんだと？　いいのかよ、里見がどうなっても」

日下の恫喝にエリは抗えなかった。エリは散らばった服を手繰り寄せ身に着けると無言で立ち上がり、押し入れからスーツケースを取り出し身支度を始めた。日下は湯飲みにタバコを放り投げて下卑た笑みを浮かべ、勝利者のようにタンスの上に飾られた光の写真を見つめた。

光が土屋にエリと祝杯を挙げたいので1万円貸してもらえないかと申し出ると、

「エリさんも苦労して支えてきたんだから、いいものをプレゼントしてあげなさい」と30万円をくれ

た。光はデパートに向かい、エターナルという名前のネックレスを購入した。

光はプレゼントを渡したときのエリの喜ぶ顔が浮かんだ。

【今日はお祝いだよ、一緒に祝ってくれな】

メールを送信した。いつもならすぐ返ってくるメールがなかなか返信されないことを怪訝に思いながらも時計を見ると、デパートの閉店時間を告げる「蛍の光」が店内に流れる中、ケーキを買い家路を急いだ。

「エリ。帰ったぞ」

ドアを開けると室内は灯りが消えていた。今日は夜の仕事はないはずである。光は室内灯をつけて部屋を明るくした。隠れるところも少ないアパートである。トイレ、浴室、押入れを探した。だがエリの姿はどこにもなかった。光は不安になったが、きっと祝杯の食材でも買いに出かけたのだろうと思った。そして服を箪笥(たんす)にしまう時に、タバコのにおいがすることに気が付いた。エリはタバコを吸わないはずだ。

テーブルの上にメモ書きが置かれているのが目に入った。光はそれを手に取った。指先が震える。

(少し離れたい。ゴルフ頑張ってね)

メモ書きを読んだ光は、手にしたプレゼントとケーキを床に落とし、自身も愕然とへたり込んだ。

すぐにエリに電話をしたが電源は入っていなかった。

エリが姿を消して光は心に大きな穴が開いた。ＭＰプレーヤーを再生してオープンアームスを聞く。光はエリにばかり苦労をかけて甘えてしまっていたのかと自分を責めたが、部屋に残ったタバコの臭いに猜疑心も生まれた。光は2日間部屋にこもった。リハビリも練習も無断で休んだ。何もする気が起きず食欲もない。奮い立たせるものが無くなり、光は投げやりになってしまいそうだった。

玄関をノックする音で目覚めた。いつの間にか寝ていたようだ。時計は夜8時10分を指している。無視しようとしたが、ノックは断続的に続いた。仕方なしに光は玄関のドアを開けた。

「土屋先生」

「いたんだ。電話にも出ないし、心配したよ」

柔和な笑みが向けられた。土屋を部屋に上げ、光は事の経緯を土屋に話した。

「エリさんは決して里見選手を見捨てたりはしないでしょう。あれほど芯が強くて気高い女性だよ。簡単に心変わりするようなことはしないよ。少し離れたい。私には深い理由があるように思える。ワケを話せない何か」

「ワケが知りたいです」

「里見選手のその気持ちはよくわかるよ。最愛の人が目の前から姿を突然消したんだから」

「つらいし、酷いです」

「つらいし、酷いよね」

「どうして、こんなことになっちゃうのかわからないです。僕は何か悪いことをしたんでしょうか。

ただゴルフに打ち込んで優勝を目指して……なのに……なのに……」

光は感情が昂った。これまでの様々な出来事が脳裏に浮かんだ。知らず知らずに涙が流れ声は上ずった。

「里見くん。君は栄光の世界を知っている。眩いぐらいのね。誰もが欲しても手に入れることはできない。だからこそ同じぐらい暗闇も深いんだよ。君がもし、このままゴルフをやめてすべてを捨ててしまいたいのなら、それは構わない。君の意思で決めたらいい。チームの皆には僕から解散を告げよう。君はこのままここを引き払い帰ったらいい。これまでの費用も頂かない。

僕たちは前だけを見据えてひた向きに突き進む里見光が好きだから、駆けつけてサポートしていたんだ。君の純粋で人間味溢れる何事にも真摯に努力を惜しまない姿勢。もう一度、君がコースに戻り優勝パットを沈めて両手を天に高々と上げたとき、君を見た君の知らない世界中の大勢の人間の励みになると考えたから、私たちチームスタッフは必ず復活させてやろうと誓っていたんだ。

エリさんは必ず戻ってくる。君が復活した暁には。そして永遠に離れることは無くなるはずだ。ここまで来たんだ。里見君」

光はうつむいたまま何も答えることができなかった。

「何も食べていないだろう。弁当を宇佐美さんが作ってくれたから食べてくれな」

光は微動だにしない。

「明日の午後1時。練習場で待ってます」

そう言って土屋は立ち上がり、光を残して部屋を出た。土屋が帰ってしばらくして、光は部屋の電気を消した。いま置かれている世界と同じ暗闇だった。床に寝転んで腕を組んだ。沈黙と暗闇が続く。大きくため息をついて鼻から息を吸った。すると土屋が置いていった宇佐美の作った弁当の匂いがして腹時計が鳴った。灯りをつけて光は紙袋から弁当箱を取り出した。弁当のふたを開けた時だった。

(俺は、これほど沈み込んで何もかもが嫌になって投げやりになっているのに腹が減る)

指先を頸動脈(けいどうみゃく)にあて、続けて手首の脈部に当てる。一定のリズムで脈を感じる。心臓は動いて身体中に血液を送り、細胞の一個一個は文句も言わず健気に与えられた場所で与えられた仕事をこなしている。光は胸に手のひらを置いた。そして静かに息を吸い込んだ。動き続けてきた肉体の細胞一つ一つに感謝した。

翌日、練習場の一番奥のブースで土屋をはじめ高森、長谷川、河崎が準備を整え光がやって来るのを待っていた。昨日も来ない光のために電子機材や医療機器を運び込んでセッティングしたが、無駄となり撤収した。今日も朝早くから準備をしていた。

「すみません」

宇佐美が遅れてやって来た。

「里見選手、きっとご飯食べてないだろうからお弁当作ってたら遅くなっちゃって」

そう言って手にした紙袋を掲げた。時計の針は12時55分。約束の時間まで5分である。

「先生。里見選手は来ますよね」

高森が土屋に聞いた。長谷川と河崎も同じ思いであり、土屋を見て答えを待った。土屋の視線は練習場中央の入り口に向けられている。

「来ますよ。だっておなか減ってるんだもん」

土屋が答える前に宇佐美の言葉に一同が和んだ。

「来ますよ。里見君は」

土屋は腕時計を見た。あと5秒で1時である。

「あっ」

高森が声を上げた。光がキャディバッグを肩にかけこちらに向かって来る。ブースで練習する一般客がショットの手を休めて光を見る。ようやく一番奥のブースに来た。

光はキャディバッグを肩から降ろした。

「皆さん。申し訳ございませんでした」

皆、笑顔で首を横に振る。

「先生。ありがとうございました」

「来ると信じてたよ、里見君。さぁ約束の1時だ。早速練習しよう」

エリがいなくなり収入源が無くなった光を案じた土屋は、光の生活を私費で面倒を見てくれることになった。さらに練習場の支配人は、営業時間外ならブースから出て芝から打って構わないと復帰への協力をしてくれた。ランニング、筋トレ、食事療法、復活に向けてのやれることは片っ端からやった。

そして年末。土屋の部屋に光は呼ばれた。

「もう、我々がやれることはやりました。データを見る限り復帰は大丈夫と判断しました」

「ホントですか！」

「ええ」

「2年間、本当にありがとうございました」

高森、長谷川、河崎から拍手が起こり、宇佐美から花束をもらった。その夜、天文館の居酒屋で光の激励会が催された。

そして鹿児島を離れる日がやって来た。それはリハビリチームの解散の日でもあった。土屋の運転する車に皆乗り込んで空港に着いた。終焉（しゅうえん）の寂寥感が漂う。それは同じ時間、同じ場所を共有した2年が二度と戻らない時間だからだろうか。空港のアナウンスが切なさを増幅させる。高森はアメリカに、宇佐美はオーストラリアに戻っていく。関空行きの便の搭乗手続きが始まった。

「アメリカにツアーで来た時にお会いしましょう」

高森が手を差し出した。

「そうですね。お世話になりました。高森さん」

「あーーー寂しくなるな。なんなんだろ。寂しいわ」

宇佐美が皆の気持ちを代弁するように言った。

「この体は宇佐美さんが作ってくれたんで大事にします」

「食は命なんだからね。いいものを口にしなさいよ」

2人は搭乗口に向かって行った。続いて長谷川は名古屋便、河崎は仙台便に搭乗していった。共に闘ったチームメンバーが元の場所に戻っていく。最後に残った光の搭乗する羽田便の時間が迫って来た。

「先生、本当に何から何までお世話になりました。ご恩は一生忘れません」

「里見くん。本当によく頑張ったね。君を見ていて世界を獲る人間がどういうものかわかった気がするよ。それは本当に僕たちの励みになった」

「本当にありがとうございました。必ず復活して皆様に恩返しできるよう頑張ります」

土屋と固い握手を交わして光は機上の人となった。遠くに開聞岳が見えた。

第9章

オープン・アームス

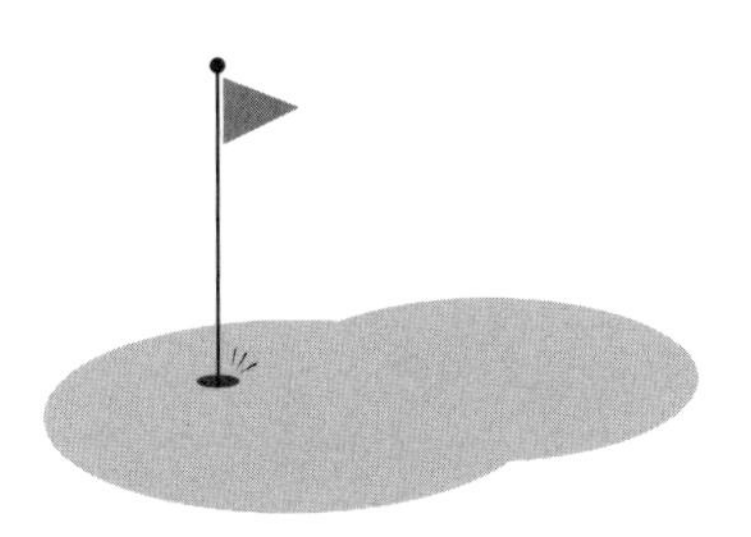

一

2年ぶりの東京。鹿児島を発った翌日、宿泊先のホテルにSB9東京支社から迎えの車が来た。

数日前。土屋から復帰の許可が出たことを浩道にメールすると、

『ロンドンの仕事を終えたら正月には、俺も東京に行く。東京支社のモノには俺から話をつけておいたから』と、東京に戻ってからの段取りをつけてくれていた。

SB9東京支社は、銀座の20階建てオフィスビルの18階のワンフロアを借りて入居していた。案内されたガラス張りで仕切られた支社長室のドアを開け中に入る。

「どうも、里見光です」

背もたれの高い椅子が回転し、光のほうに向く。

「久しぶりね。里見プロ」

「えっ？　どうして」

光は目を疑った。

「改めまして、SB9東京支社長、吉沢安奈です」

光は緊張が解け口角を上げた。

「よーく、存じ上げております」

「吉田会長から連絡がありまして。あなたが来社すると」

「ヒロさんも人が悪いなぁ」

「これ、会長より依頼があった、あなたの復帰計画書」

吉沢はファイルを光に差し出した。光はそれをめくる。

「初めて会ったときと同じ状況ですね」

「そんな昔のこと忘れたから」

「コーチが沖さん？　これ、本当ですか」

「そうよ」

「すごい！」

「ちなみに、キャディは会長が自らされるそうです」

「ヒロさんが」

吉沢は頷いた。光はうれしくて顔がほころんだ。

次のページをめくると年間スケジュールだった。海外メジャーの大会は含まれていないのだが、「7月7日　全日本プロゴルフ選手権　開聞岳国際カントリークラブ」に目が留まった。まるでそこだけ浮き出ているかのように目に飛び込んできた。鹿児島のみんなに恩返しができる。あらかた今後の予定を聞かされると吉沢は立ち上がり、コーヒーメーカーの前に立つ。

「元気そうね」

背を向けたまま吉沢が言った。

「チーフも」

「今はチーフではないわよ」

両手に持ったコーヒーカップの一つを光に差し出した。光は礼を言って一口含んだ。

「でもなんでチーフが、あっ、支社長がここに？」

「話せばいろいろと長いんだけど、かいつまんで言えば、会長がアポロンでの功績を買ってくれてってとこかな」

「アポロンはどうなったの？」

「実はね」

吉沢はアポロンのその後について語り出した。会長の馬場はアポロンを外国企業へ高値で売るために乗っ取ったが、光が事故を起こし解雇した辺りから業績が急速に赤字転落に向かい、会社を高く売りたい馬場は犬丸と立花に粉飾決算を企てるよう指示し、特別背任罪と詐欺罪で逮捕された。さらに馬場は元女優の杉野優奈を妊娠させ、堕胎を迫って暴行し告訴されたとも聞かされた。

「妊娠？」

「そう。たしか日付は……光が、あっ、里見プロが事故した日だったの。その事件があった日。だから憶えてるの」

あの日、あの部屋にいたのは馬場だったのか。杉野は女優を続けるために避妊には人一倍気を使っていた。男女の接触は数える程度しかなかったとはいえ、避妊は必ずしていたことを思い出した。

「彼女、綺麗な女優さんだったのに、今では落ちぶれちゃったわよね」

「で、チーフ。じゃなかった支社長……面倒だな。チーフ、光の呼び方にしましょう」

「そうね。そのほうが楽ね」

「で、チーフ。森田元社長は？」

「ニューヨークで再び起業してね。社員１００人を抱える法律事務所の所長さん。頑張っているみたいよ」

「チーフは声かからなかったの？」

「断ったわ。ここと同じ時期に声かけられたんだけど」

「そうなんだ」

「東京を離れたくなかったのもあるけど、忘れられない男がいて。だからかな」

「おっ。チーフにもそんな彼氏ができたんだね。おめでとうございます」

「茶化さないで」

吉沢は複雑な表情を浮かべた。その男が目の前にいるのだ。光の復活をこの目で見届けたいのが最大の理由であった。

「不思議な縁ですね。今こうしてチーフを目の前にするとあの頃を思い出しますよ。進んだのか、戻ったのかよくわからない」

2人は声を上げて笑い合った。

「そういえば、光の警察沙汰あったでしょ」

「あった。チーフを侮辱した記者を突き飛ばした」

「あいつ、捕まったよ」

「そうなの?」

「婦女暴行と脅迫で。被害者女性がスマホにそのときの様子を残していたみたいなの。いい気味よね。私たちに関わった悪人には最後に天罰が下るわね」

二

年が明けて、ゴルフ界に激震が走る悲しいニュースが海外から届いた。『アーサー・コリン急逝』。ツアー2日目のラウンド中に体調に異変を訴え、競技を中止し救急搬送された病院で息を引き取ったのだった。心筋梗塞。42歳を迎えたばかりだった。世界中から哀悼の意が寄せられツアーでは喪章が巻かれ、黙祷(もくとう)が世界中のツアーで捧げられた。

光との死闘を演じた12年前の大英オープンの映像が、繰り返し日本や世界のテレビニュースで流される。

「ヒカル・サトミは絶対に復活してほしい。でなければ私は永遠に勝ち越せない。このままではあの世に行ってから決着をつけることになる。それだけは避けたい」

光の事故後のコメントがテレビで流され、まるで自身の運命を予言したかのような発言と今となっては思う。母国イングランドでは国民的英雄の死を悼んだが、葬儀は彼の慎ましさから近親者のみで執り行われた。光は異国の地で旅立った戦友に向かって手を合わせた。


1月中旬、ロンドンから帰国した浩道と由香、そして専属コーチに就任した沖と、SB9東京支社の会議室で会った。

「よくここまで頑張ったな、光」

浩道に抱きしめられた。

「ホント、里見君は不死鳥だ」

沖が親指を立てた。

「皆さんのおかげです」

「感謝を覚えたなんて、光も大人になったものよね」

「由香さん、俺もう27だよ。大人だよ」

「私にはいまだに山猿に見える」

「ふざけないでよ」

「里見君、ここから開幕までビシビシ、体が悲鳴上げるまで拷問のような練習をしていくから覚悟してな」

「脅かさないでくださいよ、沖さん」

一旦離れた仲間たちが光のもとに結集したことに、至上の喜びを光は感じていた。空白だった時間が一気に埋まった。ただそこにエリだけが足りなかった。

「会長、お待たせしました」

吉沢が書類を抱えて会議室に入って来た。それはＳＢ９とのスポンサー契約書類だった。目の前に積まれた契約書類を光は一顧もせずにサインしようとした。

「確認はしないんですか?」

「チーフ。ヒロさんと由香さんは家族だから」

「支社長。心配はご無用だよ」

浩道がフォローを入れた。これで資金面の問題は無くなった。復活をかけて集中できる。

早速練習を始めた。沖のコーチングを受けながら、全盛期のショットには程遠いが土屋のチームが考案した効率のよい的確で無駄のないショットに磨きをかけていく。光の8年ぶりとなるツアー参加が発表されると、ファンもマスコミ各社もそれを好意的に伝えた。

そして迎えた4月の日本ツアー開幕第1戦。沖縄県は恩納村のサザンパラダイスゴルフコースで行われる琉球クラッシック。クラブハウスの選手控え室で光は大歓迎を受けた。知った顔の連中や同期連中が光の復帰を喜んだ。

「里ちゃん。やっと戻ったね。待っていたよ」

「山ノ内さん。お久しぶりです」

「いい顔になったね」

「地獄を見ましたからね」

「強敵現るだな。おめでとう」

「ありがとうございます」

山ノ内は昔のような軽薄さは無くなり、長らく日本のトップを張り続け、賞金王も幾度か獲得したことで風格と余裕に満ち溢れていた。

光はキャップからシューズまですべてSB9ブランドである。胸には楡の木と葡萄。それに魔法使いの杖。新作バージョンの不死鳥も刺繍されている。それに手を当てる。

（エリ。どこにいるかわからないけど、見ていてくれな。君がいたからここまで来ることができたんだ。離れてしまったけど僕は今でも君が好きだ）

ロッカーを閉めると、2人の男が立っていた。ゴルフ中継や雑誌で見知った顔の2人だった。1人は金窓飛路行。がっちりとした体躯で背も高くラガーマンのような体型だった。もう1人棚倉誠司は、光より少し背は高いがウェアの中の胸筋が盛り上がり腕も太く、どっしりとした下半身を競輪選手のような逞しい足の筋肉で支えている。

「里見プロ。はじめまして」

金窓が声をかけてきた。棚倉も静かに会釈した。

「僕たち、里見プロに憧れてこの世界に入ってきました。お会いできて感激です」

光は自分のことを見て育った世代がいることに長い年月を経たと実感した。同時にまだ負けられないと強く思うのであった。

「こちらこそ、よろしく」

「写真、一緒に撮ってもらえませんか」

棚倉がスマホを手に言った。浦島太郎のような気分でクラブハウスを出ると、マスコミが群がった。好意的な質問もあれば嫌味な質問をしてくる記者もいるが、腹を立てることなく丁寧に対応した。

初日が始まった。

「みなさん。お待たせいたしました。大英、ワールドマスターズを制覇し、大事故から8年ぶりのツアー復帰となるサンデーバックナイン所属、里見光選手」

コールされティーイングエリアに立つと、大勢のギャラリーからひときわ大きな拍手と「おかえり」の掛け声。泣かないと決めていたのだが感極まって光は目頭を押さえ、男泣きしてしまった。キャディを務めてくれる浩道がハンドタオルを手渡してくれ、目を押さえた。

(よくぞここまで来てくれた俺の肉体。これほど多くの人が俺を待ちわびてくれていた。なんとうれしいことなのだろう。そしてこの緊張感。頑張って諦めずにやってきてよかった)

ドライバーを手にティーを芝に挿した。海からのアゲインストの風。光は全盛期のときのような素早いアドレスからショットするスタイルではなく、じっくりとアドレスをとった。8年ぶりの第1打は300ヤードを軽々超えるようなスーパーショットには程遠い、250ヤードを少し超える程度の男子プロとしては非力なショットであったが、狙いどおりの場所であるフェアウェイに置いた。飛ばし屋、2段ホップの代名詞は見る影もなくギャラリーを落胆させたのだが、「あれでいい」と浩道が言った。試運転と称して納得の2オーバー78位タイで初日を終えた。

「衝撃的な復活にはならなかったね」

帰りの車の中で光は浩道に話しかけたが、8年ぶりのツアー初日を無事終えたことがうれしかった。

予選2日目は5オーバーで85位と順位を落とし、予選敗退が決定した。プロになって初の予選落ちであった。全盛期であればクラブをへし折りたいくらいに悔しがっただろうが、艱難辛苦を経た今の光には満足感と至福感のほうが勝った。

続く第2戦。セブンスヘブンス杯では最終日10位スタートであったが、後半に入りパターが決まらず25位で終える。だが確実に復調の兆しが見えたことで、次こそはと光は自信を持った。

宝船カップでは3日目に眩暈とそれに伴う激しい頭痛で途中棄権した。大事を取って翌週のツアーを休んだが、新設されたベアウォータートーナメントでは11位と調子は上向いてきた。

そして迎えた明和自動車ロイヤルズの初日の朝のことだった。前日の練習ラウンドの結果は良好で、いよいよ優勝争いができるんじゃないかと思った光だったが、得体のしれない何者かに覆いかぶさられるように心と体が重かった。朝食も喉を通らない。別段体に異常があるわけでもなかった。つまり気分が晴れなかった。

「どうした、光」

浩道が様子のおかしな光に言った。

「うん。体調は悪くないんだけど……なんでだろう。かみ合ってない気がする」

「無理せずに棄権しようか」

「そうじゃないんだよヒロさん。なんかよくわからん」

「そういう日もあるだろう」

三

「真理子！　真理子！」

公子が顔面蒼白になりながら苦しそうにもがく真理子に声をかけ、ナースコールのボタンを押した。看護師に続いて担当医が病室に駆け込んでくる。聴診器を真理子の胸に当てた医師は、やせ細った真理子を乗せた移動式ベッドを集中治療室にと、看護師らに指示した。

病室から去り際に、医師から公子は「覚悟はしておいてください」と告げられた。後を追おうとするが足がすくんで動けずその場にしゃがみ込み、看護師に体を起こされた。今年の初めに光が病室を訪れた際には復帰を殊の外喜んで、早く治して見に行きたいと言っていた真理子であったが、このところは食が細くなり顔色も悪く生気がすっかり無くなり、受け答えも瞬きでするようになっていた。

公子は誠と満に連絡を入れた。誠は仕事を早退して1時間後に病院に到着した。

「どうなんだ、真理子は」

誠は息を切らし、集中治療室の外のベンチに腰掛ける公子に尋ねた。

「覚悟をしてと……」

誠は公子の隣に腰を落として天井を見上げた。

「光には、連絡を入れたほうがいいかしら」

ツアー中であり復活をかけている光に公子は電話することを躊躇(ためら)っていたが、誠は「電話したほうがいい」と言った。そして公子は由香に連絡を入れた。

「由香さん、公子です。ご無沙汰しております」

「こちらこそ。どうされたんですか」

「実は……」と公子は理由を話した。

「わかりました。兄に相談してみます。折り返し連絡を差し上げますからお待ちください」

朝の陰気な雰囲気が抜けないながらも3アンダー5位タイで折り返し、後半のスタートホールに向かうと、あれほど良かった天気から急速に雨雲が発生し、雷鳴とともに滝のように雨が降り出した。

一旦キャディマスタールーム前に退避して空を見つめていた。その時、クラブ関係者から浩道は呼び出された。由香が至急連絡をくれとのことだった。

「もしもし」

「兄貴。私には判断がつかないから電話したんだけど」

「どうした」

「光の妹の真理子ちゃんが危篤らしいの」

浩道は眉間に皺を寄せた。

「どこの病院なんだ」

「私たちの地元だった芹丘病院。兄貴、どうしたら。光には」

浩道は難しい選択を迫られた。復活の足がかりで調子は上々、勢いがある。浩道は目を閉じた。光は殊の外、妹思いである。ここは棄権すべきだろう。ツアーはまだ続くが、もし、万が一妹さんに最後のお別れができないとなれば、自分自身も光も悔いるだろう。譲れない大事もある。

「由香。俺は棄権の方向で腹をくくる。あとは光次第だ」

他の選手と談笑している光のもとに行き、その輪から光を連れ出し、人の目につかないように関係者以外立ち入り禁止のドアを開け廊下に入った。

「どうしたのさ、ヒロさん」

「光。落ち着いて聞いてくれ」

「なんなのさ」

神妙な浩道の顔につられ、光の顔も神妙になる。

「妹さんが、危篤らしい」

見た目にわかるほど光の顔から血の気が引き、叱られた子供のような顔つきから溢れるように涙が湧いた。

「どうするかは、お前の判断に委ねる」


浩道は競技委員会に事情を説明し、光がプレイを続行できる精神状態にないことを告げた。西潟ゴルフ協会会長の理解を得て受理された。

ゴルフ場を後にして、光を乗せた浩道の車が高速道路に入る。終始無言の光を横目で見ながら深くアクセルを踏む。

集中治療室から病室に戻った真理子であったが、周りを医師や看護師が忙しなく動き回っている。その時、息を切らせて満が病室に入ってきた。真理子を前にして医師である満は冷静に状況把握に努めた。手出ししたいところだが、自身の病院でないことに歯がみしながらもバイタルサインモニターの確認をした。

「満。何とかならないの」

「母さん。任せよう。ちゃんとやっているから」

満は医療現場で何度も死の瞬間に立ち会ってきている。その避けようのない流れというのも医師の勘としてはわかる。しかし、実際に身内にそれが降りかかろうとしているときにも医師としての顔が覗き、冷静に対処していることに、自分が酷く冷酷な人間に思えてならなかった。そしてこれが医者の運命だとも納得するしかなかった。かなり難しい状況であろうことはすぐに理解できた。だが父と母にそれを告げることなどできるはずがない。小康状態になり、看護師１人を残して医師らは病室を後にした。公子が駆け寄り真理子の手を握り、頭を撫でる。

「真理子。真理子」

誠は冷えた真理子のつま先から脛(すね)の辺りをさする。２人とも涙で顔がぐしゃぐしゃである。満は真理子の脈を取り、カルテと検査表を確認した。死は避けられないと思えた。だが努めて冷静にいようと考えた。自分がここで取り乱してはいけない。真理子の顔を見ていると胸が苦しい。真理子を何とかしてほしい。神様がいて願いの声が届くなら喉をつぶしたっていいくらいに声を上げる。このままでは神を恨む。真理子が不憫すぎる。所詮医師でさえ最後は神頼みになるのか。悔しさに涙が出そうになるのを満はぐっとこらえた。

そのとき、微かに真理子が口を開いた。

「お……か、ぁ、ぉ……」

「真理子!!　真理子!!」

「……お……と……」

「真理子!!　真理子!!」

「み……っに……ん……」

「真理子!!」

真理子を取り囲み全員で声をあげた。

「ひ、ひか……」

弱々しくも不規則に鳴る電子音が長い連音に変わり、室内に響いた。先ほどまで山を作っていた心電図の波形が凪(なぎ)になった。看護師がナースコールを押した。満はすぐに瞳孔反応を確認した。反応はない。無駄とわかりながらも、満は無条件反射のように心マッサージに入る。

「真理子。嘘だよな!!」

誠も公子も「真理子」とあらん限りの声を上げる。

「兄ちゃんが、生き返らせるからな!」

心マッサージを続ける満のそばに医師と看護師が入ってきた。

「どいてください」

医師が言った。

「私も医師だ!!　俺が生き返らせるんだ!!」

満は無視して心マッサージを続ける。満の涙が真理子の寝巻きの胸に落ちる。誠が満の肩を強く掴んだ。

「満」

振り返った満の目には、今まで見たことのない悲しみと悔しさの滲んだ父の顔があった。

「父さん」

「もういい。もういい」

父の言葉に冷静さを取り戻すと同時に放心して真理子から離れ、リノリウムの床にへたり込んでしまった。医師が聴診器を真理子の胸にあて、瞳孔反応を確認した。

「ご臨終です」

真理子の臨終から1時間がたった午後7時過ぎ、浩道の運転する車が芹丘病院の正面玄関に横付けされた。助手席からドアを閉めるのも忘れて矢のように飛び出した光はゴルフウェアのままである。

浩道は由香から臨終の知らせをメールで受けていたが、光に告げることができなかった。

(すまない光。間に合わすことができなかった)

光はエレベーターを待つ時間さえ惜しく、階段を駆け上がった。

(待ってろよ、真理子! 俺の顔を見たら元気になるからな)

静まり返った病院の廊下に響き渡るスパイクの足音。角を曲がると由香が病室の前で立って目頭を押さえていた。光は歩を緩めた。光と目が合った由香は、顔をハンカチで覆った。

(嘘でしょ)

光の心臓は破裂しそうなほど鼓動する。廊下に貼り付いたように足取りが重い。ようやく由香のところまでたどり着いた。

「由香さん」

「光」

病室のスライドドアは開いたままである。中を覗くのが恐ろしかった。ベッドサイドの満が光に気付く。満の目は赤く腫れ、髪も乱れている。父と母も光に気付いた。このまま帰りたい。なかったことにしたいと光は思った。

「光。こっち来て真理子に会ってあげて」

母親のその言葉に、光は抑えていた感情の堰が崩壊し、その場で嗚咽した。つられるように父も母も兄も由香も嗚咽した。真理子のベッドに力を振り絞って近づく。静かな顔で寝ているような真理子の姿が涙でぼやけた視界に入る。

「真理子、真理……子」

洟を啜り、涙を流し、嗚咽で張り裂けるように痛む喉で声をかけた。

「真理子、なんで。まだやらなくちゃならないことあるだろ。兄ちゃんが病気を治して、俺が世界一周に連れて行くって!! おい! 真理子!! 起きろよ!!」

いくら言ったところで届かない。応えてくれない真理子。廊下から室内を覗いていた由香のもとに浩道がやって来た。室内から泣き声が聞こえ、浩道は居たたまれなくなった。

「俺たちは行こうか」

「そうね」

そう言って病室を離れた。

「兄貴。実は耳に挟んでおいてもらいたいことがあるんだ」

由香が階下に向かうエレベーターの中で言った。

「わかった。車の中で聞こう」

光は床にへたり込み、壁に体を預けて天井を見やり、力なくうつむいて頭を抱え放心していた。皆一様に押し黙り、真理子の死を納得させようと必死に闘っている。真理子の不憫さを思うと再び、涸れたはずの涙がこぼれてくる。父はパイプ椅子に腰掛けて真理子を見つめ、母は頬を寄せて真理子に寄り添っている。

「光」

見上げると満が手を差し出している。光が反射的に差し出した手を満が掴み、冷たいリノリウムの床から立ち上がらせた。2人で病室を出てラウンジスペースに向かった。満が自販機で購入したカップのコーヒーの一つを光の前に置いた。何か言えば2人とも涙を流すだろう。何も言わずに2人でコーヒーを飲んだ。

真理子との約束は結局2人とも果たせなかったが、医者とプロゴルファーという地位を努力と運と才能を生かして得た。でも一番頑張ったのは真理子なのかもしれない。十分頑張った。25年間お疲れさまと言わなくちゃならないと2人の胸に去来した思いは同じだった。満が涙を流している。

（泣くなよ、兄ちゃん）

光もつられて泣いた。

四

「で、話っていうのは？」

病院を後にした車内で浩道が言った。

「久々に生まれ故郷に来たから、私たちのゴルフ場だった場所に行かない？」

「いいね。賛成」

車は一路、吉田家が所有していた「サンシャインビレッジゴルフクラブ」があった場所に向かった。練習場が併設されているため、この時間帯でもゲートは閉まっていない。アポロンが買い上げ「サトミヒカルゴルフクラブ」に名称が変わり、再び人の手に渡って、今は「光の郷ゴルフ倶楽部」に名称が変わっている。

「配置はあの当時のままだな」

「うん。変わってないね」

「で、話ってのは？」

由香が姿勢を正し咳払いをした。

「こんな日に話すのもなんだと思ったんだけど、兄貴は忙しくてなかなか込み入った話できないからさ」

「いいよ。話せよ」

「うん。光の彼女のこと、憶えてるでしょ？」

「ああ。看病してた、あの綺麗な子だろ。たしか名前は……」

「エリちゃん」

「そうだった」

「この前、携帯に知らない番号から電話がかかってきたの」

「そうか。それで？」

「それがエリちゃんからだったの。違う番号だったのは事情があってね。代官山のカフェで会うことになったの」

由香はエリに降りかかった災難を話した。

「卑劣な話だな」

話を聞き終えた浩道はステアリングを叩いた。

「かわいそうでさ」

「そのことを光は知らないんだな」

「うん。知っているのはエリちゃんと私と兄貴だけ」

「光を守るためにつらい思いしたんだな、彼女」

「エリちゃん、自分は光に会わせる顔はないから陰ながら応援するって。置手紙一枚で何も言わずに姿を消したし、光には謝りたいけど、それは叶わないだろうからって。光を疑心暗鬼にして嫌な思いをさせたとは思うけど、自分のしたことに後悔はないって」

「強い子だな」

「うん。本当に素晴らしい子だよ。光には彼女が絶対に必要だし、彼女にだって光が必要なんだよ」

「そうだな、俺もそう思うよ。由香、お前、エリちゃんのフォロー頼むな」

「任せて」


真理子の葬儀が済んだ。公子は真理子との思い出に触れるたびに涙を流しさめざめと泣く。その姿を見るのはとてもつらかった。父の誠は仕事に復帰した。光は翌週、翌々週のツアーをキャンセルし、実家で両親のそばにいようと決めた。

「光。いいか？」

満が光の部屋に来た。

「勤務先の病院に戻ることになった」

「うん」

「一旦は戻るが、すぐにこっちに帰ってくる。お前はツアーがあるだろ。大事な時期だ。真理子だって天国でお前の活躍を見たいはずだ。穴を開けることはない。俺はこっちで職を探すよ。長男だから父さんと母さんのそばにいなくちゃやならないからな」

「兄ちゃん」

「父さんと母さんのことは俺に任せて、お前はゴルフに専念するんだ。それを真理子だって願っているはずだ」

満の気持ちがうれしかった。また、長兄である責任感の強さと頼もしさに触れることができた。

「兄弟が減るって悲しいよな、兄ちゃん」

「真理子は、大事な俺たちの女神だったからな」

「どうして、真理子は逝ってしまったんだろう」

満は天寿という言葉が頭に浮かんだ。真理子は自分を医者に、光をプロゴルファーにするために天から遣わされたのかもしれない。そして、自分を両親のもとに戻し、光を再び蘇らせるという役目を最後に、元の場所に戻ったのだろうか。

「その答えは、俺にもわからない」

「兄ちゃん、真理子は天使だったんだな、きっと」

翌日、両親が近所の方々に葬儀のお礼に出かけていき、満と光が留守番をしてリビングで酒を飲んでいるとインターホンが鳴った。光が応対すると、訪ねてきたのは真理子の担当だったという看護師だった。看護師はバッグから病院の名前が入った封筒を取り出した。

「こちらの中身なんですが……病室のベッドの下に……ありまして。多分、隠されていたんだと思います。真理子さんから……ご家族様宛ての手紙のようです」

「真理子からの手紙？　ですか？」

「ええ」

光はわざわざ届けてくれた看護師に礼を言って見送ると、封筒を開け中身を確認した。クリアファイルにしまわれた手紙は全部で5通だった。宛名は父、母、満、光、それにエリであった。真理子らしいファンシーな封筒であった。

「誰だった？」

満が空になったグラスに酒を注ぎながら言った。

「病院の真理子の担当の看護師だったよ。真理子の手紙を届けてくれた」

「手紙？」

「うん、みんなに。真理子から」

光は満の分を手渡した。満は封を開けて便箋を取り出した。固まった満は鼻を鳴らし、嗚咽が漏れた。

「光。父さんと母さんの分は俺が預かる」

「わかったよ」

「うん。それと手紙のことは2人には言うなよ」

「どうしてだい」

「落ち着いてからのほうがいいだろ。真理子の死を完全に受け止めることになったと判断したら渡すよ。いま渡したら悲しみに暮れてしまうんじゃないかと思う」

満は立ち上がるとグラスを手にして自室に向かった。光はエリと自分宛の手紙を持って真理子の部屋に入った。壁には光が獲得したトロフィーや真理子の描いた絵が飾られている。主のいないベッドに腰を下ろし、封を開けた。

『光へ
ずっと私を励ましてくれてありがとう。光は私の誇り。光を見ていて本当にすごいって思う。世界で一番になったお兄ちゃんを持っている私は幸せだ。私、頑張ったよ。病気と闘ったよ。何度も何度も。いつも神様に裏切られちゃったけど。でも、ここまで頑張れたのは光のおかげ。光が事故をしたとき、散々私を裏切ってきた神様にお願いしたの。私の命を捧げるから光をいじめないでって。生かしてあげてって。だから光は復活できたんだよ。私のおかげだ。あとは優勝だね。絶対復活してね。それからエリちゃんと幸せになって。エリちゃんは唯一の私のお友達だし、すごくいい子だし、光をすごく思っているから。約束だよ。何があってもエリちゃんは光のことを思っているから。
言いたいことがいっぱいあるけど、少し疲れちゃった。そうだ、小さい頃に家族旅行に私のせいで行けなくてごめんね。世界一周旅行の約束、守れなくてごめんね。私は何も残せないのは嫌だから、描いた絵は捨てないで大切にしてね。私の生きた証みたいなものを残しておきたいから。じゃあね、光。

真理子』

光はベッドから離れて、本棚に規則正しく収められた背表紙の「HIKARU SATOMI WIZARD①」というスケッチブックを取り出した。過去の光のプレイシーンや雑誌の写真などを絵に起こしていたものだった。スケッチブックは⑱まで番号が振ってあり、最後の18冊目は4分の3ほどで途切れていた。

「真理子。この続きは天国で描くんだぞ。必ず優勝を決めるから、そのシーンを描いてくれ」

光は心に誓った。必ず復活優勝をしてみせると。

五

真理子の死から復帰した6月最終週に行われた越前建託オープンを5位で終わると、上半期最大のメジャー大会「全日本プロゴルフ選手権」が始まる。ここを照準に光はトレーニングを積んできた。

浩道、由香、沖、吉沢、ジョックらと鹿児島空港に降り立った。空港には土屋が出迎えてくれた。

「先生、ご無沙汰しております」

「久しぶりだね、里見君。体調はどうだい？」

「すこぶるいいです」

「この地に君が降り立つのは深い意味がありそうだね」

「ええ。縁に導かれてるような気がします」

「週末は必ず応援に行くからね」

「恩返しできるようベストを尽くします」

レンタカーは指宿を目指す。過日と同じ由香の運転で。遠い昔の点と現在の点の間には様々な出来事があった。思い描いた未来ではなかったが、今もゴルフを続けている。その点は変わらなかった。

昨晩、東京を離れる前の決起集会を兼ねた食事会で浩道に話したことを光は思い返す。

「ヒロさん。全日本プロゴルフ選手権では僕のすべてを懸けるよ。死んでもいいと思っている。誰もが僕が優勝するなんて思っていない。そんな状況のなかで僕は勝つよ。無理もする。すべての思いをここにぶつける」

光の気合に車内は沈黙だが、ジョックだけは陽気だ。

「みんな、静かだね。だめよ、ゴルフはエンジョイしなくちゃ。DON'T WORRY。光は勝つさ」

「そうだな、ジョック。俺は勝つよ」

「光はいい奴。神は光に味方する」

「神か」

神の存在を知る由もないが、見えざる糸で操られている気はする。引き寄せられるように再びこの地を訪れた。その神は演出過剰だと光は思った。あまりにもできすぎた舞台だと。

開聞岳国際カントリークラブ内のホテルにチェックインした。光が初めて訪れたときと違いリニューアルされ、豪華なヨーロッパ調の設えになっていた。選手権には、アメリカツアーを終えた双葉やキム、国内からは山ノ内、金窓、棚倉。中国人初のメジャー覇者の王力（ワン・リー）ら強敵が出場する。マコミックも参戦予定だったが、肘痛のため欠場となった。だがこのメンバーなら申し分なく、この中で勝ってこそ本当の復活なんだと光は思った。

大日本テレビで復活へのドキュメンタリーが放映されたことで、光には大きな注目が集まっていた。

練習ラウンドはキム・ドンフン、王力と回った。

「里見さん、調子よさそうですね」

キムが一生懸命に日本語で話しかけてくる。

「キムさん、日本語うまくなったね」

「里見さん、韓国語うまくなったかい？　昔、教えたよね」

「そうだったね」

人のよさそうなキムに比べ、王力は無口で笑顔をあまり見せないとっつきにくさがあった。遊びで来ているわけではないのでそれも仕方ないことではあった。

「チンドウグアンジャオ」

光がよろしくお願いしますという中国語で礼儀正しく挨拶をすると、王の顔が綻んだ。言葉には不思議な魔力があることは、海外に若い頃から行っていて身をもって知っていた。

「里見さん、ずるいな。韓国語も話してよ」

ティーショットのアドレスに入っていたキムが言った。

「うるさいなぁ、キムさんは。パルリパルリ（早く早く）、キム・ドンフンシ」

東アジアを代表する3人のプロゴルファーは、練習ラウンドも終盤にさしかかる頃になるとすっかり打ち解けて、グリーン周りではお互いのショット自慢やレクチャー、フレデリックやマコミック、亡くなったアーサーのショットの真似をして終始和やかな雰囲気でギャラリーやマスコミを盛り上げ、他のグループから楽しそうだと羨ましがられた。

光は国というものに優劣をつけることが嫌いだった。

だが、意地の悪い記者も中にはいる。日中韓の対立を煽るような質問をしてくる者が。光はキムと王を呼んだ。3人で肩を組んで質問に答えてやった。

「俺たちは政治をしているんじゃない、ゴルフをしてるんだ」

キムも王も母国語でカメラに向かって似たような内容を話した。

翌日水曜日にプロアマトーナメントが行われ、スポンサー、トップアマやジュニアをはじめ、ゲストの芸能人やアスリート、西潟などの引退した名選手などが参加して和やかで華やかな中、チャリティも兼ねて行われた。光は会長の西潟とゲストの田端騎手と、関西出身のお笑い芸人で無類のゴルフ好きである岡中トオルとラウンドすることになった。

「ガチンコは明日から。ゴルフって楽しいって雰囲気で行きましょう」

西潟の一言でラウンドが始まり、いきなりの西潟のミスショットに3人がズッコける。

「会長、頼みますわ。笑い止まれへん」

岡中が西潟をいじる。続けて田端が綺麗なスイングからフェアウェイをキープした。

「やらしい男やわ。競馬だけにしとき」

岡中の突っ込みに「芝にはめっぽう強いんで」と田端は関西人らしくウィットある切り返しをした。

田端とは、以前に約束していたラウンドをこういう形でできたことをうれしく思った。光はドライバーではなく2番アイアンのティーショットでハイドローをかけ、280ヤードのフェアウェイに止めた。これには皆拍手喝采で、光の復活を期待する声が上がった。

「里見プロ、今回優勝ちゃいますの？　あれはエグイで」

「ありがとうございます。次は岡中さんの番ですよ。わかってますよね」

光が岡中に笑いを期待するように念を押した。

「ですよ。狙ってくださいよ」

田端も関西人らしく笑いを期待して岡中に声をかけた。

「いやいや、マジやからな。いくらなんでも、ボケへんよ」

「それ、フリ？　フリ？」

田端と光が突っ込む。アドレスに入るとギャラリーの子供から「ボケて」と掛け声がかかり笑いが起こる。

「やめてくれへんか。何を言うとんのや」

声のあったギャラリーのほうに向かい怒る仕草をして観客の笑いを誘い、アドレスを取る岡中はクラブを逆さに持ち替えて思い切り空振りをし、飛んでもいない林の方向に向かって「ファアー」と声をあげてギャラリーを沸かせた。仕切り直しとなったティーショットは230ヤードのフェアウェイのど真ん中をキープした。

「見た？　見た？　会長、これやこれ。ミスショットしとる場合ちゃうで」

再びギャラリーが沸く。終始このペースでラウンドを終えた。前夜祭にも光は参加し、スポンサーへの接待、ゲストとの交流を積極的にこなした。


7月4日の木曜日。全日本プロゴルフ選手権予選1日目を迎えた。快晴の中、第11組でスタートした光はショット、パットともに好調であった。7アンダーで単独首位に立ち、誰もが光の復活に期待した。初日を終えて光に自信が漲った。

「勝てる気がする。体が今までと全然違うよ、ヒロさん」

「見ていてそう思ったよ。俺の知っている全盛期の光のようだったよ」

「このまま突っ走りたいね」

「そうだな」

初日を終えてホテルに戻った。するとロビーに宇佐美が来ていた。

「宇佐美さん、どうしたんですか」

「陣中見舞いよ。それに、はいこれ」

手渡されたのはこの4日間のメニュー表だった。

「これをわざわざ届けに?」

「明日、福岡で講演会があって、そのレジュメ作成のさなかに作っておいたわよ。ホテルのシェフにも同じものを渡して、特別に作ってもらうように言っておいたわよ」

「気にかけてくださりありがとうございます」

するととと秘書が「先生、新幹線の時間が」と声をかけた。

「里見選手、頑張ってね」

「わかりました」

宇佐美はこのためだけに指宿まで来てくれたのだった。そのことに感謝して玄関まで見送りをした。

ホテルの夕食は宇佐美のレシピどおりの物がテーブルに並べられた。

「明日は、どうも天気が崩れそうだな」

その夕食を摂りながら浩道が言った。

「明朝から豪雨です。すっぽりここら辺が隠れます」

吉沢がスマホの天気図アプリを開いてテーブルに置き、画面を指先でスライドさせて時間ごとの雨雲の推移を見せた。

「中止もあるな。せっかく調子が良かったのに」

沖が残念がった。それを聞いた浩道が眉間に皺を寄せたのを光は見逃さなかった。

「どうしたの、ヒロさん」

「2日目が中止の場合、3日目に予選がずれて日曜最終日が36ラウンドの戦いになるんだ。そうなると体力的にまだ完全ではない光には不利だと言わざるを得ない」

「ヒロさん。心配ないって」

「ボス。ヒカルはウィザードだからノープロブレム」

光はジョックとハイタッチをした。


翌朝は予想どおり豪雨になり、早々に中止が決定した。ホテルの部屋ですることもなく本を読んでいると小雨に変わり、昼食を皆で摂り終わる頃には止んで晴れ間が出てきた。

「ヒロさん。車借りたいんだけど」

「どこに行くつもりだ」

光は以前から訪れてみたかった知覧へ行きたいと伝えた。

「神風特攻隊の基地か……」

沖が言って光は頷いた。

「カミカゼ?」

ジョックが体を乗り出してきた。日本文化に興味のあるジョックは、運転するから同行したいと言い出した。

「ジョックの運転では心配だ。俺も行こう。由香は?」

「私は遠慮しておくわ。やることがあるから」

由香と吉沢が4人をホテルの前で見送った。

「支社長はこの後どうするの?」

「エステでもしてきます」

「了解」

2人はそれぞれの部屋に戻った。由香はベッドに腰を下ろすとスマホを取り出し、ダイヤルをプッシュした。

「もしもし」

知覧特攻平和会館に到着すると小雨がぱらついていた。山には霧がかかっていた。それがより一層物悲しさを誘う。ジョックはカミカゼが勇猛なパイロット程度のことしか知識として持っておらず、ゼロ戦が多数飾られた博物館だと思っていて残念がった。外国人であるジョックがどう感じるのか光は興味があった。正面玄関を入りロビーを抜けると遺品室につながっている。壁には遺影とも思える特攻で命を落とした隊員たちの写真が飾られている。彼らの手記や遺書が閲覧できるようになっている。そこかしこで来場者の啜り泣きが聞こえる。ジョックは英語に訳されたそれらを見て、顔を真っ赤にして涙を流している。会館を出ると、重苦しさに無言のまま駐車場へ向かった。

「私は彼らに敬意を表する。彼らの気高い精神が戦争という悲しい出来事の中ではなく、平和な世で発揮されていたならと残念に思えてならない」

「ジョック、すごいいいこと言うね」

「光、彼らの死地に向かう精神は誰かを思う愛だ」

「そうだねジョック。すべてを懸けてのね。僕もすべてを懸けて死ぬ気で戦うよ。ここに来てよかった。俺はやるよ」

「ああ、その意気だよ。ベストを尽くしていこうな、光」

「うん、ヒロさん」

土曜日に大会3日目の予選ラウンドが行われ、最終日が36ホールの長丁場のため全選手がアドバンテージを得ようとスコアを大幅に伸ばし、非常にハイレベルな予選となった。光は首位から陥落し、その座を双葉に譲った。

予選結果

1位　双葉　−12
2位　棚倉　−11
3位T　山ノ内　−10
キム　−10
金窓　−10
6位T　里見　−9
王力　−9
ブライアン　−9
9位T　…………　−2

最終日の朝を迎えた。カーテンを開けると未明に降りだした雨は止んでいた。36ホールの長丁場のため、日の出とともにすでに第1組はスタートしている。光は最終1組前で7時2分スタートである。キムと金窓と同組で回る。

朝露と雨を含んだコースとグリーンに手を焼いた選手が多い中、上位選手は、きっちりとスコアを伸ばす。時間の経過とともに気温が上昇し、サウナの中のような熱気と湿気が選手たちに絡みついて苛（さいな）むと、上位選手にもほころびが出始める。双葉は12番でダブルボギーを叩き、ついに首位を陥落すると棚倉、山ノ内もスコアを落とす。アーサーの再来と呼ばれる20歳のブライアンと王力がスコアを伸ばした。

光の組はパーが続く我慢の展開になるが、金窓がショートで池の餌食になると、暑さに苦しんだキムが最終18番では4パットを打つ。しかし光は耐え続け、パープレイで前半の18ホールを終えた。

最終日　前半18H　結果

順位	選手	スコア
1位	双葉	−10
2位	里見	−9
3位T	棚倉	−8
	山ノ内	−8
	王力	−8
	ブライアン	−8
7位T	キム	−7
	金窓	−7

そして、残りの18ホールの過酷な戦いが始まった。気温の上昇に選手の体力は奪われショットが乱

れる。開聞岳からの吹き下ろしの風にも悩まされる。2番パー5のロングで光は風が止むのを時間ギリギリまで待ったがアゲインストの巻いた風は止まず、2番アイアンで置きに行くショットを放ったものの、乾き始めて硬くなりつつあったフェアウェイを跳ねて林に消えていった。

救済措置を取り1打罰を受けるも、続くショットは砲台グリーンの壁面に蹴られバンカーに沈む。運が悪いことに日陰になっていて砂が乾ききっておらず、ボールは深く沈み込んでいた。起死回生のチップインを狙ったバンカーショットは思いのほか砂につかまり、無情にもバンカー顎下にめり込んだ。仕方なく2打罰の救済を申請した。パターも決まらず9打を叩き、一気に順位が後退した。これでトータル5アンダーとなり12位まで順位を落とした。

さらに3番ショートでもボギーを叩いて4アンダーとなり、39位まで順位を落とした。この時点で首位双葉とは8打差がついた。

「光。絶対に諦めるな。勝負は終わっていない」

浩道は絶望的な気持ちになりながらも光を励ました。

「ヒロさん。やばいな」

「やばい……とは？」

「面白くなってきた。ここから逆転したら盛り上がるね」

「ばかっ」

その言葉どおり、光は4番ホールをパーで締めると5番ホールから怒濤(どとう)の追い上げを見せる。4

バーディ1イーグル、前半9ホールで一気に10アンダーにまで盛り返した。

1位T　双葉　　　－11
　　　山ノ内　　－11
3位T　棚倉　　　－10
　　　キム　　　－10
　　　金窓　　　－10
　　　里見　　　－10
　　　王力　　　－10
　　　ブライアン　－10

史上稀に見る大激戦となり、急遽テレビ中継が番組を差し替えて放送予定を早めた。

そして運命のサンデーバックナインが始まった。剣術の試合のような鍔迫り合いに、タイトロープな展開が続く。順位が目まぐるしく変わり、首位に立てば追いつかれ陥落、ミスをすれば転落する。緊張感を抱いたまま王とブライアンの組がホールアウトし、続いて光たちの組がホールアウト。光は16番でスコアを落とすも、最終ホールをイーグルで挽回(ばんかい)した。

最終組がグリーンに集合した。山ノ内が7メートルのバーディパットを決める。続いて棚倉が2

メートルのパットを決めバーディ。双葉が5メートルのバーディパットを決めれば優勝である。皆が注目したが、双葉の放ったパットは思った以上にフックがかかりカップを外した。仕切り直したパーパットを決めてホールアウトした。

　ギャラリーからはため息と歓声が巻き起こった。それは36ホールでも決着がつかなかったうえに、日本ツアー初の史上最多8人によるプレーオフとなったからだった。大会競技委員会は前例のない多人数によるプレーオフに組分けせず、8人がひと組となって決着がつくまでラウンドをするサバイバル方式を採用し、16番パー4、17番ショート、18番ロングを順繰りにラウンドすることが決まった。

「ね。盛り上がってきたでしょ」

　光はいたずらっ子のように浩道に言った。間違いなくここまで大会を盛り上げたのは光の猛追であり、それに感化されて奮い立った7人の選手だった。

36ホール終了時		トータル
1位T	双葉	−18
	山ノ内	−18
	棚倉	−18
	キム	−18
	金窓	−18

王力　―18
ブライアン　―18
里見　―18

六

スマホのライブ配信映像を見ながら由香はクラブハウス正面玄関にいた。やがて一台のタクシーが滑り込んで停車した。後部扉が開くとエリが降車した。

「もう、エリちゃん、遅いわよ。さぁ行くわよ」

由香はエリに関係者用のパスを渡し、クラブハウスを出てキャディマスタールームから関係者通路を抜けた。そこには鮮やかなグリーンが目の前に見える。エリは18番ホールの特設大型スクリーンを見つめた。

16番パー4。打順はくじ引きで決められた。山ノ内、キム、棚倉、双葉、ブライアン、金窓、王力、そして光の順となった。8人の男たちがティーイングエリアに集まるのは圧巻だった。光は芝を拾い宙に撒いた。夕刻が近づき風はさわやかだった。まとわりつくような湿度は消えて気温も心地よかった。

16番で脱落したのは金窓とブライアン。続いて17番で脱落したのは棚倉と王力。18番で脱落したのは山ノ内。３人になったことで急遽18番ホールからリスタートと決まった。すでに40ホール目。体力と精神力の限界を超えている。そして、キムが脱落した。

41ホール目からは光と双葉の一騎打ちになった。脱落した選手らも立ち去ろうとはせず、２人の対決とこの勝負の行方を見届けようと２人の後をついて回る。双葉のティーショットはフェアウェイのど真ん中２９０ヤードに止まった。光のティーショットはフォローの風を考慮し高く強く打ち出したが、ショット後、体軸がよれ、その影響で球は左に逸れて林に向かった。

「カコン」

乾いた音と葉が飛び散るさまが見えたが、ボールは絶好の角度で幹に当たって跳ね返り、フェアウェイに戻って双葉と変わらない位置までキャリーした。光は拳を強く握りガッツポーズをした。

「終わったと思った」

ドライバーを浩道に手渡しながら言った。

「魔法使いやがって。ひやひやさせるな」

セカンド地点に向かう。突然、光の視界が揺らめいた。頭を振ったが地面が波打つように定まらない。再び頭を振る。事故の後遺症がハードな日程をこなすことで、ここにきて出始めた。

「どうした、光」

「何でもないよ。虫が飛んできて」

嘘をついて手のひらで顔前を払う仕草をした。

（頼む、あとちょっとだから。もってくれ）

続くセカンドを、光は歪む視界に耐えながらピンそば30センチにつけた。大歓声が起こる。イーグルはほぼ確定。双葉の2打目はグリーンを捉えたものの、ピンから8メートルの位置となった。

光はサングラスをかけて目線を読まれないようにしたが揺れは収まらず、より強く歪み始めた。奥歯をかみ締めて必死に耐える。双葉のイーグルパットは手前20センチで止まった。先に沈めてバーディで終え、後悔に天を仰いだ双葉だった。

光がパターを手にマーカー位置に向かうが、揺れが激しくなり歩を進めることが恐怖だった。悟られまいとしゃがみ込み、芝を読んでいる仕草でごまかした。ボールをセットしマーカーをポケットにしまいこむ。この動作だけでも倒れそうだ。一つ大きく息を吸って強く吐いた。カップまでの芝が波打って見える。わずか30センチの距離の狙いがつけられない。頭が割れそうに痛く、吐きそうな気持ちの悪さから解放されたくてパットしてしまった。ボールの行方が蛇行して見える。カップの横を通り過ぎたところで停止した。ギャラリーからため息が漏れる。光は腰に手をあて唇をかみ締める。両者バーディ。再び18番ホールのティーイングエリアに戻らなくてはならない。

通路には関係者やプレーを終えた選手らが陣取り、激励の声が飛ぶ。光の前を歩く双葉の背中が遠のいていく。光はよろけて次の瞬間、崩れるように倒れた。すぐにキムと王が駆け寄り、体を起こした。

「里見さん、ダイジョーブ？」

キムが体を支えながら言った。

「コマプスニダ。クェンチャナ」

キムが口角を上げて微笑んだ。王が体を起こし、浩道の肩に光の手を回した。

「里見さん、加油」

「謝謝」

ドクターが駆けつけたが光は大丈夫だと押し返し、ギャラリーに人懐っこい笑顔を向けて手を挙げた。光も双葉も体力はとっくに尽き、精神力でさえも痺れるような消耗戦で磨り減っている。勝敗は何が分けるのだろうとティーイングエリアに向かうカートに揺られながら光は考えていた。天を見上げると先ほどまでの苦痛がすっと消えた。

(真理子が見ているんだな?)

ティーイングエリアに到着した。遠くグリーンまでギャラリーが連なってすごい光景だった。双葉は子供の頃から変わらないルーティンでアドレスに入る。綺麗なスイングから放たれた渾身のショットは、フェアウェイ320ヤードのど真ん中を捉える。ティーイングエリアのギャラリーから賞賛の拍手と歓声が起こる。双葉は無言で光の横を通り過ぎていく。そしてイヤホンをつけ静かに目を閉じている。

光は浩道から無言でドライバーを渡された。

「ヒロさん、なんか言ってよ」

浩道は目の前の現実に圧倒されていた。夢の中にいるようだった。光と初めて出会った時、2人で栄光の階段を駆け上がり大英を制したこと、光との別れ、会社が無くなり借金を抱え、吉田家の資産や高夫の遺産を返済に当てて逃れるように日本を離れロンドンに渡ったこと。そして兄妹で立ち上げた「サンデーバックナイン」ブランドの成功。長い時が流れ、再びこうして光のキャディとして史上稀に見る激戦に携わっている。光に何度も励まされ、光に刺激され、光に奮起させられた。思い返して言葉が出ない浩道は歯を食いしばり、ただ無言でドライバーを渡すことしかできなかったのだ。

「ヒロさん！　リラックス、リラックス」

浩道は言葉を発すれば涙がこぼれそうだった。光は少年時代の頃のような無邪気で人懐っこい笑顔を向けてくる。

「行ってくるね」

そう言って光は、改造した慎重でゆったりとしたアドレスではなく、昔のように素早いアドレスからティーショットを放った。全盛期のような2段ホップが出てボールは飛距離を伸ばした。しかし、運悪く突然の上空の風の煽りで前ホールと同じように林に入り込んでしまう。

「キックしろ！」

だが奇跡は2度起きず、フェアウェイにボールが戻ることはなかった。

（あっちゃー！　やっちまった。ここでかよ）

心で光はつぶやいた。ギャラリーからは大きなため息が漏れた。激戦の結末がこのような形で終わってしまうのかという落胆だった。夕陽が雲に隠れて辺りは薄暗くなった。競技委員が光のボールの場所に立っている。ギャラリーも取り囲むようにしてその位置を確認している。光と浩道がその場所に立った。310ヤード地点の薄暗い森の中にボールはあった。目の前には行く手を阻むように木々が邪魔をしている。勝負はついたと誰もが思った。

その時、雲が流れ夕陽が顔を覗かせて薄暗い森を徐々に照らしだし、一筋の陽光がボールを射す。その先を見つめると赤い太陽が燃えるように見えた。その前にピンフラグが小さく揺れている。子供の頃に森の中で練習したときに観た光景。真理子に届かせると言ったことが思い出された。そして大英でアルバトロスを決めた時の光景ともシンクロした。光は体に力が漲り、疲れなど吹き飛んだ。

「ヒロさん。お守りを」

「まさか」

「うん。そのまさか」

「この隙間を通すのか」

「うん。できるよ」

「わかった」

「ドキドキするわ」

浩道は光の子供時代から使用していた大英奇跡のアルバトロスを決めた2番アイアンを手渡した。

「昔に戻ったみたい。すべて。みんながいる」

光は3度素振りをしてアドレスに入った。

（太陽に向かって打つ。今日は届く気がする。そうだ、真理子も見ている。今日は届かせるぞ）

すべての人が固唾を呑んで見守る。静寂の中、光の放ったショットは弾丸のように木々の間を突き抜け砲台のグリーンに向かい、揺れるピンフラグに当たって7メートルほど奥のグリーンに止まった。大歓声と拍手が聞こえる。森の中からフェアウェイに現れた光にテレビカメラが近づいてくる。球の行方を確認した光はガッツポーズをして、カメラマン助手の胸ポケットにある油性ペンを貸してくれとせがんだ。手渡された油性ペンで2番アイアンのソールに「ＳＢ９」と書き込んでカメラに向ける。ソールを指さしながら親指を立て、ガッツポーズをした。

双葉の2打目はアゲインストの風に押されグリーンエッジに留まった。主役2人が登り傾斜をグリーンへ向かう。見守るギャラリーに彼らの姿が徐々に現れ、歓声と拍手が起こる。光は浩道と談笑しながら、双葉は無言で前だけを見据えて。対照的な2人の役者がグリーンの舞台に立った。

光は辺りを見回した。その中にエリの姿を見つけ、視線が合った。

（エリ！）

由香がエリの後ろに立って親指を立てている。光の耳奥にジャーニーの「オープンアームス」が流れた。織姫と彦星が願いを叶える7月7日、七夕の日曜日。クラブハウスを背にした特設観覧席は満席で、立錐の余地もないほど多くのファンがグリーン周りを埋め尽くしている。光の8年ぶりの復活を、皆祈るような気持ちで見つめる。

双葉がエッジからカップまで8メートルの距離。慎重に芝を読んだ双葉が深呼吸をしてパットした。一つ前では弱気になったこともあり、今度はしっかりと強気にパットした。だが、カップの横を無情に通り過ぎ、30センチほどオーバーした。先に沈めた双葉はバーディで、光のパターを待つことになった。

「ヒロさん、ここは強気に行く。双葉が勝負に出たんだ。俺もそうするほうが正々堂々だよね」

「ああ、勝負に出るんだ。骨は俺が拾ってやる」

「まだ死なないよ、ヒロさん」

「これを決めて、優勝しようぜ」

光は丹念にグリーンの芝を読み終わると辺りを見回した。土屋がいる。ジョックも、沖も、吉沢もいる。その一人一人の思いに報いるためにもここを決めなくてはならない。再びエリと目が合った。俺の運命の人だ。榆と葡萄。由香はエリの肩に手を置いている。エリが静かに頷く。遥かに抜ける天を仰ぎ、目を閉じて強く念じた。真理子をはじめ自分を守ってくれる神様すべてに願った。

「力を下さい」

目を開けると夕暮れの近づきを知らせる鴉が鳴きながらクラブハウスの上を飛んで、さわやかな夕空に消えて行く。意を決しアドレスに入った。「プレー入ります」の関係者の発声とともに〃お静かに〃の黄色いプレートが一斉に掲げられ、サンデーサイレンスが訪れた。風の音、木立から聞こえる鳥のさえずりが静寂さをより演出する。皆が固唾を呑んだ。ある者は信じ、ある者は祈り、ある者は光に自分を投影し、ある者は人生を賭した。傾きかけた陽光が、ゆっくりとテークバックしたパターのシャフトに反射してキラリと光った。小気味よい音とともに弾かれた球が良質な芝の上を、意思を持った生き物のように転がっていく。

（決まってくれ）

光は心で念じながらボールの行方を追った。難しい下り7メートルのパット・フォー・ウィン。これで優勝が決まる。カップまでの刹那が永遠に感じる。

（長かった。本当に長かった。頼む、決まってくれ）

思いを乗せたボールは徐々に減速し、カップの縁で静止した。次の瞬間、ボールに刻印された【サンデーバックナイン】のロゴがゆっくりスクロールしながら顔を覗かせ、吸い込まれるようにカップに落ちた。

（決まった!!）

光はパターを持った右手を天に突き上げて雄叫びを上げ喜びを爆発させ、何度も左拳を握り、強く振るわせた。顔を真っ赤にして号泣している浩道が光に抱きついた。観客も総立ちとなり大歓声が起こった。プレーオフを戦った選手らも拍手している。エリと由香が抱き合って泣いている。吉沢と沖とジョックも歓喜している。土屋が涙を流しながら拍手を送ってくれている。42ホールの長くつらい戦いの末、光が8年ぶりの優勝を決めた。

「お前はゴルフに愛されてるな。強かった。今日は負けだ。次は勝つ」

双葉は悔しさを露わに言い放ち、そして、

「おめでとう。楽しかった」と笑顔を見せ、こちらの返事の隙を作らせずグリーンを下りて関係者通路に消えていった。

その後、グリーン上で表彰式が執り行われ、西潟会長から優勝カップを手渡された。

「君はやはり魔法使いだな。おめでとう」

西潟も声を詰まらせながら目に涙を浮かべている。光もそれにつられ、再び涙を流す。

「会長。本当に諦めなくてよかったです」

「君を尊敬するよ。素晴らしいものを魅せてくれた。ありがとう。本当にありがとう」

表彰式が終わるとグリーン上に記者団と、光に少しでも近づきたいファンが詰め寄った。興奮した記者から矢継ぎ早に質問が飛ぶ。その中にはニチスポの山添と滝本の姿もある。その誰もが上気し涙で濡れた顔をしている。

丁寧にインタビューに答えていると、エリの姿が目に入った。エリは由香に背中を押され、ゆっくりと光と目線をつなげたまま歩を進める。2人の視線が固く結ばれた。光のただならぬ沈黙と一点を見つめる強い視線に人垣が割れた。視線の先にエリがいる。2人を遮る邪魔は何もない。

「光……くん……」

「……エリ」

「光くん！」

エリは感情が抑えられなくなり、一直線に駆け出した。

「エリ!!」

「光くん!!」

駆け寄ったエリを光は両手を広げて受け止め、きつく抱きしめた。

「もう離れたくないよ」

「もうエリを離さない。ずっとそばにいてくれ」

「死ぬほど光くんを愛してるわ」

「俺も同じだ。エリを愛している」

２人は唇を重ねた。ギャラリーから拍手が起こる。カメラのフラッシュが２人を包む。浩道、由香、吉沢、沖、ジョックも駆け寄り、光とエリを中心に肩を組んで祝福を受けながらグリーンを下りた。

光は戦いを終えた18番ホールを振り返ると、すぐに吹っ切れたように前を向き、少年のような眼差しで薄暮の空を見つめた。光を葡萄の香りとリフレインが包んだ。

Lying beside you
Here in the dark

Feeling your heartbeat with mine
Softly you whisper
You're so sincere
How could our love be so blind?

We sailed on together
We drifted apart
And here you are
By my side

So now I come to you
With open arms
Nothing to hide
Believe what I say
So here I am
With open arms
Hoping you'll see

What your love means to me
Open arms

Living without you
Living alone
This empty house seems so cold
Wanting to hold you
Wanting you near
How much I wanted you home

But now that you've come back
Turned night into day
I need you to stay

So now I come to you
With open arms
Nothing to hide

Believe what I say
So here I am
With open arms
Hoping you'll see
What your love means to me
Open arms

Journey「Open Arms」

暗闇の中で君と体を寄せ合う　君の鼓動と僕の鼓動を感じている
君は優しく囁いた　一途さが大好きと
どうして僕たちの愛は見えなくなってしまったのだろう
僕たちは同じ港から航海を始めたけど　途中で　はぐれてしまった
でも今、君はここにいる　僕のそばに
さあ　両手を広げて君の元へ
隠し事はない　僕の言葉を信じるんだ
僕はここにいるよ　両手を広げて　気付いてほしい
この愛が何を意味するのかを

両手を広げて

君なしで一人で暮らした
誰もいない家は心まで空っぽになって　とても寒かった
君を抱きしめたかった　君がそばにいてほしかった
どれほど君の帰りを待ち望んでいたか
だから君のもとへ行くんだ
両手を広げて
隠し事はない　僕の言葉を信じるんだ
僕はここにいるよ　両手を広げて　気付いてほしい
この愛が何を意味するのかを
両手を広げて

（訳詞　著者）

ジャーニー「オープンアームス」

おわり

あとがき

この本を書くきっかけとなったのは、とあるゴルフトーナメントの最終日をテレビ観戦していた時でした。

優勝を決めた瞬間、作中にもあるジャーニーの「オープン・アームス」が私の耳の奥で流れました。優勝した選手には温かい祝福の拍手が送られていました。長い間、勝利から見放されていたからなおさらでした。試合後、仲間と抱擁し涙を流すシーンを見て「感動を文字にして残したい」と今作を書き始め、頭の中には湧くようにストーリーのアイデアが浮かんで思いのほか長くなってしまい、第一稿は30万字以上（４００字原稿用紙７５０枚超）となりました。ですが、褪めない情熱の所為か、３か月程度で書き上げました。

私は5年ほど前まではゴルフと無縁の生活を送っていました。ハーフタイムにランチをして、酒を呷(あお)り、煙草をふかしながらプレイするスポーツなどありえないとネガティブなイメージを持っており、一生することはないだろうと思っていました。

ところが、ある先輩から「ゴルフを始めたらどうだ？　一緒にラウンドしよう」と誘われたうえに、ゴルフクラブ一式をプレゼントされたのです。お世話になっている先輩でしたので断るわけにもいかず、初ラウンドへ。スコアは今でも覚えている149でした。

「センスはところどころに垣間見れる」「初ラウンドで練習が前日だけでこのスコアならうまいほうだ」と乗せられて（?）のめり込むきっかけになりました。

スポーツは大概のものであれば、器用貧乏でしたが、こなすことができました。ですがこのゴルフというものは上達ができたと思ったら散々な目にあい、適当にやったらスコアが良かったりと摩訶不思議そのものです。

ゴルフをやっていて気が付いたことがあります。それは「ゴルフは人を丸裸にする」ということです。人間の持つあらゆる正負の感情と態度が露呈します。つまり内面を視覚化してくるのです。恥ずかしながら私も醜態をさらしてきました。

我慢と欲の綱引き。苦痛であり快楽。「もう二度とやらない」と心に誓っても、またプレイしたくなってしまうゴルフの沼に嵌っています。


さて、この物語の象徴として2番アイアンが登場します。このアイアンは現在では使われることが稀です。理由は素人には扱いが難しく、誰もが優しく打ちやすいというコンセプトで進化し続けるゴルフクラブ製作の波に弾かれる形で、ゴルフショップなどでも見かけることはまず、ありません。

光がゴルフ場の森の中で拾った2番アイアンは、誰かが要らなくなって捨てたものであり、期待を込められて買われたものであったはずが「使えない」と主から見放されたものです。

田舎の少年で終わるはずの光がその2番アイアンを拾い上げ、慈しみを持って大事に扱いともに栄光をつかみます。世間から見捨てられ、暗くジメジメとした森の中で、誰にも見向きもされず、自らの意志では動くことができない2番アイアンは、光との出会いに恩義を感じたことでしょう。「くず鉄」にも魂や愛がこもっているものなのです。

私の好きな場面の一つが、少年時代、ライバルとなる双葉に初対戦で敗れた光が試合後、彼に言い放った、

「それほど強いとは思わない。今日は負けたが次は勝つ」です。

双葉にとって衝撃的な言葉だったろうと感じます。トラウマになるほどの。

自分に適うものがいないと思っていた上に、負けたにもかかわらずそう言い放つ同級生がいた。彼は闘志を表には見せないですが、その氷のような青い炎は終生持ち続けることになったと思います。里見光という男と鎬を削っていく予感。そしてずっと真剣勝負をしていきたい渇望。きっと光がいなければ双葉はその後メジャーを制覇することもなかったであろうし、光の存在に感謝を持っていたと思います。だからこそ、光の病室に送った花輪は一際大きかったわけであり、誰よりも復帰を願ったのは双葉だったわけです。

ラストシーン、光が復活優勝した場面で、

「お前はゴルフに愛されてるな。強かった。今日は負けだ。次は勝つ」

逆に言い放ち、彼なりのリベンジをします。それはこの先も続く彼との闘いへの宣戦布告でもあり戦友への愛でもあるわけです。

サンデーバックナインとは、プロゴルフトーナメントの勝負が決する、日曜日の後半9ホールを指します。でも、翌週にはまた新たなトーナメントがやってくる。そして人生は、それが死ぬまで続きます。

トゥモロー・イズ・アナザー・デイ。

いま苦しんでいる人も、幸せを感じている人も、理不尽にあえいでいる人も、満ち足りている人も、明日は何が起こるかわかりません。ほんの些細な一瞬の出来事が、その後の人生を大きく変えます。それを実りとして歩くか、拘ってしゃがみこんでしまうのか。宇宙の時間から見たら刹那にも満たない人の一生。されどその中でいかに輝くか、ちっぽけな明かりでも、人の幸せだと思います。ラストシーンで光が仲間と肩を組んでグリーンを下りながら薄暮の空を見つめた時の心には何が浮かんだのでしょう？　あとは、アップ・トゥー・ユー。

文芸社のコンテストで箸にも棒にも引っかからなかった、この作品を見出してくれた出版企画部の小野寺美和さん、長編にもかかわらず実に丁寧に本作の編集担当をしてくださった吉澤茂さん、ありがとうございました。文芸社様の発展を願うばかりです。

最後に、お読みくださった読者の皆様、誠にありがとうございました。

鈴木　矢紘

著者プロフィール
鈴木 矢紘（すずき やひろ）

静岡県生まれ。東京歯科大学卒業。現在は浜松市内にて歯科医院を経営。
趣味はスキューバダイビング、ゴルフ、旅行、読書、カラオケなど多数。
合気道初段。好きなアーティストは矢沢永吉。

サンデーバックナイン

2024年３月15日　初版第１刷発行

著　者　鈴木 矢紘
発行者　瓜谷 綱延
発行所　株式会社文芸社
〒160-0022　東京都新宿区新宿1－10－1
電話　03-5369-3060（代表）
03-5369-2299（販売）

印刷所　株式会社フクイン

ISBN978-4-286-24897-4　JASRAC 出 2400019 － 401